FROMME SÜNDE

Xaver Maria Gwaltinger ist im bayerischen Schwaben aufgewachsen und hat Germanistik, Theologie und Psychologie studiert und lange in Frankreich und Australien gelebt. Das Allgäu ist seine Heimat geblieben. Dort erholt er sich auf seiner Alm von seinen Tätigkeiten in verschiedenen sozialen Feldern, indem er als Autor die Tiefen der Allgäuer Seele auslotet.

Josef Rauch, geboren 1968 in Eichstätt, lebt in Franken, wo er im Gesundheitswesen arbeitet. Seit 2007 lässt er seinen Fürther Privatdetektiv Philipp Marlein in mehreren Romanen und diversen Erzählungen vertrauliche Ermittlungen durchführen. www.josefrauch.de

XAVER MARIA GWALTINGER
JOSEF RAUCH

FROMME SÜNDE

Kriminalroman

emons:

Bibliografische Information der Deutschen Nationalbibliothek
Die Deutsche Nationalbibliothek verzeichnet diese Publikation in der Deutschen Nationalbibliografie; detaillierte bibliografische Daten sind im Internet über http://dnb.d-nb.de abrufbar.

MIX
Papier aus verantwortungsvollen Quellen
FSC
www.fsc.org
FSC® C083411

Umschlagmotiv: Montage aus mauritius images/imageBROKER/ Manfred Bail, shutterstock.com/STILLFX
Umschlaggestaltung: Nina Schäfer, nach einem Konzept von Leonardo Magrelli und Nina Schäfer
Umsetzung: Tobias Doetsch
Gestaltung Innenteil: César Satz & Grafik GmbH, Köln
Lektorat: Carlos Westerkamp
Druck und Bindung: CPI – Clausen & Bosse, Leck
Printed in Germany 2018
ISBN 978-3-7408-0451-0
Originalausgabe

Die Jünger sagten zu Jesus:
Warum liebst du Maria Magdalena
mehr als uns alle?

Aus dem apokryphen
»Evangelium nach Philippus«

Petrus sagte zu Maria Magdalena:
Schwester, wir wissen, dass Jesus dich
mehr liebte als die übrigen Frauen.

Aus dem apokryphen
»Evangelium nach Maria«

1 Marlein und der skandalöse Bestseller

»Ich glaube, sie werden versuchen, mich zu ermorden!«

Ich musterte meinen Klienten.

Ein kleines, schmächtiges Männchen mit wirrem schütterem Haar und riesiger Brille.

Er war bekleidet mit klobigen Halbschuhen, die jegliche Eleganz als dekadent ablehnten, einer braunen Cordhose mit Schlag, die sicher schon in Woodstock als veraltet galt, einem Pullunder mit buntem Rautenmuster, das neue Maßstäbe in Sachen Geschmacklosigkeit setzte, und einer Strickjacke, die er einem wehrlosen Hundertjährigen geraubt haben musste.

Irgendwie sah er aus wie die fränkische Antwort auf Woody Allen. Wer sollte so einem nach dem Leben trachten?

Ich konnte mir den Kommentar nicht verkneifen: »Und wer sind *sie*? Kleine grüne Außerirdische, die niemand sehen kann außer Ihnen?«

Er warf mir einen Blick voller melancholischer Traurigkeit zu, dann stand er auf. Ich blickte hoch.

»Was tun Sie da?«

»Ich begleite Sie zur Tür. Sie machen sich über mich lustig. Dann möchte ich Sie auch nicht engagieren. Es gibt noch andere Privatdetektive als Sie, Herr Marlein.«

Ich schimpfte mich innerlich einen Narren. Hätte ich nur mein vorlautes Mundwerk besser gezügelt.

»Setzen Sie sich wieder. Es tut mir leid, so habe ich das wirklich nicht gemeint. Sollte einfach nur ein kleines Späßchen zur Auflockerung sein.«

Er setzte sich wieder.

Ich überlegte, wie alt er wohl sein mochte. Ich schätzte ihn auf Ende vierzig oder Anfang fünfzig.

»Schön, Herr Klüngelbein, fangen wir noch mal von vorn an, und diesmal ernsthaft. Sie haben gesagt, *sie* werden versuchen, Sie zu ermorden. Also: Wer sind *sie*?«

»Die Neuen Tempelritter.«

Die Neuen Tempelritter? Oh je, dachte ich. Das ist ja nicht

gerade sehr weit von meinen kleinen grünen Außerirdischen entfernt … Aber ich hütete mich, erneut ins Fettnäpfchen zu treten. Stattdessen flötete ich: »Die Neuen Tempelritter? Und wer ist das?«

»Eine neu gegründete, geheime militante Gruppierung innerhalb der katholischen Kirche. Wissen Sie, wer die alten Tempelritter waren?«

»Nicht wirklich.«

»Die Tempelritter wurden 1118 als erster militärischer Orden der katholischen Kirche gegründet. Die Templer waren eine neuartige Mischung aus Mönchen und Rittern: Sie lebten nach strengen Regeln und Gelübden, eben wie Mönche, übten aber im Dienste Gottes das Kriegshandwerk aus, eben wie Ritter. Ihre ursprüngliche Aufgabe war der Schutz der Pilger, die in das Heilige Land reisten. Bald schon aber wurde dieser Kriegermönche-Orden zu einer Art christlichen Armee, die eine entscheidende Rolle bei den Kreuzzügen spielte und auf vielen Schlachtfeldern im Namen des Herrn kämpfte und tötete. Und auch neben dem Schlachtfeld waren die Tempelritter höchst erfolgreich: Sie trieben Handel, erfanden das Bankenwesen und vermehrten stetig ihren Besitz, ihren Reichtum und ihre Macht. Doch dadurch zogen sie sich natürlich auch immer mehr Neider zu, und ihr Geheimbund-Habitus nährte Gerüchte, dass sie Ketzerei und Unzucht praktizierten. Nach einer Blütezeit von fast zweihundert Jahren wurde der Orden der Tempelritter Anfang des 14. Jahrhunderts gewaltsam und hinterhältig zerschlagen.«

»Das ist ja nun doch schon eine Weile her. Und die Neuen Tempelritter sind wohl sozusagen die alten Tempelritter reloaded?«

»Sie haben es erfasst, Herr Marlein. Vor einigen Jahren hat sich die Gruppe der Neuen Tempelritter heimlich gegründet, um die Tradition der mittelalterlichen Templer wiederaufzunehmen und den christlichen Glauben gegen die modernen Gefahren und Feinde zu verteidigen, und zwar so, wie es die alten Tempelritter getan haben: militant und wenn nötig mit Gewalt.«

»Und was sind solche modernen Gefahren?«

»Nun ja, zum Beispiel Bücher, die Dinge enthüllen könnten, die die Grundlagen der katholischen Kirche als Lügen entlarven würden – so wie das Werk, an dem ich gerade arbeite.«

»Sie sagten, diese Gruppierung sei geheim. Woher wissen Sie dann von ihrer Existenz?«

»Ich bin vom Fach. Ich arbeite als Religionswissenschaftler und Theologe. Außerdem war ich selbst mal bei dem Verein.«

Ich sah mich um.

Wir befanden uns im Haus von Herrn Klüngelbein. Er hatte mich angerufen und mich gebeten, zu ihm zu kommen, da es ihm nicht möglich sei, mein Privatdetektivbüro in der Fürther Blumenstraße aufzusuchen.

Wissenschaftler konnte hinhauen. Der Raum, in dem wir saßen – er hinter einem großen Schreibtisch, ich davor –, war eine Mischung aus Wohnzimmer, Arbeitszimmer und Bibliothek. An den Wänden standen hohe Regale mit Tausenden von Büchern.

Klüngelbeins Haus war ein flacher Bungalow am Rande von Dambach, dem Fürther Nobelviertel. Ein Bungalow, der zu einem Bunker umfunktioniert war, in dem sich mein Klient zu verschanzen schien. Schon beim Klingeln an der Haustür waren mir diverse Überwachungskameras aufgefallen. Klüngelbein gewährte mir erst Einlass, nachdem er über eine Rufanlage mit mir gesprochen und beim Öffnen der Tür mehrere Schlösser entriegelt und mehrere Ketten entfernt hatte. Im Inneren der Wohnung waren bei fast allen Fenstern die Rollos heruntergelassen, sodass wir unser Gespräch im dämmrigen Halbdunkel führten, obwohl es helllichter Tag war.

Ein klassischer Fall von Verfolgungswahn.

Ich wandte mich wieder dem Hausherrn zu, der während unserer Unterhaltung ständig nervös herumzappelte.

»Sie waren selbst mal bei den Neuen Tempelrittern?«

»Nein, das nicht. Ich war Professor für Neues Testament und Kirchengeschichte an der Katholischen Universität Eichstätt, bis ich von meinem Lehrstuhl entfernt und aus dem Universitätsdienst entlassen wurde. Aber durch meine Zeit in dieser

Position habe ich natürlich viel Insiderwissen über die katholische Kirche.«

»Wieso hat man Sie rausgeworfen?«

»Wegen meines berühmten Maria-Magdalena-Buches, das ich vor einigen Jahren veröffentlicht habe. Es wurde ja ein Bestseller und hat einen großen Skandal verursacht. Die Sache war damals in allen Medien. Haben Sie nicht davon gehört?«

Hatte ich nicht, aber ich wollte ihn nicht erneut kränken. Allerdings wollte ich schnell das Thema wechseln, bevor er genauer nachfragen konnte.

»Ja doch, ich erinnere mich nebulös. Und wovon leben Sie, seit Sie Ihren Job bei der Kirche verloren haben?«

»Ich lebe von meinen Ersparnissen und von den Einnahmen, die ich mit dem Magdalena-Buch erzielt habe und immer noch erziele. Außerdem schreibe ich für diverse Zeitungen und Zeitschriften. In erster Linie aber arbeite ich an einem neuen Buch – einer Fortsetzung meines Maria-Magdalena-Werkes. Und dieser zweite Band wird noch viel mehr Sprengkraft enthalten als der erste. Er wird die katholische Kirche in ihren Grundfesten erschüttern. Mehr noch – er wird ihr das Fundament des Glaubens unter den Füßen wegziehen.«

Ich nahm meine Sherlock-Holmes-Denkerpose ein.

»Kombiniere: Und deshalb haben Sie die Befürchtung, dass Ihnen die Neuen Tempelritter nach dem Leben trachten könnten.«

Er drosselte die Lautstärke seiner Stimme, als wollte er verhindern, dass der Feind mithören konnte.

»So ist es. Wenn sie erfahren, was ich weiß und worüber ich schreibe, werden sie versuchen, mich auszuschalten.«

»Aber woher sollten sie denn erfahren, was Sie wissen und worüber Sie schreiben?«

Er zog ein verdrießliches Gesicht.

»Ich habe neulich ein Interview für eine große überregionale Tageszeitung gegeben und mich dazu hinreißen lassen, Andeutungen über den schockierenden Inhalt meines Werkes zu machen.«

Ich nickte verständnisvoll.
»Okay. Dann aber mal raus mit der Sprache: Was wollen Sie denn in Ihrem neuen Buch so Schockierendes enthüllen?«

2 Bär kotzt

Hauptbahnhof Kempten.
Dreiundzwanzig Uhr dreißig. Halb zwölf.
Tote Hose.
Keine Menschenseele.
Nicht mal ein Mensch.
Nur Automaten.
Ohne Stimme.
Aber mit Touchscreen.
Nix für mich. Hatte ja kein IT-Studium hinter mir.
Nur eine Reise.
Von Bonn.
Von Stanzi.
Meine verehrte Kollegin aus Köln.
Köln am Rhein.
Kempten an der Iller.
Auch schön.
Wieder daheim.
Ich zündete mir eine Gauloises an.
Ich wartete.
Auf den Anschlusszug.
Nach Oy-Mittelberg.
Oder doch lieber ein Taxi nehmen?
Ich überlegte.
Hätte ich nicht tun sollen.
Gesänge näherten sich.
Alkoholische Gesänge.
Wahrscheinlich ein paar Burschen. Feierten das Ende vom Wehrdienst.

Aber war der Wehrdienst nicht schon vorbei? Abgeschafft?

Ja, richtig. Vom Guttenberg. Dem Abschreiber. Dem Abschaffer.

Das Gegröle wurde lauter.

Am anderen Ende vom Bahnsteig torkelten ein paar Kerle umeinander, Bierflaschen in der Hand.

Springerstiefel.

Geschorene Schädel.

IS-Bärte.

Schwarze T-Shirts mit Totenkopf drauf.

Sah nicht nach Bundeswehr aus.

Einer der Vollpfosten deutete auf mich, die Zigarette in der Hand, in der anderen die Bierflasche.

»Hähähä … da schauts … der alte Wichser dahinten …«

Ich nahm einen zittrigen Zug von meiner Gauloises.

Wo war der Ausgang?

Wo die herkamen, da war er.

Der Anführer wankte vor mir, umgeben von seiner Truppe.

Er blies mir den Rauch seiner Zigarette ins Gesicht, sagte: »Hier ist Rauchen verboten, Alter.«

»Okay«, sagte ich, warf meinen Stummel auf die Gleise.

»Der Kerl versaut den ganzen Bahnhof!«, sagte der Anführer.

Ich sagte: »Lasst mich in Ruh. Ich will nix von euch.«

»Motz uns nicht an, Alter. Wir lassen uns von einem alten Deppen wie dir nicht sagen, wen wir in Ruh lassen.«

Das besoffene Rudel umzingelte mich.

Ich hatte nicht aufgepasst. Das Alter …

Der Oberbulle kam nahe. Zu nahe.

Ich spürte seine Wohlstandswampe an meinem Sixpackbauch.

Seine Alkifahne mitten in meinem Gesicht.

Mundgeruch.

Er hatte wohl seine letzte professionelle Zahnpflege verschwitzt.

Ich trat einen Schritt zurück.

Hätte ich nicht tun sollen.

Zweiter Fehler.

Trat einem von der Gang auf die Zehen. Der motzte: »Der Alte rempelt mich an!«

Dann ging alles ganz schnell.

Der hinter mir schubste mich gegen den Oberbullen, der nickte mit seinem Schädel in mein Gesicht.

Ich hörte etwas krachen.

Mein Nasenbein.

Blut schoss aus der Nase. Meiner.

Ein Schlag in die Nieren nahm mir den Schnaufer, ich ging in die Knie.

Vor mir baute sich ein Typ wie ein Allgäuer Stier auf.

Er hatte keine Bierflasche in der Hand.

Leider.

Er holte mit einem Baseballschläger aus.

Ich, auf Knien, riss mir die Hände vors Gesicht.

Der Schlag kam.

Es krachte, wie wenn man einen Blumentopf mit einem Holzhammer zerschlägt.

Ich spürte nichts.

Der Schock, dachte ich.

Es tat gar nicht weh.

Ich lugte durch meine blutigen Finger.

Langsam senkte sich der Stier über mich. Sein Baseballschläger schepperte auf den Betonboten.

Er sackte zusammen.

In Zeitlupe.

Er fiel auf mich. Ich schützte mich mit den Händen, er rutschte seitlich an mir ab.

Dann kam mein Magen hoch. Ich kotzte.

Weil ich den Stierschädel sah.

Der hatte jetzt eine riesige Platzwunde an der Birne. Blut sprudelte über sein Gesicht.

Ich kotzte weiter. Aber es kam nichts mehr.

Ich blickte wieder auf.

Das Deppenrudel erwachte aus seiner Erstarrung.

Zu langsam.

Eine Handvoll schwarzer Gestalten übte sich in Kickboxen.

Schlank. Zierlich. Drahtig.

Schnell wie die Windhunde.

Hart wie Kruppstahl schlugen sie mit ihren schwarzen Handschuhen in Mägen, Nieren, Augen, Zähne, Eier.

Die besoffenen Typen hatten nicht den Hauch einer Chance. Binnen drei Minuten lagen sie auf dem Bahnsteig in Kotze und Urin.

Eine von den schwarzen Gestalten in Sweatshirts, Kapuzen, die Gesichter verhüllt wie türkische Schulmädchen, sagte mit glockenklarer Stimme: »Räumts den Saustall auf!«

Die Gestalten nahmen die kaputten Typen und warfen sie auf die Gleise. Ich dachte, es schaut aus wie in einem modernen Ballett. Oder träum ich? Wann wach ich aus dem Alptraum auf?

Die Führungsgestalt kam auf mich zu. Traumhaft leicht.

Ich stammelte: »Ich g'hör fei itta zu dene!«

Die Gestalt sagte kein einziges Wort, griff mir unter die Schultern, stellte mich wieder auf die Beine, schaute meine Nase an, nickte, meinte: »Net so schlimm!«

Eine andere schwarze Gestalt kam dazu. Beide nahmen mich in ihre Mitte, schleppten mich ab wie einen nassen Mehlsack.

Die andern hatten die Aufräumarbeiten verrichtet. Die Führerstimme sagte: »Weg jetzt, aber ruckzuck! Und ihr zwei: Tuts die Tücher von den Überwachungskameras runter und rufts Polizei und Sanitäter.«

Sie drehten sich um, auf ihrem Rücken stand in Gotischer Schrift: »Heavens Angels«.

Sie verfrachteten mich in ein schwarzes Auto.

»Hock di nei!«

Ich hockte mich hinein.

Der größere von den beiden Kleinen übernahm das Steuer, der kleinere übernahm den Personenschutz auf dem Rücksitz. Mich.

Ich sagte: »Wohin fahrts ihr mich denn?«

Schweigen.

»Zum Abschlachten?«

Null Resonanz.

»Auf keinen Fall ins Krankenhaus!«

Nix.

»Ja, habts ihr vor lauter Zuhauen eure Sprach verloren?«

Nichts.

»Oder seids vom Schweigeorden?«

Null.

»Schlagende Verbindung?«

Nullkommanix.

Ein Wegweiser zeigte Reutte an.

»Entführts mich ebba nach Tirol?«

Wenigsten ein Nein-Kopfschütteln.

»Wohin dann?«

Der neben mir sagte, leise: »Hoim.«

Legte seinen behandschuhten Zeigefinger vor seinen vermummten Mund.

Ich sagte: »Ja, damit die Seel a Ruh hat, dann halt ich eben mei Gosch.«

Resigniert lehnte ich mich zurück. Meine Nase meldete sich wieder. Jeder Herzschlag ein Schlag in meine Nase.

Das Einzige, was mich beruhigte, war die Umgebung. Der Penny in Oy, dann ging's bergan, der See von Tal glänzte unten im Mondlicht. Der am Steuer fuhr im Stil von Michael Schumacher, als der noch fahren konnte. Im Lichtkegel der Scheinwerfer tauchte ein Bauernhaus auf.

Die Alm. Meine Alm. Biselalm. Dahoim.

Sie hievten mich aus dem Auto.

Ich sagte: »Was bin ich denn schuldig?«

Sie winkten ab.

War wohl Gehörlosensprache.

Ich verstand: nichts.

»Seids denn von der Deutschen Bahn? Sicherheitsdienst? Schienenersatzdienst?«

Sie hockten sich wieder ins Auto, diesmal nebeneinander.

Ich sagte: »Dann vergelt's Gott, dank euch für die Gratisfahrt!«

Dachte: Ein Taxi hätt mich ein Vermögen gekostet.

Sie fuhren auf die Straße, Reifen quietschten, ich schrie ihnen hinterher: »Und dank schön ... für mein Leben!«

Die roten Rücklichter verschwanden schon in der ersten Serpentine abwärts.

3 Marlein und der verkappte Rockstar

Klüngelbein nestelte an seiner Stubenfliege-Puck-Gedächtnisbrille herum.

»Das ist nicht so ganz einfach zu erklären. Haben Sie mein erstes Maria-Magdalena-Buch gelesen?«

»Leider nein.«

»Das ist eine schlimme Bildungslücke, Herr Marlein!«

Ich grübelte, ob diese Bemerkung ernst gemeint war oder ob er einen Spaß gemacht hatte. Da mein bisheriger Eindruck von Herrn Klüngelbein eher der eines Menschen war, der zum Lachen in den Keller ging, unterließ ich es also, als Reaktion zu grinsen.

Klüngelbein stand auf, trat zu einem der Regale, zog ein Buch heraus, kam zu mir und drückte es mir in die Hand.

»Hier, das ist es. Wenn wir uns einig werden und Sie meinen Auftrag übernehmen, schenke ich es Ihnen.«

Ich betrachtete den voluminösen Schmöker.

Auf dem Cover war ein Gemälde abgebildet, das eine junge Frau zeigte, deren Nacktheit nur unzureichend von ihren langen Haaren und ein bisschen rotem Fummel bedeckt wurde und die ein kunstvoll verziertes Gefäß und einen Totenschädel in ihren Händen hielt. Unter diesem Bild standen der Autor, Gerhard-Johann Klüngelbein, und, in großen reißerischen Lettern, der Titel des Werkes: »Maria Magdalena – die ultimative Wahrheit«.

Ich legte das Buch auf den Schreibtisch.

»Muss man denn Ihr erstes Buch unbedingt gelesen haben, um verstehen zu können, was an Ihrem zweiten so schockierend sein wird?«

Herr Klüngelbein hatte sich wieder hinter seinen Schreibtisch gesetzt.

»Nicht unbedingt, aber es wäre hilfreich.«

»Es wäre aber auch hilfreich für mich, wenigstens ansatzweise zu wissen, was genau Ihr Problem ist.«

Er brachte seine Struppi-Frisur noch mehr in Unordnung, als sie sowieso schon war, und lehnte sich zurück.

»›Maria Magdalena – die ultimative Wahrheit‹ war, wie gesagt, ein großer Verkaufserfolg, schaffte es auf die Bestsellerlisten, erregte Aufsehen, sorgte für Diskussionen. Das große Problem an dem Buch war allerdings, dass ich eine zentrale provokante These, die ich darin aufgestellt hatte, zwar gut mit Indizien begründen, aber nicht mit einem echten, wirklichen Beweis untermauern konnte, weshalb das Buch trotz seines Erfolges keine nachhaltige Wirkung erzielen konnte. Doch jetzt habe ich diesen Beweis gefunden in Form eines bisher unbekannten, sensationellen Schriftstücks, das sich in meinem Besitz befindet. In meinem kommenden Buch werde ich diesen Beweis, dieses Schriftstück, der Weltöffentlichkeit vorstellen und somit für ein geistiges Erdbeben sorgen. Dieses Buch wird die Welt und die Geschichte der Menschheit nachhaltig verändern.«

Auch auf die Gefahr hin, den sensiblen Herrn Klüngelbein erneut vor den Kopf zu stoßen – jetzt hatte ich die Faxen langsam dicke.

»Herr Klüngelbein, nicht wieder eingeschnappt sein, aber Sie drücken sich gerade genauso kryptisch und nebulös aus, wie es die von mir vorhin erwähnten kleinen grünen Außerirdischen tun würden. Wir sollten jetzt endlich mal Klartext reden. Sie haben mich angerufen, haben mir erklärt, dass Sie eventuell meine Dienste als Privatdetektiv in Anspruch nehmen möchten, haben mich zu sich bestellt, haben mir etwas erzählt von skandalösen Enthüllungen, provokanten Thesen und sensationellen Schriftstücken – und von Ihrer Befürchtung, dass man Sie ermorden möchte. Wir sollten so langsam doch mal die Frage beantworten: Was wollen Sie von mir?«

Er beugte sich vor, verschränkte die Arme und stützte sich auf den Schreibtisch.

»Wie schon erwähnt, ich befürchte, dass die Neuen Templer versuchen werden, mich mundtot zu machen, wenn sie sich zusammenreimen, dass ich besagtes Manuskript in meinem Besitz habe und darüber ein Buch schreiben will. Das ist aber erst einmal kein Problem. Hier in meinem Haus bin ich sicher. Ich habe es aufgerüstet mit allen möglichen Sicherheitsvorkehrungen – unter anderem Kameras, Alarmanlagen und einem Notrufknopf. Und ich verlasse es so gut wie gar nicht mehr.«

Ich unterbrach seinen Monolog.

»Aber wie machen Sie das denn organisatorisch? Ich meine, man muss doch auch mal was einkaufen und so!«

»Einkäufe lasse ich mir liefern, und zwar nur durch Personen, denen ich vertrauen kann.«

»Leben Sie eigentlich alleine hier?«

»Ja.«

»Sie sind also nicht verheiratet?«

»Nein.«

»Haben Sie eine Beziehung?«

Ich meinte, zum ersten Mal einen Anflug von einem schelmischen Lächeln in seinem Gesicht entdecken zu können.

»Ich habe Ihnen ja erzählt, dass ›Maria Magdalena – die ultimative Wahrheit‹ ein großer Erfolg war, dass es aber aufgrund der fehlenden Beweise keine große Wirkung erzielen konnte im Sinne einer Veränderung des Glaubens oder der Institution Kirche. Zumindest eine Wirkung, die das Buch aber dann doch auslöste, war, dass begeisterte Leser sich zu Gruppen zusammenfanden, um die Erkenntnisse aus meinem Werk umzusetzen und eine neue, feministisch geprägte, sozusagen magdalenische Form des Christentums zu praktizieren. Leserinnen, genauer gesagt, denn das Buch spricht natürlich in erster Linie Frauen an. Und viele dieser Frauen haben Kontakt mit mir aufgenommen, und man kann, wenn Sie so wollen, davon sprechen, dass ich eine nicht unbeträchtliche Anzahl von Verehrerinnen habe.«

Ich bekam große Ohren. Das war ja ein Ding! Da hatte ich den guten Herrn Klüngelbein aber gewaltig unterschätzt. Sah aus wie ein Waldschrat, der nicht mal das hässlichste graue Entlein abbekommen würde – und hatte in Wirklichkeit einen ganzen Haufen von Weibern am Start. Der biedere Bücherwurm war also tatsächlich ein verkappter Rockstar mit jeder Menge Groupies.

»Und läuft da auch was mit Ihren Verehrerinnen?«

»Sie meinen ...?«

»Genau das!«

Jetzt konnte er ein fettes Grinsen nicht mehr verleugnen.

»Natürlich halte ich Kontakt zu meinen weiblichen Fans und bekomme durchaus auch öfter Besuch von ihnen.«

Er erröte etwas, grinste aber immer noch.

»Und für eine der Damen habe ich mich auch – wie soll ich sagen? – entschieden. Entschieden in dem Sinne, eine feste Beziehung zu führen. Allerdings ist es erst mal eine Fernbeziehung. Aber wir treffen uns regelmäßig.«

In dem Moment klingelte es an der Haustür, und das Grinsen in Herrn Klüngelbeins Gesicht verwandelte sich schlagartig in einen Ausdruck panischer Angst.

4 Bär schoppt

Ich hockte vor meiner Alm auf der Bank.

Schaute auf den See.

Der Grünten spiegelte sich.

Die Sonne auch.

Mein Blick schweifte weiter, bis nach Kempten hinein, bis zum Horizont.

Ich nahm einen Schluck.

Aus der Flasche.

Engelbräu.

»Machst wohl schon Frühschoppen?«

Eine weibliche Stimme.

Missbilligend.

Sie gehörte meiner Nachbarin. Der Bärbel.

Vom Nachbarhof.

Fünfhundert Meter weiter. Am Ende der Sackstraße.

Sträßchen.

Wenn der Milchwagen raufwärts entgegenkam, musste man rückwärts fahren. Rückwärts aufwärts.

Aber der Milchwagen kam nicht mehr rauf.

Es gab keine Milch mehr.

Die Milchkühe waren weg.

Milch war billiger geworden wie Wasser.

Gut, dass ich weder Wasser noch Milch trinke.

Bier ist krisensicher. Und rein. Seit 1516. Reiner geht's nimmer.

In der Ferne läuteten die Kirchenglocken.

Kuhglocken waren längst verschwunden.

Endzeitstimmung.

Ich nahm noch mal einen Schluck gegen den Schreck, sagte: »Ja, ich schoppe. Frühschoppen ist für Männer, was Shopping für die Weiber ist.«

Sie schaute mich an. Ihr Hirn arbeitete.

Ich sagte: »Horch, die Glocken läuten den Sonntag ein. Hock dich her!«

»Ich will dich aber nicht aufhalten«, sagte sie und hockte sich neben mich.

»Magst auch a Halbe? Engelbräu!«

»Ich trink nicht.«

»Das ist ung'sund. Da dehydriert man, wenn man nicht trinkt …«

Sie schaute, als hätte ich chinesisch gesprochen. Ich übersetzte: »Man vertrocknet. Verdurstet. Geht ein.«

»Schau ich so aus?«

Ich sah sie an. Sagte: »Für das, dass nix trinkst, schaust noch ganz fesch aus. Aber a bissle versorgt ... Bier beruhigt. Der Hopfen ...«

Sie seufzte.

»Jaja, die Sorgen ...«

»Das Vieh?«

»Hend mer koins mehr.«

»D'r Ma?«

»Der ist schon lang nemme do ... der ist bei seim Weib ...«

»Ich hab denkt, der ist schwul?«

»Er sagt, er ist lesbisch ... frisst Hormone, hat einen Busen und steht auf Weiber ... aber des isch mir wurscht. Hauptsach, er zahlt für die Kinder.«

»Und? Zahlt er?«

»Ja, schon. Aber die Kinder ...«

»Machen die dir Sorgen, die Käsi und die Maja? Die sind doch schon groß.«

Die Käsi, die Jüngere, war um die neunzehn. Sie hieß eigentlich Kathrin, hatte sich vor ein paar Jahren in Cathy umbenannt, weil das Englisch und in Mode war, aber mit dem Ti-ätsch hat es nicht ganz geklappt, und seither hieß sie Käsi. Maja hieß Maja, weil sie gezeugt worden war, während Karel Gott das Lied von der Biene Maja im Radio gesungen hat. Das bildet sich jedenfalls meine Nachbarin ein.

Ich sagte: »Nach ihrem Marienwahnsinn sind sie doch wieder ganz vernünftig geworden ...«

»Ja, da bin ich froh, dass du sie damals rausgeholt hast ... aus Altötting und der Marienbrut.«

»Ja, die Schwarze Madonna, die hat halt geholfen ...«

»Die Maja hat letztes Jahr ihr Abitur gemacht, und die Käsi macht es dieses Jahr. Wenn ...«

»Wenn was?«

»Wenn sie sich auf ihren Arsch setzt und lernt, aber die zwei ham ja nix anders im Kopf als wie ... Ich wois gar itta, was die im Kopf hend ...«

»Wahrscheinlich Männer … in dem Alter. Liebeswahn, Liebeskummer …«

»Glaub ich itta.«

»Warum itta?«

»Die Käsi sieht selber aus wie ein Mannsbild. Am Kopf …«

»Wie?«

»Sie hat sich eine Glatzn schneiden lassen. Kahl rasiert.«

»Meinst du, sie hat einen Buzz Cut? Das ist jetzt modern.«

»Woher willst denn du das wissen?«

»Aus der Zeitung. Die Models tragen Buzz Cut. Kahlschlag am Kopf. Cara Delevingne, die Sängerin Halsey, die Schauspielerin Kristen Stewart, die Models Lina Hoss, Adwoa Aboah, Ruth Bell, Kris Gottschalk …«

»Der Gottschalk, hat sich der seine schönen Haar abschneiden lassen? Ja hoffentlich fangt der ander, der André Rieu, nicht auch noch zum Spinnen an.«

»Nur noch die alten Deppen haben lange Haar, wer als Junger was auf sich hält, trägt kahl. Und jetzt machen's die jungen Weiber auch …«

»Also i wois itta … Mei Mama hat auch keine Haar mehr g'habt nach dem Krebs und der Chemo, und das ist ihr ganz schwergefallen. Ihr schönes Haar verloren …«

»So wie deins?«

»Noch schöner, noch voller, ihr ganzer Stolz.«

Sie seufzte, schnäuzte sich, wischte sich die Tränen weg.

»Sie hat sich dann eine Perücke machen lassen. Sonst hätt sie sich so g'schämt … Und die jungen Dinger, die rasieren sich ihre schönen Haar freiwillig ab.«

»Vielleicht ham s' auch einen Krebs, im Hirn … Geschmacksverirrung oder so … eine Geisteskrankheit … Also nach dem Krieg, da ham s' in Frankreich den jungen Frauen, die sich mit einem deutschen Soldaten eingelassen haben, den Schädel rasiert und sie durchs Dorf getrieben. Da war der Buzz Cut eine Strafe.«

Sie nickte.

»Es ist auch eine Schand, wie die sich zurichten. So kriegen die nie ein Mannsbild.«

Mir rutschte raus: »Mich auf jeden Fall nicht!«
Sie lachte laut auf.
»Was du dir einbildst ... in deinem Alter!«
Ich, entrüstet: »Also jetzt amal langsam. Ich hab noch alle Haar auf Kopf, und wennst willst, kannst meinen Sixpack-Bauch anschauen, ich mach noch jeden Tag mein Workout an meinen Foltergeräten.«
»Du spinnst wohl genauso wie meine Töchter!«
»Wieso?«
»Die ham auch so ein Zeug in ihren Zimmern stehen, schaut aus wie eine Affenschaukel ...«
»Etwa einen Five-Minutes-Shaper? Gute Sache!«
»... und jeden zweiten Abend gehen s' ins Fitnessstudio, und im Bad steht eine halbe Apotheke ...«
»Anabolika?«
»Ich weiß nicht, wie es jetzt ist, aber früher hat man das Vieh damit gefüttert, damit es schneller wächst und kräftiger wird.«
»Dann sehen s' sicher super aus, die zwei ... bodymäßig, mein ich.«
»Wie die Möbelpacker. Und einen Sandsack haben sie auch aufgehängt und so ein Ding, wie die Boxer üben.«
»Einen Punching-Bag? Boxsack?«
»I kenn des Zuig itta. Isch halt was zum Neihauen ...«
Ich sagte: »Wenn s' beide auf Fitness machen, verstehen sie sich doch zumindest gut, deine zwei Mädels.«
Sie schüttelte den Kopf. Verzweifelt.
»Von wegen! Sie verstehen sich überhaupt nicht mehr. Ich weiß gar nicht, was mit den Mädchen los ist. Bis vor einem Jahr waren sie ein Herz und eine Seele, und jetzt sind sie wie Hund und Katz. Daheim gibt's jeden Tag Streit, Gekeife, wegen allem und jedem. Das Einzige, wo sie sich noch einig sind, ist, wenn's gegen die Mannsbilder geht.«
Sie zögerte einen Augenblick, lachte dann, sagte: »Da sind mir uns alle drei einig.«
»In was?«
»Dass die nix taugen, die Mannsbilder.«

»Soso, auf einmal taugen s' nix.«

Sie errötete.

»Ach, ich hab nicht dich persönlich g'meint, nur so allgemein.«

»Und außer in Sachen Mannsbilder haben s' wohl nix gemeinsam, deine Töchter, nicht einmal die Frisur, die Maja trägt ja lang …«

»Nein … Doch: Sie rennen ein paarmal in der Woche in die Kirch.«

»In die Maiandacht nach Sankt Marien, drunt in Tal?«

»Nein, ich glaub, die Käsi, die Kleine, die fahrt nach Kempten, die Maja nach Rettenberg …«

»Da gibt's zwei Brauereien, in Rettenberg, Zötler und Engelbräu.«

»Sie trinkt kein Bier, die Maja. Sie hat hin und wieder was von einer Gemeinschaft angedeutet, von den Schwestern … aber wenn ich dann nachfrag, sagt sie, das geht dich nix an!«

»Stimmt!«

Sie schaute mich giftig an.

»Aber als Mutter, da muss man doch wissen …«

»Dann schau halt amal in ihre Zimmer, wenn s' auf Missionsreise sind, die zwei.«

»Abgesperrt.«

»Selbst ist die Frau! Aber woisch, für so was gibt's doch einen Dietrich.«

»Den kenn ich nicht. Ist das ein Schlosser, wie der Schlossers Michl drunten vis-à-vis vom ›Schwarzen Adler‹? Nein, wenn die erfahren, dass ich da ein Mannsbild hineinlass …«

»Der Dietrich ist kein Mannsbild. Das ist eine Art Schlüssel, der alles aufsperrt … Wennst willst, ich kann dir da gern behilflich sein.«

Eigentlich war ich nur neugierig, was die beiden rabiaten Damen in ihren Gemächern trieben, sagte: »Und als Mutter, da musst ja ab und zu einen Blick in die Zimmer werfen, schon wegen der Ordnung …«

»Ja, und ob alles sauber ist …«

Ich leerte meine Flasche Engelbräu.
Bier beruhigt.
Zum Beispiel vor einem Einbruch …

5 Marlein und die schwere Geburt

Herr Klüngelbein warf einen nervösen Blick auf einen Bildschirm neben dem Schreibtisch, der offenkundig das Bild der Überwachungskamera vor der Haustür lieferte.

»Ich mache nicht auf. Ich kenne diesen Mann nicht.«

Ich schielte ebenfalls auf den Bildschirm.

»Soll ich für Sie an die Tür gehen und fragen, was er will?«

Er überlegte kurz.

»Sind Sie bewaffnet? Ich meine, nur für den Fall der Fälle?«

Ich griff in die Innentasche meiner Jacke und ließ ihn meine Knarre sehen.

Er zuckte leicht zusammen.

»Und die ist echt?«

»Nein, es ist eine Wasserspritzpistole. Aber ein gezielter Strahl in die Augen setzt jeden Ganoven außer Gefecht.«

Meine Antwort gefiel ihm nicht. Klüngelbein verstand meinen Humor einfach nicht. Das würde ja eine tolle Zusammenarbeit werden, wenn es denn tatsächlich eine werden sollte …

»War wieder nur ein Witz. Natürlich ist die echt. Also was jetzt – soll ich aufmachen?«

Er nickte.

Ich stand auf und ging durch das Bibliothekswohnzimmer zur Eingangstür.

Ich entfernte all die Riegel und Ketten, die Klüngelbein natürlich wieder angebracht hatte, nachdem er mich hereingelassen hatte.

Ich nahm meine Pistole aus der Innentasche und öffnete mit der anderen Hand die Tür – nur einen Spaltbreit, sodass man meine bewaffnete Hand nicht sehen konnte.

Vor der Tür stand ein Mann, der von der Größe her meinem Gastgeber glich, von der Breite her aber das genaue Gegenteil des hageren Frettchens Klüngelbein war. Er hatte eher die Figur einer Kugel.

Der Mann hatte eine Glatze, trug eine randlose Nickelbrille und hatte einen kleinen Schal um den Hals geschlungen. Angesichts der frühsommerlichen Witterung konnte die Sache mit dem Schal nur dem Zweck dienen, besonders intellektuell auszusehen. Vielleicht sollte die Brille dasselbe suggerieren und hatte nur Fenstergläser.

»Ja bitte?«

Der Kugelmann sah mich leicht überrascht an.

»Ich wollte eigentlich zu Herrn Professor Klüngelbein.«

»Um was geht es?«

Er musterte mich kritisch.

»Wer sind Sie, wenn ich fragen darf?«

Ich musterte ihn mehr als kritisch – wenn Blicke töten könnten, wäre er sofort umgefallen.

»Sie verwechseln da etwas, guter Mann. Ich bin hier der Typ, der die Fragen stellt. Weil ich gerade gute Laune habe, verrate ich Ihnen aber, dass ich der persönliche Assistent von Professor Klüngelbein bin. Und jetzt spucken Sie aus, was Sie von ihm wollen, oder machen wieder die Fliege, bevor ich die Bullen rufe.«

Das war zugegebenermaßen etwas dick aufgetragen, aber ich habe nun mal eine Schwäche für theatralische und filmreife Auftritte.

Der Typ war auch sichtlich beeindruckt und gab sich wesentlich devoter.

»Mein Name ist Ingo Groschen. Ich bin freier Journalist. Ich würde gern mit Professor Klüngelbein ein Interview zu seinem neuen Buch machen. Es soll ja einen sensationellen Inhalt haben.«

Ich schüttelte den Kopf.

»Herr Klüngelbein ist momentan unpässlich. Ein sofortiges Gespräch ist völlig unmöglich. Aber Sie können mir Ihre Karte dalassen. Falls Herr Klüngelbein Interesse an einem Interview haben sollte, wird er sich bei Ihnen melden.«

Er schluckte das anstandslos, gab mir eine Visitenkarte, bedankte sich und trollte sich.

Ich schloss die Tür, erneuerte die Klüngelbein'schen Sicherheitsmechanismen und ging zurück ins Wohnzimmer.

Klüngelbein saß hinter seinem Schreibtisch und war so entspannt wie ein Kaninchen, vor dessen Bau eine Schlange aufgekreuzt war.

Ich nahm wieder Platz.

»Und? Alles mitgehört?«

Es hatte ihn sicherlich beruhigt, dass der ungebetene Gast wieder verschwunden war, aber seine Stimme schlotterte immer noch.

»Ja. Sehen Sie, genau das ist das Problem. Das ist das Ergebnis meiner unbedachten Äußerungen in meinem letzten Interview.«

Ich warf ihm die Visitenkarte auf den Schreibtisch.

»Wollen Sie den Typ kontaktieren?«

Er betrachtete das Kärtchen, als wüsste er, dass es mit Arsen getränkt war.

»Um Gottes willen, nein! Ich sage öffentlich gar nichts mehr, bis das Buch erschienen ist.«

»Ich denke, ich habe Herrn Groschen genug abgekanzelt, dass er so schnell nicht mehr an Ihrer Haustür klingelt.«

Klüngelbein nickte eifrig.

»Ja, das haben Sie gut gemacht! Das zeigt mir, dass Sie perfekt geeignet sind für den Job als mein Leibwächter!«

»Sie wollen mich als Leibwächter engagieren?«

»Ganz genau.«

Endlich war es raus, was er von mir wollte. Eine schwere Geburt.

Ich massierte mein Kinn.

»Aber wozu? Gerade hätten Sie mich doch überhaupt nicht gebraucht – Sie hätten einfach nur nicht reagieren müssen, dann hätte der Typ sich von selbst wieder verzogen. Außerdem haben Sie doch gesagt, Sie fühlen sich hier sicher, und diese Einschätzung kann ich nur bestätigen. Wofür dann mich?«

»Ich brauche Sie auch nicht für hier, zu Hause bin ich tatsächlich sicher. Aber ich muss jetzt, ob ich will oder nicht, ein paar Tage lang raus. Ich muss zunächst auf eine Recherchetour für mein neues Buch gehen und dafür diverse Orte besuchen. Und anschließend werde ich an einem Maria-Magdalena-Kongress in Ettal teilnehmen.«

»Und ich soll Sie auf dieser Recherchetour und bei diesem Kongress als Leibwächter begleiten und vor möglichen Anschlägen schützen?«

»Sie haben es erfasst.«

»Von welchem zeitlichen Umfang sprechen wir dabei?«

»Zehn Tage. Das heißt, erst fünf Tage Recherchetour, dann zwei Tage Pause, in denen wir wieder hier in Fürth sind, und dann noch mal drei Tage Kongress in Ettal.«

Ich versuchte, mir vorzustellen, ob ich es zehn Tage mit Herrn Klüngelbein aushalten würde. Mein Gefühl sagte ganz klar: Nein!

»Und was wäre Ihnen meine Begleitung wert?«

»Ich hätte an dreitausend Euro gedacht. Übernehmen Sie den Auftrag, Herr Marlein?«

Mein Verstand sagte ganz klar: Ja!

Und leitete diese Antwort gleich an meinen Mund weiter, um dem Gefühl jegliche Chance zu nehmen, ein solches Himmelfahrtskommando noch zu verhindern.

6 Bär fummelt

»Sie sind weg. Beide.« Meine Nachbarin flüsterte.

»Die Einzigen, die uns hören können, sind die Kühe, die paar, die wo noch übrig geblieben sind.«

Sie sagte: »Sicher ist sicher.«

Ganz schön paranoid.

Wir schritten zur Tat.
Sie rüttelte an der Tür.
Verschlossen.
Die zweite ebenso.
»Glaubst du, du kriegst sie auf?«

Ich holte meinen Dietrich aus der Hosentasche, fummelte rum, drückte die Klinke, öffnete die Tür, sagte: »Tritt ein, bring Glück herein.«

»Das ist das Zimmer von der Käsi. Natürlich nicht aufgeräumt, man muss sich ja schämen.«

Ich lachte, sagte: »Ich zeig dir mal mein Zimmer, dann musst dich nimmer schämen.«

Sie deutete auf ein Poster auf der Wand, sagte: »So schauen die alle aus. Hübsche Mädchen. Kahl rasiert am Kopf.«

»Vielleicht nicht bloß am Kopf ...«
»Wo denn sonst noch?«
»Unter den Achseln vielleicht.«

Ich ging näher hin, sagte: »Die Jungfrauen ham sogar Namen, wie ich g'sagt hab ... Cara Delevingne, die Sängerin Halsey, die Schauspielerin Kristen Stewart, die Models Lina Hoss, Adwoa Aboah, Ruth Bell, alles berühmte Schauspielerinnen und Models.«

»Woher weißt du, wie sie heißen?«
»Steht doch drunter.«
Gegenüber ein kleiner Zimmeraltar.
Eine Kerze drauf, halb abgebrannt.
Daneben eine Gipsfigur.
Sie sagte: »Die Jungfrau Maria.«
Auf dem Sockel stand: »MM«.

Ich sagte: »MM ... Außerdem ist sie nackert, schaut aus wie die Venus. Prachtbusen ...«

»Wenigstens Haar hat s' aufm Kopf.«
»Sexy ... ein leichtes Mädchen ... die Sünderin?«
»Welche Sünderin?«

»Die Maria Magdalena. Die wo dem Jesus die Füß gewaschen hat und ihn eingeölt ...«

»Die Letzte Ölung?«
»Könnt man so sagen … oder die vorletzte. Da schau, da steht auch ein Fläschchen Öl.«
Ich nahm es in die Hand.
»Es pappt. Massageöl.«
»Zu was braucht die Käsi bloß Massageöl?«
Mein Blick fiel auf einen länglichen Gegenstand auf dem kleinen Nachttisch neben dem ungemachten Bett. Ein Massagestab. Daneben ein Vibrator. Ich sagte: »Sie macht ja auch Sport, da braucht s' wohl was zum Einreiben für die Muskeln, schau: Da in der Ecke. Ein Baseballschläger.«
»Das hat sie mir gar nicht gesagt, dass sie Baseball spielt.«
Ich sagte: »So sind halt die jungen Dinger, sie wollen nicht alles ihrer Mama sagen. Jede Frau braucht ihr Geheimnis …«
Ihre Wangen wurden rosa bis rot.
Sie sagte: »Vielleicht spielen s' nach der Kirch noch Baseball, in der Jugendgruppe. Komm, schauen wir ins andere Zimmer, zu der Maja.«
Sie hatte es eilig, war angespannt.
Ich blickte noch schnell in den Schrank, sagte: »Tolle T-Shirts.«
»Wahrscheinlich vom NKD.«
»Glaub ich nicht. Schau! Lauter Slogan-Shirts. Alle in Majuskelschrift. Und keines unter zweihundertfünfzig Euro …«
Ich las ihr die Slogans vor:
REMOVE BEFORE SEX
THE FUTURE IS FEMALE
GIRLS JUST WANT TO HAVE FUN-DAMENTAL RIGHTS
USE CONDOM
NO MORE FASHION VICTIMS
WE SHOULD ALL BE FEMINISTS
MAGGIE FOR QUEEN
FUCK MEN
MM
Sie schaute verwirrt, sagte: »Ist ja fast alles Englisch … bis auf das letzte. MM. Sektreklame.«

»Soll ich's dir übersetzen?«

»Nein, danke, den Scheiß brauch ich gar nicht wissen. Komm, weiter!«

Ich warf einen letzten Blick zurück in Käsis Chaoshöhle.

Auf ihrem Nachttisch lag ein Buch. »Die Leidenschaft des Jägers«. Es kam mir bekannt vor. Aber woher?

Bärbel drängte mich weiter.

Wir öffneten die Tür von Majas Zimmer.

Ich bekreuzigte mich. Sagte: »Das schaut ja aus wie in einer Kapelle.«

An der Wand hing ein Foto von einer kleinen alpenländischen Kirche. Im Hintergrund der Grünten. Was meine Nachbarin nicht interessierte. Sie scannte das Zimmer mit einem Blick, sagte: »Und blitzsauber!«

Den kleinen Hausaltar dominierte ein Kunstdruck.

»Da schau her, schon wieder die gute Maria beim Fußwaschen. Vielleicht hatte die einen Waschzwang.«

Sie nickte zustimmend.

»Und sie hat was Ordentliches an. Schaut aus wie ein Dirndl.«

Ich deutete auf die Wand, sagte: »Grad so wie das Dirndl hier von der Maja.«

»Warum die das nicht in den Schrank hängt …«

Sie öffnete die Schranktür.

Ich sah: noch ein Dirndl. Und noch eins. Aus Latex. Aus einer Schublade schaute ein schwarzer Holzgriff heraus. Er gehörte zu einer Lederpeitsche. Meine Nachbarin wurde noch röter, machte die Tür sofort wieder zu. Sagte: »Komm, jetzt gehn wir, da find man ja doch nix Gscheits.«

Ich sagte: »Ja, das bringt nix … alles so ordentlich … bloß die Zeitung hätt s' vom Bett wegtun können.«

Die Allgäuer Rundschau lag aufgeschlagen auf Majas Bett:

Brutaler Überfall im Hauptbahnhof
In der Nacht zum Sonntag kam es zu einer brutalen Schlägerei, wie erst jetzt bekannt wurde. Eine Gruppe

vermutlich alkoholisierter Jugendlicher griff einen älteren Passanten an. Durch einen Defekt an den Überwachungskameras ist der weitere Verlauf des Überfalls noch unklar. Als die Polizei, die von einer unbekannten Person verständigt wurde, in dem Bahnhof eintraf, fand sie die Jugendlichen erheblich verletzt auf den Gleisen liegen. Von dem überfallenen Passanten fehlt jede Spur, aber es gilt als unwahrscheinlich, dass er es war, der den Jugendlichen die Verletzungen zufügte. Die Polizei sucht Zeugen. Sachdienliche Hinweise können per Telefon oder an jeder Polizeidienststelle gegeben werden. Der Präsident der Polizei Kempten versprach lückenlose Aufklärung.

Mein Blick fiel noch mal auf den kleinen Altar.

Auf ein Buch. Aufgeschlagen.

Ich ging hin, setzte meine Lesehilfe von DM auf, sah auf das Cover, das eine halb nackte junge Frau zeigte, las den Autor und den Titel:

Gerhard-Johann Klüngelbein

»Maria Magdalena – die ultimative Wahrheit«

Daneben ein Block Briefpapier.

Rosa.

Auf dem obersten Blatt stand ein Wort:

»Liebster …«

7 Marlein und der fette Wälzer

Als ich die Gaststätte im Erdgeschoss des Gebäudes, in dem sich mein Büro befand, betrat, lief ich Frau Gaulstall direkt in die Arme.

Frau Gaulstall war die Wirtin der Gaststätte und zugleich meine Vermieterin. Sie war eine korpulente, pragmatisch denkende Frau, die mir schon den einen oder anderen Fall zugeschustert hatte. Sie schmiss den Laden größtenteils alleine, war

Chefin, Bedienung und Köchin in einer Person. Sie kam ohne Personal aus, stellte lediglich hin und wieder einen Gehilfen in der Küche an.

Die Wirtsstube war noch leer um diese Zeit, und Frau Gaulstall war gerade damit beschäftigt, die Tische zu decken.

Sie strahlte mich an.

»Herr Marlein! Das ist aber schön, dass Sie mich besuchen!«

Doch dann verfinsterte sich ihre Miene, übergangslos, wie auf Knopfdruck.

»Ich hoffe, Sie kommen nicht, um mir wieder irgendwelche fadenscheinigen Ausreden aufzutischen, warum Sie mit der Miete schon wieder seit Monaten im Rückstand sind!«

Ich schlug Klüngelbeins Buch auf, das ich mitnehmen durfte, weil ich seinen Auftrag angenommen hatte.

»Ganz im Gegenteil, Frau Gaulstall: Ich komme, um Ihnen mitzuteilen, dass Sie die ausstehenden Mieten in Kürze erhalten werden. Ich muss nur noch dieses Papierchen hier einlösen.«

Ich zog den Scheck aus dem Buch heraus, den mir Klüngelbein zum Abschied feierlich überreicht hatte und den ich zwischen die Seiten gesteckt hatte, und hielt ihn ihr unter die Nase.

Sie rümpfte selbige.

»Ist der auch gedeckt?«

Ich tat entrüstet.

»Ich bitte Sie, Frau Gaulstall – der ist von einem berühmten Bestsellerautor ausgestellt!«

Sie sah mich an, als hätte ich ihr gerade erzählt, ich wäre von Außerirdischen entführt worden.

»Und was hat der mit Ihnen zu schaffen?«

»Er hat mich als Leibwächter engagiert. Er bricht morgen zu einer Recherchereise auf, und ich werde ihn dabei begleiten.«

Darauf hatten Klüngelbein und ich uns geeinigt. Wir mussten am nächsten Tag starten, wenn wir Klüngelbeins Zeitplan einhalten wollten, denn der Kongress in Ettal würde in einer Woche beginnen.

Frau Gaulstall blieb skeptisch.

»Und welcher Bestsellerautor soll das sein?«

Ich streckte ihr das Buch hin.

»Professor Gerhard-Johann Klüngelbein. Der Autor von ›Maria Magdalena – die ultimative Wahrheit‹. Haben Sie es gelesen?«

Ich betonte den Titel Professor. Frau Gaulstall war ein Mensch, der sich von akademischen Titeln noch beeindrucken ließ. Manchmal zumindest.

Sie musterte das Cover.

»Nein.«

Erneut spielte ich den Entrüsteten.

»Aber Frau Gaulstall! Das ist eine schlimme Bildungslücke! Aber ich kann's Ihnen ja mal leihen, wenn ich wieder zurück bin.«

Sie wiegte das Buch in den Händen, als wollte sie abschätzen, was es einbringen könnte, wenn sie es verscherbeln würde.

»Lieber wär's mir, wenn Sie die Mieten endlich bezahlen.«

»Wie gesagt, mache ich – auch, sobald ich wieder zurück bin. Apropos, ich hätte da noch eine Bitte: Könnten Sie während meiner Abwesenheit Klienten, von denen Sie mitbekommen, dass sie mich aufsuchen wollen, darüber informieren, dass ich in einer wichtigen Angelegenheit ermittle und deshalb erst wieder nächste Woche verfügbar bin?«

Sie lächelte spöttisch.

»Welche Klienten? Da kommt doch eh niemand!«

Diesmal war ich ernsthaft empört.

»Also so hart kann man das nicht sagen …«

»Doch, kann man, weil es so ist. Ich habe seit Wochen niemanden mehr gesehen, der zu Ihnen hochgegangen wäre.«

Sie warf einen letzten Blick auf das Buch und gab es mir zurück.

»Wieso braucht dieser Klüngelbein denn überhaupt einen Leibwächter? Hat er was ausgefressen?«

»Nun ja, zumindest aus Sicht gewisser Kirchenkreise. Er hat irgendwas über Maria Magdalena geschrieben, das den Pfaffen und dem Popen nicht gefallen hat. Und jetzt will er wohl noch eins drauflegen. Was wissen Sie denn eigentlich über Maria Magdalena, Frau Gaulstall?«

Sie zog die Stirn in Falten.

»Das war doch die Sünderin, die was mit Jesus hatte, oder?«

»Sie haben zu viele schlechte Kinofilme gesehen, Frau Gaulstall. Aber Sünde ist ein gutes Stichwort. Sündigen werde ich jetzt auch, zumindest kulinarisch, zur Feier des neuen Auftrags, und als Abschied vor meiner Reise. Bringen Sie mir ein Schnitzel mit Pommes!«

Ihre Augen fixierten mich kritisch.

»Wieso soll das eine Sünde sein?«

Weil deine Mahlzeiten vor Fett und Öl und Kalorien nur so triefen, wollte ich sagen, entschloss mich jedoch, es diplomatischer zu formulieren.

»Weil ich eigentlich eine Diät machen wollte.«

Sie führte einen kurzen Körperscan an mir durch.

»Sie und Diät? Sie sind doch schon so ein Hungerhaken! Man muss essen, Herr Marlein – Essen hält Leib und Seele zusammen. Nehmen Sie Platz, ich mache Ihnen Ihr Schnitzel.«

Sie ging weg, stoppte, drehte sich noch mal um, ihre Augen verengten sich zu Schlitzen.

»Sie können aber bezahlen, oder? Ich lasse nichts mehr anschreiben, solange Sie Ihre Miete nicht bezahlt haben.«

Anstatt verbal zu antworten, winkte ich nur wortlos mit dem Scheck. Sie verstand meine Botschaft.

»Also gut, ein letztes Mal. Aber nächste Woche möchte ich alle Ihre Schulden beglichen haben. Verstanden, Herr Marlein?«

Ich nickte pflichtbewusst. Frau Gaulstall schob ab in die Küche.

Ich schenkte mir an der Theke selbst eine Cola ein und setzte mich an einen der Holztische der Gaststätte.

Während ich an meiner Cola nippte und auf mein Schnitzel wartete, blätterte ich Klüngelbeins angeblich epochales Werk durch.

Es war ein fetter Wälzer, mehrere hundert Seiten dick. Ich fand ein Inhaltsverzeichnis mit dem Aufbau des Buches: »Vorwort«, »Teil A: Die Quellen über Maria Magdalena«, »Teil B: Die Wahrheit über Maria Magdalena«, »Nachwort«. Teil A und Teil B bestanden jeweils aus vier Kapiteln. Und ich fand zu meinem Entzücken, dass es am Ende jedes dieser acht Kapitel eine kurze Zusammenfassung gab.

Ich atmete auf. Ich würde mich also nicht durch Hunderte Seiten Klüngelbein'scher Ergüsse kämpfen müssen.

Auch das Vorwort war bezüglich seiner Länge überschaubar, und ich beschloss, es als Einstimmung auf meinen bevorstehenden Ausflug zu lesen.

8 Bär zockt

Ich hockte vor meiner Alm. Ein altes Bauernhaus. Die Biselalm. In den sechziger Jahren abgebrannt und wieder aufgebaut. Mit Zimmern für die Städter. Meine Räume lagen im zweiten Stock unterm Dach.

Ein Auto bretterte auf dem einspurigen Asphaltweg an der Alm vorbei und verschwand nach fünfhundert Metern unten im Wald. Abwärts ohne Bremsen.

Eilig musste sie es haben, meine Nachbarin.

Sie arbeitete in Kempten. Im Allgäu-Forum. Schuhgeschäft. Die Nebenerwerbslandwirtin ohne Landwirtschaft.

Ich trank. Engelbräu. Engelbräu aus Rettenberg. Rettenberg am Grünten.

Mitten im Schluck riss es mich.

Da, wo der A3 meiner Nachbarin verschwunden war, tauchte etwas Schwarzes auf. Langsam. Also kein Einheimischer.

Das Bier schmeckte bitter.

Ich setzte meine Lesebrille auf, schaute aufs Haltbarkeitsdatum.

Nichts verkehrt damit.

Mit meinem Geschmack war was verkehrt.

Das Schwarze glänzte in der Sonne.

Doch nicht etwa ein Leichenwagen?
Und dazu noch von rechts.
Leichenwagen und schwarze Katzen von rechts bringen Unglück. Von links Glück.
Schmarrn!
Trotzdem …
Er rollte langsam auf die Alm zu.
Unangenehm langsam.
Vielleicht die Steuerfahndung.
Die Kriminalpolizei.
Der Jugendschutz.
Schlimmer: die Kirche. Dienstauto. Kennzeichen: A. A für Augsburg.
Ungefragt rollte der schwarze Mercedes auf den Hof, fuhr ein paar Disteln um.
Ein untersetzter Mittfünfziger mit Glatze quälte sich aus dem Fahrersitz.
Blökte: »Ja, da hab ich ja ein Glück g'habt, dass ich Sie hier treff.«
Des einen Glück ist des andern Pech.
Meins.
Der Typ walzte auf mich zu, streckte mir die Hand entgegen, sagte: »Herr Dr. Bär! Kennen S' mich noch?«
Ich hielt mich mit links an der Flasche Engelbräu fest, versteckte die rechte Hand hinterm Rücken. Ich kannte den Handschlag. Meine Hand schmerzte. Körpergedächtnis. Ich sagte: »So dement bin ich noch nicht. Der Metzger von Augsburg.«
Er hieß Metzger, hatte einen Griff wie ein Metzger und eine Wampe wie zwei Metzger. Er war wohl auf dem zweiten Bildungsweg Priester geworden. Der Personalchef vom Bistum Augsburg.
Er ließ sich ohne Einladung auf meiner Bank nieder, schaute in die Natur, sagte: »Paradiesisch!«
Ich sagte: »Ja, bis vor zwei Minuten.«
Er lachte, eine Oktave zu hoch, zwanzig Dezibel zu laut, sagte: »Und Ihren Humor ham S' immer noch!«

Ich sagte: »Wenn man schon nix zu lachen hat, braucht man wenigstens Humor.«

Er legte seinen dicken Kopf in einen schrägen Seelsorgewinkel, sagte: »Ham Sie sich verletzt … an der Nas?«

Ich sagte: »Ja, eine Bremse hat mich hineingestochen.«

»Und ham Sie sie nicht wegschlagen können?«

»Nein, ich war aufm Fahrrad … aufm Weg«, ich deutete in die Richtung, »wo Sie grad mit Ihrem bescheidenen Dienstwägele heraufgerollt sind, und da ist's so steil, dass man die Händ nicht vom Lenker nehmen kann … deshalb …«

»Und da fahren Sie immer noch mit dem Rad rauf? So steil … in Ihrem Alter!«

»Ich üb für den Grünten. Zu meinem Siebzigsten will ich mit meinem Mountainbike den Grünten naufradeln.«

»Respekt!«

Er war scheißfreundlich.

Er wollte was. Ich sagte: »Jetzt hörn wir auf mit dem freundlichen Getue. Was wolln S' denn von mir?«

Er stockte einen Augenblick, sagte dann: »Schauen S', lieber Bruder Bär, das schätz ich so an Ihnen. Sie sind so direkt, mit Ihnen braucht man nicht lange rumreden.«

Aha, auf einmal waren wir Brüder. Geistliche Brüder. Brüder im Herrn. Stiefbrüder.

Er schleimte weiter: »Wir ham ja schon zusammengearbeitet … und immer sehr diskret.«

Stimmt. Wie ich die Gesundbeterin ausfindig gemacht hab. Es hat ihn fünf Millionen gekostet. Nicht persönlich. Die Kirche. Er wusste es, ich wusste es, aber beweisen konnte er es mir nicht. Es kam auch nie raus, wohin die fünf Millionen verschwunden waren und dass es fünf Millionen waren. Das meinte er wohl mit »diskret«.

Er griff in seine Aktentasche.

»Ich hab Ihnen eine kleine Aufmerksamkeit mitgebracht!«

Er holte eine grüne Flasche aus seinen Akten, auf dem Etikett stand: »Tanqueray No. 10«.

»Für Sie! Ihr Lieblingsgetränk!«

»Das wissen Sie noch?« Mein grantiges Gesicht entgleiste.

Er griff noch mal in seine geistliche Ledertasche, zauberte zwei Gläser hervor.

Ich sagte: »Da bin ich ja ganz gerührt.«

War ich tatsächlich.

Ganz netter Kerl, der Metzger.

Er schenkte ein, ich sagte: *»Du schenkest mir voll ein.«*

Er nickte: »Psalm 23. *Gutes und Barmherzigkeit …* «

Wir prosteten uns zu. Die Glocke von St. Marien in Tal schlug viermal, dann elfmal. Ich sagte: »Schluss jetzt mit diesem Getue. Zur Sache!«

»… Schätzchen!«

Arsch.

»Also?«

»Wir haben Sorgen …«

»Wer hat die nicht. Hat schon wieder ein Priester den Geist aufgegeben?«

»Nein …«

»Gut!«

»Es geht um die Jugend. Die Pfarrgemeinden in der Gegend hier um Kempten klagen, dass immer weniger Jugendliche in die Kirch kommen.«

»Es gibt ja auch immer weniger Priester, die wo in die Kirch wollen. Ihr müsst es halt machen wie die Protestanten, da dürfen die Frauen auch Pfarrerinnen werden. Vollzeit, Teilzeit, zu jeder Zeit …«

»Der zuständige Pfarrer für die katholische Landjugend sagt, ihm laufen die jungen Leut davon, vor allem die Mädchen … Und die Eltern rennen den Seelsorgern die Türen ein, weil sie sich um ihre Töchter Sorgen machen …«

»Wo laufen sie denn hin, die Töchter?«

»Das wollen wir ja rausfinden. Die Eltern laufen den Seelsorgern die Bude ein, weil sie sich um ihre Töchter Sorgen machen, was die so treiben.«

»Das war schon immer so. Die Eltern denken immer, die Töchter treibens … Den Eltern geht halt die Phantasie durch.

Oder die Erinnerung an das, was sie alles getrieben haben, wie sie jung waren. Am meisten Angst ham s', dass die Töchter ...«

»... schwanger werden?« Metzger schaute besorgt, sagte: »Nein, das wär ja nicht das Schlimmste ... Im Gegenteil, die katholische Landjugend könnt durchaus Nachwuchs brauchen. Das Schlimmste ist, dass die jungen Weiber so sonderbar werden ...«

»Wie sonderbar?«

»Sie reden nix, sie tun geheimnisvoll, sie halten ihre eigene Maiandacht ... und man fürchtet: Sie radikalisieren sich.«

»Klingt nach IS.«

»Ja, es geistern die schlimmsten Befürchtungen rum. Selbstmordattentate. Zwangsehen. Sexsklavinnen ...«

Ich dachte an Majas Schublade, sagte: »Oder Sexsklaven?«

»Wie kommen S' da drauf?«

»Vielleicht drehen die Mädchen halt den Spieß um und dominieren die Mannsbilder.«

Wir schwiegen.

Bis Metzger sagte: »Der Bischof ist beunruhigt. Die Pfarrer sind besorgt. Die Eltern schieben Panik. Und das Schlimmste ist: Wir wissen nix!«

Ich fragte: »Und was hat das alles mit mir zu tun?«

»Sie sollen es rausfinden. Wo, was, wie, wie viel, warum ...«

»Ganz schön viel zum Rausfinden. Was meint denn die Polizei dazu?«

Metzger winkte ab: »Hörn S' mir auf mit der Polizei. Ich war heut früh schon beim Polizeipräsident von Kempten, ein gewisser ... Dummer ... oder so.«

»Tommer?«

»Ja, richtig, Tommer. Kennen Sie den?«

»Nur schwach.«

Tom Tommer war einmal mein Patient, ein paar Jahre in Analyse. Später hat er mir dann hin und wieder aus der Patsche geholfen, er und seine Frau, die Staatsanwältin. Aber das ging den Metzger ja nichts an.

Ich fragte: »Und was meint der?«

»Typisch Polizei: Er sagt, solang nichts passiert ist, kann die Polizei nicht eingreifen. Eine feministische Maiandacht ist noch kein Verbrechen, sagt er, der Depp. Und einvernehmlicher Sex unter Erwachsenen auch nicht. Und außerdem …«

»Was außerdem?«

»Außerdem will der Bischof die Sache nicht gleich an die große Glocke hängen … Diskretion … Und da kämen Sie ins Spiel, lieber Bruder Bär.«

»Ich, in meinem Alter, bald siebzig, die jungen Mädchen lachen mich ja schon aus, wenn die mich bloß sehen.«

»Lieber Bruder Bär, erstens sind Sie noch fit wie eine Brezn. Zweitens weiß ich aus eigener Erfahrung, wie diskret Sie sind, so diskret, dass nicht einmal ich alles von Ihnen erfahr …«

Ich widersprach ihm nicht.

»Und drittens: Sie ham schon die unmöglichsten Sachen rausgefunden, Morde, Verbrechen, Betriebsgeheimnisse …«

Die fünf Millionen erwähnte er nicht. Wahrscheinlich aus verhandlungstaktischen Gründen.

Er hob den Zeigefinger, sagte: »Ich versteh a weng was von Psychologie. Sie haben den Vorteil vom Opa-Effekt!«

»Spinnen S' jetzt? Hab ich noch nie g'hört, und ich hab schon ein paar Taschenbücher über Psychologie in der Hand g'habt, aber vom Opa-Effekt hab ich noch nie was g'lesen.«

»Ist auch noch nicht bekannt. Meine Erfindung. Ich bin noch nicht dazu gekommen, sie zu veröffentlichen. Der Opa-Effekt beruht auf der Tatsache, dass sich Enkel und Opas meistens besser verstehen als wie Kinder und Eltern. Das hängt an den Mendel'schen Gesetzen. Die besagen –«

»Nein danke, keine Vorlesung über Amateur-Genetik. Aber wenn Sie das so sagen, fällt mir auf: Je älter ich geworden bin, desto jünger sind die Polizisten geworden und desto weniger Strafzettel hab ich gekriegt. Sobald die mein' Geburtstag auf dem Ausweis gesehen ham, ham s' mich so komisch angeschaut … wie man in Kaufbeuren im Irrenhaus angeschaut wird oder auf der Geriatrie, Abteilung Demenz.«

»Schauen S'! Sie in Ihrem Alter sind unverdächtig. Wir

wollen wissen, was da los ist mit den jugendlichen Umtrieben. Was und wer dahintersteckt. Sie sollen sich einfach einmal umschauen und umhorchen.«

Er goss noch mal zwei Stamperl Tanqueray ein.

»Prost!«

»Prost!«

Er hustete, sagte: »Ich hab doch g'wusst, dass man mit Ihnen ins Geschäft kommen kann.«

Bot mir seine Hand zum Einschlagen an.

Ich zog meine zurück, sagte: »Apropos Geschäft. Ich arbeite nicht ehrenamtlich. Kann ich mir nicht leisten. In meinem Alter …«

»Und bei Ihren Unterhaltszahlungen.«

»Das geht Sie einen Scheißdreck an!«

»Also, der Mindestlohn …«

Ich schnitt ihm das Wort ab, sagte: »Mindestlohn ist okay für mich.«

Er lächelte huldvoll. Ich zockte weiter: »Mindestlohn für einen praktizierenden Analytiker. Pro Fünfzig-Minuten-Stunde zweiundneunzig fünfzig. Faktor zwei Komma drei. GOÄ!«

»Geh oh was?«

»Gebührenordnung für Ärzte. Plus Spesen.«

Er lächelte verquetscht. Sagte: »Sie sollen die Weiber ja nicht heilen. Bloß beobachten.«

»Gehört zur Diagnose.«

»Also, weil's Sie sind … Aber bitte nix Schriftliches. Nur telefonisch. Sie ham ja meine Handynummer noch.«

»Ich heb leider nur wichtige Daten auf!«

Er schaute auf den Tanqueray, als wollte er ihn wieder mitnehmen.

Ich sagte: »Der bleibt da!«

Er riss aus seinem Notizbuch einen Zettel. Sah aus wie Klopapier.

»Ich schreib's Ihnen auf, meine Handynummer.«

Er schrieb eine Nummer auf den Zettel.

Sonst nichts.

Es ging zu wie bei einem Allgäuer Spionagethriller.
Er schwebte in seinem Dienstwagen wieder talwärts.
In der Kurve sah ich die Bremslichter aufleuchten.
Reifen quietschten.
Eine Hupe tütete.
Ein schwarzes Auto raste auf die Alm zu, vorbei.
Tempo achtzig.
Meine Nachbarin.

9 Marlein und das übermalte Bild

VORWORT: DIE VIELEN GESICHTER DER MARIA MAGDALENA

Maria Magdalena – ein Name, der seit Jahrhunderten die Menschen elektrisiert.
Man kann sicher ohne Umschweife behaupten, dass Maria Magdalena eine der aufregendsten, faszinierendsten und schillerndsten Frauen der Menschheitsgeschichte ist.
Eine Frau, mit der sich Menschen zu allen Zeiten und mit allen Mitteln intensiv auseinandergesetzt haben – in der Kirche, in der Gesellschaft, in der Kunst, in der Literatur und in der Musik. Eine Frau, die bis heute kontroverse Diskussionen auslöst. Eine Frau, mit der sich unzählige Texte, Predigten, Bilder, Skulpturen, Romane, Dramen, Opern und neuerdings auch Filme beschäftigen.
Maria Magdalena ist eine der bekanntesten und beliebtesten Frauengestalten der Bibel. Im Neuen Testament ist sie neben Maria, der Mutter Jesu, die Frau, die am häufigsten erwähnt wird, was ihr qualitativ auf jeden Fall eine wichtige Rolle in Jesu Leben zukommen lässt. Was allerdings nicht heißt, dass sie sehr oft erwähnt wird, quantitativ spielt sie in den vier Evangelien nur eine Nebenrolle.
Und trotzdem wurde über sie mehr geschrieben und phi-

losophiert als über jede andere Person der christlichen Religionsgeschichte. Trotzdem – oder vielmehr gerade deswegen? Gerade weil Maria Magdalena offenbar eine bedeutende Rolle bei der wohl bedeutendsten Episode der Menschheitsgeschichte spielte, wir aber kaum etwas über sie wissen, ist sie zur geheimnisvollsten und umstrittensten Figur der Bibel geworden.

Warum so geheimnisvoll und umstritten? Weil keine andere biblische oder auch historische Gestalt über Jahrhunderte hinweg die Phantasie so vieler Theologen, Philosophen, Historiker, Künstler und Schriftsteller dazu angeregt hat, sich ein Bild von ihr zu machen. Weil das daraus entstandene Bild zwischen höchster Verehrung und tiefster Verachtung schwankt. Weil das Bild von ihr höchst unterschiedliche und auch widersprüchliche Charaktere in sich vereinigt. Und weil das Bild der Maria Magdalena so bunt und facettenreich ist, dass es uns auch heute noch fasziniert, rund zweitausend Jahre nach ihrem Tod.

Wobei dieses Bild wie bei kaum einer anderen historischen Persönlichkeit von der Theologie, der Philosophie und der Kultur der jeweiligen geschichtlichen Epoche geprägt wurde. Maria Magdalena wurde in verschiedensten Jahrhunderten zur Identifikationsfigur von Frauen und Männern, in die sie ihre eigenen Wünsche und Sehnsüchte projizieren konnten.

Positiv formuliert könnte man sagen, dass die Maria-Magdalena-Darstellungen so zu einer Art Indikator für das aktuelle Frauenbild und den gerade herrschenden Zeitgeist wurden, und dass die intensiven Ausschmückungen ihrer Biografie das zeitgenössische Interesse spiegeln. Negativ formuliert muss man konstatieren, dass Maria Magdalena stets vor den Karren der gerade herrschenden geistesgeschichtlichen Mode gespannt wurde und dabei heutzutage in den Niederungen kommerzieller und sensationsgeiler Unterhaltungsmedien gelandet ist.

Wir wollen dieses bunte, schillernde, facettenreiche, widersprüchliche Bild der Maria Magdalena einmal in seine einzelnen Bestandteile aufsplitten und uns kurz und stichpunktartig zumindest einige der Rollen genauer ansehen, die man dieser Frau im Laufe der letzten zwanzig Jahrhunderte schon zugeschrieben hat.

Maria Magdalena, die FROMME und HEILIGE:
Besonders im Mittelalter wurde Maria Magdalena als Heilige hoch verehrt. Sie blieb bei Jesus in seinen dunkelsten Stunden, während seines Leidens und Sterbens am Kreuz, wohingegen ihn seine angeblich treu ergebenen männlichen Jünger schändlich verraten und verlassen hatten, und deshalb galt Maria Magdalena (und gilt auch heute noch vielen Menschen) als vorbildhafte Jüngerin und Schülerin Jesu, als Begleiterin in Gebet und Meditation, als christliches Idealbild der frommen, spirituellen und klösterlichen Frau. In dieser Rolle avancierte sie auch zur Schutzheiligen verschiedenster Gruppen wie Frauen, Gefangene, Schüler, Studenten, Friseure, Gärtner, Winzer und Parfümhersteller.

Maria Magdalena, die SÜNDERIN und HURE:
Die Verschmelzung der Maria Magdalena mit anderen Frauenfiguren im Neuen Testament (siehe Teil A, Kapitel 4) führte dazu, dass sie bei vielen Menschen sofort mit dem Prädikat »Sünderin« in Verbindung gebracht wird. In der Kunstgeschichte wurde sie dabei meist als schön und verführerisch dargestellt, oftmals auch leicht bekleidet, sodass sie schon als »Venus in Sackleinen« betitelt wurde. Welche Art von Sünden diese schöne Frau im Evakostüm begangen haben soll, dürfte nun nicht schwer zu erraten sein: Sie sei, zumindest bevor sie sich Jesus angeschlossen habe, eine Hure, eine Dirne, eine Prostituierte gewesen. Was sie zu einer weiteren Schutzpatronin qualifizierte: der aller »gefallenen Mädchen«.

Maria Magdalena, die GELIEBTE und GRALSHÜTERIN:
Eine attraktive junge Frau, die Jesus zumindest so nahestand, dass die Evangelisten nicht umhinkamen, sie mehrfach zu erwähnen und sogar als die Person zu benennen, der Jesus nach seiner Auferstehung als Erstes erschien: für viele Menschen (und moderne Autoren von Bestsellern und Blockbustern) Beweis genug, dass Maria Magdalena für Jesus mehr war als eine Jüngerin, eine Freundin oder eine Muse – nämlich seine Geliebte, seine Lebensgefährtin, seine Ehefrau, Gemahlin und Gattin – und die Mutter seiner Kinder. Und als solche natürlich auch die Hüterin des Heiligen Grals, sprich die Stammmutter einer geheimen göttlichen Dynastie, einer heiligen Blutlinie leiblicher Nachfahren Christi.

Maria Magdalena, die BÜSSERIN:
Von der Hure zur Heiligen, von der Sünderin zur Geliebten Jesu: Wer eine solche Karriere hinlegt, muss herausragende Büßer-Qualitäten haben. Und dementsprechend steckte man Maria Magdalena, insbesondere in Vermischung mit der nicht biblischen Frauengestalt Maria von Ägypten, also auch in die Rolle der großen asketischen Büßerin, die nach ihrer Flucht aus dem Heiligen Land nach Frankreich dort jahrzehntelang als Einsiedlerin Buße tut und dabei in ihrer Reue so maßlos ist wie zuvor in ihrer Sünde. In dieser Rolle wird sie zur bekehrten Dienerin, zur keuschen Nonne und zum Vorbild für alle, die Fehltritte begangen haben und diese aufrichtig bereuen (wollen). Allerdings auch zum Sinnbild für Melancholie und Resignation (wie ausgeprägt in der Reformation und im Barock).

Maria Magdalena, die APOSTELIN und PREDIGERIN:
Dass Jesus laut der Evangelien nach seiner Auferstehung als erstem Menschen der Maria Magdalena erschien, ist für viele Menschen ein klares Zeichen, dass Jesus eben Maria

Magdalena – und nicht etwa den Verräter Petrus – als die legitime erste Führerin seiner Bewegung und seiner Kirche ausgewählt hat. Demzufolge wird sie, durchaus auch aus Kirchenkreisen und von Theologen, immer wieder mit dem Titel »Apostelin der Apostel« geschmückt – als eine Art Ober-Apostelin, die alle anderen Apostel ausgesandt hat, die Botschaft Jesu in der Welt zu verbreiten. Immer wieder ist sie in Kirchen und auf Gemälden auch als wortgewandte Predigerin dargestellt, als inspirierende Lehrerin und als personifizierte Weisheit, die den Menschen die Wahrheit (über Christus' Auferstehung, als unmittelbare Augenzeugin) und die Erleuchtung (über die göttliche Lehre) bringt.

Maria Magdalena, die FEMINISTIN:
Als die Frau, die beim »bedeutendsten Ereignis der Weltgeschichte« eine Hauptrolle spielte, war Maria Magdalena schon immer eine feministische Ikone und eine Verkörperung weiblicher Spiritualität. Besonders in den letzten Jahrzehnten wurde sie geradezu zum »Inbegriff des Weiblichen« hochstilisiert, und der Umstand, dass sie Opfer einer Verleumdungskampagne der frühen Kirche und damit Opfer einer von Männern dominierten Institution wurde, qualifizierte sie umso mehr als Identifikationsfigur für alle Frauen, die im Laufe der Geschichte unterdrückt, ausgestoßen, verleumdet oder zum Lustobjekt degradiert wurden. Die moderne feministische Theologie betont gern, dass in den Evangelien beschrieben wird, dass Maria Magdalena Jesus und seine Jünger offenbar auch finanziell unterstützte, was sie als wohlhabend und unabhängig ausweist – und damit als (erste?) »starke« Frau.

Maria Magdalena, die MYSTIKERIN und ESOTERIKERIN:
Besonders in den apokryphen Evangelien und in den Fortschreibungen ihres Lebens in den Heiligenlegenden (wie

zum Beispiel der »Legenda Aurea«) wird Maria Magdalena nicht nur als »Fan« von Jesus geschildert, sondern als seine gleichberechtigte spirituelle Partnerin und Verbündete, die von ihm geheime und besondere Offenbarungen empfing, um diese nach seinem Tod der Welt zu verkünden. In dieser Rolle erfährt sie ihre größte Wertschätzung, wird zu einer eigenständigen Mystikerin, zu einer Ekstatikerin, einer Exorzistin, einer Esoterikerin, zur Überlieferungsträgerin eines okkulten Christentums, die den Menschen den wahren Glauben bringen wird.

Wer war Maria Magdalena wirklich? Dieses Buch wird es herausfinden! Dieses Buch wird alle Quellen zum Leben der Maria Magdalena und alle soeben genannten, ihr zugeschriebenen Rollen einer genauen Prüfung unterziehen.
Meine Arbeit als Prüfer beziehungsweise als Autor lässt sich dabei mit der eines Restaurators von Gemälden vergleichen. Das Bild der historischen Maria Magdalena wurde im Laufe der Jahrhunderte immer wieder mit den Farben des Zeitgeistes und der jeweiligen Interessen übermalt. Ich werde in diesem Buch diese Übermalungen Schicht für Schicht abkratzen, bis das so lange überdeckte und dadurch verborgene und verzerrte Originalbild freigelegt ist und die echte, wahre Maria Magdalena in ihren ursprünglichen Farben wieder völlig neu erstrahlt.
Dieses Buch ist also so etwas wie eine Reise in die Vergangenheit – eine Reise zu den Ursprüngen des Christentums und zur ultimativen Wahrheit über Maria Magdalena. Und ich würde mich sehr freuen, wenn Sie, verehrte Leserin und verehrter Leser, mich auf dieser Reise begleiten würden!
Ihr Gerhard-Johann Klüngelbein

Ich klappte das Buch zu. Ich wollte es dann auf der Tour mit Klüngelbein weiterlesen.

Ich erhob mich.
Ich musste Reisevorbereitungen treffen.
Mir standen sozusagen zwei Reisen in einer bevor.
Eine Reise in die Zukunft, zur Recherche für das kommende Buch von Gerhard-Johann Klüngelbein, und eine Reise in die Vergangenheit, zu Klüngelbeins Bild der wahren Maria Magdalena in seinem ersten Buch.
Ich war gespannt, wohin mich diese beiden Reisen führen würden …

10 Bär lacht

Lehnte mich zurück.
Feierabend.
Endlich.
Nachmittags um halb fünf.
Rentnerfeierabend.
Zeit für noch ein Engelbräu, den Tanqueray verdünnen. Ich brauchte einen klaren Kopf.
Morgen.
Hockte mich wieder auf meine Bank.
Meine eigene Gesellschaft genießen.
Nicht mit Himmelskomikern verhandeln.
Keine versorgten Mütter trösten.
Dachte ich.
Das Auto, das in mein Sichtfeld eindrang, fuhr mit abgeblendeten Scheinwerfern, langsam. Als wäre es Nacht und ein Fliegerangriff drohte.
Es schlich sich an.
Ein Tourist.
In einem 5er-BMW.
Vielleicht wollte er die Marienkapelle anschauen, neben meiner Alm.
Wollte er nicht.

Er hatte ein Idiotenkäppi auf, eine Baseballmütze, mit Schild nach hinten.
T-Shirt.
Aufschrift: »I don't need Sex. Live fucks me every day.«
Die Schrift dehnte sich über seinem Knödelfriedhof.
Sonnenbrille.
Kurze Hosen.
Barfuß in Sandalen.
Wenigstens keine Socken.
Er drückte die Tür zu seinem Hunderttausend-Euro-Schlitten so zu, als wollte er die Kühe nicht vom Nachmittagsschlaf aufwecken.
Schaute sich um.
Typisch paranoid.
Kam auf mich zu, sagte: »Herr Dr. Bär!«
»Ha?«
»Ich bin's, kennen S' mich nimmer?«
Ich sagte angepisst: »Ich glaub nicht, dass wir jemals schon eine Halbe Bier miteinander getrunken haben.«
Er nahm seine Sonnenbrille ab.
Die Augen kannte ich von irgendwoher.
Die Stimme auch.
Den BMW nicht.
Er sagte leise: »Ich bin der Tom …«
Ich haute mir mit der flachen Hand auf meine gefaltete Denkerstirn, rief: »Jetzt fallt das Zehnerle! Der Tom Tommer, der Herr Polizeipräsident höchstpersönlich. Welch ein Glanz in meiner Hütte. Ja, ist denn heut schon Fasching?«
»Pssssst!«, zischte er. Schaute sich um. Kriminalerblick. »Noch jemand da, im Haus?«
»Nein, ich bin der Einzige. Was ist denn los? Werden S' verfolgt?«
Von Tal her kamen Fahrradfahrer heraufgekeucht.
Er beäugte sie misstrauisch. Schaute in die Luft. Flugzeuge malten weiße Kondensstreifen in den himmelblauen Allgäuer Himmel. Er fragte: »Fliegen hier auch Drohnen?«

»Nein, hier oben wohnen keine Kinder mehr mit so einem Spielzeug.«

»Wir von der Polizei setzen Drohnen zur Überwachung ein.«

»Ja, was gibt's denn da zu überwachen in Kempten?«

»Alles.«

Er war vor fünfzehn Jahren mal bei mir in Psychoanalyse. Ich erinnerte mich, dass er damals schon leicht paranoide Züge hatte. Er hockte sich in der Wirtschaft immer mit dem Rücken zur Wand, mit dem Blick zur Tür. Ich dachte, das ist halt so eine Berufskrankheit, *déformation professionnelle*. Professoren lehren, Pfarrer predigen, Psychoanalytiker schweigen, Grundschullehrerinnen gehen mit laminierten Einkaufszetteln durch den Supermarkt. Polizisten observieren eben. Schauen, dass nix passiert. Irgendwann kriegte ich mit, dass er mit einer Pistole in der Tasche auf der Couch lag. Als er anfing, sie hin und wieder zu vergessen, wenn er zu mir kam, war er beunruhigt. Demenz und so. Ich war beruhigt. Die Paranoia ließ nach.

Vielleicht hatte er jetzt er einen Rückfall. Kriegt man leicht in der Midlife-Crisis. Wollte er noch mal eine Analyse bei mir machen? Ich wusste nicht, ob ich noch mal eine mit ihm machen wollte. Man stirbt leicht dabei. In meinem Alter. So eine Analyse braucht schon ein paar Jahre.

Er sagte: »Können wir nicht woanders sitzen … wo uns niemand sieht?«

»Damit die Seel a Ruh hat, gehen wir halt nauf in meine Räume. Aber dann ham mir keine Aussicht mehr da nunter auf Tal, See, Kempten … den Grünten …«

Er sagte: »Scheiß auf die Aussicht!«

Es musste ihm wirklich dreckig gehen. Früher hatte er sich immer entschuldigt, wenn er »Scheiße« sagte, vorher und nachher.

Wir machten den Aufstieg in meine Dachwohnung. Ich sagte: »Das ist mein Behandlungszimmer«, zeigte auf die Couch mit dem Sessel dahinter und den Schreibtisch von Ikea. Eigentlich war es ein Küchentisch. Aus der Gründerzeit. Von Ikea, so um 1943 rum.

Er schaute an die Deckenleuchte, unter die Couch, auf meinen Laptop, sagte: »Kann ich den Laptop zuklappen?«, wartete nicht auf meine Antwort, kroch unter den Tisch, zog den Stecker aus der Wand. »Sicher ist sicher! So ein Ding kann man nämlich fernbedienen, und dann funktioniert es wie ein Videogerät.«

»Schmarrn. Das Ding hat nicht mal einen Internetanschluss. Ich nutz es nur als Schreibmaschine. Weil's keine Schreibmaschinen mehr gibt ...«

Er setzte sich in den zweiten Ikea-Korbstuhl vis-à-vis von mir.

Schnaufte, als würde ihm jemand die Gurgel abdrehen.

Ich sagte: »Also, was ist los, raus damit!«

»Keiner darf mich hier sehen, und keiner darf erfahren, was wir hier sprechen.«

Ich nickte, sagte: »Ich stehe unter Schweigepflicht.«

Er fing stockend an: »... Also ... wir haben ein Problem mit der Kriminalstatistik ... die Gewaltkriminalität ...«

»Steigt ...?«

»Nein, sie fällt. Rapide. Wir sind schon die zweitsicherste Stadt Bayerns hinter Fürth.«

»Na ja, Fürth ... Die Franken haben wenig kriminelle Energie. Liegt an der Ernährung. Schäufele, sechs auf Kraut ... Aber wo ist das Problem, wenn die Gewaltkriminalität sinkt? Der Innen-Herrmann hat ganz stolz getan. Ich hab ihn im Radio gehört. Mich gewundert, was er da verkündet. In der Allgäuer Rundschau liest man eher das Gegenteil.«

Ich griff an meine pochende Nase. Mit dem weißen Trostpflaster.

»Erst neulich ist ein Rentner überfallen worden von einer Bande jugendlicher Deppen ... Ach ja, und der Polizeipräsident versprach lückenlose Aufklärung ... Das sind ja Sie. Ist die Sache jetzt lückenlos aufgeklärt?«

»Drum bin ich ja hier. Wir haben keine Ahnung, was da passiert ist. Ein paar Zeugen sagen, sie hätten auf den schwarzen Gestalten die Aufnäher ›Hells Angels‹ gesehen, aber Zeugen sagen viel, wenn der Tag lang ist, und der überfallene Rentner hat sich in Luft aufgelöst. Wir wissen nix.«

»Und die Überwachungskamera ist ausgefallen, hab ich gelesen. Auf die Elektronik ist halt auch kein Verlass. Wenn man sie braucht, ist man verlassen ...«

Er beugte resigniert den Kopf.

»Es lag nicht an der Elektronik. Unsere Techniker haben das nachgeprüft.«

»Sondern? Ein Hackerangriff aus Moskau, Peking, München, Unterdingharting ...?«

»Jemand hat einfach seinen Kittel drübergehängt.«

Ich lachte laut auf.

»Das ist unfair. Das ist ja, wie wenn einer mit Taekwondo-Supertechnik mit den Fäusten umeinanderfuchtelt und der andere tritt ihn in die Eier.«

»Versteh ich nicht ...«

»Ist ja auch wurscht. In Rettenberg, hab ich gelesen, haben s' die Flüchtlinge verprügelt, rechtsradikale Gewalt ...«

»Ja, wir haben die Wehrsportgruppe Allgäu dahinter vermutet.«

»Das sieht denen gleich!«

Ich kannte den Chef der Wehrsportgruppe Allgäu. Groß, fett, brunzdumm, aber lieb wie ein Kind. Wir haben uns zusammengerauft, wo es um die Gesundbeterin ging.

»Aber«, sagte Tommer, »die Wehrsportgruppe Allgäu hat ihre Aktivitäten eingestellt, wenigstens in Rettenberg und Umgebung.«

»Sind s' zur Vernunft gekommen?«

»Nein, ins Krankenhaus. Nach jedem Überfall auf die Flüchtlinge sind die Typen krankenhausreif in der Notaufnahme gelandet.«

»Ham die Flüchtlinge zurückgeschlagen?«

Er schüttelte den Kopf.

»Die sind viel zu verängstigt zum Zurückschlagen. Die sind zahm wie die Lämmer, weil s' alle auf ihre Bleibegenehmigung warten.«

»Und wer hat sie dann vermöbelt?«

»Drum bin ich ja hier: Wir wissen es nicht!«

»Linksautonome Schläger aus dem Ausland ... Reutte, Tirol, Vorarlberg?«

»Keine Ahnung. Keine Zeugen.«

»Klingt wie die himmlischen Heerscharen.«

Er schaute pikiert.

»Mir ist nicht zum Lachen! Kurz: Wir beobachten einen starken Rückgang der Gewaltkriminalität. Sogar die Angriffe auf die Polizei sind gegen den Bundestrend zurückgegangen ...«

Ich sah ihn an, sagte: »Das liegt sicher am Outfit. Einen Polizisten mit so einem Outfit«, ich deutete auf sein T-Shirt, »greift keiner an. Aus Mitleid ... Oder er lacht sich tot.«

Tommer ignorierte meine humorige Bemerkung, oder vielleicht verstand er sie nicht, fuhr fort: »Auch meine Frau sagt: Es gibt immer weniger Anzeigen wegen Vergewaltigung, sexueller Übergriffe ...«

Seine Frau, die Staatsanwältin. Außerdem singt sie im Kirchenchor.

Ich sann, sagte: »Vielleicht gibt's immer weniger Gewalttätige ...«

»Aber warum?«

»Die Opfer der Gewalttaten, die noch stattfinden, sind die Gewalttäter. Ein Paradox!«

»Wenn ich das meinem Chef sag, sagt der: Du Ochs!«

Ich sagte: »Ganz so schlimm kann's nicht sein mit dem Ausbruch der Gewaltlosigkeit, da, schauen S'!«

Ich hielt ihm die Allgäuer Rundschau hin. Er setzte die Lesebrille auf, murmelte halblaut: *»Kempten. – Die Kemptener Polizei fahndet nach vier Jugendlichen, die in Verdacht stehen, am Mittwochnachmittag in der Bahnhofstraße beim Forum Allgäu ein elfjähriges Mädchen geschlagen und getreten zu haben. Laut Polizei sei das Mädchen gegen fünfzehn Uhr fünfundvierzig zu Fuß von der Bushaltestelle bigBOX Allgäu in Richtung Forum Allgäu gegangen. Dort sei es auf die vier Jugendlichen getroffen, von denen einer das Mädchen aufgefordert habe, sein*

Geld und sein Handy herauszugeben. Als die Elfjährige der Forderung nicht nachgekommen sei, hätten zwei Begleiter des Wortführers sie geschlagen und getreten. Anschließend sei das Quartett durch die Kotterner Straße in Richtung Iller geflüchtet. Laut Polizei erlitt das Mädchen erhebliche Blessuren.«

In mir stieg plötzlich ein Bild auf: wie ich auf dem Grünten von vier Motorradtypen verprügelt werden sollte, als ich hinter der Gesundbeterin her war.

Ich fragte Tommer: »Weiß man denn Näheres über diese Vollpfosten?«

»Nicht viel. Der Wortführer soll ein Meter fünfundsiebzig groß sein, jung, fett, schwarz angezogen, schwarze Augen, glatt rasierter Schädel, olivenartige Hautfarbe.«

»Und die andern?«

»Ungefähr genauso groß, einer etwas größer, circa ein Meter achtzig, T-Shirt mit Totenkopf drauf, Jogginghose.«

»Die Typen schauen alle ähnlich aus. Haben sie denn was geredet?«

»Ja, aber nur einer. Die andern nicht.«

»Waren wohl taubstumm.«

»Oder sie können nicht Deutsch.«

»Und was macht ihr jetzt?«

»Wir ermitteln.«

»Wie?«

»Das sehen S' ja. Wir ham den Artikel in die Zeitung gesetzt, und jetzt hoffen wir, dass wir noch brauchbare Zeugenaussagen finden … Mehr können wir nicht tun. Außerdem schieben wir einen Berg Überstunden vor uns her, höher wie der Grünten, und die halbe Belegschaft ist krank …«

»Burn-out?«

»Nein, Heuschnupfen.«

»Und Kempten soll die zweitsicherste Stadt Bayerns sein. Dass ich nicht lach!«

»Ja, aber es stimmt. Nicht wegen der Polizei, sondern trotz der Polizei. Ich weiß nicht, wie es weitergehen soll … und deshalb bin ich hier. Meine Frau hat nämlich so eine Idee gehabt.«

»Ihre Frau hat schon immer gute Ideen g'habt.«

»Sie hat gesagt, ich soll zu Ihnen fahren und Sie fragen, ob Sie da mal ermitteln könnten ... wie früher schon ... so undercover und inkognito und inoffiziell ...«

»Das war die erste schlechte Idee von Ihrer Frau.«

Er druckste rum, kriegte rote Backen, sagte: »Sie haben mir schon einmal geholfen ... wie es nicht mehr so recht ging ... im Bett ...«

»Das war vor zwanzig Jahr!«

»Aber jetzt ... Wenn ich denke, das kommt ans Licht, dass wir so einen Erfolg haben mit der Kriminalitätsrate ... weil wir nix tun, weil wir nix wissen ... wenn ich mir vorstell, das kommt raus ... da geht dann nix mehr ... im Bett.«

»Und wie oft stellen Sie sich das vor?«

»Jeden Abend ...«

»Sie könnten ja mit Ihrer Frau in den Kirchenchor gehen, dann ham S' keine Zeit zum Denken, beim Singen ...«

Er schaute mich an: »Bitte keinen Ihrer Scherze ...«

Er verstand wirklich keinen Spaß mehr. Tat mir leid mit seinen Hundeaugen, ich sagte: »Gut. Sie ham mir schon aus der Patsche geholfen, Ihre Frau hat mir schon den Arsch gerettet, dann bin ich mal wieder dran. Sagen S' einen schönen Gruß an Ihre Frau.«

»Oh ...«

Er lächelte zum ersten Mal wieder, sagte »Danke«, schaute sich um, sagte: »Schön ham Sie's hier!«

Ich sagte: »Noch eins: Ich brauch Ihre volle Kooperation. Alle Daten, alle Hintergründe, alles ...«

Er wurde schon wieder blass, ich sagte: »Keine Angst. Ohne Telefon, Mail, Handy, WhatsApp und den ganzen Scheiß. Alles geht persönlich zwischen uns. Wir nehmen meine Räume als konspirative Wohnung, Sie kommen immer hier rauf in dem Aufzug wie jetzt, da kennt Sie keine Sau, und wenn jemand im Präsidium nach Ihnen fragt, sind Sie eben zum Verein für Bergsteiger und Naturfreunde gegangen.«

»Klar!«

»Nur eins noch: »Ihr Auto ist zu auffällig. Kommen S' nächstes Mal mit dem Fahrrad!«

»Den ganzen Berg rauf?«

»Wenn S' mich treffen wollen, ja. Aber Sie können sich beim Rauffahren ja freuen, dass es danach den ganzen Berg wieder runtergeht. Und Ihrer Figur schadet das auch nicht!«

Er schlug sich auf seine Wampe, lachte.

»Da ist was dran!«

»Und da muss was weg. Ihrer Frau zuliebe ...«

Er lachte.

Schon wieder.

Hoffentlich wurde er nicht manisch vor lauter Glück.

11 Marlein und die geheimnisvolle Tour

Am nächsten Morgen holte ich Klüngelbein ab.

Ich musste ihn von der Haustür zum Auto begleiten, mit der Knarre in der Hand, darauf hatte er bestanden. Ängstlich huschte er zu meinem Gefährt, als könnten jederzeit die Heckenschützen das Feuer auf ihn eröffnen, warf schnell seine Reisetasche in den Kofferraum und drückte sich auf den Beifahrersitz.

Als wir beide im Auto saßen und die Türen geschlossen hatten, wirkte er erleichtert, auch wenn es ihn wahrscheinlich heimlich doch etwas beunruhigte, dass mein alter Ford alles andere als ein Panzerwagen war.

Ich schaltete das Navi an und boxte Klüngelbein kameradschaftlich in die Seite.

»So, mein lieber Klüngelbein, jetzt ist es aber so weit. Jetzt müssen Sie Farbe bekennen!«

Er glotzte mich irritiert an.

»Wie meinen Sie das?«

»Nun, Sie haben ja ein großes Geheimnis daraus gemacht, wo unsere Tour eigentlich hingeht. Aber genau jetzt muss ich wissen, welches Ziel ich eingeben soll, sonst können wir nicht starten.«

Er sah ein, dass er keine andere Wahl hatte, aber er schien vorher noch mal ernsthaft darüber nachzudenken, wie er sich davor drücken könnte. Schließlich spuckte er es doch aus.

»Jetzt geht es erst einmal nach Münnerstadt.«

»Nie gehört. Wo ist das?«

»In Unterfranken. In der Nähe von Bad Kissingen.«

Ich gab »Münnerstadt« ins Navi ein.

»Adresse?«

»Nehmen Sie Kirchplatz.«

Ich tat es.

»Lassen Sie mich raten: Wir besichtigen eine Kirche.«

»Ja. Die Kirche Sankt Maria Magdalena.«

Was für eine Überraschung, dachte ich, während das Navi die Route berechnete.

»Sie sagten ›erst einmal‹. Das heißt, wir bleiben nicht in Münnerstadt?«

»Nein. Wir besuchen an jedem der fünf Tage einen anderen Ort.«

»Und wo übernachten wir?«

»Ich habe an jedem Ort Hotelzimmer für uns gebucht.«

Mir schwante Übles.

»Einzelzimmer?«

»Wo denken Sie hin? Sie sollen mich doch beschützen! Nein, natürlich jeweils ein Doppelzimmer mit zwei Einzelbetten.«

Meine Befürchtung bestätigte sich. Aber was tat man nicht alles für drei Tausender …

»Und die anderen vier Orte verraten Sie mir wohl auch erst, kurz bevor wir hinfahren?«

»Das genügt doch, oder?«

»Was wollen Sie denn mit dieser Geheimniskrämerei bezwecken, Klüngelbein? Ah, sagen Sie nichts, ich weiß es: Es ist für den Fall, dass die Templer uns überfallen, Sie entkommen und ich geschnappt werde. Damit ich nicht ausplaudern kann, wo

Sie zu finden sind, wenn die Templer mich foltern und es auf diese Weise aus mir rauskitzeln wollen.«

Das war als Spaß gedacht, aber Klüngelbein verzog keine Miene. Wahrscheinlich war dieses Szenario in seinem Kopf gar nicht so abwegig. Sein Kommentar bestätigte diese Vermutung.

»Ich bin nur vorsichtig.«

Ich beschloss, offensiv mit seiner geistigen Erkrankung umzugehen und ihn auf seine Paranoia anzusprechen.

»Jetzt mal im Ernst, Klüngelbein: Finden Sie den Gedanken, dass diese komischen Tempelritter einen Anschlag auf Sie planen, nicht etwas absurd?«

Er starrte finster vor sich hin.

»Nein. Sie haben es ja angekündigt.«

Die Route stand. Ich drehte den Zündschlüssel.

»Was soll das denn heißen?«

»Ich habe nach meinem Interview eine anonyme telefonische Drohung erhalten, dass es meiner Gesundheit sehr abträglich sein würde, wenn ich weiter an meinem neuen Buch arbeiten sollte. Und der Anrufer hat sich als Neuer Tempelritter gemeldet.«

»Warum haben Sie das denn nicht gleich gesagt, dass Sie bedroht wurden?«

»Es ist besser, wenn Sie nicht alles wissen, Herr Marlein.«

Ich würgte den gerade angesprungenen Motor wieder ab.

Klüngelbein sah erstaunt auf.

»Was ist los?«

Ich trommelte mit den Fingern gegen das Lenkrad, als Zeichen meiner Verärgerung.

»Anscheinend müssen wir noch mal etwas klarstellen, bevor wir tatsächlich zu dieser Tour starten, Herr Klüngelbein. Sie haben mich als Leibwächter engagiert. Wenn Sie mir allerdings elementare Informationen wie diesen Drohanruf vorenthalten und verschweigen, ist meine Mitreise für den Arsch. Ich kann Sie nur beschützen, wenn ich möglichst viel über die ganze Angelegenheit weiß. Ich muss alles erfahren, was relevant ist.

Ist das klar? Wenn nicht, steigen Sie wieder aus und wir lassen das Ganze.«

Klüngelbein nickte eifrig.

»Okay, ist klar.«

Ich startete den Motor erneut und fuhr los.

Laut Navi standen uns knapp eineinhalb Stunden bevor. A 73 bis Bamberg, dann A 70 bis Schweinfurt, dann A 71 und B 287 bis Münnerstadt.

Ich wartete, bis wir in Poppenreuth auf die A 73 aufgefahren waren, dann setzte ich unsere Unterhaltung fort.

»So, Herr Klüngelbein, da Sie also bereit sind, Klartext mit mir zu reden, hätte ich da noch ein paar Fragen …«

Klüngelbein schien nicht erfreut zu sein, wusste aber, dass er keine andere Wahl hatte, als mir Auskunft zu geben.

»Was wollen Sie denn wissen?«

»Ich habe Sie schon mal gefragt, was denn in Ihrem neuen Buch so Schreckliches stehen wird, dass Sie Morddrohungen erhalten.«

»Und ich habe Ihnen schon mal geantwortet, dass ich Ihnen das besser erklären könnte, wenn Sie mein erstes Maria-Magdalena-Buch gelesen haben. Haben Sie es inzwischen gelesen? Sie besitzen ja jetzt ein Exemplar.«

»Machen Sie Witze? Sie haben es mir erst gestern geschenkt!«

»Ich habe Fans, die haben es in einer einzigen Nacht durchgelesen!«

»Wenn ich in der Nacht nicht geschlafen hätte, müsste ich heute tagsüber ein Nickerchen machen und könnte Sie nicht vor den Killern beschützen. Aber ich habe immerhin das Vorwort gelesen. Den Rest werde ich mir während unserer Tour vornehmen. Nicht alles, aber zumindest die Zusammenfassungen.«

»Das ist ein guter Plan. Die Zusammenfassungen genügen, um zu verstehen, was wichtig ist. Wenn Sie damit fertig sind, verrate ich Ihnen, worum es im neuen Buch gehen wird.«

»Geben Sie mir doch wenigstens einen Anhaltspunkt.«

Klüngelbein stöhnte.

»Also gut, Sie Quälgeist. Das neue Buch wird den Titel ›Die Maria-Magdalena-Revolution – vom Christentum zum Magdalenentum‹ tragen und sich in drei Teile gliedern. Im ersten Teil wiederhole ich zunächst meine Thesen aus ›Maria Magdalena – die ultimative Wahrheit‹, denn sie zu kennen ist grundlegende Voraussetzung für das Verständnis des restlichen Textes. Deshalb ist es auch so wichtig, dass Sie, Herr Marlein, zunächst einmal diese Thesen lesen. Der zweite Teil ist dann eine absolute Sensation: Darin enthülle ich das verschollene Schriftstück, das ich erwerben konnte und das endlich den klaren Beweis für die Richtigkeit all meiner Thesen liefert. Im dritten Teil skizziere ich schließlich das Magdalenentum als das neue, wahre Christentum, und beschreibe seine Lehre, seine Gebote, seine Rituale.«

»Haben Sie den Text des neuen Buches mit dabei?«

»Nein, um Gottes willen. Das Manuskript liegt sicher bei mir zu Hause in meinem Safe, zusammen mit dem erwähnten Schriftstück. Außerdem ist es noch nicht ganz vollendet. Es fehlt noch das allerletzte Kapitel des dritten Teils, eine Beschreibung der neuen Maria-Magdalena-Kultorte in Deutschland, die die alten Wallfahrtsorte des Christentums ersetzen sollen. Das ist der Grund, warum ich diese Tour durchführe: Ich muss vor Ort recherchieren und mir diese Stätten live ansehen, damit ich sie beschreiben und mein Manuskript mit dem letzten Kapitel endgültig abschließen kann.«

»Und wenn wir zurück sind, wird das Buch veröffentlicht?«

»Nein, noch nicht gleich. Es muss ja erst noch gedruckt werden. Es wird wahrscheinlich in einem Vierteljahr auf dem Markt sein. Aber auf dem Maria-Magdalena-Kongress im Klosterhotel in Ettal werde ich es zumindest schon mal meinen Fans vorstellen.«

»Was ist das für ein Kongress?«

»Es ist eine Art Maria-Magdalena-Fan-Treff. Der Kongress wurde von meinem Verlag organisiert, und geleitet wird er von Frau Sternvogel, einer engen Vertrauten. Eingeladen wurden nur ausgewählte Anhänger meines Maria-Magdalena-Buches aus ganz Deutschland.«

»Anhängerinnen.«

»Nicht nur. Natürlich sind die Frauen in der Mehrheit, aber es gibt auch Männer, denen mein Buch gefällt und die Maria Magdalena verehren.«

»Und was passiert auf diesem Kongress?«

»Man tauscht sich aus, hält Vorträge, meditiert – alles zum Thema Maria Magdalena.«

»Und Sie sind der absolute Star auf diesem Kongress, nicht wahr? Sie sind der Maria-Magdalena-Guru, den alle anhimmeln, stimmt's?«

In seiner Stimme schwang unverkennbar Stolz, und seine Augen leuchteten.

»Ich kann nicht abstreiten, dass die Vorstellung meines neuen Buches für viele Teilnehmer des Kongresses der absolute Höhepunkt sein wird, dem sie ungeduldig entgegenfiebern.«

Aber augenblicklich verdüsterte sich seine Miene wieder.

»Ich habe starke Befürchtungen, dass die Neuen Tempelritter versuchen werden, den Kongress zu sabotieren. Spätestens auf diesem Kongress rechne ich mit einem Anschlag auf mich und meine Anhänger.«

Ich tätschelte ihm auf die Schulter.

»Jetzt denken Sie doch mal noch gar nicht an diesen Kongress, Klüngelbein. Lassen Sie uns erst mal schauen, dass wir diese Tour für Ihr Abschlusskapitel gut über die Bühne kriegen!«

Das war eigentlich als Aufmunterung gedacht, aber einen Phobiker wie Klüngelbein zog eine solche Bemerkung nur noch mehr runter.

Er sah noch finsterer drein.

»Sie haben recht. Wer weiß, ob ich unsere Reise überhaupt überlebe.«

12 Bär verdächtigt

Ich hatte einen Verdacht.

Nein, ich war mir sicher, wer hinter der Rüpelei der vier Kerle mit der Elfjährigen steckte.

Von der Wand meiner Schreibstube schaute mich ein Esel an.

Postkarte.

Aufschrift: »Glaub nicht alles, was du denkst!«

Ja, ist schon gut. Ich verwechsle oft meine Theorien mit der Realität.

Entschloss mich zu einer Realitätsprüfung.

Stieg in meinen verbeulten Golf Diesel.

Einmal anlassen und Gas geben, und die Schadstoffbelastung über Kempten überschreitet den Grenzwert.

Wenn man den Zehohzwei-Ausstoß der Allgäuer Kühe dazurechnete, müsste Kempten und Umgebung schon längst eingegangen sein.

Aber die Allgäuer sind zäh.

Ich hockte mich hinters Steuer, zündete mir eine Gauloises an und ließ meinen kleinen Umweltzerstörer talwärts tuckern.

Nach einer halben Stunde parkte ich vor dem Altersheim ein.

»Seniorenresidenz Maria Magdalena«.

Ging zielbewusst zum Zimmer, das ich kannte.

Frau Margreiter.

Frau Margreiter ist die Oma vom Manni.

Manni ist der Führer der Wehrsportgruppe Allgäu.

Manni versorgt seine Oma. Vor allem mit Geld, damit das Pflegeheim bezahlt werden kann.

Vor ein paar Jahren hatte er sich selbstständig gemacht. Sein Boss, der »Kommandant«, war auf tragische Weise umgekommen. Ich war nicht ganz unbeteiligt daran. Die Geschichte mit der Gesundbeterin. Jetzt war Manni der Boss des Dienstleistungsunternehmens. Ich hatte seine Dienste auch schon in Anspruch genommen.

Personenschutz. Brauchte ich. Von ihm.

Er war in meinem Fall erfolgreich. Ich lebte noch.

So was verbindet. Geschäft hin oder her.

Was er sonst noch trieb: Eintreiben von ausständigen Rechnungen, Mieten, Schulden und so weiter.

Einen pharmazeutischen Zweig hatte sein Unternehmen auch. Drogen.

Und einen sozialen. KOD. Kill on Demand. Eine Art Dignitas Allgäu. Sterbehilfe für alte Menschen und wer immer den Wunsch hatte, sich umbringen zu lassen, altersunabhängig, vorausgesetzt, er konnte sich das leisten. Finanziell.

Ich klopfte.

Nix.

Ging einfach rein.

Die Frau Margreiter, oder was von ihr noch übrig war, lag verschrumpelt in einem Pflegebett.

Schaute an die Decke.

Wie immer.

Über ihr hing ein vergilbtes Foto hinter Glas ohne Rahmen.

Ein junger Wehrmachtssoldat in Uniform.

Drunter stand: »† 5. Mai 1945«.

Drei Tage vor Kriegsende.

Gefallen.

Ihr Mann.

Mannis Opa.

Neben dem Bett saß ein Typ, circa ein Meter fünfundsiebzig groß, jung, fett, schwarz angezogen, schwarze Augen, glatt rasierter Schädel, olivenartige Hautfarbe.

Manni.

Alles klar.

Er schaute nicht auf.

Er schaute auf sein Handy.

Smartphone.

Wischte, drückte.

Ich riss ihm das Ding aus den Pfoten und ihn aus seiner Trance, sagte: »Hast wohl ein neues Handy?«

»Ach … Sie … Dr. Bär.«
Er wurde weiß. Käsweiß.
»Gekauft? Geklaut? Geraubt?«
Er wimmerte: »Ge…ge…ge…liehen …«
»Von wem?«
»Von … von … von … meiner Oma!«
Ich holte kurz aus und schallerte ihm eine. Laut.
Er flog vom Stuhl, hielt sich die Wange, langte sich an die Nase, sah sein Blut.
Dann fing er an zu heulen.
Neben dem Bett seiner Oma.
Ich sagte: »Du weißt schon, warum du die gefangen hast, die Watschn.«
Er schluchzte, nickte.
»Nicht, weil du und deine drei Wehrsportdeppen einem elfjährigen Mädchen sein Handy und sein Geld wegnehmen, ihr Helden – nicht deshalb hast die kriegt, sondern …«
Er schaute ängstlich, gespannt.
»Weil du mich verarschen hast wollen. Anlügen. Und wenn ich angelogen oder verarscht werd, dann werd ich unangenehm.«
Er langte an seine Zähne, sagte, flehentlich: »… sie wackeln.«
Ich sagte: »Du hast Glück g'habt, dass sie noch drin sind. Ich versuch's nämlich immer erst im Guten. Wenn mich noch mal anlügst, jemals, dann …«
Ich holte aus, sagte mit ausgeholter Hand: »Dann muss ich's dir im Bösen sagen.«
Er duckte sich, hielt die Hände vors Gesicht, wimmerte: »Nein … nicht … bitte … I liag di nie wieder an.«
»Gute Idee, denn nach der nächsten Watschen kannst dir gleich das Gebiss von deiner Oma ausleihen.«
Ich ließ meine erhobene Hand sinken, er seine Deckung.
Seine Oma schaute immer noch zur Decke. Reglos.
Ich sagte: »Hock dich wieder auf den Stuhl. Und schäm dich. Wenn dein Opa das gesehen hätt … Sein Enkel, der Enkel von einem deutschen Wehrmachtssoldaten, nimmt einem

kleinen Mädchen Geld und Handy ab und lügt seinen Geschäftspartner an … Nein, nein, nein, das hätt er nicht verdient!«

Manni fing wieder an zu heulen, mit jedem Wort zuckte er zusammen wie unter einem Peitschenhieb, meine Moralpredigt traf ihn mehr als meine Watschn.

Er tat mir leid.

Ich sagte: »Ich weiß, du bist ein guter Kerl. Reißt dir den Arsch auf für deine Oma. Mir hast auch schon g'holfen. Das vergess ich dir nicht. Ich geb dir eine Chance. Du kannst dich rehabilitieren.«

Er hörte auf zu heulen, schaute aber unglücklich, sagte: »Ich mach alles wieder gut, aber bitte nicht in die Reha!«

Brunzdumm.

»Erzähl, wie ist es denn gekommen, dass ihr kleine Mädchen überfallen müsst? Flaues Geschäft?«

Er nickte.

»Es ist einfach immer weniger gegangen. Mir sind quasi Opfer geworden …«

»Weil ihr verprügelt worden seid?«

»Das ja … aber in erster Linie Staatsopfer.«

»Bist jetzt überg'schnappt?«

»Du weißt doch, die Geschichte mit der Sterbehilfe … in den Altersheimen … und daheim …«

»Ist gut gelaufen, hab ich selber noch mitgekriegt, bis auf den Scheiß, den ihr gebaut habts.«

»Aber da war ich nicht schuld … einmal hast du mich reingelegt …«

Er spielte an auf unsere Zeiten, wo ich die Gesundbeterin gejagt hatte. Ich hatte seinem Chef den Auftrag gegeben, meine Mutter im Pflegeheim ins Jenseits zu befördern – aber das war nur eine Falle, um rauszukriegen, wer der Drahtzieher war, der »Kommandant«.

Er fuhr fort: »Und das andere Mal hat der Kommandant verlangt, dass ich meine eigene Oma …«

Seine Stimme wurde wieder mal brüchig.

Er fasste sich wieder, sagte: »Sie haben die Gesetze geändert. Die Sterbehilfe erlaubt …«

»Stimmt doch nicht. Aktive Sterbehilfe ist immer noch verboten.«

»Aber immer mehr Gerichte haben in letzter Zeit entschieden, dass die Leute von der Sonde genommen werden oder so … wenn sie sowieso sterben und Schmerzen haben. Und dann ham die Doktor Ärger gekriegt, wenn sie weitergemacht haben mit der Behandlung, vorher ham s' Ärger kriegt, wenn sie aufgehört ham … Und seitdem ist unser Geschäft den Bach nuntergegangen. Wir müssen den Alten nicht mehr helfen zum Sterben, das machen jetzt die Doktoren und die Familien.«

»Aber das war doch nicht euer einziger Geschäftszweig.«

»Ja, wir ham ein bissle mit Koks und Gras gehandelt. In letzter Zeit ist das ganz gut gelaufen … mit den Flüchtlingen.«

»Erzähl mir doch nicht, dass die Flüchtlinge alle auf Drogen sind, die können sich das gar nicht leisten.«

»Nicht alle, manche … und manche, die ham auch die Drogen …«

»Woher?«

»Von da, wo s' herkommen. Schau doch zum Beispiel den Amri an. Solche Typen.«

»Und mit denen habt ihr gehandelt …«

»Ab und zu.«

»Und warum habt ihr dann die Flüchtling verprügelt und ihre Hütten angezündet?«

»Das waren nicht wir. Wir sind doch nicht blöd. Die Hand, die einen füttert, beißt man nicht.«

Er war doch nicht so brunzdumm. Er fuhr fort: »Es gibt da ein paar Deppen, die wollen einfach keine Flüchtling, hier, in Kempten, in Rettenberg, Immenstadt, Sonthofen. Die hauen halt zu, wenn sie besoffen sind … Aber jetzt nimmer.«

»Warum nimmer? Haben sie aufgehört zu saufen?«

»Nein, immer öfter, wenn da was war mit den Flüchtlingen, hat man die Typen irgendwo aufgeklaubt … krankenhausreif … aber immer seltener …«

»Die Polizei?«

»Nein, die Polizei darf ja nicht hinhauen – deshalb nutzen sie ja nix. Patrouille fahren um die Flüchtlingswohnungen allein hilft nix …«

»Geheimpolizei?«

»Glaub ich nicht. Bei dem Personalmangel.«

»Zufall?«

»Nein. Es muss eine Gang sein …«

»Eine Gutmenschen-Gang …«

»Ja, die wo alles zammhaut, was zuhaut.«

»Kennst du sie?«

»Nein, nicht direkt, aber wir ham einmal Bekanntschaft gemacht mit dene Sauhund … Da ham wir grad mit einem Dealer ein Geschäft machen wollen, auf einmal stehen aus dem Nichts eine Handvoll Typen da, schwarz, vermummt …«

»Wie ihr.«

»Ja … aber … sie waren nicht so wie wir von der Statur her … eher schmächtig … aber …«

Ich warf ein: »Vielleicht Chinesen? Oder Thailänder? Oder Philippinos? Die sind alle so zierlich.«

Er wischte sich den Schweiß von der Stirn.

»Weiß ich nicht. Zierlich tät mich nicht stören, aber … brutal!«

»Brutal?«

»Brutal schnell. Ein Schlag von denen, und der zweite ist Leichenschändung. Schnell und brutal. Baseballschläger und so … Wir warn vierzehn Tag im Krankenhaus … Und seitdem will ich nix mehr mit Flüchtling zu tun haben.«

»Sondern mit kleinen Mädchen.«

Er wurde ganz nervös.

»Ich mach's ja wieder gut! Aber sag niemand was …«

»Nein, versprochen, ich sag der Polizei nix.«

»Die Polizei ist mir wurscht. Die andern … die Brutalos … Ich möcht net scho wieder ins Krankenhaus!« Er war schon wieder nahe am Heulen. »Ich muss doch meine Oma versorgen.«

»Ich versprech dir: Ich sag keiner alten Sau nix! Und du gibst das Handy dem Mädle wieder zurück. Und das Geld, das ihr ihr abgeknöpft habts, mal drei.«

»Was mal drei?«

»Wie viel war's?«

»Zwanzig Euro.«

»Dann gibst ihr hundert zurück.«

»Das ist aber nicht mal drei!«

»Doch!«

»Seit wann ist drei mal zwanzig hundert?«

Ich lächelte, so gemein ich konnte, sagte: »Seit ich den Redakteur von der Allgäuer Rundschau kenn. Der tät gern den Artikel weiterschreiben mit dem Überfall, soll ich ihn dir vorlesen?«

»Noi, i wois ja, was passiert ist.«

»Aber der hat eure Beschreibungen ... Und wenn der was schreibt, mit Namen, dann seids ihr doppelt geliefert. Und wenn ihr Glück habts, erwischt euch die Polizei zuerst ...«

Er druckste rum: »Könnten nicht Sie dem Mädle das Handy zurück–«

»Jetzt hör auf. Sei ein Mannsbild.« Ich deutete auf das Foto von seinem Wehrmachtsopa. »Ein deutscher Mann!«

»Jawoll!«, sagte er, fest, dann, wimperig: »Auch ein deutscher Mann hat Schiss!«

13 Marlein und der älteste Trick

Als wir eine Weile auf der A 73 Richtung Bamberg fuhren, merkte es Klüngelbein.

»Sie schauen dauernd in den Rückspiegel. Werden wir etwa verfolgt?«

Es zu leugnen hätte keinen Sinn gemacht.

»Ja. Ein Wagen ist hinter uns, seit wir vor Ihrem Haus losgefahren sind. Er bleibt immer in ausreichendem, aber nie zu weitem Abstand hinter uns. Er versucht, uns unauffällig zu folgen, aber es ist doch zu auffällig, um ein Zufall zu sein.«

Klüngelbein bekam augenblicklich Schnappatmung.

»Sehen Sie, es geht schon los, kaum habe ich meine Festung verlassen. Die Templer wollen mich ausschalten!«

»Nun machen Sie nicht gleich ein Drama draus. Noch haben wir keine Gewissheit. Außerdem haben Sie ja mich dabei.«

Meine Worte schienen ihn nicht unbedingt zu beruhigen.

»Und was machen wir jetzt?«

»Ganz einfach. Wir schütteln unseren Verfolger ab.«

»Was für ein Auto hat er denn?«

»Einen Porsche.«

Klüngelbein war entsetzt.

»Und wie wollen Sie einen Porsche mit Ihrem mickrigen Ford Fiesta abhängen?«

»Das zeige ich Ihnen gleich. Passen Sie gut auf.«

Ich fuhr noch ein Stückchen, bis kurz vor die Ausfahrt Buttenheim. Dann schaltete ich die Warnblinkanlage ein, bremste abrupt ab und blieb auf dem Seitenstreifen stehen. Ich blickte nach links und sah den giftgrünen Porsche wenige Augenblicke später vorbeirauschen. Dann startete ich den Motor wieder und nahm die Ausfahrt.

Klüngelbein war leicht irritiert.

»Und nun?«

»Nun fahren wir ein Stückchen auf der Landstraße und dann wieder auf die Autobahn und weiter nach Münnerstadt. Der älteste Abhäng-Trick der Welt. Da uns unser Verfolger offenbar heimlich folgen will, kann er nicht auch einfach am Standstreifen halten, ohne sich zu outen. Er muss also weiterfahren, wir nehmen die Ausfahrt, und er hat uns verloren.«

Klüngelbein nickte, wirkte minimal entspannter. Ich wusste aber, wie ich ihn maximal entspannt bekam.

»Im Übrigen kann ich Entwarnung geben. Wir müssen keine Angst vor diesem Verfolger haben. Ich habe gerade gesehen, wer am Steuer saß.«

»Tatsächlich? Wer denn?«

»Ingo Groschen. Dieser Journalist, der Sie gestern sprechen wollte. Anscheinend hat er heute vor Ihrem Haus auf Sie gelauert, und als er gesehen hat, dass wir eine Ausfahrt machen, hat er sich an uns drangehängt.«

Der erhoffte Entspannungsdurchbruch bei Klüngelbein blieb allerdings aus. Er rutschte immer noch auf dem Beifahrersitz herum, nervös wie ein Eichhörnchen, das ansehen musste, wie man gerade den Baum fällte, in dem sich sein Nest mit dem gesamten Nussvorrat befand.

»Das ist doch gelogen, dass der Journalist ist! Der gibt sich doch nur als Pressefritze aus! In Wirklichkeit ist das sicher einer von den Neuen Templern!«

Ich tätschelte ihm die Schulter.

»Nein, das ist nicht gelogen, da kann ich Sie beruhigen. Ich bin nach dem Vorfall gestern natürlich nicht untätig geblieben. Ich habe recherchiert und bei diversen Medien angerufen: bei den Fürther Nachrichten, bei der BILD Nürnberg, beim Bayerischen Rundfunk. Die kennen den Bruder alle. Ingo Groschen ist tatsächlich ein freischaffender Journalist – anscheinend einer von der besonders unangenehmen Sorte. Einer, der immer auf die ganz große Story aus ist und dabei besonders hartnäckig und skrupellos vorgeht. Ein Boulevardjournalist.«

So langsam wurde Klüngelbein wieder lockerer. Vollständig überzeugt war er allerdings noch nicht.

»Aber warum lauert er mir vor meiner Wohnung auf? Und warum verfolgt er mich?«

»Das habe ich Ihnen doch gerade gesagt: Weil er in Ihrem kommenden Buch die ganz große Story wittert – und weil er der Erste sein will, der darüber berichtet, vor allen anderen. Und deshalb geht er sogar so weit, sich an Sie dranzuhängen, in der Hoffnung, dadurch etwas über den Inhalt zu erfahren. Das hätte er ja tatsächlich auch geschafft, wenn wir ihn nicht abgeschüttelt hätten. Und mit seiner Einschätzung hat er letztendlich ja auch nicht so unrecht, oder? Sie sagen doch selber, dass Ihr neues Buch die Welt aus den Angeln heben wird!«

Klüngelbein schwieg.

Aber ich wusste ganz genau, was er am liebsten geantwortet hätte: Ja, ganz genau – mein neues Buch wird die Welt aus den Angeln heben!

14 Bär modenschaut

Die bigBOX Allgäu war prall gefüllt.

Mega-Veranstaltungshalle.

Ich war Teil der Füllung.

Dienstlich.

Meine Nachbarin hatte mir verraten: Die Käsi und die Maja gehen zu der Veranstaltung.

»Es hat was mit Männer zu tun!«, hatte sie mich wissen lassen.

»Die Chippendales? Sexy!«

»Nein, eine Modenschau. Neue Mode. Männermodels. Hast nicht in der Zeitung gelesen?«

»Nein. Und was soll ich da? Aus dem Alter bin ich raus. Oder ist es eine Seniorenveranstaltung?«

»Ich hab halt denkt, du kannst was rausfinden über die beiden, einfach so …«

Sie hatte mir eine Eintrittskarte hingeschoben. »Mein Chef hat mir eine Freikarte geschenkt.«

»Und warum gehst du nicht selber hin?«

»Dann hätt ich einen Riesenkrach mit meine zwei Weiber. Ich darf mich da in nix hineinmischen … Also?«

Ich hatte mich breitschlagen lassen.

Die erste Model-Modenschau in meinem Leben.

Ich hatte meinen Trachtenjanker an. Und Jeans. Oben alt, unten jung.

Die Lautsprecher beschallten die Halle. Jeder Bass ein Schlag in den Magen.

Mein Platz war okay. Ich saß am Rand, konnte jederzeit raus.

Und ich sah die Menge vor mir:

Ältere Herren, Klone von Karl Lagerfeld, Kettchen, Armreifen, Ohrringe. Etliche hielten Händchen.

Links eine Herde Kahlköpfe.

Mittendrin: Käsi.

Rechts auffallend viele junge Frauen mit langem wallenden Haar. Dirndl.

Vielleicht der Trachtenverein.

Mittendrin: Maja.

Neben mir gesetztere Herrschaften.

Wahrscheinlich der Seniorenclub von Caritas und Diakonischem Werk.

Ich wischte mir die Augen.

Die kannte ich doch … nein … Das konnte nicht wahr sein.

Unsere Blicke trafen sich: meiner und der von der Frau Staatsanwalt, Eleonore Tommer.

Sie winkte mir kurz zu, so, dass ich begriff: keine große Begrüßung.

War sie auch in dienstlicher Mission hier?

Oder einfach mit ihrem Kirchenchor?

Doch nicht Seniorenclub.

Schwer zu unterscheiden.

Das Licht ging aus.

Im Scheinwerferkegel erschien auf dem Laufsteg eine Frau.

Seufzer der Enttäuschung.

Kein Mann.

»Juten Abend, isch find et so wat von geil, dass ihr alle da seid. Ich wollte schon immer mal ins schöne Alljäu kommen, und nu bin ich hier bei euch im Kempten – frisch aus meiner Heimat einjeflochen, aus Gölln!«

Überflüssige Information, man hörte, dass sie aus Köln war. Eine gewisse Eva Gödel, sah aus wie vierzig, war vierzig, von Beruf Modelscout.

»Typen wie die Chippendales könnt ihr verjessen!«

Beifall, Pfiffe.

»Wir wollen wat Neues sehen, nicht immer diese Anabolika-Dampfnudeln aus den Fitnessstudios …«

Pfiffe, Beifall.

»Wat Junges, Frisches, Zaaaaates …«

Kreischen.

Mir gefiel Eva Gödel sehr gut. Ich steh nicht so auf junge Gerippe. Ob sie wohl eine Lesbe war? Der Jubel der Buzz-Cut-Fraktion war verdächtig laut.

»Die Jungs, die ihr gleich sehen werdet, arbeiten für Balenciaga, Prada, Calvin Klein, Comme des Garçons …«

Kannte ich nicht. Vielleicht redete sie von rheinischen Fußballclubs oder italienischen Kinderchören.

Ich schaute auf die Uhr. Mir war nach einer Gauloises oder zweien.

Die Lautsprecher schreckten mich auf.

Da kamen sie: einer nach dem anderen, Knaben in Fetzen von Gewand. Die neue Mode. Oder Kostüme für Halloween.

Es waren eigentlich keine Knaben. Es waren Gerippe von Knaben. Die Mutti neben mir sagte: »Aber die sind ja ganz verhungert. Gebts doch dene Buben was G'scheits zum Essen!«

Die Fetzen, die sie anhatten, erinnerten mich an Altkleidersammlungen, Secondhandshops, Fasching, Anstaltskleidung für Durchgeknallte.

Einer der schrägen Magervögel steckte in einem weißen Hoodie aus Baumwolle und pastellfarbenen Stickereien auf der Kapuze. Der Lautsprecher ließ uns wissen, dass der Fetzen für tausendneunhundertachtzig Euro zu haben sei. An einem anderen schlotterte eine kurze Baumwollhose mit Camouflagemuster, ein Schnäppchen für achthundertneunzig Euro. Rosa Blazer, Lycra-T-Shirts. Comic-Prints. Tunnelhosen aus Nylon, ich kannte sie noch als Hochwasserhosen, dazu Hemden mit aufgestellten Kragen, Bauchtaschen und Spießersocken. Schlabbrige Jogginganzüge zu Trekkingsandalen und Kapuzen oder Hauben überm Kopf, die ausgehöhlten Hungeraugen hinter Raver-Sonnenbrillen versteckt. Trenchcoat mit silberglänzenden Herzchen-Prints. Und so weiter. Eine kumulative Körperverletzung für Augen und Geschmack.

Das junge Volk war ganz verzückt, es regten sich wohl die

Mutti-Instinkte. Sie stellten sich vielleicht vor, wie die süßen Flegel sich an ihren Brüstchen nährten.

Die Fähnchen, die die Models anhatten, wurden immer weniger, die Stimmung immer aufgeheizter. Der Krach immer lauter.

Pervers.

Und dann der Höhepunkt: Sie hatten so gut wie nichts mehr an. Nur, was sie brauchten, um ihre Schwänzchen zu verdecken und ihre Eier zu halten. String-Tangas für Knaben.

Die einen kreischten, die andern hielten sich entsetzt die Hände vor den Mund.

Ich sah auf dem Laufsteg spitze Schulterblätter, dünne Arme, extraschmale Schultern, konkave Höhlungen, wo normalerweise Männer ihre Bäuche haben. Die ungerauchte Gauloises fiel mir aus den Fingern.

Die jungen Mädchen kreischten, die alten Damen schüttelten die Dauerwellenköpfe, manche lächelten selig, und die älteren Herren mit den Goldreifen und den Armkettchen waren vornübergebeugt, Maul offen, als wollten sie die Jungs gleich vernaschen.

Das Licht ging aus. Stille.

Wieder an, Stille.

Mama Gödel stand zufrieden da.

»Danke, ihr Lieben, is 'n dolles Jeföhl zu erleben, wie begeistert ihr seid. Und keine Angst, die Jungs sind alle ärztlich untersucht.«

Großes Aufatmen.

Hieß das, dass die Jungs nicht am Verhungern waren oder kein Aids hatten?

Die Menschen erhoben sich, die rasierte Fraktion von Käsi marschierte zum linken Ausgang, die Walküren mit den wallenden Mähnen zum rechten.

Ich folgte unauffällig.

Traf mit der Staatsanwältin zusammen.

Sie schüttelte den Kopf.

Ich schüttelte den Kopf.

Alterserscheinung.

Ich sagte: »Kann man denn da keine Strafanzeige stellen?«

»Wegen was?«

»Tierquälerei … Sklavenhaltung … Aushungern Minderjähriger … Geschmacksverirrung … Kinderarbeit …«

Sie sagte: »Solang nix passiert …«

»Muss erst einer von denen verhungern?«

»Eigentlich ja.«

»Da werden S' bald Arbeit kriegen. Lang dauert das nimmer, bis die vom Laufsteg fallen … Gruaß an Ma!«

»Danke, es geht ihm schon wieder besser, seit er bei Ihnen war.«

Sie kriegte rote Bäckchen und Flecken am Hals.

Passiert auch nach der Pubertät.

Ich winkte ein Taxi heran.

Wartete an der Ausfahrt der Tiefgarage, bis ich Majas Auto sah.

Sagte zur Taxifahrerin: »Der da nach, aber unauffällig.«

Die Taxifahrerin taxierte mich, sagte: »Deine Enkelin?«

»Aber was denken S'?«

»'tschuldigung, dann halt deine Tochter? Passt auf sie auf?«

Ich sagte: »Ja, ich will wissen, was die treibt.«

»Was soll die schon treiben, hier in der Gegend.«

Wir fuhren auf den Grünten zu.

Die Taxifahrerin sagte: »Schaut aus, dass sie nach Rettenberg fahren, die Mädchen. Da kann man nix treiben.«

»Aber da sind doch zwei Brauereien … Engelbräu und Zötler!«

»Eben. Das ist was für alte Männer.«

Ich sagte nichts. Weil mir nix einfiel.

»Da schau an, die fahren jetzt abseits, rechts weg.«

»Vielleicht ein Nachtclub?«

»Greggenhofen … Das wär mir neu, dass in Greggenhofen ein Nachtclub ist oder eine Disco. Das einzig öffentliche Gebäude zwischen den Kuhställen und den Silos ist eine Kapelle.«

»Die Marienkapelle?«

»Fast getroffen … Sankt-Maria-Magdalena-Kapelle.«

Ich stutzte.

»Altkatholisch, oder?« Ich meinte mich zu erinnern, dass die Kapelle zur altkatholischen Gemeinde in Kempten gehörte.

»Ja. Alt und katholisch … Ja da schau an, da stehen schon ein Dutzend Autos!«

»Drehen S' um, schnell, sonst sieht mich meine Tochter!«

Ich versank im Beifahrersitz.

»Schnell weg … nach Tal am See …«

»Was willst'n da?«

»In die Maiandacht …«

Sie schaute mich an, als wäre ich nicht ganz recht im Kopf.

»Zum ›Schwarzen Adler‹!«

Sie lachte.

Ich sagte: »Maiandacht für Mannsbilder. Aber die Wirtin heißt Maria.«

15 Marlein und die behaarte Nackte

Die weitere Fahrt nach Münnerstadt verlief ruhig, wir hatten Ingo Groschen offenbar tatsächlich abgehängt, sein Porsche tauchte nicht wieder im Rückspiegel auf.

Das erste Ziel unserer Tour, die Pfarrkirche St. Maria Magdalena, lag mitten in Münnerstadt, zwischen Wohnhäusern und Geschäften. Ich hatte Glück und fand einen Parkplatz direkt neben der niedrigen Steinmauer, die die Kirche umgab.

Ich wollte aussteigen, aber Klüngelbein hielt mich zurück.

»Moment! Wir müssen erst besprechen, wie Sie mich schützen!«

Ich sah ihn irritiert an.

»Na ja, ich begleite Sie, als Bodyguard eben.«

»Und Sie sind bewaffnet?«

»Ja, ich habe meine Pistole einstecken.«

»Einstecken?«

»In meiner Mantelinnentasche.«

»Sie haben sie nicht in der Hand?«

Oh je. Die Klüngelbein'sche Paranoia schlug wieder voll durch.

»Sie wollen ernsthaft, dass ich eine Kirche mit einer Knarre in der Hand betrete?«

»Die Tempelritter werden versuchen, mich zu ermorden. Das kann immer und überall passieren.«

»Sie haben mir erzählt, die Tempelritter sind Männer der Kirche.«

»Ja, und?«

»Das wäre doch Blasphemie, in einer Kirche, unter dem Zeichen des Kreuzes sozusagen, Gewalt zu begehen!«

Klüngelbein gab ein zynisches Lachen von sich.

»Sie glauben doch nicht ernsthaft, dass die Kirchenleute deswegen Skrupel oder Hemmungen haben? Unter dem Zeichen des Kreuzes hat man ganze Völker erbarmungslos ausgerottet. Wir müssen auf alles gefasst sein.«

Ich seufzte und holte meine Kanone hervor.

»Also gut. Ich nehme die Waffe in die Hand und stecke die Hand in die Seitentasche des Mantels. Dann sieht sie niemand, aber ich habe sie sofort einsatzbereit. Damit zufrieden?«

Klüngelbein war zufrieden, und wir konnten endlich aus dem Auto steigen.

Wir gingen durch eine kleine parkähnliche Anlage zum Eingang der Kirche, ein riesiger und lang gestreckter Steinbau.

Ich sah erstaunt und beeindruckt an dem Gebäude hoch.

»Das ist ja ein mächtiges Gerät für eine Kleinstadt.«

»Mächtiges Gerät?«

»Na ja, eine sehr große Kirche, meine ich.«

»Münnerstadt war im Mittelalter, als die Kirche errichtet wurde, eine wohlhabende und bedeutende Stadt, weil sie direkt an der wichtigen Handelsstraße zwischen den Reichsstädten Nürnberg und Erfurt lag.«

Ich ließ das als Erklärung durchgehen.

Wir betraten die Kirche durch ein großes Eingangsportal.

Der Innenraum bestand aus einem Hauptschiff und zwei Seitenschiffen. Er war vergleichsweise spartanisch ausgestattet, abgesehen vom Chorraum mit dem Hauptaltar, der sofort ins Auge stach. Und auf diesen Altar steuerte Klüngelbein auch schnurstracks zu.

Ich ging neben ihm her, wie besprochen mit der Hand in der Manteltasche und an der Knarre.

Ich sah mich um.

Ein paar Touris streiften durch die Kirche, aber es waren keine Massen. Die meisten standen an der Grenze zum Chorraum und bestaunten den Altar, der eindeutig die Hauptattraktion der Kirche zu sein schien. Klüngelbein und ich gesellten uns zu ihnen.

Klüngelbein stand eine Weile mit ehrfurchtsvoll aufgerissenen Augen da. Dann wandte er sich an mich.

»Sehen Sie sich mal den Altar ganz genau an. Und dann sagen Sie mir, was Ihnen auffällt.«

Ich sah mir den Altar ganz genau an.

Er war ungefähr fünfzehn Meter hoch und fünf Meter breit und bestand zum größten Teil aus einem riesigen hölzernen Schrein, dessen Innenflügel aufgeklappt waren. Auf den beiden Innenflügeln befanden sich jeweils zwei szenische Darstellungen. Das Innere des Schreins wurde dominiert von einer überlebensgroßen zentralen Figur, die flankiert wurde von zwei größeren und sechs kleineren Gestalten.

Ich betrachtete die Figur, die absolut im Mittelpunkt des Altares und damit auch der Kirche stand.

Es war eine Frau, aber das war nun nichts Sensationelles mehr für mich, seit ich im Fall »Schwarze Madonna« haufenweise Kirchen besichtigen musste, die ganz auf die Gottesmutter Maria ausgerichtet waren.

Diese Figur war allerdings irgendwie anders als die Madonnenstatuen, an die ich mich erinnern konnte. Während die Maria meist mit dem Jesuskind auf dem Arm dargestellt wurde, war diese Frau allein, mit gefalteten Händen.

Das war aber nicht der Punkt, der mich beim Betrachten irgendwie irritierte.

Das Irritierende war die Bekleidung der Frau. Was sie am Körper trug, sah aus wie eine Art gehäkelter Ganzkörperbody, der Oberkörper, Arme und Beine bedeckte, dabei aber einige Körperpartien aussparte, und zwar die Knie – und – ich musste zweimal hinsehen, um sicherzugehen, aber es war eindeutig – die Brüste.

Klüngelbein las das Erstaunen in meinem Gesicht.

»Und? Was fällt Ihnen auf?«

Ich ließ es raus.

»Die zentrale Figur des Altares ist eine Frau.«

»Bravo! Sehr gut erkannt, Herr Marlein! Das ist nämlich eine absolute Ausnahme, dass nicht Jesus Christus, sondern eine Frau im Mittelpunkt eines Altares steht.«

»Nun ja, so absolut auch wieder nicht. Ich habe schon viele Marienkirchen gesehen, in denen im Altar eine Muttergottesfigur dominiert.«

»Das stimmt, Maria ist in gewisser Weise eine Alternative zu Jesus, da sie als seine Mutter zur Heiligen Familie gehört. Außerdem trägt sie ihren Sohn, Jesus Christus, üblicherweise auf dem Arm. Hier sehen Sie allerdings überhaupt keinen Jesus, und die Frau ist auch nicht seine Mutter. Die Frau, die in dieser Kirche im Zentrum des Altares und damit auch der Anbetung steht, ist Maria Magdalena.«

Das war angesichts des Buches, an dem Klüngelbein arbeitete, und angesichts des Namens, den diese Kirche trug, nun keine ganz große Überraschung, aber einen eigenen Maria-Magdalena-Hauptaltar hätte ich trotzdem nicht erwartet.

Klüngelbein bohrte weiter.

»Ist Ihnen noch etwas aufgefallen?«

Ich suchte nach einer passenden Formulierung.

»Na ja … natürlich dieser seltsame Ganzkörperanzug, mit den freiliegenden Brüsten …«

Klüngelbein freute sich wie ein Schnitzel. Genau das hatte er hören wollen.

»Das ist keine Bekleidung – das ist eine Behaarung!«

Ich war echt baff.

»Das ist Behaarung …?«

»Ja. Tilman Riemenschneider, der berühmte fränkische Kunsthandwerker und Bildhauer aus Würzburg, der das Original dieser Skulptur 1492 gefertigt hat, hat Maria Magdalena, einer Legende über sie entsprechend, als am ganzen Körper behaart dargestellt. Genauer gesagt, fast am ganzen Körper, wie Sie ja richtig erkannt haben.«

In meinen Gehirnwindungen rotierte es.

»Aber das hieße ja …«

Klüngelbein vollendete, was ich nicht aussprach.

»Ja, ganz genau: Maria Magdalena ist auf diesem Altar splitterfasernackt!«

Ich schüttelte ungläubig den Kopf.

»Eine nackte Frau im Zentrum des Altars einer katholischen Kirche – was ist denn da schiefgelaufen?«

Klüngelbein war nun ganz in seinem Element.

»Nun, die nackte – beziehungsweise nur mit Haaren bekleidete – Maria Magdalena erregte durchaus Anstoß. Im Jahr 1756 wurde sie auf Anordnung der kirchlichen Führung in Würzburg entfernt – aus ›gewissen Gründen‹, wie in den Dokumenten steht. Das Original der Figur befindet sich heute im Bayerischen Nationalmuseum in München. Erst 1981 wurde der Altar nach dem Vorbild des Originals rekonstruiert und wieder mit einer originalgetreuen Kopie der nackten Maria-Magdalena-Figur ausgestattet.«

Er packte mich am Arm, als wollte er mich schütteln, damit ich die Wichtigkeit dessen begriff, was er mir sagte.

»Verstehen Sie jetzt, Herr Marlein, warum diese Kirche hier in Münnerstadt von so überragender Bedeutung ist für das neue Magdalenentum? In dieser Kirche, mit diesem Altar von Tilman Riemenschneider, mit dieser Figur im Zentrum eines christlichen Gotteshauses, wird Maria Magdalena schon seit langer Zeit als das gewürdigt, was sie in Wirklichkeit war und ist!«

»Und das wäre?«

»Lesen Sie mein erstes Buch, dann werden Sie die Antwort

bekommen. So, jetzt muss ich mich aber an meine Arbeit machen.«

16 Bär kneift

»Gelobet seist du, Maria, voll der Gnaden …«

Sagte ich, als mir die Wirtin Maria mit ihrer roten Mähne ein kühles Helles hinstellte.

»Spinnst jetzt?«, fragte sie.

Es war mehr eine Feststellung.

Ich nahm den ersten Schluck, den schönsten, sagte: »Endlich Feierabend!«

Sie sagte: »Du bist doch in Rente!«

»Das ist es ja. Wenn man in Rente ist, hat man nie Feierabend, nie Urlaub, nie Freizeit. Eigentlich müsste man noch einen Zuschlag kriegen …«

»Warum?«

»Weil man sein eigener Chef ist, der alles organisieren muss. Strukturieren. Managen …«

»Ach ihr Mannsbilder mit eurem Rentnerg'schmarri. Des bissle, was du zum Tun hast … auf deiner Alm.«

»Du hast es gut. Du bist ja noch nicht in Rente. Ich bräucht einen Tag mit achtundvierzig Stunden. Aber viel anders wird's dir auch nicht gehen. Die Kinder aufwecken, Pausenbrot schmieren, anziehen, in die Schule bringen, Betten machen, aufräumen, Wirtschaft herrichten. Bestellungen. Lieferanten. Einkaufen. Mittagessen, Hausaufgaben, die Herren bedienen …«, ich deutete auf die Kartler am Stammtisch, »… Kinder ins Bett bringen, Küche sauber machen, verstopfte Abflüsse reinigen, die Ponys im Stall versorgen, dich um deine kranke Mutter kümmern, Rechnungen zahlen …«

Ihre Augen wurden immer größer.

Ich sagte, ironisch: »Wegen dem bissle Arbeit …«

»Genau das hat mein Alter auch immer gesagt: Hängst bloß

den ganzen Tag in der Wirtschaft rum. Was machst denn den ganzen Tag ...«

Sie nahm einen tiefen Zug von ihrer Marlboro. Schaute in die Ferne, sagte: »Drum hab ich ihn auch rausg'schmissen. Er ist immer bloß in seinem BMW SUV b'soffen umeinanderg'fahren, den andern Weibern schöne Augen machen, sich bedienen lassen ... und blöd daherreden.«

»Aber jetzt musst alles allein machen.«

»Das ist das Schöne dran. Mein Mann war immer das schwierigste von meinen Kindern. Seit ich ihn los bin, ist alles leichter. Kein Streit mehr, die Kinder folgen besser, und ich brauch mir nicht jeden Tag seinen Stuss anhören. Und wenn er b'soffen war, und das war er die meiste Zeit ...«

Sie machte eine Pause, ihr Blick schweifte ins Nirwana. Ich holte sie wieder raus von da, sagte: »Aber mit dem Sex ist jetzt auch nix mehr ...«

Sie schaute mich an, ich dachte, gleich fang ich eine, sie lachte laut auf, sagte: »Das ist das schönste. Kein Sex mehr! Mit dem ...«

Ich verkniff mir die Frage: Mit wem dann?

Die Kartler droschen weiter auf die Resopalplatte ein.

Maria zog wieder an ihrer Zigarette.

Feuchte Augen.

Sie sagte, so leise, dass ich mich zu ihr hinbeugen musste: »Er war entweder besoffen oder impotent. Abwechselnd ... und pervers ...«

»Pervers? Er hat eigentlich immer einen normalen Eindruck gemacht, wenn ich mit ihm geredet hab.«

»Er hat mich immer von hinten haben müssen ...«

»Anal?«

»Ja, so sagt man wohl dazu. Ich hab g'sagt, mir tut das weh, und er hat gemeint, das ist Übungssache ... Dann ist er einmal zu mir gekrochen, er hat denkt, ich schlaf schon. Ich sag: Lass das, nachts im Schlaf an mir zu fummeln! Ich hab dem das überhaupt nicht erklären können, dass er meint, dass er alles mit mir machen kann, was er will. Als wenn ich ein Stück Holz wär ...«

Ich wusste nicht, was ich sagen sollte, versuchte es mit: »Scheiße … Gut, dass du ihn losgeworden bist!«

Sie nickte, die Tränen liefen ihr über die Wangen.

Die Kartler legten eine Pause vom Klopfen und Sprüchemachen ein.

»He, Maria, noch a Halbe, aber net so kalt. Tu an Bierwärmer nei.«

»Mir auch noch eine. Aber net so lauwarm. Frisch, gell!«

»Und eine Runde Obstler dazu.«

Maria wischte sich die Augen trocken, eilte zur Theke.

Zwei von den Kartlern erhoben sich. Gingen Richtung Tür. Machten schon mal die ersten Knöpfe von ihren Hosentürln auf.

Einer rülpste.

Sie gingen zur Tür hinaus Richtung Toilette.

»Diese ewige Brunzerei!«, sagte der eine.

Der andere furzte, lallte: »Alles raus, was keine Miete zahlt.« Lachte.

Als Einziger.

Einer vom Stammtisch sagte: »Der Alois mit seiner Prostata. Der wird's auch nimmer lang machen.«

Er nahm die frische Halbe, hob sie hoch, sagte: »Na, dann Prost … Prostata!«

Er lachte.

Sonst keiner.

Sein Nachbar sagte: »Ich halt mich an den Schnaps. Da muss ich nicht so viel brunzen.«

Die Wirtin Maria stellte die diversen individuell temperierten Getränke auf den Kartlertisch.

Einer sagte: »Früher ist das auch schon ein bissle schneller gegangen.«

Maria schaute, ihr Blick sagte: Arschloch!

Ihr verkniffener Mund sagte: »Wohl bekomm's!«

Die beiden Brunzer erschienen wieder im Türrahmen.

Sie knöpften sich die Hosentürl wieder zu.

Die Brunzflecken auf ihren Hosen sah nur ich.

Und Maria.

Sie brachte mir einen doppelten Obstler, sagte: »Aufs Haus!«

»Hoppla, dank dir schön.«

Die Kartler nahmen ihre Gedresche wieder auf.

Sie hockte sich neben mich.

Zündete sich eine Marlboro an, war ja schließlich ihr Wohnzimmer, die Gaststube, sagte leise: »Ich weiß nicht, wie lang ich das noch aushalt ...«

»Das Rauchen?«

»Nein, die alten Säcke. Wegen den paar Cent die gestinkenden Wichser bedienen, jeden Abend bis elfe oder halb zwölfe.«

Ich schob ihr den doppelten Obstler hin, sagte: »Komm, trink einen Schluck. Von irgendwas musst ja auch leben ...«

Sie kriegte feuchte Augen, sagte: »So viel kann ich gar nicht trinken, wie ich kotzen möcht.«

Nippte trotzdem.

Ich kippte den Rest.

Spülte mit Bier nach. Das Bier schmeckte schal. Nicht weil es schal war.

Ich wollte sie aufheitern, sagte: »Und wie geht's deinen Mädle?«

Sie seufzte.

War wohl keine gute Idee.

»Die werden so komisch in letzter Zeit ... und so schwierig. Besonders die Älteste, die Gal ...«

»Wie alt ist sie denn schon?«

»Sie wird fünfzehn.«

»Ah, ein Pubertier.«

»Was?«

»So heißen die Teenager in der Pubertät. Neuerdings. Aber ich hab denkt, die heißt Vroni.«

»Das ist ja, was mir Sorgen macht. Seit Neuestem will sie Gal heißen.«

»Noch nie gehört. Klingt nach Galle.«

»So führt sie sich auch auf. Gal heißt so eine Schauspielerin, so eine neue ... Die, wo den Film gemacht hat, wo s' alle hingerannt sind, die Mädle … Ich weiß gar nimmer, wie sie noch heißt, Gal noch mal was … und der Film … Ach, da liegt ja die Zeitung.«

Sie langte sich die Zeitung von der Theke, hielt mir die Seite hin, wo »Feuilleton« draufstand, ich setzte mir meine Lesehilfe auf, sagte: »Ah die, Gal Gadot … Die, wo die Hauptrolle in ›Wonder Woman‹ spielt … Halt, schau, was da steht: *Wie könnte wohl eine reine Frauengesellschaft aussehen? Der Film ›Wonder Woman‹ stellt sich das folgendermaßen vor: Die Damen lernen Nahkampftechniken, dreschen zu Übungszwecken mit Schwertern aufeinander. Sie trainieren für den Tag, an dem sie die Welt der Männer wieder einmal vor sich selbst retten müssen …*«

Maria sagte: »Scheiß auf die Welt der Männer.«

Ich sagte: »Da steht auch: Die Schauspielerin kommt aus Israel. Sie war bei der Armee. Kann Nahkampf wirklich.«

»Ich hab genug vom Nahkampf … mit meinem Alten, mit den Kindern, mit den Deppen da.«

Sie meinte die verbrunzten Kartler.

Schaute wieder ins Leere.

»Also die Vroni, die wird auch so frech. Neulich sagt die mir doch ins Gesicht: Da warst selber schuld, dass dich so hast drangsalieren lassen von dem Papa, jahrelang … Du hättst halt einmal auf den Tisch hauen müssen. Also ich, ich mach das alles einmal ganz anders.«

Ich lachte, sagte: »Den Satz kenn ich auch.«

»Welchen?«

»Ich mach das alles ganz anders. Mein Vater und meine Mutter haben eine Scheiß-Ehe gehabt, und ich hab mir geschworen, ich mach das alles ganz anders!«

»Und?«

»Ich hab auch alles ganz anders gemacht …«

»Und?«

»Mit dem gleichen Ergebnis. Wir ham auch bloß noch gestritten, aber über ganz andere Sachen … Und am Ende hatte ich auch eine Scheiß-Ehe … Und wie mein Bub g'heiratet hat,

hat er zu mir gesagt: ›Wir machen das alles ganz anders, nicht so blöd wie ihr. Wir diskutieren alles sachlich aus und finden vernünftige Lösungen.‹«

»Und, haut's hin bei deim Bua?«

»Neulich ham wir ein Bier miteinander getrunken, und ich hab ihn gefragt, wie's denn so geht ... ob das hinhaut mit dem Alles-sachlich-Diskutieren.«

»Und was hat er g'sagt?«

»Er hat gesagt: Ja, wir diskutieren alles. Aber ... am Ende hat sie immer recht!«

Maria lachte.

Hämisch.

»Ich hab auch denkt, ich mach alles anders wie meine Mutter ... Die hat dann uns Kinder allein aufgezogen ... weil der Vater auf und davon ist ...«

Ich sagte: »Wiederholungszwang.«

»Ich kenn bloß einen Waschzwang.«

»Wiederholungszwang ist, dass man alles anders machen will und dann in der gleichen Scheiße landet wie die Alten. Aber man merkt's erst zu spät.«

Sie schaute auf die Uhr. Das dritte Mal in den letzten fünf Minuten.

»Die müsst jetzt allmählich heimkommen. Sie ist mit der Maja von der Alm bei euch da drob weggefahren.«

»Wohin?«

»Maiandacht, hat sie gesagt ... Ah, da hör ich eine Autotür, hoffentlich ist sie das.«

Ich schaute auf die Tür. Sie schaute auf die Tür.

Die Tür ging auf.

Alle schauten auf die Tür.

In der Tür stand: Wonder Woman.

Den Kartlern fielen die Karten aus der Hand und die Zigaretten aus dem Mund.

Eine Szene wie Kino. Großes Kino.

Vroni alias Gal.

Dunkle, schwarze Haare.

Die knospenden Brüstchen von einem knappen Kampfanzug geschützt.

Sah aus wie die Taschenbuchausgabe von Wonder Woman.

Sie hielt auch ein Taschenbuch in der Hand. Eines, das ich erst kürzlich gesehen hatte. Auf dem Altar im Zimmer von der Maja. Ich erkannte es am Cover mit der halb nackten Frau. Das Buch über Maria Magdalena. War wohl die neue Bibel der jungen Mädels.

Die andere Maria, ihre Mutter, brach den Bann.

»So, bist endlich da. Nauf ins Bett, aber plötzlich!«

Maria schob die Mini-Wonder-Woman einfach zur Tür hinaus, haute die Tür hinter sich zu.

Ich schnaufte tief aus.

Wer von den beiden, dachte ich, ist wohl die wirkliche Wonder Woman?

Die Kartler nahmen ihr Karteln wieder auf. Laut.

»Herz-Solo!«

»A Sie!«

»Einmal hoch und einmal nieder ist der Arsch vom Onkel Frieder.«

»An Wenz!«

»Beim Wenz spielt man Ässe oder hält die Fresse!«

Und so weiter.

Ich blätterte die Zeitung durch. Allgäuer Rundschau. Stutzte.

Überfall im Stadtpark
Eine schreckliche Entdeckung machten Spaziergänger, die in der gestrigen Nacht durch den Stadtpark schlenderten. Auf einer Parkbank lagen vier bewusstlose Männer, die offenbar überfallen und schwer verletzt worden waren. Sie wurden in das Klinikum Kempten eingeliefert. Aus Kreisen der örtlichen Polizei war zu erfahren, dass die Opfer der Beschreibung der Männer entsprachen, die erst vor Kurzem eine Elfjährige überfallen und beraubt hatten. Ermittlungen der Polizei ergaben, dass vermummte Unbekannte dem Mädchen das gestohlene Handy und ein

Vielfaches des geraubten Geldes zurückgegeben hatten. Der Polizeipräsident versprach lückenlose Aufklärung der dubiosen Vorfälle.

Mir wurde es heiß unter meinem Kragen.

Mein Handy schellte.

Die Kartler verstummten, lauschten.

Ich rumpelte auf und ging vor die Tür.

»Ja?«

»Du?«

Dr. Vasthi Graf. Chefärztin der Notaufnahme.

»Ja, ich bin's. Wir ham hier vier Kerle, bös zugerichtet. Einer von denen verlangt nach einem Seelsorger.«

»Letzte Ölung?«

»Nein, so schlimm ist's noch nicht. Aber er besteht drauf.«

»Und was hab ich damit zu tun? In ganz Kempten wird's doch einen Seelsorger geben. Oder Krankenhausseelsorge. Sogar in Kempten.«

»Der will nur dich, den Dr. Bär.«

»Warum?«

»Das sagt er nicht. Nur, dass er noch eine Rechnung offen hat. Hast du denn Schulden bei ihm?«

»Nein. Keine Schulden. Nur Schuld.«

»Du, ich hab keinen Bock auf ein philosophisches Seminar am Telefon. Kommst oder kommst net?«

»Ich komm. Morgen früh.«

»Geht's heut Abend nimmer?«

»Nein, ich bin noch dienstlich gebunden.«

»Wahrscheinlich beim ›Schwarzen Adler‹.«

Ich dachte: Blöde Sau.

Sagte: »In einer familiären Angelegenheit. Ich komm morgen früh. Pfüadi.«

Sie hatte schon aufgelegt.

17 Marlein und die kanonischen Evangelien

Nachdem Klüngelbein seine Arbeit erledigt hatte – die darin bestand, dass er stundenlang vor dem Maria-Magdalena-Altar herumtigerte und ihn aus allen möglichen Perspektiven fotografierte –, verließen wir die Kirche und fuhren zu dem Hotel, das Klüngelbein gebucht hatte.

Niemand schoss dabei auf uns, und kein großer dunkler Mercedes drängte meinen kleinen Ford Fiesta von der Straße, um Klüngelbein aus dem Auto zu ziehen und ihn zu entführen.

Wir checkten in einem Hotel im Stadtzentrum ein.

Immerhin hatte Klüngelbein mich nicht übers Ohr gehauen, ich musste ein Zimmer mit ihm teilen, aber es gab zwei getrennte Betten.

Wir verstauten unser Reisegepäck.

Dann okkupierte Klüngelbein sofort den Tisch, der im Zimmer stand, und platzierte seinen Laptop darauf.

Ich setzte mich zu ihm.

»Und was machen Sie jetzt?«

»Ich bringe meine Eindrücke zu Papier, oder besser gesagt, zu Computer. Die Kirche Maria Magdalena in Münnerstadt wird ein zentraler Wallfahrtsort des neuen Magdalenentums werden, und ich werde in meinem Buch darlegen, warum das so ist.«

»Und warum ist das so?«

»Das habe ich Ihnen doch schon vor Ort erklärt, Herr Marlein! Eine Magdalenenfigur, noch dazu eine nackte, im Zentrum eines Altars ist eine absolute Rarität. Ist Ihnen übrigens aufgefallen, dass auch die vier geschnitzten Reliefs auf den Innenseiten der beiden aufgeklappten Altarflügel Szenen aus dem Leben der Maria Magdalena zeigen?«

»Nein, ich hatte nur Augen für die nackte Mary.«

»Auf zwei davon, die ihre letzte Kommunion und ihre Grablegung abbilden, ist sie ebenfalls nackt dargestellt beziehungsweise ebenfalls nur behaart, wiederum mit Ausnahme der Brüste und der Knie. In den beiden anderen Szenen ist sie bekleidet. Sie zeigen zwei Begegnungen Marias mit Jesus: In der ersten im Haus des Simon, wo sie ihm die Füße mit ihren Haaren trocknet und sie mit wertvollem Öl salbt, und in der zweiten vor seinem Grab, wo sie dem Auferstandenen begegnet und versucht, ihn zu berühren.«

»Wieso ist sie auf zwei Reliefs nackt und auf zwei bekleidet?«

»Die Szenen, in denen sie bekleidet ist, stammen aus den Evangelien, die Szenen, in denen sie nackt ist, stammen aus späteren Legenden über ihr Leben. Wenn Sie ›Maria Magdalena – die ultimative Wahrheit‹ gelesen hätten, dann müsste ich Ihnen das alles nicht erklären …«

»Alles klar, ich habe den Wink mit dem Zaunpfahl verstanden. Ich werde auf der Stelle weiterlesen.«

»Ja, sehr gut, ich muss mich jetzt auch unbedingt ans Schreiben machen.«

Und so trennten sich unsere Wege, wenn auch nicht sehr weit: Klüngelbein blieb am Tisch sitzen und hackte in seinen Laptop, ich ging zu meinem Bett, legte mich darauf, nahm mir Klüngelbeins Wälzer vom Nachtkästchen, wo ich ihn hingelegt hatte, und schlug ihn auf.

Das erste Kapitel von Teil A (»Die Quellen über Maria Magdalena«) trug die Überschrift »Maria Magdalena in den Evangelien«.

Ich suchte die Zusammenfassung am Ende des Kapitels und zog sie mir rein.

Zusammenfassung: Maria Magdalena in den Evangelien

In den kanonischen, also den »traditionellen« Evangelien nach Matthäus, Markus, Lukas und Johannes werden an mehreren Stellen Frauengruppen genannt, die Jesus bei seinem Wirken zusammen mit dem Zwölferkreis folgten. Diese Frauen unterstützten Jesus und die Jünger ideell, materiell und finanziell.

Maria Magdalena ist bei den Aufzählungen dieser Unterstützerinnen die einzige Frau, die immer erwähnt wird, und fast immer an erster Stelle. Sie scheint also die An-

führerin einer weiblichen Jüngerinnen-Kerngruppe, zu der zwei bis drei weitere Frauen gehörten, gewesen zu sein, die parallel zur männlichen Jünger-Kerngruppe (um Petrus, Johannes und Jakobus) existierte.
Der Name Maria Magdalena kommt von der Stadt Magdala, Maria Magdalena ist also »die Maria, die aus Magdala stammt«.
Magdala liegt in einer fruchtbaren Ebene am Westufer des Sees Genezareth, dreißig Kilometer von Nazareth und acht Kilometer von Kafarnaum entfernt, und war durch seine Lage an der wichtigen Handelsstraße Via Maris und durch den üppigen Fischfang und die Fischverarbeitung eine bedeutende, blühende und reiche Stadt, mit einem großen Hafen, einer aufwendigen Kanalisation, gepflasterten Straßen, prunkvollen Villen und einer breiten, wohlhabenden Oberschicht.
Dass Maria Magdalena nach ihrer Herkunft aus Magdala benannt wird, lässt Rückschlüsse auf ihren Familienstand und ihren sozialen Status zu.
Familienstand: Da es damals üblich war, dass Frauen über ihre nächsten männlichen Bezugspersonen definiert wurden (zum Beispiel »Mutter des Josef«, »Tochter des Simon« oder »Frau des Jakob«), bedeutet die Bezeichnung »aus Magdala«, dass diese Maria alleinstehend war, nicht oder nicht mehr verheiratet war, keine nahen männlichen Verwandten oder keine Beziehung mehr zu ihrer Familie hatte.
Sozialer Status: Da sie also alleinstehend war und trotzdem Jesus und seine Jünger finanziell unterstützen konnte, kann man davon ausgehen, dass Maria Magdalena eine wohlhabende Geschäftsfrau aus dem reichen Ort Magdala war, wirtschaftlich selbstständig (evtl. als Inhaberin eines Fischereibetriebes), mit Rang, Namen, Besitz und eigenen Einkünften.
Als Motiv, warum sich Maria Magdalena Jesus anschloss und seine Anhängerin wurde, nennt Lukas, dass sie erkrankt war und Jesus sie geheilt habe, indem er sie von

sieben Dämonen befreite. Die Zahl Sieben ist in der Bibel stets ein Symbol der Vollkommenheit – »sieben Dämonen« deuten auf mehrere Erkrankungen oder aber eine besonders schwere Erkrankung hin, wie zum Beispiel Depression, Epilepsie oder Schizophrenie.
Während des Wirkens von Jesus in Galiläa ist Maria Magdalena seine Unterstützerin, tritt aber weiter nicht in Erscheinung. Das ändert sich, als Jesus nach Jerusalem zieht, wohin ihm Maria Magdalena folgt. Bei den dortigen Geschehnissen, die die Welt verändern werden, nimmt Maria Magdalena eine zentrale Rolle ein.
Maria Magdalena wird in den Evangelien von Markus, Matthäus und Johannes namentlich als Zeugin der Kreuzigung Jesu genannt. Zusammen mit anderen Frauen wohnt sie auf Golgatha seiner Hinrichtung bei. Während die männlichen Anhänger von Jesus alle geflohen sind, ist Maria Magdalena in seinen letzten Stunden und bei seinem Tod ganz in seiner Nähe.
In den Evangelien von Markus und Matthäus wird Maria Magdalena namentlich als Zeugin der Grablegung Jesu genannt. Sie ist, gemeinsam mit einer anderen Maria, die einzige Bekannte und Vertraute Jesu, die bei der von Josef von Arimathäa organisierten Beisetzung anwesend ist.
Und vor allem wird Maria Magdalena in allen vier Evangelien namentlich genannt als erste Zeugin des leeren Grabes, als erste Zeugin der Erscheinung des auferstandenen Jesus Christus und als erste (bei Johannes auch als einzige) Empfängerin und (von Jesus selbst bevollmächtigte) Verkünderin der Osterbotschaft. Damit ist Maria Magdalena die »Apostola Apostolorum«, die »Apostelin der Apostel«.
Maria Magdalena hat Jesus also vom Beginn seines öffentlichen Wirkens in Galiläa bis zum Ende seines irdischen Lebens in Jerusalem begleitet. Als Augenzeugin seiner Kreuzigung, seiner Grablegung und seiner Auferstehung ist sie zudem die zentrale und vor allem auch die einzige Garantin und Überlieferungsträgerin für die Gesamtheit

von Jesu Leiden, Sterben und Auferstehen – und damit für die ultimativen Kerninhalte des Christentums. Daraus folgernd muss man konstatieren, dass sich ohne Maria Magdalena die Jesus-Bewegung nach dem Kreuzestod ihres Stifters wohl aufgelöst hätte und überhaupt keine christliche Verkündigung und christliche Religion entstanden wäre.
Maria Magdalena nimmt also eine absolute Schlüsselrolle im Leben Jesu ein. Angesichts dessen verwundert es, dass man vor Passion und Auferstehung nicht mehr über sie erfährt und dass sie nach Passion und Auferstehung gänzlich aus den Berichten verschwindet und anscheinend – zumindest in den kanonischen Evangelien und in der Apostelgeschichte – keine Rolle in der Nachfolge Jesu und bei der Entstehung des Christentums spielt.
Man kann sich des Eindrucks nicht erwehren, dass die Evangelisten Maria Magdalena bewusst weitestgehend ignorieren, ihre entscheidende Rolle bei Passion und Auferstehung aber allgemein so bekannt war, dass sie Maria Magdalena hier erwähnen mussten, ob sie wollten oder nicht.
Der Verdacht, dass Maria Magdalena sowohl im Leben Jesu als auch im Ur-Christentum eine viel größere Rolle gespielt hat, als dies die Evangelien von Matthäus, Markus, Lukas und Johannes implizieren, erhärtet sich, wenn man sich einmal die »anderen«, sprich die apokryphen Evangelien genauer anschaut (also diejenigen, die nicht in den Kanon des Neuen Testamentes aufgenommen wurden), was wir im nächsten Kapitel tun wollen.

18 Bär graut

Ich war zu früh aufgewacht. Im Morgengrauen.
Mir graut es jeden Morgen, aber an diesem ganz besonders. Die Gedanken kommen ungefragt, bevor ich denken kann.

Sie denken mich.
Was ich gestern alles verbockt habe.
Was ich schon immer verbockt habe.
Was ich heut alles verbocken werde.
Der einzige Vorteil dran ist: Ich werde schnell wach. Hellwach.
Angst und Ärger sind die besten Wecker.
Ein Espresso, eine Gauloises.
Habe ich von Immanuel Kant übernommen. Das mit der Gauloises.
Er hat ein Buch über Diätetik geschrieben. Gesundes Leben.
Dazu gehört der Morgenrauch. Kant ließ sich jeden Morgen um die gleiche Zeit von seinem Butler aufwecken. Der Butler hatte die dankbare Aufgabe, dem hundemüden Kant, der keinen Bock zum Aufstehen hatte, so lange zuzusetzen, bis er in der Vertikalen war. Der Kant. Und dann hat er eine Pfeife geraucht. Wegen der Verdauung. Und den Rest vom Tag hat er dann einen Scheiß geschrieben, den kein normaler Mensch verstehen kann. Ich jedenfalls nicht.
Ich schaltete Antenne Bayern ein. Und was kommt?
Jürgen von der Lippe:
»Guten Morgen, liebe Sorgen,
seid ihr auch schon alle da?
Habt ihr auch so gut geschlafen?
Na, dann ist ja alles klar.«
Ich lachte. Gegen meinen Willen.
»Wenn ein Tag so wunderschön
beginnt, ist alles drin:
Heute bleibt die Dusche kalt,
das Wasserrohr ist hin.
Wir gleiten auf den Fliesen aus
und prellen uns den Steiß;
als Krönung schmeckt der Kaffee heute
irgendwie nach Schweiß.«
Lauschte weiter:
»Ich werde wach; vor meinem Bett

steht ein alter Mann, sagt:
›Sie hatten einen Unfall.‹
Und grinst mich blöde an.
Ich sach: ›Wieso hab ich eigentlich
noch das Steuer in der Hand?‹
Er meint: ›Nee, das wird
in Engelskreisen Harfe genannt.‹«

Ja, der von der Lippe, der hat eine Ahnung vom Leben. Genau so ist's …

Der von der Lippe. Der ist schlauer als der Kant. Und Deutsch kann er auch. So eines, wo man versteht. Ich.

Ich verzichtete auf meine täglichen Kniebeugen, Push-ups, Liegestützen, Klimmzüge.

Wegen der Regeneration.

Die Muskeln brauchen das. Hab ich gelesen.

Außerdem war ich heut zu faul.

Auf dem Weg nach Kempten landete ich auf der Straße nach Lindau. Hatte glatt die falsche Abzweigung erwischt.

Zufall.

Mein Navi hatte ich vergessen, ich war schließlich so gut wie Stammgast im Kemptener Krankenhaus. Patient, Besucher, Seelsorger.

Ich fand das Klinikum ums Verrecken nicht.

Ich wusste sogar, warum. Widerstand. Oder einfach: Schiss.

Nicht mal unbewusst.

Aber mein Bewusstsein nützte mir auch nix: Ich musste hin und wollte nicht.

Kompromissbildung: Ich irrte mit meinem VW Golf durch die Straßen von Kempten.

Dann sah ich einen Sanitätswagen.

Folgte ihm.

Unauffällig.

Er lotste mich dahin, wo ich nicht hinwollte. Klinikum Kempten, Lehrkrankenhaus der Universität Ulm.

An der Information erfuhr ich das Zimmer, wo der Manni und seine Kumpanen lagen.

Ich wollte es hinter mich bringen.

Erst nachher mit der Dr. Graf plaudern. Ich wusste nicht, vor welchem Geplauder mir mehr grauste: mit dem Manni oder mit der Gräfin.

Mein Gang den Gang entlang wurde immer langsamer. Ich wandelte meditativ.

Verwechselte die Zimmernummer.

»'tschuldigung.« Die Dame saß gerade auf dem Topf.

Von wegen Menschenwürde.

Ich öffnete das Krankenzimmer ganz langsam.

Ich dachte, ich bin in einem alten Schwarz-Weiß-Film.

Vier einbalsamierte Pharaonen bevölkerten vier Betten.

Ganz in Weiß … mit einem Blumenstrauß …

Oh je, den Blumenstrauß hatte ich auch vergessen.

Nicht mal eine Flasche Malzbier hatte ich dabei.

»Manni?«

Eine der Gestalten rührte sich.

Ich nahm mal an, es war Manni.

Voll eingemummt in Mullbinden, Arme geschient, Beine geschient, Tropf.

Das volle Programm.

Ich trat an seine Seite.

Er schaute an mir vorbei.

Aus seinem geschwollenen zahnlosen Mund ein gequetschtes: »Sau!«

»Meint du mich?«

»Blutige Sau!«

»Wie kommst jetzt da drauf?«

»Verräter!«

»Ich?«

»Die ham … gewusst … Wollten der Zicke Handy und Geld zurückgeben …«

»Und dann …«

»Überfallen!«

»Ihr seid überfallen worden? Von wem?«

»Hurensau!«

»Ich hab keiner Sau was g'sagt. Ehrenwort.«

»Verräter!«

Ich hatte den Eindruck, wir befanden uns in einem Kreisverkehr. Gesprächstechnisch.

Ich sagte: »Ehrlich, ich weiß von nix. Tut mir leid. Aber ich versprech dir, ich find raus, wer euch überfallen hat.«

»Du … schuld!«

»Ja, die Idee vom Zurückgeben ist von mir gekommen. Aber mehr auch nicht. Ich werd euch doch nicht ins offene Messer rennen lassen. War vielleicht blöd von mir mit dem Zurückgeben, aber ein Schwein bin ich deshalb noch lang nicht.«

Er atmete tief durch.

Schien zu denken.

»Oma!«, sagte er. Zittrig.

»Keine Sorge, Manni, ich kümmere mich um deine Oma, bis ihr wieder watscheln könnt.«

Er schloss die Augen.

Er tat mir leid.

Ich hätt doch selbst dem Mädchen das Zeug zurückgeben sollen.

Aber dann läg ich jetzt so da.

Auch nicht besser.

»Servus!«, sagte ich in die Runde.

Kein Echo.

Dr. Graf unterschrieb wieder mal Dinge, die sie nicht las.

Sie sah mich, schaute auf die Uhr.

Willkommenskultur war nicht ihre Stärke.

Sie bot mir keinen Stuhl an.

Wo doch Stuhl so wichtig ist im Krankenhaus. Die wichtigste Frage jeden Morgen ist die nach dem Stuhl. Wird in die Kurve eingetragen.

Es war mir scheißegal.

Ich hockte mich auf den Sessel vor ihren Chefärztinnenschreibtisch.

Holte mir eine Gauloises raus.

Sie unterschrieb weiter, sagte: »Du kannst hier nicht rauchen.«

»Können tät ich schon …«

Ich steckte meine Gauloises wieder zurück, ließ einfließen: »… aber der Klügere gibt nach.«

Sie schlug ihre Unterschriftenmappe zu. Fragte: »Hast jetzt deine Seelsorge gemacht?«

»Ja. Ich bräucht selber Seelsorge.«

»Magst eine Valium? Tavor? Adumbran? Lexotanil? Dalmadorm? Tranxilium? Librium? Praxiten?«

Schnippischer Unterton.

Wahrscheinlich hatte sie ihre Tage. Sie war alleinerziehend. Ihre Tochter Anna war mein Patenkind. Ihr verstorbener Vater mein Freund. Gewesen. Wir waren mal kurz ein Paar, die Gräfin und ich. Temporär. Mit Betonung auf Tempo.

Ich sagte: »Meine Seele verträgt keine Tabletten. Schnaps ja, aber nicht jetzt, ich muss denken.«

»Oh je, wenn du schon denkst!«

Ich sagte: »Hörn wir auf mit dem Scheiß. Was ist denn mit dene vier Kerle los, die sind ja schwer zugerichtet …«

Sie sagte: »Ja, die hätten tot sein können. Das waren Profis.«

»Profis für was?«

»Schläger. Wie die vier gebaut sind, hätt sich normalerweise keiner an die rangetraut. Bei einem haben wir ein Klappmesser gefunden, beim andern einen Schlagring …«

»Und trotzdem sind sie krankenhausreif geprügelt worden? Versteh ich nicht.«

»Sie haben ihren Meister gefunden. Ham sie dir was erzählt … oder gebeichtet?«

»Nein«, log ich. »War denn was auffällig an den Verletzungen … weil du von Profis redest?«

»Die Profis, die haben genau da hingehaut, wo's wirklich wehtut. Und grad so, dass die Verletzungen nicht tödlich waren.«

Ich versuchte es mit: »Vielleicht waren's Mediziner … Chirurgen … Orthopäden … oder einfach Metzger.«

»Schmarrn. Wir haben hier viele, wo in eine Schlägerei hineingekommen sind, Dutzende bei jeder Kirchweih, mit Maßkrug und so. Aber die Verletzungen sind harmlos, ungezielt, zufällig ... von Burschen, die einfach um sich hauen, bis einer in sie hineinläuft ... Für die Verletzungen von den vieren müssen die Schläger schnell und präzise gewesen sein. Nahkampfexperten.«

»Vielleicht hat die freiwillige Feuerwehr eine Übung gemacht, in Selbstverteidigung ... Oder die Bundeswehr hat Nahkampf geübt ... oder die Polizei ...«

Sie schaute auf die Uhr. Schon wieder.

»Hör auf mit deinen Märchen. Es waren Könner.«

»Vielleicht doch die Polizei?«

»Ha, dass ich nicht lach. Ich hab doch g'sagt Könner. Unsere Polizei kann das nicht und traut sich so was nicht.«

»Weil s' Angst ham vor den Kerlen?«

»Nein, vor einem Disziplinarverfahren ham s' Angst. Dienstaufsichtsbeschwerde. Die brauchen eine richterliche Anweisung für jede Watschn, die sie austeilen. Und dann nur in Notwehr ...«

»Und die Verletzungen?«

»Nasenbeinbrüche. Fingerbrüche. Nierenquetschungen. Hodenquetschungen ... Und das Komische, das fällt mir grad ein: Sie sind alle ohne Hosen angeliefert worden.«

»Nackert?«

»Nein, aber die Hosen haben gefehlt. Die Unterhosen auch.«

»Vielleicht waren die vier Exhibitionisten und sind überfallen worden?«

Sie schüttelte den Kopf.

»Exhibitionisten haben einen Mantel an. Die hatten keine Mäntel ... Lächerlich!«

»Ja, vielleicht sollten sie lächerlich gemacht werden, ›caught with their pants down‹, wie die Engländer sagen ... Da fällt mir was ein: Im Alten Testament kann man schon nachlesen: Der Hintern ist neben den Genitalien immer ein besonderer Körperteil ... schambesetzt. Er darf nicht gesehen werden, sonst verliert der Besitzer sein Gesicht ... Im 2. Samuel 10 zum Beispiel, da spioniert ein israelisches Geheimkommando die

Ammoniter aus, Spione sozusagen, und sie werden erwischt. Und was glaubst, was mit denen passiert?«

»Keine Ahnung, ich kenn die Ammoniter nicht persönlich.«

»Die Ammoniter ham den israelitischen Spionen die Bärte abgeschnitten, und – jetzt kommt's – dann ham s' ihnen das Gewand überm Hintern abgeschnitten und sie laufen lassen. Jesaia berichtet das Gleiche für ägyptische Gefangene ...«

»Die werden doch noch eine Unterwäsch angehabt haben?«

»Interessant, dass du das sagst. Damals gab es noch keine Unterhosen, jedenfalls nicht für normale Leut. Die Einzigen, die sich den Luxus von Unterhosen leisten konnten und dazu verpflichtet waren, Unterhosen zu tragen, waren die Priester.«

»Damit sie sich nicht verkälten?«

»Nein, in Exodus 20 und 28 kannst es nachlesen: Wenn die Priester die Treppen zum Altar hochstiegen, mussten sie sich verbeugen, vor dem Herrn, und damit das Volk von unten nicht ihren Arsch und ihr Gemächt sah, mussten sie Unterhosen tragen.«

»Ganz schön prüde!«

»Das hatte nix mit Sex zu tun, sondern mit Schande. Daher kommt auch die Wendung ›jemand bloßstellen‹. Und wer bloßgestellt war, sodass man die nackerte untere Etage sah, hatte sein Gesicht verloren. Seine Autorität!«

»Solche Arschlöcher ...!«

»Siehst, da taucht das Motiv wieder auf.«

»Typisch Männer, die tragen das Gesicht am Arsch.«

Ich überhörte die feministische Unverschämtheit.

»Das war nicht anders als wie heutzutag in eurem Krankenhaus.«

»Wieso?«

»Patienten kriegen vor und nach der OP oder auf Intensiv auch ein Nachthemd angezogen, einen Bettkittel. Der ist hinten offen ... da sieht man alles ... auf einen Blick.«

»Aber das ist für Männer *und* Frauen.«

»Das ist der Fortschritt!«

»Das ist alles ein Schmarrn. Was hat das mit den Typen zu tun, die ohne Hosen eingeliefert werden?«

»Vielleicht spielen religiöse Motive mit ... Vielleicht kennen die Täter die Geschichten aus dem Alten Testament.«

Sie wurde nachdenklich, sagte: »Jetzt, wo wir drüber reden, fallt's mir auf: Wir haben in letzter Zeit ganz viel verklopfte Mannsbilder, so hergerichtet wie die vier, und kaum mehr Mädchen und Frauen, die verprügelt werden ... oder vergewaltigt. Bis vor Kurzem haben wir mehr verhaute Frauen als Männer g'habt.«

»Interessant ... Und die Opfer, kommen die alle ohne Hosen?«

»Keine Ahnung. Das interessiert uns hier nicht. Wir sind ja schließlich kein Modehaus, sondern ein Krankenhaus.«

Sie schaute ein drittes Mal auf die Uhr, sagte: »Ich muss jetzt in den OP. Schon wieder ein Überfall ...«

Ich rief ihr nach: »Schau, ob er die Hosn anhat!«

Sie war schon weg.

Ich saß da wie der Ochs am Berg.

19 Marlein und die apokryphen Evangelien

Während ich mit meiner Lektüre schnell fertig war, war Klüngelbein mit seiner Eindrücke-Verarbeitung beschäftigt, bis die Nacht anbrach.

Ich fragte ihn irgendwann zwischendurch, ob wir nicht was essen gehen sollten, aber er wollte das Hotelzimmer nicht verlassen.

Also zog ich alleine los, fand einen China-Imbiss, kaufte zwei Pappschalen zum Mitnehmen, gefüllt mit Huhn süß-sauer und Reis, und brachte das Zeug ins Hotel. Klüngelbein aß anstandslos auf, was ich ihm vorsetzte.

Die Nacht ging vorüber, ohne dass unser Hotelzimmer von den Tempelrittern gestürmt wurde.

Die einzige Gewalt ging von Klüngelbein aus, der sich als lautstarker Schnarcher entpuppte. Ich überlegte, ob ich mir Watte in die Ohren stopfen sollte, kam aber zu dem Schluss, dass ich damit meine Leibwächterpflichten verletzen würde, denn dann würde ich womöglich gar nicht mitkriegen, wenn wir doch überfallen werden sollten. Irgendwann übermannte mich schließlich der Schlaf, auch ohne Ohrenstöpsel.

Am nächsten Morgen nahmen wir schweigend ein kleines Frühstück im Speisesaal des Hotels ein, packten unsere Sachen wieder zusammen und checkten aus.

Als wir im Auto saßen, war es erneut an der Zeit, die Gretchenfrage zu stellen: »Und wohin geht die Reise heute?«

»Nach Tiefenbronn.«

Davon hatte ich ebenso wenig jemals gehört wie von Münnerstadt. Anscheinend befanden wir uns auf einer Tour durch die Provinz.

Klüngelbein schien meine Gedanken zu erraten, denn er fügte hinzu: »Das liegt in Baden-Württemberg, zwischen Stuttgart und Pforzheim.«

»Wohin genau?«

Er reichte mir einen Zettel mit einer Adresse. Ich gab sie als Ziel ein und fuhr los. Laut Navi würden wir gut zweieinhalb Stunden unterwegs sein und knapp zweihundertdreißig Kilometer zurücklegen.

»Und was schauen wir uns in Tiefenbronn an?«

»Den berühmten Magdalenen-Altar von Lukas Moser.«

»Hat der auch eine behaarte Nackte zu bieten?«

»Nein, aber auch etwas Spektakuläres. Was genau, das erkläre ich Ihnen ebenfalls wieder vor Ort.«

Ich nickte als Zeichen meiner Zustimmung und freute mich auf eine Fahrt ohne Gequatsche, doch Klüngelbein legte nach.

»Wie weit sind Sie eigentlich gestern mit der Lektüre meines Buches gekommen?«

»Ich habe die Zusammenfassung des ersten Kapitels von Teil A gelesen.«

»Mehr nicht?«

Klüngelbein war aufrichtig entsetzt.

»Nein, mehr nicht. Ich habe mir vorgenommen, jeden Tag nur jeweils eine Kapitelzusammenfassung zu lesen. Mir ist es wichtig, dass ich über jedes Kapitel erst in Ruhe reflektieren kann, bevor ich mit dem nächsten weitermache.«

Das war zwar gelogen, denn ich hatte nicht im Geringsten über Maria Magdalena in den Evangelien reflektiert, aber es klang verdammt gut, und Klüngelbein zeigte sich auch entsprechend beeindruckt.

»Das verstehe ich. Ansonsten wäre da auch noch eine andere Möglichkeit gewesen, wie Sie schneller vorankommen.«

»Eine andere Möglichkeit? Welche denn?«

»Es gibt mein Werk auch als Hörbuch, von mir selbst eingelesen. Sie könnten es während unserer Fahrten anhören. Aber ich will Ihren Leserhythmus und Ihre Reflexionen natürlich nicht stören.«

Hörbuch? Warum hatte er das nicht gleich gesagt? Dann müsste ich gar nicht lesen und könnte mir obendrein den Small Talk mit Klüngelbein während der Fahrten ersparen …

Aber ganz zurückziehen konnte ich jetzt nicht mehr, dann hätte er mein reflektierendes Lesen als Lüge durchschaut und wäre wieder tödlich beleidigt gewesen.

Also entschied ich mich für einen Kompromissvorschlag.

»Nun ja, eine zweite Zusammenfassung pro Tag würde ich vielleicht gerade noch schaffen. Ein Kapitel hören während der Autofahrt, ein Kapitel lesen am Abend, damit würde ich wohl auch gut klarkommen.«

»Ich habe die CD hier in meiner Tasche. Soll ich sie gleich einlegen?«

Nun gab es wohl kein Zurück mehr.

»Ja, gern.«

Er holte eine Hörbuch-CD aus dem Herrentäschchen, das er immer mit sich führte, und schob den Silberling in meinen CD-Player.

»Dann rufe ich die Zusammenfassung des zweiten Kapitels von Teil A auf, richtig?«

»Das wäre super.«

Klüngelbein drückte auf den Knöpfen herum, bis seine Stimme erklang, und es war irgendwie komisch, ihn aus den Lautsprecherboxen zu hören, wo er doch neben mir saß.

Zusammenfassung: Maria Magdalena in den Apokryphen

Mit dem Begriff »Apokryphen« (apokryph = geheim, verborgen) werden im Christentum Texte bezeichnet, die den Texten in der Bibel ähneln, aber nicht in den Kanon der Bibel aufgenommen wurden, weil man ihnen nicht denselben Wahrheitsgehalt zugestand wie den kanonischen Texten.

Apokryphe Texte gibt es für alle literarischen Gattungen, die in der Bibel zu finden sind. Was das Neue Testament betrifft, existieren etwa apokryphe Evangelien (zum Beispiel nach Petrus, nach Philippus, nach Thomas und nach Maria), Apostelgeschichten (zum Beispiel des Petrus, des Jakobus und des Johannes) und Briefe (zum Beispiel des Barnabas).

Nach Ansicht vieler moderner historisch-kritischer Bibelforscher sind die Apokryphen nicht wahrer oder unwahrer als die kanonischen Texte, sondern wie diese Zeugnisse des Glaubens urchristlicher Gemeinschaften. Zahlreiche Abschriften apokrypher Texte sind sogar mehrere Jahrhunderte älter als die ältesten existierenden Abschriften der kanonischen Texte und gelten damit vielen Forschern als besonders authentisch.

Die Figur der Maria Magdalena taucht in mehreren apokryphen Texten auf.

Im Thomas-Evangelium gibt es eine kurze Passage, in der Petrus Maria Magdalena verbal angreift. Er will sie nicht länger im Kreise der Jünger wissen, weil sie als Frau »des wahren Lebens nicht würdig« sei. Jesus verteidigt sie daraufhin.

Im Petrus-Evangelium wird Maria Magdalena (zum

ersten Mal) als »Jüngerin des Herrn« bezeichnet, und es wird berichtet, dass sie nach dem Kreuzestod Jesu »nicht getan hatte, was die Frauen sonst an ihren Verstorbenen zu tun pflegten«, weil sie sich vor den aufgebrachten Juden fürchtete. Dass begründet wird, warum sie NICHT die typischen rituellen Handlungen vollzogen hat, die im Judentum im Todesfall erforderlich sind und ausschließlich von Familienangehörigen durchgeführt werden, macht eigentlich nur Sinn, wenn Maria Magdalena mit Jesus verheiratet war.

Das Philippus-Evangelium hat dadurch Berühmtheit erlangt, dass Maria Magdalena darin als Gefährtin oder Paargenossin Jesu bezeichnet wird und dass erwähnt wird, dass der Heiland sie mehr liebte als alle anderen Jünger und dass er sie oft auf den Mund küsste. Zusätzlich deutet Jesus darin an, dass nur Maria Magdalena – im Gegensatz zu allen anderen Jüngern – voll und ganz verstand, was er lehrte. Außerdem ist von einem »Sohn des Menschensohns« die Rede, was ein Hinweis darauf sein könnte, dass Jesus mit Maria Magdalena einen Sohn gezeugt hatte.

Im »Dialog des Erlösers« spricht Jesus mit ausgewählten Jüngern, von denen drei namentlich genannt werden, nämlich Matthäus, Judas und – Maria Magdalena. Sie ist dabei nicht nur den beiden männlichen Jüngern ebenbürtig, was Fragen und Kommentare betrifft, sondern wird darüber hinaus in den höchsten Tönen gelobt – als »Frau, die vollkommen verstanden hat« und »die Fülle des Erlösers deutlich macht«. Heißt: Maria Magdalena wird als die Person geschildert, die (als einzige?) die Botschaft Jesu versteht und sie erklären kann.

Eine ähnliche Rolle spielt Maria Magdalena im apokryphen Text »Pistis Sophia«, und hier wird sie noch weiter aufs Podium gehoben und noch überschwänglicher gefeiert, unter anderem als »Fülle aller Füllen«, »Vollendungen aller Vollendungen« und als »Erbin des Lichts«. Die »Pistis Sophia« ist ein Evangelium, das in Form eines Lehr-

dialogs abgefasst ist, den Jesus nach seiner Auferstehung mit seinen Jüngern führt. Maria Magdalena ist dabei die zentrale Gestalt, sie erörtert die entscheidenden theologischen Themen mit dem auferstandenen Erlöser und stellt Jesus vier Fünftel aller Fragen (und damit mehr Fragen als alle männlichen Jünger zusammen). Auch in diesem Text wird Maria Magdalena von Petrus angegriffen (»Mein Herr, wir können diese Frau nicht länger ertragen. Sie nimmt uns jede Gelegenheit, etwas zu sagen. Immer wieder ergreift sie das Wort.«), worauf sie Jesus gegenüber äußert, dass sie Angst vor Petrus habe, da er ihr drohe und generell das weibliche Geschlecht hasse. Jesus ermutigt sie daraufhin, frei und offen zu sprechen, und erhebt sie weit über alle anderen Jünger, indem er verkündet, dass er mit ihr »alle hohen Mysterien vollenden werde« und dass ihr Herz mehr als das der männlichen Jünger dem Himmelreich zustrebe.

Und schließlich gibt es noch das »Evangelium der Maria«, dessen Name impliziert, dass es von Maria Magdalena verfasst wurde, und in dem dementsprechend die Magdalenerin die Hauptrolle spielt.

Im Maria-Evangelium passiert Folgendes: Nach einem Dialog zwischen dem auferstandenen Christus und seinen Jüngern fordert Jesus die Jünger zur Verbreitung seiner Lehre auf und verabschiedet sich dann. Allerdings brechen die Jünger nicht wie gewünscht tatkräftig zur Mission auf, sondern verfallen in eine Art Lethargie, vor allem aus Furcht, das gleiche Schicksal wie Jesus zu erleiden und angefeindet und getötet zu werden.

In dieser Situation erweist sich Maria Magdalena als Führungsperson: Sie tröstet, ermutigt und belehrt die Jünger – und tritt mit diesem Verhalten faktisch die Nachfolge Jesu an. Auf Wunsch des Petrus berichtet Maria Magdalena dann von einer Vision, in der ihr Jesus erschienen war und ihr eine mystische und esoterische Lehre offenbart hatte. Die Jünger reagieren auf diese Botschaft mit Skepsis, und besonders Petrus zweifelt die Authentizität von Maria Magdalenas Worten massiv an. Diese reagiert mit Trauer auf den Angriff des Petrus und erhält Unterstützung vom Jünger Levi, der Petrus als jähzornig und frauenfeindlich kritisiert und Maria Magdalenas Glaubwürdigkeit vor allem damit verteidigt, dass Jesus sie eindeutig bevorzugt und mehr als alle männlichen Jünger geliebt habe und dass auch Petrus dies akzeptieren müsse.

Analysiert man die »Auftritte« der Maria Magdalena in den apokryphen Evangelien, fallen zwei Merkmale auf, die sich durch praktisch alle diese Texte ziehen.

Das eine Merkmal ist die auffällige und ausgeprägte Wichtigkeit der Person Maria Magdalena.

Es bestand offenbar ein ganz besonderes Verhältnis zwischen Jesus und Maria Magdalena, und Maria Magdalena nimmt in der Anhängerschaft und im Leben Jesu eine herausragende Stellung ein. Ein untrüglicher Beweis für diese Behauptung ist übrigens allein schon der Umstand, dass sie sowohl in den kanonischen als auch in den apokryphen Evangelien eine tragende Rolle spielt, obwohl sie eine Frau ist, denn im historischen Kontext der untergeordneten gesellschaftlichen Position der Frau in den ersten Jahrhunderten wäre sie sicher ganz aus den Texten getilgt worden, wäre ihre Bedeutung für Jesus nicht tatsächlich eine außergewöhnliche – und damit unleugbare – gewesen.

In den apokryphen Evangelien wird Maria Magdalena durchgängig und eindeutig als Führungspersönlichkeit dargestellt, und dies nicht nur in Bezug auf die weiblichen Anhängerinnen Jesu, sondern auch auf die männlichen Jünger.

Der Grund für diese Position wird ebenfalls unzweideutig genannt: Maria Magdalena war die »Gefährtin« oder »Paargenossin« Jesu, nahm einen gleichberechtigten Platz an der Seite von Jesus ein – und stand damit über allen Jüngern.

Der Begriff »Gefährtin« kann sich dabei auf zwei Ebenen beziehen: auf die körperliche sowie die geistige. Jesus und Maria Magdalena scheinen ein Paar im Sinne eines Liebes- und Ehepaares gewesen zu sein. Mehr noch als auf dieser körperlichen Ebene wird Maria Magdalena in den apokryphen Evangelien jedoch als geistige und spirituelle Gefährtin Jesu gezeichnet. In mehreren Texten werden geheime esoterische Sonderoffenbarungen geschildert, die Maria Magdalena exklusiv von Jesus erhalten hat, um sie dann an die Jünger in Form von mythischen Visionen weiterzugeben. Das »Evangelium der Maria« ist dabei praktisch eine Art Fortsetzung von Johannes 20,18, wo eine solche Offenbarung angedeutet, aber nicht ausgeführt wird.

Auch in den kanonischen Evangelien wird Maria Magdalena als erste Augenzeugin der Auferstehung Christi zur Empfängerin einer göttlichen Offenbarung, aber in den apokryphen Evangelien ist sie noch viel mehr, nämlich – als gleichberechtigte Gefährtin Jesu – die alleinige Versteherin und Verkünderin der wahren christlichen Botschaft – welche die männlichen Jünger nicht verstanden haben.

Die ausgeprägte Feindseligkeit, die – sicherlich aufgrund dessen, was gerade beschrieben wurde – Maria Magdalena vonseiten der männlichen Jünger, insbesondere von Petrus, entgegenschlägt, ist das andere auffällige Merkmal in den apokryphen Texten.

Immer wieder wird berichtet, dass die männlichen Jünger Maria Magdalena als Konkurrenz empfinden und mit Neid und Eifersucht auf ihre exponierte Position reagieren. Und immer wieder werden Konfliktsituationen geschildert, in denen vor allem der Hitzkopf Petrus als ausgesprochener Frauenhasser auftritt und Maria Magdalena (aus gekränkter Männereitelkeit darüber, dass Jesus Maria Magdalena mehr liebte als seine Jünger) verbal attackiert, indem er sie beleidigt, ihr Geschwätzigkeit und

Unehrlichkeit vorwirft und ihr ihren Verkündigungsauftrag abspricht. Aber auch die anderen Männer um Jesus tun sich (wie generell die Männer zur damaligen Zeit) extrem schwer, Maria Magdalena als Lehrerin, Leitfigur und geistige Autorität anzuerkennen.
Und aus diesem Grund wird Maria Magdalena beim Verfassen der kanonischen Evangelien zum Schweigen gebracht. Nach dem Osterereignis (bei dem ihre Rolle offenbar allgemein zu bekannt war, als dass man sie einfach hätte herausstreichen können) verstummt sie buchstäblich, ihre Spur verliert sich, sie wird in den kanonischen Evangelien mit keiner Silbe mehr erwähnt, auch die Apostelgeschichte des Lukas und die Briefe des Paulus ignorieren sie völlig.
Und hiermit kommen wir zu einer, neben den kanonischen und den apokryphen Evangelien, dritten Quelle, aus der wir etwas über Maria Magdalena erfahren – und die zumindest vorgibt, das so vermisste und ersehnte Wissen darüber zu liefern, wie Maria Magdalenas Leben in den Jahren nach Jesu Auferstehung und Himmelfahrt weiter verlief: die Legenden. Was wir darin über Maria Magdalena erfahren, wird uns das nächsten Kapitel zeigen.

20 Bär rollt

Ich schlich durch die endlosen Krankenhausgänge.

Hatte Fakten im Kopf:

Überfälle.

Rückgang der Kriminalität.

Nackte Ärsche.

Eingeschlagene Eier.

Noch fühlte ich mich sicher. Noch. Wenn ich bisher auf einer heißen Spur war, kriegte ich immer eins auf die Rübe.

Ich kam an der Geriatrie vorbei, geriatrische Rehabilitation. Man sah es an den Rollstühlen und Rollatoren.

Ich hockte mich in einen Rollstuhl. Zum Nachdenken.

In einem Rollstuhl kommt man überallhin. Sogar durch die Kontrollen am Flughafen. Unkontrolliert.

Putzfrauen, Ärzte, Krankenschwestern eilten an mir vorbei.

Ich hatte das Gefühl, es gibt mich nicht.

Die Gedanken hatten wohl das gleiche Gefühl. Sie fielen mir nicht ein.

Ich probierte aus: Ja, das ging ja, mit den Händen die Reifen bewegen.

Rollen. Der Schäuble rollt ja auch überallhin. Vermutlich auch ohne Leibesvisitation.

Die Glastüren öffneten sich automatisch.

Ich schob mich ins Freie.

Endlich frische Luft.

Ich holte mir eine Gauloises raus, knipste das Feuerzeug an – und hatte eine Erleuchtung.

Ja, genau. Genau so!

Ich sprang aus dem Rollstuhl.

Eine Krankenschwester ging vorbei, kriegte große Augen, bekreuzigte sich.

Wunder wirken Wunder!

Beschwingt wandelte ich zurück zu der Reihe Rollatoren, die wie Einkaufswägen vor dem Supermarkt vor dem Eingang zur Geriatrie warteten.

Ich nahm einen, warf meine Schachtel Gauloises ins Körbchen, schlurfte mit kurzen Seniorenschrittchen mit meinem Rollator zu meinem Auto. Klappte die Hecktür auf, faltete den Rollator zusammen, warf ihn rein.

Die Krankenschwester bekreuzigte sich schon wieder.

Nach einer halben Stunde rollte ich auf den Parkplatz von meiner Alm. Er sah aus wie eine Kuhweide. Zwischen den Pflastersteinen wuchsen Kraut und Unkraut.

Ich packte meinen Rollator aus.

Stolz.

Als hätte ich ein neues Auto erstanden.

Es hupte.

Meine Nachbarin.
Sie hielt an, stieg aus, schaute besorgt, sagte: »Was ist denn mit dir los? Bist gefallen?«
Ich lachte.
»Nein, ich hab mir ein neues Fahrzeug zugelegt.«
»Einen Rollator? Zu was denn, wennst laufen kannst?«
»Ich hab da eine Idee.«
»Nur weil man eine Idee hat, braucht man keinen Rollator kaufen!«
»Ist ja auch nicht gekauft.«
»Geklaut?«
»Geliehen.«
Sie glaubte mir nicht. Ich sah es ihr an.
»Weißt du, ich muss alt aussehen.«
Sie sagte: »Wo ist das Problem? Du bist alt, du schaust alt aus, auch ohne Rollator.«
Allgäuer Charme.
Ich verkniff mir ein »Blöde Kuh!«, sagte: »Du musst mir dabei helfen, es geht um deine Mädchen!«
Auf einmal hatte ich ihre ungeteilte Aufmerksamkeit.
»Und was hast du für eine Idee?«
Ich erzählte ihr meine Idee.
Sie sagte: »Raffiniert! Natürlich helf ich dir. Ich stelle nur g'schwind mein Auto in Stall, dann komme ich wieder und bring das Gewand von meiner Oma mit!«
Nach einer halben Stunde marschierte sie mit einem Sack voll Kleider an. Sagte: »Jetzt müssen wir anprobieren.«
»Dann gehen wir nauf in mein Zimmer, ich kann nicht hier im Hof Kleider anprobieren …«
Sie lachte, sagte: »Hast recht, sonst wird den Kühen die Milch sauer.«
Ich bat sie in meine Schreibstube mit dem antiken Laptop auf dem Küchentisch von Ikea, meiner analytischen Couch und dem Sessel dahinter.
Sie schüttelte die dunkelgrauen, dunkelblauen, schwarzen alten Fetzen ihrer Oma aus dem gelben Sack auf die Couch.

Es roch nach Stall.
Ich sagte: »Es riecht nach Stall.«
Sie sagte: »Das Zeug ist ja auch im Stall gehängt. Nach was soll's denn sonst riechen? Und es schadt nix: Dann schaust nicht nur nach einem alten Weib aus, dann riechst auch wie eines.«
Sie schaute mich an. Sagte: »So …«
»So was?«
»Zieh dich aus, dann können wir schauen, ob dir das G'wand von meiner Oma passt.«
Ich wurde rötlich, sagte: »Die paar Sachen, wo ich anhab, die kann ich auch anlassen.«
Sie verzog den Mund, meinte resolut: »Jetzt stell dich net an wie die Kuah beim Soicha. Wir sind doch nicht im Kindergarten.«
»Ja, eben«, sagte ich, vertrollte mich ins Bad, zog mich aus. Bis auf meine Unterhose. Zum Glück hatte ich eine schwarze an. Dreckelt nicht so.
Überzeugte mich mit einem Blick in den Spiegel, dass mein Muskeltonus stimmte, zog den Bauch ein, stolzierte wie ein Model, ein echtes Mannsbilder-Model, nicht so ein Gerippe wie aus der bigBOX, in mein Schreibzimmer.
Sie schaute mich an, sagte: »Du solltest auf deine Ernährung achten, dir stehen ja die Rippen raus.«
Meine Muskeln übersah sie. Vielleicht litt sie schon an Alterssehschwäche.
Sie fuhr fort: »Aber da können wir nachhelfen. Ich hab ein paar Küchentücher mitgebracht. Zum Ausschoppen … Und da liegt ja auch noch ein Kopfkissen … Und deine Unterhosn, die kannst auch weglassen, meine Oma hat ihrer Lebtag lang keine Unterhosen angehabt.«
»War wohl eine sexy Zeit damals … Nein, meinen Slip brauch ich schon. Sonst sieht ja jeder, vor allem jede, wenn ich eine Erektion krieg …«
»Ist das eine Krankheit?«
»Ja. Eine männliche. Ich mein … einen Ständer …«
Sie lachte laut auf.

»Du … in deinem Alter …«

»Soll ich's dir beweisen?«

Jetzt wurde sie rot.

»Ach, Schmarrn, los, zieh den Rock an …«

Stück für Stück wurde ich eine alte Bäuerin, die nach Kuhstall roch.

Beim BH gab es einen Disput.

Sie bestand darauf, dass ihre Oma gut Holz vor der Hüttn hatte.

»Sonst passt der Rest vom Zeug nicht. Soll ja echt ausschauen.«

Sie schnallte mir einen alten BH an, Körbchengröße XXXL, füllte ihn mit Küchentüchern.

»Da krieg ich ja Kreuzschmerzen«, maulte ich.

»Da siehst amal, wie's uns Frauen geht.«

»Manchen.«

Am Schluss kam noch das Kopftuch.

»Perfekt«, sagte sie, »da krieg ich gleich feuchte Augen, genau so hat meine Oma ausgesehen! Aber rasieren musst dich noch!«

»Meinen Bart?«

»Ja, glaubst, meine Oma hat einen Schnurrbart gehabt?«

Ich gab auf. Egal, was ich sagte, sie hatte immer recht.

21 Marlein und die goldene Legende

Nach einem Autobahnmarathon über die A 71, die A 70, die A 7, die A 3, die A 81 und die A 8 erreichten wir Tiefenbronn.

War alles irgendwie wie in Münnerstadt, von wo wir kamen: ein kleines Städtchen und mitten im Ort eine große Kirche – die den Namen St. Maria Magdalena trug.

Ein Déjà-vu-Erlebnis.

Und wie in Münnerstadt parkten wir vor dieser Kirche.

Und wie in Münnerstadt hatte die Kirche ein Hauptschiff und zwei Seitenschiffe.

Und wie in Münnerstadt marschierte Klüngelbein, natürlich von mir als seinem Leibwächter flankiert, durch das Hauptschiff geradewegs auf den Hauptaltar zu – um kurz davor in das rechte Seitenschiff abzubiegen.

Überraschung!

Wir blieben vor einem Altar an der Stirnseite stehen.

Ich sah Klüngelbein fragend an.

»Was ist los, Meister? Keine Maria Magdalena im Zentrum des Hauptaltars?«

»Nein. Der Hauptaltar ist in dieser Kirche uninteressant. Aber *hier* stehen wir vor einem berühmten Kunstwerk: dem Magdalenenaltar des Lukas Moser, geschaffen im Jahr 1432.«

Ich betrachtete das Altarbild, das die Form eines Spitzbogenportals hatte und insgesamt vier Szenen darstellte.

Nachdem ich mir die Szenen eine Weile angeschaut hatte, wandte ich mich an Klüngelbein.

»Und, was ist das Sensationelle daran? Ich kann nirgendwo eine Nackte sehen. Und wir sind sicherlich nicht durch halb Süddeutschland gefahren, wenn's hier nicht was Skandalöses gäbe. Enttäuschen Sie mich nicht, Klüngelbein!«

Klüngelbein strahlte vor Freude, sein Geheimwissen loswerden zu dürfen.

»Erinnern Sie sich an die Zusammenfassung des Kapitels über Maria Magdalena in den Apokryphen, die Sie vorhin gehört haben? Dass darin erwähnt wird, dass sich die Spur von Maria Magdalena nach der Begegnung mit dem auferstandenen Christus verliert? Dass in den kanonischen Evangelien überhaupt nichts mehr über sie berichtet wird? Dass wir weder in den kanonischen noch in den apokryphen Evangelien erfahren, wie ihr restliches Leben bis zu ihrem Tod verlief? Und dass es aber Legenden über Maria Magdalena gibt, in denen wir angeblich ihren weiteren Lebensweg erfahren?«

»Wenn ich's schon wieder vergessen hätte, sollte man mich in ein Heim für Demenzkranke stecken.«

»Nun, voilà – hier, auf dem Magdalenenaltar des Lukas Moser, wird das weitere Schicksal der Maria Magdalena bis zu ihrem Lebensende in Ausschnitten dargestellt – basierend auf ihrer Biografie in dem Buch ›Legenda Aurea‹.«

Ich kniff die Augen zusammen und musterte die Szenen noch einmal ganz genau.

Im Spitzbogen waren mehrere Personen zu sehen, die an einem gedeckten Tisch saßen; eine Frau kniete unter dem Tisch und machte irgendwas mit dem Fuß eines am Tisch sitzenden Mannes.

Auf der linken Altarseite waren mehrere Personen zu sehen, die in einem Boot saßen, das sich auf einem See oder einem Meer befand.

In der Mitte waren zwei Gruppen von Personen zu sehen, die eine Gruppe im Freien unter einem Dach, die andere Gruppe in einem Gebäude darüber, wobei die meisten Personen schlafend dargestellt waren.

Auf der rechten Altarseite waren mehrere Personen in einer Kirche zu sehen, eine davon trug eine Bischofsmütze.

In allen vier Szenen waren sowohl Männer als auch Frauen abgebildet, und viele Personen in allen vier Szenen trugen einen Heiligenschein.

Das war's aber dann auch schon mit meinen analytischen und interpretatorischen Erkenntnissen.

Ich zuckte die Schultern.

»Tut mir leid, aber ich kann mir keinen großen Reim auf die Bilder machen. Klären Sie mich auf, Klüngelbein.«

Klüngelbein legte die Stirn in Falten.

»Ohne die Kenntnis des Textes in der ›Legenda Aurea‹ sind die dargestellten Episoden tatsächlich sehr schwer zu entschlüsseln. Aber passenderweise handelt die nächste Kapitelzusammenfassung in meinem Buch just von den Legenden über Maria Magdalena. Haben Sie das Buch zur Hand?«

»Na ja, es befindet sich in meiner Tasche im Kofferraum.«

»Dann holen wir es doch, und Sie lesen es weiter, während ich hier meine Studien betreibe. Sie werden sehen, wenn Sie die Legenden-Zusammenfassung kennen, werden die Szenen hier auf dem Altar für Sie wie ein offenes Buch sein!«

Und so holten wir das Buch aus dem Auto und gingen zurück in die Kirche St. Maria Magdalena. Ich setzte mich in die erste Bank vor dem Magdalenenaltar, vor dem Klüngelbein herumwuselte, und las die nächste Zusammenfassung.

Zusammenfassung: Maria Magdalena in den Legenden

Über Maria Magdalena erfahren wir sowohl in den kanonischen als auch in den apokryphen Evangelien einige Episoden, wir erfahren etwas über ihre Rolle während des Wirkens Jesu und kurz nach seiner Auferstehung, aber der Großteil ihres Lebens bleibt in diesen Texten im Dunkeln. Es wird nicht berichtet, wie ihr Leben verlaufen war, bevor sie Jesus traf, und es wird nicht berichtet, wie ihr Leben weiter verlief, nachdem Jesus die Erde wieder verlassen hatte.
Diese – riesigen! – Lücken in ihrer Biografie werden gefüllt von diversen Legenden über die Person Maria Magdalena. Legenden heißt in diesem Zusammenhang aber keineswegs, dass es sich hierbei um Erfindungen jenseits der Realität handelt; vielmehr basieren die Legenden über Maria Magdalena auf mündlichen Überlieferungen über ihr Leben und auf lokalen Traditionen ihrer Verehrung.
Die wichtigste und einflussreichste »Biografie« der Maria Magdalena findet man in dem Buch »Legenda Aurea« (wörtlich: »Goldene Legende«). Sie ist eine im 13. Jahrhundert erschienene Sammlung von Lebensgeschichten vieler biblischer und heiliger Personen, die im Mittelalter ein großer Bestseller war, wie wir heute sagen würden, und mehr gelesen wurde als die Bibel.
Über Maria Magdalena erzählt die »Legenda Aurea« Folgendes:
Maria Magdalena stammt aus einem königlichen Geschlecht, Lazarus und Marta sind ihre Geschwister. Der Familie gehört die Burg Magdalum am See Genezareth, das Dorf Betanien und ein Teil von Jerusalem. Verwöhnt

von ihrem Reichtum und ihrer Schönheit, gibt sich Maria Magdalena ganz den leiblichen Wollüsten hin und wird zur Sünderin, bis Jesus, dem sie als Zeichen ihrer Verehrung am Boden kniend die Füße mit ihren Tränen wäscht, sie anschließend mit ihrem Haar trocknet und mit wertvollem Öl salbt, ihr sieben böse Geister austreibt und ihr den rechten Weg zeigt.
Nach Christi Himmelfahrt gibt Petrus Maria Magdalena in die Obhut des Jesus-Anhängers Maximinus. Im Zuge der ersten Christenverfolgung wird sie zusammen mit Maximinus, mit ihren Geschwistern Lazarus und Marta sowie mit einigen anderen Christus-Anhängern auf ein Schiff ohne Segel und Steuer gesetzt, das auf das offene Meer gestoßen wird, mit dem Ziel, dass es kentert und die an Bord befindlichen Personen ertrinken. Gottes Gnade sorgt dafür, dass das Schiff nicht untergeht, sondern nach Marseille an die französische Küste treibt. Dort werden die Gestrandeten von der heidnischen Bevölkerung aber abgelehnt, sodass sie unter dem Vordach eines Götzentempels vor der Stadt übernachten müssen. Erst als Maria Magdalena dem Fürstenpaar von Marseille im Traum erscheint, werden sie eingelassen.
Maria Magdalena beginnt sofort, Jesu Lehre zu predigen, und sorgt mit ihrer Fürsprache und ihrem Gebet dafür, dass die Frau des Fürsten einen Sohn gebärt, woraufhin der Fürst für die Verbreitung des christlichen Glaubens eintritt und Lazarus zum Bischof von Marseille sowie Maximinus zum Bischof von Aix ernennt. Maria Magdalena selbst geht in die Wildnis und lebt dreißig Jahre in einer Grotte auf dem Berg La Sainte-Baume als Einsiedlerin, bekleidet nur mit ihrem Haar und genährt nur vom Gesang himmlischer Heerscharen. An ihrem Todestag wird sie von Engeln zu Bischof Maximinus getragen, von dem sie die letzte Kommunion erhält, ehe sie am Fuß des Berges begraben wird.
Passend zu dieser Legende gibt es in Frankreich eine ganze Reihe von Orten, an denen Maria Magdalena bis zum

heutigen Tag allerhöchste Verehrung genießt und an denen sie ihre Spuren hinterlassen haben soll.
Saintes-Maries-de-la-Mer, ein kleines Fischerdorf in der Camargue nahe der Stadt Arles, nimmt für sich in Anspruch, der Ort zu sein, an dem Maria Magdalena mit ihrem Gefolge strandete, bevor sie dann in die Gegend von Marseille und Aix weiterzog. Alljährlich am 24. und 25. Mai wird am Strand dieses Ortes von Tausenden von Sinti und Roma eine Prozession zu Ehren ihrer Patronin zelebriert, und diese Patronin ist die »Schwarze Sara«, die Dienerin von Maria Magdalena, die der Legende nach mit ihr nach Frankreich kam.
Im Massiv Sainte-Baume kann man die Höhle besichtigen, in der Maria Magdalena dreißig Jahre lang gelebt haben soll. Sie ist neunundzwanzig Meter lang, vierundzwanzig Meter breit und vier bis sechs Meter hoch. Die Höhle gilt noch heute als einer der wichtigsten religiösen Orte in Frankreich und wird jährlich von rund zweihunderttausend Pilgern besucht.
Ganz in der Nähe, in Saint-Maximin-la-Sainte-Baume, soll Maria Magdalena gestorben und begraben worden sein. Über ihrem mutmaßlichen Grab wurde 1295 eine Basilika gebaut. Darin verwahrt man in einem goldenen Reliquien-Brustbild das Haupt von Maria Magdalena sowie drei Ampullen mit braunschwarzen Klümpchen blutgetränkter Erde von Golgota.
Und dann gibt es noch Vézelay im Burgund, das ebenfalls behauptet, im Besitz der sterblichen Überreste von Maria Magdalena zu sein. Angeblich wurden, als die Sarazenen in Südfrankreich einfielen, mit einem »heiligen Diebstahl« die Reliquien der Maria Magdalena aus Saint-Maximin nach Vézelay in Sicherheit gebracht. Der Aufbewahrungsort der Reliquien, die Basilika Sainte-Marie-Madeleine, gehört zu den schönsten Bauwerken der Romanik in Frankreich und ist eine Hochburg der Maria-Magdalena-Verehrung.

Andere Legenden erzählen hingegen, dass Maria Magdalena nicht in Frankreich ihren Hauptzufluchts- und Hauptwirkungsort fand, sondern in Britannien. Besonders der Ort Glastonbury in England und die Insel Iona in Schottland, beides traditionelle geistlich-religiöse Zentren, werden mit Aufenthalten von Maria Magdalena in Verbindung gebracht. Allerdings gibt es in Britannien bei Weitem keine so ausgeprägte Maria-Magdalena-Verehrung wie in Frankreich.

Neben dieser westlichen Tradition, die Maria Magdalena also in erster Linie in Frankreich und daneben eventuell noch in Großbritannien verortet, existiert aber auch noch eine östliche Legenden-Tradition, der zufolge es Maria Magdalena nach Jesu Tod und Auferstehung in eine völlig andere Gegend verschlagen hat: Sie soll (nach Missionsreisen u.a. nach Rom, wo sie dem Kaiser Tiberius über das Wirken, Sterben und Auferstehen Christi berichtet habe) zusammen mit Maria, der Mutter Jesu, und Johannes, dem Lieblingsjünger Jesu, nach Ephesus in der heutigen Türkei gegangen und dort später als Märtyrerin gestorben sein. Ihr angebliches Grab in Ephesus wurde lange Zeit verehrt und von Pilgern aufgesucht. Im 9. Jahrhundert soll Kaiser Leo VI. ihren Leichnam von Ephesus nach Konstantinopel überführt haben, wo er ihn neben Lazarus bestattete.

Das große Problem mit den Legenden ist also, dass sie einander widersprechen, wie der weitere Lebensweg der Maria Magdalena verlaufen ist.

All die verschiedenen Legenden haben (ebenso wie die apokryphen Evangelien) aber auch etwas gemeinsam: dass sie die Person der Maria Magdalena wertschätzen und erhöhen und nicht verleugnen und erniedrigen, wie die kanonischen Evangelien. In den Apokryphen und in den Legenden wird Maria Magdalena eine königliche Abstammung zugeschrieben, sie wird als die wahre Führungspersönlichkeit und legitime Anführerin der jungen

Christenbewegung gefeiert, und sie wird sogar zusammen mit Jesus Christus zu einem göttlichen Paar transzendiert. Eine Frau sozusagen als Co-Göttin – das wollte die patriarchale Sieger-Kirche allerdings mit allen Mitteln verhindern. Und deshalb genügte es nicht, Maria Magdalena zu zensieren und zu ignorieren, ihr Bild und ihr Ruf mussten vielmehr systematisch beschmutzt und ruiniert werden. Auf welche Weise die Kirche Maria Magdalena jahrhundertelang verleumdete und diskriminierte, werden wir im nächsten Kapitel erfahren.

22 Bär fremdelt

Ich wartete, bis Maja mit ihrer Rennsemmel vorbeigebrummt kam.

Ich sah keine Bremslichter an der Kurve hinunter nach Tal aufleuchten. Sie hatte es eilig. Vielleicht eilte sie zu ihrem Lover. Zu dem »Liebsten« auf dem rosa Briefpapier. Oder zur Maiandacht. Mit dem Dominawerkzeug auf dem Rücksitz.

Ich gab die alte Bäuerin, band mir mein Kopftuch um, tief ins Gesicht, checkte im Spiegel, ob ich alt genug aussah, packte meinen Rollator in den Golf.

Zuckelte los. Mit Sicherheitsabstand.

Richtung Rettenberg.

Der Gipfel des Grünten sonnte sich im letzten Abendlicht.

Ich bremste vor Greggenhofen ab.

Stellte meinen Golf hinter ein paar Büsche.

Machte den Rollator betriebsbereit.

Griff an meinen Busen.

Ja, alles dabei.

Pfefferspray links.

Damit ich es gleich mit der Rechten rausholen konnte.

Dietrich rechts.

Schon praktisch, so ein BH. Erspart die Einkaufstasche.

Ich schob mir das Kopftuch tief in die Stirn, machte einen Buckel und schlurfte mit kurzen dementen Schritten Richtung Kapelle.

Die Maria-Magdalena-Kapelle.

Der Platz drum herum war vollgeparkt mit:

Motorrädern.

Kleinwagen.

Majas Rennsemmel war auch darunter.

Ins Auge stach: ein schwarzer Mercedes. Kennzeichen GAP. Garmisch-Partenkirchen.

Ich ging im ersten Gang. Zeitlupe.

Gebückt. Gebeugt. Gebuckelt.

Durch die Fenster der Kapelle schien kaltes Licht.

Neon.

Wie in den umliegenden Kuhställen.

Aus dem Inneren klangen geistliche Klänge.

»Atemlos«. Von Helene Fischer. Volle Pulle.

Den Eingang bewachten zwei pralle Damen in Dirndl.

Die Mähnen bis zum Arsch.

Ich schob mich vor die beiden, blieb stehen, sagte mit vernuschelter Stimme: »Maiandacht?«

Eine sagte, von oben herab: »Ja, Oma. Maiandacht.«

Ich summte »Gegrüßet seist du, Königin …«, sagte: »Das haben wir immer gesungen, wie wir noch jung waren … Die schönen Marienlieder. Aber ihr singts jetzt was anders.«

»Atemlos« wummerte immer noch.

Ich sagte: »Ja, unsere Maria, Muttergottes.«

Die andere sagte: »Mir ham's mehr mit der Maria Magdalena!«

»Die Sünderin? Das ist interessant. Kann ich da auch mitmachen?«

Sie schauten sich an, als hätte ich einen Vogel.

»Noi, des isch a g'schlossene G'sellschaft.«

»Ist die Kirch verschlossen? Da kenn ich einen Schlosser …«

Wieder Blickwechsel, himmelwärts. Aufklärung: »Die Maiandacht ist eine Jugendandacht. Da dürfen nur junge Leut nei.«

»Da wird sich euer Landjugendpfarrer aber freuen. Ist er gwieß auch da?«

Ich deutete auf den schwarzen Mercedes.

Einer rutschte raus: »Der A…«

Sie biss sich auf die Zunge.

Die andere sagte: »Mir brauchet koin Landesjugendpfarrer.«

Dann mit stolz geschwellter Brust: »Mir ham nämlich unsere eigene Bischöfin.«

Ich sagte: »Ja, so was, gibt's denn des jetzt auch schon in unserer schönen katholischen Kirch … Das ham doch bloß die Protestanten.«

»In dem Sinn sind wir auch protestantisch. Warum sollen Frauen keine Priesterinnen und Bischöfinnen sein? Die Maria Magdalena …«

Ich erfuhr nicht mehr, was das mit der Maria Magdalena zu tun hatte.

Helene Fischer war der Schnaufer ausgegangen mit ihrem »Atemlos«.

Es erklang, dreimal so laut: »Let's talk about sex« von Salt 'n' Pepa.

Ich behielt das für mich.

Die blonde Walküre sagte: »So, Oma, jetzt wird's Zeit, dass zurückrollst in dein Altersheim. Unsere Maiandacht fangt an.«

Sie ließen mich stehen, die kleine Holztür der Kapelle fiel ins Schloss. Ein Schlüssel drehte sich.

Ich drehte mich auch.

Um.

Schob meinen Rollator wieder zurück zum Auto.

Verstaute ihn im Kofferraum.

Riss mir die Stallkleider vom Leib.

Ich schwitze wie die Sau.

Zog meine Shorts und T-Shirt an.

Trockene Wäsche. Ein Segen.

Ich wollte mir grade eine anzünden, als mein Blick auf einen Kasten fiel.

Am Rande der geparkten Kleinwagenhalde.

Ein Wohnmobil.

Es war inzwischen dunkel.

Ich verkniff mir meine Zigarette, schlenderte in Richtung Wohnmobil.

Das Neonlicht aus einem Stall ließ einen Schriftzug erkennen.

»Magda-Mobil«.

Etwas glimmte.

Eine Zigarette.

Die Gestalt, die zur Zigarette gehörte, lehnte an der Eingangstür zum Wohnmobil.

Sie hatte Stiefel an. High-Heel-Stiefel.

Beine bis unter die Achseln.

Einen Minirock, der auch als breiter Gürtel durchgegangen wäre.

Das Top offenbarte einen Bauch mit Bauchnabelpiercing.

Enthielt eine Menge Holz vor der Hütten, das Top.

Tiefer Ausschnitt.

Kein BH.

Natur pur.

Wasserstoffgebleichte Strähnen bedeckten die Schultern.

Die Zigarette glühte in knallroten Lippen.

Eine Frau. Offensichtlich.

Oder eine gut gemachte Transe.

Ich sagte: »Ich bin fremd hier. Hab mich verfahren. Könnten Sie mir sagen, wo die nächste Tankstelle ist, weil ich auf dem letzten Tropfen fahre … und Zigaretten brauche.«

Sie neigte den Kopf, blies mir den Rauch ins Gesicht, sagte: »Süßer, ich kann dir nicht sagen, wo hier 'ne Tankstelle ist … Isch bin nämlich fremd hier.«

»Oh, aus Sachsen. Sie sprechen wie Goethe.«

Sie sagte: »Fuck Göthe, den haben sie mir noch nicht vorgestellt. Aber ich kann dir einen blasen.«

»Oh, dann gehören Sie wohl zum Bläserchor der katholischen Landjugend.«

Sie lachte mit ihrer rauchigen Whisky Stimme.

»Dummkopf! Das mein ich …«

Sie schob ihren Hotpantsgürtel hoch. Das Neonlicht aus dem Stall beleuchtete eine glatt rasierte Muschi.

Ich versuchte wegzuschauen, lupfte meinen Blick nach oben. Sie lupfte ihr Top und offenbarte einen Busen wie Pamela Anderson. Silikon Valley.

Sie hauchte: »Noch Fragen, Süßer?«

Mir schlug das Herz im Hals, ich kam mir vor wie vor dem ersten Mal.

Fragte: »Wie viel?«

»Lasche fünfzig Euro. Aber in deinem Alter dauert's doppelt so lang ... Weil du's bist, mach ich dir ein Sonderangebot. Einmal blasen für siebzig Euro. Na? Magst reinkommen?«

Sie öffnete die schmale Tür zum Wohnmobil. Einladend. Willkommenskultur pur.

Ich hielt mir die Hände vor mein geschrumpftes Gemächt, wie die Fußballer vorm Freistoß, sagte: »Aber ... ich hab kein Bargeld dabei.«

»Bankcard genügt.«

»Hab ich zu Haus vergessen. Ich überleg's mir noch mal und komm dann wieder ...«

Drehte mich um, ergriff die Flucht nach vorn Richtung mein Auto, hörte eine männliche Stimme aus dem Wohnmobil donnern: »Macht der Wichser Schwierigkeiten?«

Was meinen Lauf unheimlich beschleunigte.

Warf mich in meinen Golf.

Drehte den Zündschlüssel.

Mein Golf tat einen Satz wie ein Geißbock. Starb ab.

Der Typ mit der Donnerstimme kam näher. Schaute aus wie ein tätowierter Möbelpacker.

O Maria hilf!

Maria half. Oder Maria Magdalena. War mir wurscht.

Mein Golf sprang an. Ich trat das Gaspedal bis auf den Boden.

Langsam bewegte sich mein Diesel aus der Gefahrenzone.

23 Marlein und der professionelle Killer

Klüngelbein bekam es mit, als ich das Buch zuklappte, und setzte sich sofort neben mich auf die Bank.

»Und? Jetzt ist alles klar, oder? Jetzt verstehen Sie die Bildsprache des Magdalenenaltars, nicht wahr?«

Ich nickte.

»Ich denke ja. Das linke Bild zeigt, wie Maria Magdalena und ihre Gefährten in einem Boot das Meer überqueren und in Frankreich landen.«

»Richtig. Beachten Sie, dass das Boot kein Segel und kein Steuer hat!«

»Auf dem mittleren Bild wird unten die Übernachtung der Gestrandeten unter dem Dach des Tempels vor der Stadt dargestellt, während oben Maria Magdalena dem Fürstenpaar im Traum erscheint.«

»Perfekt kombiniert, Herr Marlein! Dem ist nichts hinzuzufügen.«

»Das rechte Bild zeigt Maria Magdalena beim Empfang der letzten Kommunion kurz vor ihrem Tod.«

»Auch das stimmt. Und wenn Sie sich die Maria Magdalena hier einmal genau anschauen, fällt Ihnen sicherlich etwas auf.«

Ich schaute sie genau an.

»Na, so was! Doch eine Nackte! Das habe ich erst gar nicht wahrgenommen. Maria Magdalena ist hier auch nur mit Haaren bekleidet, so wie die Statue in Münnerstadt.«

»Ganz genau! Und wenn die beiden geschlossenen Flügel, auf denen das mittlere Bild gemalt ist, geöffnet werden würden, was leider nur an Feiertagen geschieht, könnten Sie die Parallele zu Münnerstadt noch viel deutlicher sehen. Der Magdalenenaltar von Lukas Moser birgt hinter diesen beiden mittigen Seitenflügeln in seinem Inneren nämlich einen Schrein mit einer geschnitzten Figur der Maria Magdalena, die, begleitet von sieben kleinen Engeln, gerade in den Himmel aufgenommen wird – und die ein Ebenbild der Münnerstädter Maria Magdalena von Tilman Riemenschneider ist, also nackt und behaart. Der Grund hierfür ist natürlich, dass sich sowohl Riemenschneider als auch Moser bei ihrer Gestaltung der Maria Magdalena auf die ›Legenda Aurea‹ beziehen.«

»Bleibt noch das Bild im Spitzbogen. Auf dem wäscht Maria Magdalena Jesus die Füße, trocknet sie mit ihren Haaren und salbt sie.«

»Korrekt. Die anderen auf dem Bild dargestellten Personen sind der Pharisäer Simon, Petrus, Lazarus und Marta. Was bedeutet, dass in dieser Szene mehrere neutestamentliche Ereignisse und Personen miteinander vermischt werden, denn so, wie Moser es dargestellt hat, wurde dieser Vorgang in keinem Evangelium beschrieben. Diese Vermischung, die in den Legenden über Maria Magdalena häufig praktiziert wird, ist zum einen ein Zeichen der Wertschätzung für sie, wurde aber in der Kirchengeschichte leider auch häufig verleumderisch verwendet, um Maria Magdalena zu stigmatisieren und zu disqualifizieren. Aber genau das ist passenderweise das Thema der nächsten Zusammenfassung in meinem Buch.«

»Und die soll ich wohl gleich noch lesen?«

»Ich wäre hier fertig. Wir könnten auch erst zum Hotel fahren.«

»Super Idee. Dann nehme ich mir dieses Kapitel in Ruhe heute Abend auf unserem Zimmer vor. Okay, dann wollen wir mal.«

Ich erhob mich von der Sitzbank, um loszumarschieren, doch Klüngelbein blieb wie angewurzelt stehen.

»Was ist los?«

»Ich glaube, das ist einer!«

»Wer ist was?«

»Einer von den Tempelrittern!«

Klüngelbein starrte mit schreckensgeweiteten Augen Richtung Kirchenportal. Ich folgte seinem Blick. Ein Mann in einem schwarzen Anzug hatte den Innenraum betreten. Er trug eine schwarze Sonnenbrille und einen schwarzen länglichen Koffer bei sich.

»Wie kommen Sie darauf?«

»Schauen Sie ihn sich doch an! Und wieso betritt man eine

Kirche mit einem Koffer? Da hat er sicherlich eine Waffe drinnen! Tun Sie was, Marlein, sonst werde ich hier und jetzt gekillt!«

Ich steckte eine Hand in meine Manteltasche und tastete nach meiner Knarre. Sie war da.

Ich packte Klüngelbein an der Schulter und drückte ihn auf die Sitzbank.

»Keine Bange, Ihnen passiert nichts, ich bin schließlich auch bewaffnet. Bleiben Sie hier sitzen, verhalten Sie sich ruhig und rühren Sie sich nicht vom Fleck. Ich werde das Problem erledigen.«

Ich schlenderte durch die Kirche, tat so, als betrachte ich die Kunstwerke, näherte mich dabei langsam dem Typen in Schwarz.

Mir war mulmig zumute. Ich war bisher stillschweigend davon ausgegangen, dass dies ein gemütlicher Kulturtrip werden würde, dessen einzige Härte darin bestand, die schriftlichen und mündlichen Theologie-Ergüsse von Professor Klüngelbein unbeschadet zu überstehen. Doch jetzt schien es so, als würde ich tatsächlich mit einem Killer konfrontiert werden – der sicherlich ein Profi war und hinter dem eine mächtige Organisation stand.

Eine ziemlich große Nummer für einen kleinen Fürther Privatdetektiv …

Ich rief mir in Erinnerung, dass ich schon ganz andere Schwierigkeiten gemeistert hatte und mich nicht verstecken musste.

Ich umklammerte meine Artillerie und ging nun zielstrebig auf den professionellen Killer zu.

Er stand sichtlich gelangweilt vor dem Hauptportal herum. Die Kirche interessierte ihn auf jeden Fall nicht die Bohne. Seinen langen schwarzen Koffer hielt er fest, als wäre es ein Baby.

Klüngelbein hatte recht – das war mit Sicherheit kein normaler Kirchenbesucher.

Ich tat so, als würde ich die Kirche schnurstracks durch das Hauptportal verlassen.

Kaum war ich jedoch an dem Killer vorbei, wendete ich mich abrupt um, zog meine Knarre, trat hinter ihn, stieß meine Kanone unsanft in seinen Rücken und flüsterte ihm ins Ohr: »So, mein Freund, was da gerade an Ihre Wirbelsäule drückt, ist genau das, was Sie vermuten. Wir beide machen jetzt einen kleinen Ausflug. Sie gehen genau dahin, wo ich Sie hinführe, okay? Wenn Sie versuchen abzuhauen oder auch nur einen einzigen Ton von sich geben, haben Sie zwar die Chance, dass ein guter Chirurg die Kugel wieder rausholt, aber selbst dann würden Sie künftig Ihr Essen über eine Magensonde bekommen und über einen Schlauch pinkeln, der in Ihrer Blase steckt. Das wollen wir doch nicht.«

Er machte keinen Muckser und gab keinen Ton von sich.

Ich führte ihn wie einen guten Freund, dem ich den Rücken tätschelte, zu dem Ort, der mir am besten für eine vertrauliche Unterhaltung geeignet schien: den Beichtstuhl im rechten Seitenschiff, den ich auf meinem Gang durch die Kirche erspäht hatte.

Wir kamen ohne Zwischenfälle dort an.

Ich öffnete den Vorhang der Kabine, die für die Beichtenden gedacht war, schob ihn rein, gesellte mich dazu und zog den Vorhang hinter mir zu. Jetzt waren wir vor Blicken geschützt und auch vor Zuhörern, denn in diesem Teil der Kirche befand sich gerade niemand.

Die Kabine war eigentlich nur für eine einzelne Person ausgelegt, sodass es recht kuschlig war.

Ich drückte den Killer auf die Sitzbank und blieb selbst vor ihm stehen, meine Kanone nun auf seinen Kopf gerichtet.

Ich riss ihm mit der anderen Hand die Sonnenbrille vom Gesicht und starrte in zwei angstgeweitete Augen. Auf seiner Stirn stand der Schweiß, und er drückte seinen großen schwarzen Koffer an seine Brust wie Linus von den Peanuts seine Schmusedecke.

»Wa… was … wo-wollen … Sie … vo-von … mir?«

Seine Stimme zitterte.

Früher waren die Killer irgendwie auch souveräner.

Oder sie hatten uns doch einen Amateur geschickt.

Ich fuchtelte mit meiner Knarre vor seinem Gesicht herum, was nicht gerade zu seiner Entspannung beitrug.

»Die Frage lautet doch viel eher: Was wollten Sie von Klüngelbein?«

Er starrte mich verständnislos an.

»Welcher ... Klüngel... Wovon ... reden Sie?«

Immerhin, den Ahnungslosen spielen konnte er perfekt.

»Hören Sie, ich habe keine Lust auf Kasperletheater. Schauen wir doch einfach mal nach, was Sie da in Ihrem großen schwarzen Koffer Schönes drinhaben.«

Er blickte auf das Teil, als hätte man es ihm untergejubelt. Echt oscarreif.

»Sie meinen den Geigenkasten?«

Ich konnte ein Lachen nicht unterdrücken.

»Geigenkasten – das ist echt gut, Mann! Wie in einer billigen Filmparodie! Los, aufmachen! Aber schön langsam und ohne Faxen. Denken Sie an die Magensonde und den Blasenkatheter.«

Er begann, langsam und ohne Faxen, die Scharniere des Kastens zu öffnen.

Ich musste immer noch lachen, als er den Deckel aufklappte.

Mein Lachen gefror jedoch jäh, als der Deckel aufgeklappt war.

In dem Koffer befand sich nicht das, was ich erwartet hatte.

In dem Koffer befand sich kein Maschinengewehr, keine Pumpgun, kein Automatikgewehr mit aufschraubbarem Schalldämpfer.

In dem Koffer befand sich vielmehr – eine Geige!

Ich brauchte einen Moment, dann stieß ich hervor: »Verdammt – da ist ja eine Geige drin!«

Er nickte.

»Wie gesagt, es ist ein Geigenkasten.«

In meinem Hinterkopf stieg ein unangenehmes Gefühl auf.

»Warum zum Teufel marschieren Sie mit einem Geigenkasten in eine Kirche?«

Während ich die Fassung verlor, fand er sie allmählich wieder.

»Ich bin Kirchenmusiker. Wir treffen uns heute zu einer Probe. Wir wollen demnächst das ›Requiem‹ von Liszt aufführen. Ich bin etwas früh dran, die anderen Musiker müssten aber auch bald eintreffen.«

Irgendwie fühlte ich mich wie jemand, dem plötzlich alle Fälle davonschwimmen.

»Und was soll dann diese Maskerade mit der dunklen Sonnenbrille?«

»Ich bin Allergiker. Heute ist starker Pollenflug. Mit der Brille schütze ich meine Bindehaut. Mit tränenden Augen kann man schlecht musizieren. Könnte ich sie wiederhaben?«

Ich reichte ihm die Brille, die ich immer noch in der anderen Hand hielt.

Er setzte sie auf und deutete auf meine Pistole.

»Und hätten Sie vielleicht die Güte, dieses Ding da wegzunehmen?«

Ich steckte die Knarre in meine Manteltasche.

Der vermeintliche Killer verschloss seinen Geigenkasten und erhob sich.

Wir standen uns nun Auge in Auge gegenüber.

Er wurde jetzt zunehmend entspannter und selbstsicherer.

»Ich denke, Sie schulden mir eine Erklärung, mein Herr.«

Ich klopfte ihm auf die Schulter.

»Eine unglückliche Verwechslung, tut mir leid. Nichts für ungut. Vergessen wir das Ganze einfach. Ich wünsche Ihnen viel Erfolg für Ihre Probe, und gute Besserung für Ihren Heuschnupfen!«

Und bevor er vielleicht noch frech wurde – was durchaus berechtigt gewesen wäre – oder gar die Bullen rief, eilte ich aus dem Beichtstuhl, schnappte mir Klüngelbein und verließ die Kirche Sankt Maria Magdalena in Tiefenbronn fluchtartig.

24 Bär putzt

Ich parkte in Deckung. Hinter einem Schuppen am Straßenrand.

Licht aus.

Hängte einen Putzlappen über das Kennzeichen. Sicherheitshalber.

Nach fünf Gauloises fuhr das erste Auto an mir vorbei.

Schwarzer Mercedes. Der aus GAP. Garmisch-Partenkirchen.

Dann die Kleinwagenflotte.

Am Schluss der Motorradkonvoi.

Muss rappelvoll gewesen sein, die Kapelle. Wie am Heiligen Abend.

Der Teufel ritt mich. Mein Teufel ist die Neugierde.

Ein Schutzengel riet mir, mich zu schützen.

Ich zog die Oma-Kleidung wieder an. Sie roch immer noch nach Stall.

Stall und Schweiß. Meinem.

Kopftuch.

Der Rollator blieb im Kofferraum.

Der Putzlumpen kam mit.

Mein Auto hinter der Scheune.

Gebückt und gebeugt schlurfte ich Richtung Kapelle.

Die Ställe waren dunkel.

Die Bauernhäuser waren dunkel.

Die Kapelle war dunkel.

Mein Gewand auch. Zum Glück.

Eine Mini-Taschenlampe am Schlüsselbund half.

Beim Aufschließen.

Mit meinem Dietrich.

Die LED-Funzel war zu schwach.

Ich kniete mich nieder, mit dem Putzlappen in der Hand.

Machte auf Putzfrau.

Schaltete das Licht an.

Eine Sechzig-Watt-Birne aus der Steinzeit.

Schaute mich um.

Sagte laut: »Sakrament! Himmelherrgottsakrament!«

Ich war schwindlig im Kopf, leer im Bauch, kotzübel war mir: vor lauter Enttäuschung.

Keine elektronische Verstärkeranlage.
Keine leer gesoffenen Wodkaflaschen.
Keine Sexspielzeuge.
Keine Kondome.
Keine Teebeutel mit weißem Pulver drin.
Keine Kippen.
Keine Schlagringe.
Keine Baseballschläger.
Nix.
Nix von alledem.
Und ich dachte …
»Glaube nicht alles, was du denkst«, fiel mir ein, der Spruch auf einer Ansichtskarte in meiner Schreibstube.
Was ich sah:
Eine stinknormale Kapelle.
Eine Maria auf dem Altar.
Eine Maria mit dem blauen Gürtel. Aus Lourdes.
Die einzige Ausnahme zu stinknormal war, dass hinter der Blaugürtelmaria auf einem Ölgemälde die Maria Magdalena bei der Arbeit zu sehen war. Die Sünderin. Sie wusch Jesus die Haxn.
»Hallo Kollegin!«, sagte ich halblaut. Schließlich war sie auch Putzfrau. Edelputzfrau. Langhaarig, so wie die Maja und die beiden Walküren, die mich vor der Tür abgewimmelt hatten.
Und noch eine Ausnahme zu stinknormal: Auf dem Altar lag statt einer Bibel das Maria-Magdalena-Buch von diesem Gerhard-Johann Klüngelbein. Aber passte ja zum Maria-Magdalena-Ölgemälde. Also eigentlich doch auch stinknormal.
Ein klassischer Flop.
Ich wollte mir gerade mein Kopftuch aufknöpfen.
Erstarrte.
Hörte einen Diesel herantuckern, bremsen, Türen schlagen.
Ich ging in die Knie, wischte mit dem Putzlappen herum.
Die Tür wurde aufgerissen, eine Männerstimme sagte in meinen Rücken hinein: »Was ist denn das für ein Arsch hier?«

Er meinte wohl meinen.

Dann kam eine Stimme dazu, die sächselte: »Das is de Potzfrau.«

Ich wischte trocken weiter, damit sie mein Gesicht nicht sahen, der Typ sagte: »Putzfrau, he, du putzt wohl heut trocken.«

Verdammt, ich hatte Eimer und Wasser vergessen. Sagte vernuschelt: »Heut ist bloß Staub wischen ... Ich bin grad fertig.«

Robbte mich wischend rückwärts in Richtung Ausgang, Blick auf den Boden.

Sagte: »Ich hab jetzt Feierabend, pfüads euch!«

Rutschte an den beiden vorbei, er sagte: »Blöde Kuh!«, ich hinkte gebückt gebeugt mit meinem Putzlumpen in der Hand an dem Auto vorbei.

Ein Wohnmobil.

Aufschrift: »Magda-Mobil«.

25 Marlein und der versaute Tag

»Verdammt, Klüngelbein! Mit Ihrer Paranoia machen wir uns echt lächerlich! Der Mann war ein einfacher Kirchenmusiker!«

Ich war immer noch sauer, als wir uns in unserem Hotelzimmer befanden. Irgendein Hotel im Zentrum von Tiefenbronn – ich hatte keinen Sinn für Äußerlichkeiten nach dieser peinlichen Aktion in der Kirche.

Klüngelbein zuckte mit den Achseln.

»Geben Sie zu, Sie fanden den Mann auch verdächtig. Sonst hätten Sie ihn nicht in den Beichtstuhl gezerrt.«

»Ja, ich gebe zu, er sah in gewisser Weise seltsam und damit verdächtig aus. Aber ich habe mich von Ihnen anstecken lassen. Wir müssen aufhören, uns verrückt zu machen, sonst sind wir am Ende dieser Tour reif für die Klapse. Es gibt bisher nicht die geringsten Anzeichen dafür, dass Ihnen irgendjemand nach dem Leben trachtet.«

»Die Tempelritter sind schlau. Es stimmt, es war unsinnig zu glauben, sie würden so auffällig agieren, mit dunklen Anzügen, dunklen Sonnenbrillen und großem Waffenkoffer. Sie werden sicherlich viel subtiler vorgehen. Es ist sehr viel wahrscheinlicher, dass sich der Killer als unscheinbares altes Mütterchen tarnt.«

Ich hämmerte im Geiste vor Verzweiflung gegen mein Hirn. Klüngelbein war unbelehrbar und vernunftresistent. Er hatte sich in den Kopf gesetzt, dass er verfolgt und bedroht wurde, und je mehr ich ihm das auszureden versuchte, desto mehr würde ich ihn in diesem Wahn bestärken.

Ich versuchte, tief durchzuatmen und runterzukommen.

Ich nahm mir vor, mich künftig nicht mehr von Klüngelbein kirre machen zu lassen und seinen Verfolgungswahn zu ignorieren. Ich wollte nicht kategorisch ausschließen, dass eine reale Bedrohung für Klüngelbein existierte, aber ich würde in Zukunft bei der Einschätzung einer möglichen Bedrohung nicht mehr auf ihn hören, sondern mich stattdessen auf meine eigene Expertise und meinen Instinkt verlassen.

Dieser Tag war nach dem Killer-Flop in der Kirche auf jeden Fall gründlich versaut, sowohl für Klüngelbein als auch für mich.

Wir schmollten beide und verzogen uns in unsere Ecken.

Klüngelbein vergrub sich hinter seinem Laptop, um die Besichtigung der Tiefenbronner Kirche literarisch aufzuarbeiten.

Ich nahm zunächst eine Mahlzeit ein und bediente mich dabei aus dem Reiseproviant in meiner Tasche, der aus mehreren Tafeln Schokolade bestand. Die Dreihundert-Gramm-Tafel war genau das Richtige, um meine malträtierten Nerven zu beruhigen, und nachdem ich sie komplett weggeputzt hatte, war ich sogar wieder mental in der Lage, mich aufs Bett zu legen und mit der Lektüre von Klüngelbeins Kapitelzusammenfassungen fortzufahren.

Zusammenfassung: Maria Magdalena in der Kirchengeschichte

Neben den kanonischen Evangelien, den apokryphen Evangelien und den Legenden gibt es noch eine weitere

Quelle für eine Rekonstruktion der Biografie Maria Magdalenas: das Bild, das in der Kirchengeschichte von ihr gezeichnet wurde.

Und dieses Bild wurde entscheidend beeinflusst von Papst Gregor dem Großen, der im 6. Jahrhundert als Erster behauptete, Maria Magdalena sei identisch mit zwei anderen in den vier kanonischen Evangelien genannten Frauenfiguren: mit Maria aus Bethanien, der Schwester von Lazarus und Marta, die sich zu Jesu Füßen niedersetzte (Lukas 10,38–42) und Jesu Füße oder sein Haupt salbte (Johannes 12,1–8; Matthäus 26,6–13; Markus 14,3–9), und mit der namenlosen Sünderin (Lukas 7,36–50), die Jesus die Füße salbte, sie küsste und mit ihrem Haar trocknete. Und diese Verschmelzungen machen durchaus großen Sinn.

Mit Maria von Bethanien hat Maria von Magdala den Vornamen und die ungewöhnliche Definition über einen Ort (und nicht über einen Mann) gemeinsam sowie das ungewöhnlich enge Verhältnis zu Jesus. Es fällt auf, dass über Maria Magdalena kaum etwas vor der Passion berichtet wird, über Maria von Bethanien nichts mehr während und nach der Passion, sodass die Schlussfolgerung naheliegt, dass die Evangelisten die Gefährtin Jesu in zwei Marias (aus Magdala und aus Bethanien) aufgespalten haben, um ihre Bedeutung zu schmälern.

Die »Sünderin« wiederum könnte sich sehr gut auf die Dämonen beziehen, die Jesus der Maria Magdalena austrieb, denn Krankheit galt zu jener Zeit als Ausdruck eines Fehlverhaltens beziehungsweise als Strafe dafür.

Maria von Bethanien und die Sünderin kann man aufgrund des Umstandes gleichsetzen, dass die Beschreibungen der Salbung Jesu nahezu identisch sind.

Und die so entstandene »Salberin« kann man mit Maria Magdalena aufgrund der Umstände gleichsetzen, dass auch Maria Magdalena Jesu Leichnam salben wollte (Markus 16,1; Lukas 24,1), dass das Öl der »Salberin« als sehr kostbar und teuer (Markus 14,3–5; Johannes

12,3–5) beschrieben wird, sodass es nur eine vermögende Frau wie Maria Magdalena (siehe Lukas 8,3) überhaupt erwerben konnte, und dass zwischen der »Salberin« und Jesus das gleiche innige Verhältnis wie zwischen Maria Magdalena und Jesus beschrieben wird, was sich auch in ähnlichen intimen körperlichen Kontakten ausdrückt: Maria Magdalena will Jesus nach seiner Auferstehung berühren, die »Salberin« berührt und küsst Jesu Füße. Dieser Gleichsetzung entsprechend wurde das Salbgefäß in der Kunst zu einem unverzichtbaren Attribut bei Darstellungen der Maria Magdalena.

Diese also nicht nur legitime, sondern höchst plausible (Wieder-)Vereinigung von Maria Magdalena, Maria von Bethanien und der salbenden Sünderin wurde später allerdings von der Männer-Kirche missbraucht, um Maria Magdalena zu verleumden, zu diffamieren und zu diskreditieren – indem man die Sünde der »Sünderin«, die im Evangelium inhaltlich nicht näher beschrieben wird, willkürlich und vorsätzlich als sexuelle Normübertretungen deutete (zum Beispiel Wollust, Prostitution, Ehebruch oder Promiskuität) und Maria Magdalena ein Huren-Image verpasste, für das es in den Evangelien nicht den geringsten Beleg gibt (die Sünderin wird im Originaltext als »peccatrix« bezeichnet – für eine Hure hätte aber der Ausdruck »meretrix« verwendet werden müssen).

Zur Rechtfertigung dieses Huren-Bildes von Maria Magdalena wurden dann diverse Dinge umgedeutet: Maria Magdalena war nicht wohlhabend, weil sie im Fischfanggeschäft tätig war, sondern weil sie eine erfolgreiche Prostituierte war, und die Dämonen, die Jesus ihr austrieb, waren keine physische oder psychische Erkrankung, sondern ein Symbol für ihre sexuelle Verderbtheit.

Außerdem wurden, um Maria Magdalena als leichtes und gefallenes Mädchen abzuqualifizieren, Verschmelzungen mit weiteren, nun eindeutig im sexuellen Sinne sündigen Frauenfiguren vorgenommen: mit der namenlosen

Ehebrecherin, die von Jesus vor der Steinigung bewahrt wird (Johannes 8,2–11), mit der Samariterin, die in Promiskuität mit fünf Männern zusammenlebte (Johannes, Kapitel 4), und mit einer außerbiblischen Person, einer gewissen Maria von Ägypten, die der Legende nach eine Prostituierte mit höchst unzüchtigem Lebenswandel aus Alexandria war, die erst durch eine Wallfahrt nach Jerusalem und eine Erscheinung der Jungfrau und Gottesmutter Maria geläutert wurde und anschließend jahrzehntelang als Heilige und Eremitin nur mit ihren Haaren bekleidet in der syrischen Wüste lebte.

Die Vermischung mit Maria von Ägypten ist allerdings völliger Unsinn, da diese erst im 5. Jahrhundert lebte, und auch für die Verbindung zur Ehebrecherin gibt es nicht den geringsten Anhaltspunkt. Das sah irgendwann selbst der Vatikan ein, und 1969 wurde Maria Magdalena in aller Stille ganz offiziell vom Rotlicht-Vorwurf freigesprochen. Doch bis dahin musste sie jahrhundertlang mit dem Prädikat der »heiligen Hure« und der »büßenden Sünderin« leben, und das war natürlich Kalkül: Nur so konnte Maria Magdalena ihrer Rolle als eigentliche Führungsperson beraubt werden, nur so konnte das Göttlich-Weibliche im Christentum unterdrückt werden, nur so konnte eine männlich dominierte Religion installiert werden.

Wir haben uns nun also im Teil A dieses Buches die vorhandenen Quellen über Maria Magdalena angesehen.

Wir müssen leider konstatieren, dass uns offenkundig ein verfälschtes Bild der Maria Magdalena präsentiert wird: In den kanonischen Evangelien wird sie größtenteils verschwiegen, die apokryphen Evangelien wurden als ketzerisch abqualifiziert, die Legenden widersprechen sich teilweise gegenseitig, und in der Kirchengeschichte fanden bewusste Verleumdungen und Diffamierungen statt.

Es wird also Zeit, dass wir das vorhandene Material über Maria Magdalena gründlich prüfen und analysieren und dass wir die verfälschenden Übermalungen ihres Porträts

sorgfältig abtragen, um endlich das wahre Bild der ursprünglichen Maria Magdalena freizulegen.
Und das wollen wir nun im Teil B dieses Buches tun.

26 Bär geniert sich

Mein Auto roch immer noch nach Stall.
Ich tuckerte von Tal hinauf zur Biselalm.
Deprimiert.
Die Helene-Fischer-Maiandacht war atemlos langweilig.
Nichts Kriminelles oder auch nur Verdächtiges.
Junge Frauen machen auf Hip-Hop, Schlagzeug zum Rosenkranz, und am Ende putzen sie alles revolutionär sauber.
Das Einzige, was nicht zum Sauber-Image passte: das fahrbare Puff ganz in der Nähe.
Gehörte anscheinend zur Maiandacht dazu, das Magda-Mobil.
Denn die jungen Frauen waren ja auch Magda-Fans.
Maria-Magdalena-Fans.
Aber warum ging es in der Kirche so züchtig zu und draußen vor der Kirche so versaut?
Ich hatte keine Erklärung dafür.
Auf der halben Strecke zwischen Tal am See und der Biselalm wurde es ein paar hundert Meter eben, ein Mini-Zwischentableau mit ein paar Bauernhöfen.
Auf dem größten war eine Wiese direkt an der Straße frisch gemäht. Das Gerippe eines Festzeltes glänzte im Mondlicht.
Ach ja. Das jährliche Sommerfest der katholischen Landjugend stand bevor.
Ich machte mir eine mentale Notiz.
Rollte dran vorbei, erreichte meine Alm, haute die Autotür zu, ging zur Eingangstür in meinem Oma-Outfit.
Erschrak.
Eine Gestalt hockte auf der Bank vorm Haus.

»Brachst itta erschrecken. Ich bin's.«

»Ach du, was willst denn du so spät noch hier?«

Meine Nachbarin.

Die Mutter von Maja und Käsi.

»Ich will wissen, wie's war. Die Mädle sind schon wieder daheim. Aber keine hat mir was gesagt. Erzähl!«

Ich sagte: »Deine Verkleidung war super. Kein Schwein hat mich erkannt … Also, die beiden waren auf der Modenschau. Lauter Gerippe in Fetzen aus der Altkleidersammlung, wie die Vogelscheuchen. Die Maja und die Käsi waren auch da. Die Käsi ist nach der Veranstaltung mit ihrem Glatzkopfverein verschwunden, keine Ahnung, wohin …«

»Und die Maja?«

»Sei halt net so ungeduldig. Eins nach dem andern, der Reihe nach. Die Maja hab ich verfolgt, inkognito …«

»Wo liegt denn der Ort, hab ich noch nie gehört. Klingt wie Kongo …«

»Inkognito ist ein lateinisches Wort für unerkannt. Und wir sind nicht im Kongo gelandet, sondern in Rettenberg, wo die zwei Brauereien sind.«

»Sind s' zum Saufen g'fahren?«

»Nein, nach Greggenhofen, in die Kapelle. Maiandacht.«

»Die Maria-Magdalena-Kapelle.«

»Genau. Sie ham mich nicht hineingelassen. Geschlossene Veranstaltung.«

Ich erzählte ihr den Rest der Geschichte, ließ aber das Ende mit meinem Blas- und Putzerlebnis weg.

Keine Ahnung, warum. Ich glaube, ich genierte mich.

Sagte: »Vielleicht ham s' einfach geprobt für das Sommerfest der Landjugend. Die bauen ja schon auf drunten beim Moosbauer, fürn Sonntag. Gehen deine zwei denn dahin?«

»Ich geh hin. Zum Blasen. Unsere Kapelle spielt die Messe.«

»Und deine zwei, die kommen nicht? Warum? Ist es ihnen peinlich, auf derselben Veranstaltung wie ihre Mutter gesehen zu werden?«

»Ich weiß es nicht. Sie ham nur gesagt, sie fahren woandershin, einen großen Kongress vorbereiten. Sie waren ganz stolz und geheimnisvoll.«

»Und wo soll der Kongress sein?«

»In einem geistigen Zentrum, ham sie gesagt … Ich hab dann auf der Computer von der Käsi nachgeschaut, und das Letzte, was sie aufgerufen hatte, war Google Maps. Und weißt du, in welcher Gegend sie was nachgeschaut hat?«

Ich sagte: »In der Gegend von Garmisch-Partenkirchen?«

»Ja! So ein Zufall … oder bist du Hellseher? Genau da hat sie gesucht.«

Ich sagte: »Ich hab da so einen siebten Sinn für solche Sachen.«

Der schwarze Mercedes mit der GAP-Nummer. Wenn man zwei und zwei zusammenzählen kann, hat man einen siebten Sinn. Haben nicht alle. Ich wollte noch ein bisschen mehr aufdrehen, sagte: »Und das geistige Zentrum?«

»Keine Ahnung. Ich hab eingegeben ›geistiges Zentrum Garmisch-Partenkirchen‹, aber da sind nur ein paar Kliniken rausgekommen.«

Ich sagte: »Dann musst was anderes eingeben. Ich kenn nur ein geistiges Zentrum in Garmisch und Umgebung. Kloster Ettal.«

»Ein Kloster?«

»Ja, drum heißt's ja Kloster Ettal. Ist ja geistig. Außerdem gibt's da berühmte Schnäpse. Ein spirituelles Zentrum. Weißt ja, spirituell kommt von Spiritus. Geist. Spiritus Sanctus.«

»Der Spiritus steht bei mir in der Küchenanrichte, fürs Grillen ist der praktisch …«

»Und außerdem ist Kloster Ettal für seinen pädagogischen Geist bekannt.«

»Ich hab trotzdem Angst um die beiden …«

»Wir kriegen das schon noch raus. Die sind jedenfalls Sonntag nicht da beim Sommerfest in der Festmesse. Aber ich schau mal vorbei, wenn's recht ist. Ich möchte dich mal blasen sehen.«

»Hast noch nie eine Frau blasen sehen?«

»Schon hin und wieder … Aber dich noch nie.«

»Mir wurscht.«
»Wieso blast eigentlich nicht die Jugendkapelle?«
»Die hat sich aufgelöst. Die Mitglieder sind ihnen weggelaufen …«
»Alle?«
»Nur die weiblichen. Das waren drei Viertel. Drum müssen wir Alten am Sonntag einspringen.«
»Blasen hält jung«, sagte ich, »aber jetzt wird's Zeit fürs Bett.«
»Ich komm noch mit nauf!«
Gut, dass es Nacht war, ich wurde rot.
Sie sagte: »Dann nehm ich nämlich das G'wand von meiner Oma mit, das stinkt ja erbärmlich, das gehört in die Waschmaschine!«
Meine Gedanken gehörten auch in die Waschmaschine.

27 Marlein und die verheißungsvolle Ankündigung

Als wir am nächsten Morgen in mein Auto stiegen, um unsere Tour fortzusetzen, hatten wir uns wieder eingekriegt.
Wir hatten zwar den Vorfall mit dem Pseudo-Killer mit keinem Wort mehr thematisiert, aber in dem Moment, als wir bereit zur Abfahrt waren, war irgendwie klar, dass die Sache abgehakt war.
Unsere nonverbale Kommunikation funktionierte besser als unsere verbale.
Ich warf das Navi an.
»Okay, was soll ich für heute als Ziel eingeben?«
Klüngelbein legte gerade den Gurt an.
»Wir fahren zum Kloster Weißenau in Ravensburg. Das müsste als Adressangabe reichen.«
Gut, dass ich sicher im Fahrersitz saß, sonst hätte es mich glatt umgehauen.
»Weißenau? Echt jetzt? Da war ich schon!«
Klüngelbein schielte ungläubig zu mir rüber.

»Sie waren schon mal in einer Kirche? Noch dazu in einer so weit entfernten?«

Darauf hätte ich viel erwidern können.

Zum Beispiel, dass ich schon in sehr vielen und auch weit entfernten Kirchen war, denn bei zwei meiner vergangenen Fälle hatte ich es mit christlichen beziehungsweise antichristlichen Sekten zu tun, und gefühlt kannte ich jede Kirche in ganz Bayern.

Oder ich hätte ihm die Geschichte mit den Jesus-Reliquien und dem Pantera-Geheimbund erzählen können, die meinen Detektivkumpel Emil Bär und mich vor zwei Jahren nach Weißenau geführt hatte, aber die hätte er mir nie im Leben geglaubt.

Stattdessen murmelte ich nur ein »Hatte da mal beruflich zu tun«, stellte das Navi ein und fuhr los.

Klüngelbein fummelte an meinem CD-Player herum.

»Sie wollen sicherlich die nächste Kapitelzusammenfassung hören, nicht wahr? Vor allem wird's nun richtig aufregend. Ab jetzt kommt nämlich Teil B: Die wahre Maria Magdalena! In dem stehen die sensationellen Enthüllungen, die das Buch zu einem Bestseller und einem Skandalwerk gemacht und für meinen Rauswurf an der Uni gesorgt haben. Sie werden Ohren machen!«

Klüngelbein suchte die Stelle mit der ersten Zusammenfassung von Teil B auf der CD und ließ sie laufen.

Und so verheißungsvoll seine Ankündigung auch klang, ich hatte Mühe, mich auf das Vorgelesene zu konzentrieren und nicht in Gedanken abzuschweifen – zu den Ereignissen, die ich damals erlebt hatte, als ich in Weißenau war, unserem nächsten Ziel.

Aber die Erinnerung würde mich sicherlich noch mit aller Wucht übermannen, wenn ich erst mal dort war.

Zusammenfassung: Die wahre Maria Magdalena: Magierin aus Ägypten

Wenn man die vorhandenen Quellen über Maria Magdalena, die wir uns im Teil A dieses Buches ausführlich angesehen haben, akribisch überprüft, richtig interpretiert und mit den neuesten Erkenntnissen der Historiker und anderer Wissenschaftler kombiniert, kommt endlich die Wahrheit über Maria Magdalena ans Licht.

Und das Bild der wahren Maria Magdalena ist voller Überraschungen und Sensationen!

So ist es eine Fehlannahme, dass Maria Magdalena nach der Stadt Magdala benannt wurde, denn zu ihren Lebzeiten trug diese Stadt noch den Namen Tarichea. Es ist vielmehr umgekehrt: Später benannte sich Tarichea zu Ehren ihrer berühmten ehemaligen Bewohnerin in Magdala um. Maria stammte stattdessen aus der Stadt Magdolum in Ägypten, die an der Grenze zu Judäa lag, und erhielt deshalb den Beinamen Magdalena. In Ägypten gab es ein vorwiegend matriarchal ausgerichtetes Gesellschaftssystem, in dem Frauen einen hohen Stellenwert hatten, was die Selbstständigkeit, das Selbstbewusstsein, die Bildung und den Wohlstand der Maria Magdalena erklärt. Andererseits ist ihre Herkunft aus Ägypten aber auch ein weiterer Grund, warum Maria Magdalena bei den Jüngern Jesu auf Ablehnung stieß: sowohl für Jesus als Rabbi als auch für Jesus als der Messias (mit Anwartschaft auf Israels Königsthron) war eine Nichtjüdin als Ehefrau aus Sicht des orthodoxen Judentums völlig inakzeptabel.

Maria Magdalena war außerdem keine gewöhnliche Frau, sondern eine heidnische Magierin, die Kenntnisse in diversen religiösen und spirituellen Mysterienkulten hatte – was ebenfalls nicht verwundert, war Ägypten doch damals eine Hochburg für verschiedenste esoterische Strömungen. Für diese These gibt es eine ganze Reihe von überzeugenden Indizien.

Ein starkes Indiz sind die rätselhaften, schon oft untersuchten verblüffenden Parallelen zwischen dem ägyptischen Isis-Osiris-Horus-Mythos und den Erzählungen des Neuen Testamentes. Das Rätsel löst sich durch die Erklärung, dass Maria Magdalena den Isiskult, der in Ägypten

weit verbreitet war und den sie bestens kannte, mit nach Galiläa gebracht hat und viel von diesem Gedankengut in die neue Religion, die sie zusammen mit Jesus begründete, und deren Mythen und Rituale einfließen ließ.
Auch der Bericht, dass Jesus der Maria Magdalena sieben Dämonen ausgetrieben hat, weist keineswegs auf sexuelle Verfehlungen der Magdalenerin hin, und die sieben Dämonen stehen auch nicht für die sieben Todsünden, wie immer wieder behauptet wurde. Vielmehr wird in fast allen Mysterienkulten ein siebenstufiges Einweihungsritual praktiziert, sodass es sich bei dieser Begebenheit in Wirklichkeit um einen verschlüsselten Hinweis auf eine esoterische Initiation handelt, die Jesus und Maria Magdalena miteinander zelebrierten (wobei wahrscheinlich eher die Magierin Jesus in einen Mysterienkult einweihte als umgekehrt).
Und wenn man die gespenstische Geschichte von der Auferweckung des Lazarus von den Toten aus dem Johannes-Evangelium genau analysiert und richtig interpretiert, stellt man fest, dass sich hier nicht die physische Wiederbelebung eines Verstorbenen ereignete, sondern dass Lazarus nur ein symbolisches Tod-und-Wiedergeburt-Ritual durchlief, inszeniert von Maria Magdalena und Jesus. Es handelte sich dabei ebenfalls um ein mystisch-magisches Aufnahmeritual, eine Initiation, wie sie viele Mysterienkulte und Geheimgesellschaften kennen, so eben auch der religiöse Geheimbund, den Maria Magdalena und Jesus zu jener Zeit gegründet hatten. Lazarus wollte diesem Bund beitreten und musste das entsprechende Aufnahmeritual absolvieren. Die Augenzeugen, die das eigentlich geheime Spektakel ungeplant beobachteten, glaubten an eine echte Totenerweckung und verbreiteten diese sensationelle Nachricht.
Ein weiteres Indiz dafür, dass Maria Magdalena eine heidnische Magierin aus Ägypten war, ist die Existenz der »schwarzen Madonnen«, die gehäuft an Verehrungsorten der Maria Magdalena auftauchen. Es ist viel gerätselt

worden in der Kirchengeschichte, warum die Madonna, also vermeintlich Maria, die Mutter Jesu, bei diesen Statuen mit schwarzer beziehungsweise dunkler Haut dargestellt wird. Es gibt nur eine sinnvolle Erklärung dafür: weil die schwarzen Madonnen eben nicht Maria, die Mutter Jesu, sondern Maria Magdalena, die Geliebte und Braut Jesu, darstellen; und da diese aus Ägypten stammt, hat sie eben auch eine dunklere Haut. Und das Kind, das viele schwarze Madonnen im Arm halten, ist dann eben nicht das Jesuskind der Gottesmutter Maria, sondern das Kind, das die göttliche Braut Maria Magdalena von ihrem göttlichen Bräutigam Jesus empfangen hat!
Dass es keinen Zweifel daran gibt, dass Maria Magdalena und Jesus ein Braut- und Liebespaar waren, werden wir im nächsten Kapitel erfahren.

28 Bär winkt

Ich zog meine Sonntigshäs an. Mein Feiertagsgewand.

Trachtenjanker. Weißes Hemd. Schwarze Jeans.

Ging in die Richtung, wo der Krach herkam.

Die Blaskapelle spielte sich ein.

Großes Bierzelt, Biertische, Ausschank, Grill, auch der Fischereiverein war vertreten mit einer Fischbraterei. Forellen. Makrelen. Heringe. Wahrscheinlich gefischt im Aldi Kempten. Dazu Heringssemmel, Lachssemmel.

Ich hatte das große Jubiläum der katholischen Landjugend erlebt, als ich hinter der Gesundbeterin her war.

Die heutige Veranstaltung: ein Schatten von einst.

Das Zelt: halb leer.

Die andere Hälfte, die voll war: Familienmenschen älteren Datums. Die einzigen Dirndl, die ich sah, waren ausgefüllt von Muttis über fünfzig. Sie schauten fröhlich wie auf einer Beerdigung.

Die Jugend bestand aus Burschen in Lederhosen, die seit Tagen nicht mehr unter ein Promille heruntergekommen waren.

Verloren: ein paar ausländische Gesichter, sahen nach Fremden aus, mit Blicken weit in die Ferne, wahrscheinlich Richtung Aleppo, Bagdad, Damaskus, Mossul. Saßen vor einem Glas Mineralwasser, flankiert von ehrenamtlichen älteren Damen, auch vor Mineralwasser.

Ich fragte einen der Promilleburschen: »Kannst mir eine Maß Bier bringen?«

Er sagte: »Ja, gern, aber erst nach der Messe.«

»Wie lang dauert denn die Messe?«

»Bis aus ist.«

Ich sagte: »Allahu akbar.«

Er schaute, sagte: »Das haben wir nicht.«

Ich sagte: »Schämts euch.«

»Warum?«

»Ach, wurscht. Vergiss es!«

Er drehte sich um, folgte seiner Bierfahne.

Dann ging es Schlag auf Schlag.

Die Bläser bliesen: »Großer Gott, wir loben dich …«

Alles wurde noch ruhiger.

Der Geistliche zog mit ein paar Ministranten und Ministrantinnen ein. Noch Kinder.

Meine Nachbarin winkte mir mit der Trompete dezent zu.

Ich winkte mit meinem Liedblatt dezent zurück.

Der Priester war der Chef der katholischen Landjugend.

Er sah zum Herzerbarmen aus.

Übernächtig, eingefallen, grau.

Um fünfzig Jahre gealtert, seit ich ihn beim Jubiläum vor drei Jahren sah.

Das Liedblatt, er hielt sich mit beiden Händen daran fest, zitterte wie ein Kuhschwanz bei Gewitter.

Er quälte sich durch seine Predigt.

»Sei getreu bis zum Tod, dann will ich dir die Krone des Lebens geben.«

Ein Satz aus der Apokalypse. Kapitel 2. Über so was predigt

man in meinen Kreisen bei Beerdigungen. Aber er passte zur Stimmung.

Er lobte die treuen Burschen, die ihm zu Füßen saßen.

Er lobte die braven Eltern.

Er lobte die frommen Großeltern.

Er lobte die fleißigen Bauern.

Die Mädchen, die nicht zu sehen waren, hüllte er in Schweigen.

Er lobte die Polizei, die Kempten und Umgebung so sicher gemacht hat.

Dann lobte er noch das Wetter.

Die Bankrotterklärung für jeden Prediger.

Am Schluss fand er wieder in die Spur.

Er lobte Gott, den Allwissenden.

Ja, der wusste, wo die Mädels waren.

Den Unergründlichen.

Unergründlich, warum er sein Wissen nicht mitteilte.

»Amen.«

Die Erlösung.

Es folgten Fürbitten.

Die Burschen warteten schon mit den Maßkrügen, bis der Segen vorbei war.

Ich bestellte zwei Maß, sagte zu dem wankenden Träger: »Die eine ist für den Pfarrer, bring's ihm hin!«

»Von wem?«

»Sag: Von einem Bruder im Herrn.«

»Ha?«

»Von einem Kollegen.«

»Ah so.«

Der Bursche stellte die Maß vor den Kollegen, am andern Ende vom Zelt. Deutete mit dem Finger in meine Richtung, der Priester schaute in meine Richtung.

Plötzlich verfinsterten sich meine Augen. Ich sah nichts mehr.

Erschrak.

Wollte schon meinen Ellbogen nach hinten ausfahren, da hörte ich eine glockenhelle Stimme, wie von einem Teenager.

Sie hielt mir von hinten die Hände weiter vor die Augen, sagte: »Na, wer ist das wohl?«

Die Stimme gehörte meiner Nachbarin. War wohl durch Blasen fünfzig Jahre regrediert.

Ich sagte: »Maja? Käsi?«

Entzückt ließ sie ihre Hände los.

»Ich bin's!«

»Nein!«

Sie legte mir ihren Arm um meine Schulter.

Sie duftete nach Sektfrühstück.

Ich sagte: »Du bist ja gut drauf heut.«

»Und hat s' dir gefallen, unsere Blasmusik?«

»Und wie!«

Wie bei einer Beerdigung. Behielt ich für mich.

Sie sagte: »Weißt, seit du dich um die Käsi und die Maja kümmerst, geht's mir wieder besser.«

Mir nicht.

»Gut für dich«, sagte ich.

»Oh«, sagte sie, »ich glaub, du kriegst Besuch! Da verzieh ich mich lieber ...«

Mein Stiefbruder in Christo näherte sich. Er hielt den halb vollen Maßkrug wie eine Monstranz, sagte: »Dank schön für die Maß! Wie komm ich zu der Ehre?«

Ich sagte: »Komm, hocken Sie sich zu mir. Zuerst: Prost.«

Wie stießen an und tranken.

Er hatte wieder einen Hauch von Farbe im Gesicht.

Hopfen und Malz, Gott erhalt's ...

Ich gab ihm die Hand: »Bär, Emil, ich wohn in der Nachbarschaft, droben auf der Biselalm.«

»Ah Sie sind das ... Alfons. Alfons Sorgrat.«

Ich lachte. »Klingt wie Studienrat ... der Sorgen hat.«

Er lachte nicht.

Sagte: »Ja, man hat's nicht immer leicht.«

Die Allgäuer Art von Hilferuf, bevor man absäuft.

»Ihre Ansprach hat mir gefallen. Ich war ja früher auch bei derselben Firma wie Sie, Abteilung protestantisch. Erinnert mich an meine Zeit als Jugendpfarrer in München ... Hasenbergl.«

»Im Hasenbergl? Die Bronx von München. Da wissen S' ja wirklich, was das heißt – Jugendarbeit.«

»Ich hab immer denkt, hier im Allgäu ist alles schön ... lieblich ... leicht. Intakte Familien, Zucht und Ordnung.«

Er lachte bitter, nuschelte: »... kaputt ... In... Un...«

Ich sagte: »Ich glaub, ich komm nicht ganz mit ...«

Er sagte: »Ich auch bald nimmer ... Kaputte Familien, Inzucht, Unordnung ... Und seit die Milchpreiskatastrophe ist, wählen nicht einmal mehr die Alten CSU ...«

»Was dann? AfD?«

»Ja, ham S' da unten in Tal das große Plakat gesehen, über die Straß gespannt: ›Weg mit Merkel, Klöckner, Söder – wählt AfD‹.«

»Ja, ich hab's gesehen. Was will denn die AfD mit den Milchpreisen machen?«

»Erhöhen!«

»Wie?«

»Wie der Erdogan, der Trump, der Putin: durch Dekret.«

»Und die glauben, das funktioniert?«

Er nahm einen tiefen Zug, sagte: »Denen ham s' in Kopf geschissen und vergessen zum Umrühren.«

»Ihre Ansprach war aber ganz positiv ...«

»Lieber Herr Kollege, waren Ihre Ansprachen nicht positiv?«

Ich errötete, schämte mich, sagte: »Ja, ich weiß ... Sie ham ja recht!«

Er schnaufte tief durch. Sagte: »Das mit der Milchpolitik und mit der Weltpolitik ist ja noch das wenigste. Wissen S', was wirklich schlimm ist?«

Ich sagte: »Keine Ahnung.«

Er deutete in einem Halbkreis mit dem Arm ins Zelt. »Fallt Ihnen was auf?«

Ich sagte: »Es sind keine jungen Weiber net da!«

»Genau! Die verschwinden einfach. Laufen einfach weg. Und keine Sau weiß, wohin und was die da treiben ...«

»In der Maiandacht zum Beispiel?«

Er wurde weiß, sagte: »Woher wissen Sie …«

»Von meiner Nachbarin, ihre Töchter, die Maja und die Käsi, rennen dauernd in die Maiandacht. Es ist wie eine Sucht …«

Er war inzwischen leichenblass geworden.

»Ham Sie's in der Zeitung gelesen … den Artikel? Der ruiniert die ganze katholische Landjugend.«

Er war den Tränen nahe.

Zog ein ausgerissenes Blatt der Allgäuer Rundschau aus seiner Jackentasche.

»Hier, schauen S'. Furchtbar.«

Ich las:

Kempten. – Berauschende Maiandacht. Aus gut unterrichteten Kreisen wurde der Redaktion der Allgäuer Rundschau bekannt, dass Bewohner des Dorfes Greggenhofen bei Rettenberg Strafanzeige gegen unbekannt richteten. In der Maria-Magdalena-Kapelle des Ortes würden mehrmals die Woche Maiandachten gehalten, in denen es zu Rauschmittel- und anderen Exzessen durch Jugendliche und junge Erwachsene käme. Die Veranstaltungen seien gut besucht und verursachten sogar Verkehrsbehinderungen. Auch Hinweise auf mobile Prostitution seien eingegangen. Weder die Polizeidirektion Kempten noch die katholische Landjugend waren für eine Stellungnahme verfügbar. Die Polizei teilte lediglich mit, sie nehme die Anzeige ernst, und versprach lückenlose Aufklärung.

Ich gab ihm den Ausschnitt zurück.

Sagte: »Da hat euch jemand hingehängt. Wenn das wahr ist, sitzt ihr schwer in der Scheiße. Wenn nicht, dann könnt ihr Gegenanzeige machen. Gegen unbekannt, wegen Verleumdung.«

»Daran hab ich gar nicht gedacht.«

Ich nickte. »Wenn die Welt untergeht, kann man nimmer denken.«

»Das Problem ist«, sagte er, »wir wissen, dass da ganz schräge Dinger laufen, aber wir wissen nicht, welche.«

»Und die Polizei einschalten?«

»Das wollen wir vermeiden. Noch. Sonst kommen wir in Teufels Küche. Polizei ermittelt gegen katholische Landjugend …«

Ich fiel ein: »… wegen Rauschgiftorgien, Alkoholmissbrauch, Prostitution. Wenn das auf der Titelseite der Allgäuer Rundschau steht … dann ist der Bär los!«

»Wieso der Bär?«

»So eine Redewendung aus dem Rheinland … Bei uns sagt man: Dann ist der Teufel los.«

»Ja, der Teufel und der Bär zugleich. Dann schicken die Eltern ihre Kinder überhaupt nimmer zur Landjugend. Dann sind wir bankrott. Die Mädchen sind schon weg, ausgetreten … Wenn jetzt auch noch die Burschen … das wäre das Ende.«

»Na, warum denn gleich schwarzsehen? Ihr könntet doch einfach umsatteln auf ›katholische Landsenioren‹. Da gibt's kein Sex and Crime.«

Er verstand den Spaß nicht. Es war ihm nicht zum Lachen. Er sagte: »Das glauben Sie in Ihrem jugendlichen Unverstand. Ich war ein paar Jahre Leiter von einem Altersheim … Mein lieber Scholli. Da gibt's nur Sex and Crime.«

»Geh weiter. Das glaubt Ihnen doch kein Mensch.«

»Das ist ja das Gute. Keinen interessiert's, was die Alten da machen, und keiner glaubt's. Aber sobald die Jugend einen Lautsprecher zu laut aufdreht, glauben alle das Schlimmste … Wie's in der Zeitung steht.«

»Ja. Die Jugend ist vielleicht ganz sauber. Aber die Phantasien der Alten spielen verrückt …« Fügte besserwisserisch hinzu: »Projektionen!«

»Hoffentlich. Aber ich muss wissen, was Tatsachen und was Projektionen sind.«

Auf einmal schaute er mir in die Augen, etwas in seinem geistlichen Hirn arbeitete, er sagte: »Sie heißen doch Bär. Und man sagt, Sie hätten schon manche Sachen herausgefunden …

Können Sie nicht vor-ermitteln, rein unter uns, diskret, vertraulich …?«

Ich sagte: »Irgendwas stimmt da nicht. Eure abtrünnigen Jungweiber von der katholischen Jugend spinnen – aber kriminell sind sie nicht. Glaub ich. Wie ich die Käsi und die Maja kenn. Irgendwer hat da seine schmutzigen Pfoten noch drin, ich kann mich ja mal umschauen und horchen …«

Er leuchtete, sagte: »Und natürlich gegen Spendenquittung.«

»Ich will keine Spendenquittung.«

Er lachte. »Noch besser!«

»Ich will eine Spende!«

Das Lachen gefror.

»Wie hoch?«

»Hundert Euro am Tag plus Spesen.«

»Gibt's da keinen … ökumenischen Rabatt?«

»Der Rabatt ist da schon drin. Fünfzig Prozent für meinen Stiefbruder in Christo.«

»Dann verlangen Sie ohne Rabatt zweihundert Euro am Tag …?«

»Richtig. Schauen S', das Denken geht schon wieder.«

»Ja, ein Lichtblick … Trotzdem brauch ich noch eine Maß! Sie auch?«

»Ja. Die letzte. Dann fängt der Dienst an.«

29 Marlein und die überflutenden Erinnerungen

Es kam wie erwartet: Als wir nach zweieinhalb Stunden Fahrt über die A 8 und die B 30 an der Kirche St. Peter und Paul im Ravensburger Stadtteil Weißenau eintrafen, überfluteten mich die Erinnerungen.

Vor zwei Jahren waren mein Allgäu-Spezi Emil Bär und ich im Zuge der Aufklärung diverser Mordfälle und Reliquien-Diebstähle auf die Spur der Pantera-Sekte geraten.

Die Panteraner glaubten, dass der römische Legionär Pantera der leibliche Vater von Jesus Christus gewesen sei, und wollten dies mit DNA-Abgleichen beweisen. Hierfür klauten sie europaweit alle möglichen Reliquien von Jesus, Maria, Josef und Pantera zusammen. Bär und ich hatten herausgefunden, dass sie einer ihrer Raubzüge nach Weingarten und Weißenau führen würde, wo jeweils Blut-Jesu-Reliquien verehrt wurden. Um sie auf frischer Tat zu ertappen, lauerten wir ihnen auf, ich in Weingarten, Bär hier in Weißenau. Leider waren wir nicht besonders erfolgreich. Zwar konnte ich den Diebstahl der Reliquie in Weingarten verhindern, aber die Täter entwischten mir. Für Emil lief es noch desaströser: Die Panteraner schlugen ihn nieder und türmten mit ihrer Beute. Betreten hatte ich die Weißenauer Kirche damals nicht, aber ich hatte Bär davor abgesetzt, und ich hatte ihn dort später wieder abgeholt – gerade noch rechtzeitig, bevor die Polizei eintraf und uns unangenehme Fragen stellen konnte. Für die Schönheiten und Kunstschätze dieser Kirche hatte ich damals weder Zeit noch Sinn gehabt.

Nun befand ich mich also wieder an diesem Ort – und der Grund war damals wie heute derselbe: Die Weißenauer Heilig-Blut-Reliquie war das Objekt der Begierde, sowohl der Panteraner als auch von Gerhard-Johann Klüngelbein.

Die Motive für diese Begierde waren indes etwas unterschiedlich: Waren die Panteraner auf das Reliquiar scharf gewesen, weil es angeblich Blutspuren von Jesus Christus enthielt, zog Klüngelbein – so war zumindest meine Vermutung – ein Umstand hierher, an den ich mich noch erinnern konnte: Die Erde, die das Blut Christi enthielt, war der Sage nach von Maria Magdalena aufgesammelt worden.

Und ich sollte recht behalten. Klüngelbein steuerte zielstrebig auf einen Seitenaltar zu, blieb davor stehen und erläuterte mir wie immer vorbildlich, warum es uns ausgerechnet an diesen Ort verschlagen hatte.

»Schauen Sie, Herr Marlein: die Heilig-Blut-Reliquie von Weißenau!«

Er deutete auf einen Glaskasten auf dem Altar, und ich wurde fast geblendet vor lauter Gold: Hinter der Glasscheibe befand sich ein goldenes Reliquiar, auf einem Kissen voller goldener Verzierungen, beschienen von goldenem Licht.

Wenn man deutlich machen wollte, dass es sich hier um etwas ganz Besonderes handelte, dann war das durchaus gelungen.

Ich betrachtete das Reliquiar. Es war zweifelsohne ein wertvolles Kunstwerk, war virtuos gefertigt mit all seinen kleinen Figürchen, Verzierungen und Glasröhrchen. Wenn man es aus der Ferne sah, wirkte es aber irgendwie makaber, denn es hatte die Form eines Gesichts und ähnelte einem grinsenden Totenschädel.

Zumindest war es offenbar wieder unversehrt an seinen Ursprungsort gelangt. Vor zwei Jahren hatten es zunächst die Panteraner der Kirche gestohlen, und dann hatte es Madame Sibylla den Panteranern geklaut.

Klüngelbein wusste von alldem offenbar nichts, strahlte stattdessen wie ein Honigkuchenpferd und versäumte es natürlich nicht, mir zu erklären, in welchem Kontext zu seiner Arbeit dieses Artefakt stand.

»Sie fragen sich vielleicht, warum wir uns eine Blut-Christi-Reliquie ansehen, wo es doch eigentlich um Maria Magdalena geht. Nun, ich will es Ihnen erklären. Wir befinden uns hier sozusagen live in den Legenden über Maria Magdalena, von denen Sie ja gestern in der Kirche in Tiefenbronn gelesen haben. Auf dem Spruchband der Heilig-Blut-Reliquie steht in lateinischer Sprache, um was es sich bei dieser Reliquie handelt und wie sie hierhergekommen ist. Warten Sie, ich lese es Ihnen vor.«

Er holte ein Notizbuch aus seiner Herrentasche, blätterte darin und rezitierte schließlich: »Wahres Blut Jesu Christi, von der heiligen Magdalena unter dem Kreuz gesammelt, als Erinnerungsgabe des kaiserlichen hohen Hauses Österreich 1283 der Au geschenkt, von ihr 1709 in Gold und Edelstein gefasst.«

Er klappte das Notizbuch wieder zu.

»Das ist natürlich nur ein Teil der Geschichte. Machen wir eine kleine Zeitreise zurück in die Vergangenheit, Herr Marlein. Diese Heilig-Blut-Reliquie erhielt der Abt des Klosters Weißenau, Heinrich II., also 1283 von König Rudolf von

Habsburg geschenkt. Dieser wiederum hatte es 1266 als Dank für Friedensdienste und für Stadtrechte von der Stadt Straßburg aus dem Straßburger Münster erhalten. Dorthin war es im 7. Jahrhundert durch den Merowingerkönig Dagobert I. gekommen, der es seiner Straßburger Kirche als Kirchenschatz übergeben hatte. Die Merowingerkönige ihrerseits hatten es von gallischen Bischöfen erhalten. Diese wiederum waren in den Besitz durch Maria Magdalena persönlich gekommen, die es vor ihrem Tod in Saint-Maximin-la-Sainte-Baume dem Bischof Maximin übergeben hatte. Und der Ursprung von allem: Maria Magdalena hatte auf Golgota unter dem Kreuz des getöteten Jesus Erde aufgesammelt, auf die Blut von Jesu Körper getropft war, hatte diese blutige Erde in einem kleinen Gefäß aufbewahrt und dieses mit sich geführt, als sie nach Frankreich flüchtete und sich dort niederließ. Absolut faszinierend, nicht wahr?«

Das war eine Zeitreise ganz nach dem Geschmack von Gerhard-Johann Klüngelbein – dabei war ich immer noch mit meiner eigenen beschäftigt, die mich zwar nicht zwanzig Jahrhunderte, sondern nur zwei Jahre in die Vergangenheit zurückführte, aber das reichte mir dicke.

Klüngelbein redete sich derweil regelrecht in Ekstase.

»Verstehen Sie die immense Bedeutung dieser Kirche für die Maria-Magdalena-Bewegung, Herr Marlein? In Münnerstadt und Tiefenbronn haben wir interessante Darstellungen über das Leben von Maria Magdalena gesehen – hier sehen wir ein echtes Zeugnis aus ihrem Leben! Erde von Golgota, die Maria Magdalena in ihren Händen gehalten hat! Erde, vermischt mit dem Blut ihres Geliebten – und sicherlich vermischt mit ihren eigenen Tränen!«

Tja, das Blut – befand es sich überhaupt noch in dem Reliquiar? Oder war es vor zwei Jahren von Madame Sibylla entfernt worden? Schließlich hatte sie damals den Panteranern mehrere Reliquien mit heiligem Blut oder heiliger Milch geklaut, um sich einen Unsterblichkeitscocktail daraus zu brauen – der schließlich aber nur ihre Sterblichkeit massiv beschleunigt hatte. Ob die Heilig-Blut-Reliquie von Weißenau dabei war, wusste ich nicht.

Aber ich würde den Teufel tun und Klüngelbein davon erzählen – er würde in seiner Euphorie sowieso niemals akzeptieren, dass er vielleicht gar keine von Maria Magdalena berührte Erde, vermischt mit ihren Tränen, vor sich hatte.

Stattdessen fragte ich ihn, Interesse heuchelnd: »Und wo genau befindet sich diese Erde?«

Was folgte, war natürlich der nächste Vortrag – dass sich die Erde in dem von einem Bergkristall umschlossenen versiegelten Glasröhrchen befinde, das man in dem von zwei Engelsfiguren gehaltenen goldenen Herzen in der Mitte des Reliquiars sehen könne; dass ein Sachverständiger festgestellt habe, dass dieses mit eingeschliffenen Vogelfiguren verzierte herzförmige Kristallgefäß noch vor Christi Geburt in Ägypten hergestellt worden sei; dass solche Gefäße zur Zeit Christi üblicherweise von vornehmen Damen zur Aufbewahrung von Kostbarkeiten genutzt wurden; dass Abt Leopold Mauch 1709 die noch heute verwendete barocke Fassung des Reliquiars, das vor uns sichtbare, mit Amethysten, Brillanten und Saphiren besetzte goldene Randwerk anfertigen ließ; dass man dem Reliquiar weitere Reliquien wie einen Splitter vom Kreuz, einen Dorn von der Dornenkrone sowie Haare von der Gottesmutter Maria oder auch von Maria Magdalena hinzugefügt habe und so weiter und so fort.

Ich ließ ihn reden und versuchte, wieder aufzutauchen aus dem Sumpf der Erinnerungen.

Ich versuchte mich daran zu erinnern, dass ich als Leibwächter hier war, dass es trotz des gestrigen Irrtums weiter eine mögliche Gefährdung für Gerhard-Johann Klüngelbein gab.

Und ich versuchte mich daran zu erinnern, dass ich es schon zweimal hautnah erlebt hatte, dass Menschen bereit waren, für eine Maria, die vor zweitausend Jahren gelebt hatte, oder für Blut, das zweitausend Jahre alt war, zu töten.

30 Bär kauert

Ich kauerte in einem winzigen Abstellraum vor einem Kellerfenster, klein wie eine Schießscharte.

Ein Einwegspiegel.

Der Platz war teurer als im Stadttheater, erste Reihe.

Es war nicht das Stadttheater. Es waren die Jugendräume der Altkatholiken. Meine Nachbarin hatte mir verraten, dass die Käsi sich dort mit ihrem Geheimbund traf. Als fromme Jugendgruppe.

Der Eintrittspreis: zweihundert Euro.

Und eine Lügengeschichte.

Für den Hausmeister. Ich sei Opa von einem der Mädchen, fabulierte ich, und machte mir Sorgen um sie …

»Warum habt ihr dort einen Einwegspiegel, hier unten im Keller, im Jugendraum?«, hatte ich ihn gefragt.

»Vertrauen ist gut, Kontrolle ist besser«, hatte er gesagt und die zwei Hunderter in die Brusttasche gesteckt.

Ich sah die Buzz-Cut-Mädels im Kreis hocken.

Einige hatten ein Buch in der Hand, wie bei der Bibelstunde. War aber nicht die Bibel. Kannte das Buch aber trotzdem. Hatte das Cover des Werkes über Maria Magdalena ja nun schon oft genug gesehen.

Die Anführerin ergriff feierlich das Wort: »Liebe Kämpferinnen, willkommen zu unserem Passionsspiel-Abend.«

Mir fiel für einen Augenblick die Kinnlade runter. Die Anführerin war – Käsi! Ich fing mich wieder, dachte, für einen langweiligen Spieleabend anschauen zweihundert Euro. Rausgeschmissenes Geld.

»Bevor wir zu unserem Passionsspiel kommen, darf ich unsere neue Schwester nun ganz offiziell bei uns aufnehmen. Sie hat ihre Probezeit mit Bravour bestanden. Es ist – Amazona!«

Sie deutete auf ein Mädchen, das sich scheu erhob.

»Amazona hat große Erfahrungen im Kampf für die gute Sache. Dass sie eine großartige Verstärkung ist, hat sie bereits bei ihrer ersten Aktion mit uns am Bahnhof bewiesen. Sie hat eine ganz neue Dimension in unsere Mission gebracht. Sie hat uns gezeigt, dass man gegen die Männerschweine unbarmherzig und mit brutaler Härte vorgehen muss. Und sie hat großen Anteil daran, dass wir uns von den Weicheiern um meine Schwester Maja abgespalten haben.«

Amazona sah aus wie eine Amazone: tough. Durchtrainiert. Intelligent. Humorlos.

Sie winkte. Sah ein wenig aus wie der Hitlergruß.

Höfliches Klatschen.

Amazona setzte sich wieder.

Käsi fuhr fort: »Wir nehmen heute einen Anwärter auf. Ronni hat sich beworben, bei uns Diener zu werden. Wir verfahren wie üblich.«

Frenetisches Klatschen.

Die Mädels hatten rote Bäckchen und rosa Flecken an den Hälsen.

Manche kauten Fingernägel.

Käsi befahl: »Führt ihn rein.«

Ein junger Schlacks schlurfte herein, geführt von einem der Mädchen.

Er sah aus wie einer von der Modenschau. Ein Anti-Mucki. Verhungert.

Zuckte mit den Augen.

Aufgeregt war er.

Käsi sagte zu ihm: »Normalerweise dauert es drei Jahre, bis ein Mannsbild zivilisiert ist. Wir haben nicht die Zeit, dich zu erziehen. Deshalb werden wir dich dressieren. Wie einen Hund mit der Peitsche. Du wirst lernen, wie man sich benimmt. Vor allem als Diener von uns Frauen. Wenn du Fehler machst, sag ich: Pass auf, noch einmal den gleichen Fehler und du kriegst die Peitsche.«

Ronni lachte. Er sagte: »Ich werde keine Fehler machen.«

Käsi sagte: »Dass du gar nie Fehler machen wirst, das glaube ich nicht. Hast du jemals schon die Peitsche gekriegt?«

In meinem Kopf klingelte was. Ich kam nicht drauf. Keine Zeit.

Ronni schüttelte den Kopf.

Käsi sagte: »Siehst du, das ist bereits ein Fehler. Wenn ich dich frage, musst du sagen: ja, nein oder etwas anderes. Kopfschütteln und stumm bleiben gibt es nicht. Das ist unhöflich. Du wirst es lernen. Und zwar gleich. Du weißt nicht, wie das ist, wenn du die Peitsche kriegst. Jetzt werden wir es dir zeigen. Diesmal werde ich dich nicht hauen, weil du Fehler gemacht hast. Du musst wissen, wie weh das tut, damit du Angst hast und aufpasst.«

Käsi machte eine Pause. Sagte dann: »Zieh dich nackt aus!«

Ronni zögerte, Käsi sagte –

Ich hörte nicht mehr, was Käsi sagte.

Eine Hand senkte sich bleischwer auf meine Schulter.

Der Hausmeister. Für einen Hausmeister relativ jung. Ungefähr halb so alt wie ich.

»So Opa, hast jetzt gesehen, ob deine Enkelin dabei ist?«

Ich sagte verdattert: »Ja … nein … sie ist nicht dabei.«

»Also, dann schwing dich. Der Rest geht dich nix an. Das darf nicht einmal unser Pfarrer wissen, was da vor sich geht.«

Er zog einen Vorhang vor den Einwegspiegel.

Ich fragte: »Was geht denn da vor sich?«

»Das geht dich einen Dreck an. Und wennst nicht gleich verschwindest, hau ich dich persönlich aus dem Tempel naus!«

Er krempelte die Ärmel von seinem Hausmeisterkittel hoch.

Ich sah voll tätowierte Greifer.

Er hätte auch als Chef von einer Muckibude durchgehen können.

Rechts und links an den Greifarmen ein rotes Kreuz.

Es war nicht das Kreuz Christi, nicht das Hakenkreuz, nicht das Rote Kreuz … Aber welches dann?

Sein Körpersprache lud nicht zum Nachfragen ein.

Er holte zum Schlag aus, ich duckte mich weg und sprintete die Treppen hoch, stürzte zur Tür hinaus.

Atemlos.

Wollte mir auf der Straße eine anzünden.

Meine Finger zitterten zu sehr. Ich ließ es bleiben.

Brachte den Zündschlüssel erst beim dritten Anlauf ins Schloss, drehte ihn um, fuhr auf die Straße.

Zuckte zusammen: Es hupte, Reifen quietschten. Aus dem Autofenster schrie ein Wutbürger heraus: »Kannscht itta aufpassen, du Depp? Gib deinen Führerschein endlich ab!«

Von wegen Respekt vor dem Alter …

Ich konzentrierte mich aufs Autofahren wie ein Anfänger.

Eine gute halbe Stunde später stieg ich auf meiner Alm aus meinem alten VW Golf.

Hatte mich so weit erholt, dass ich mir eine anzünden konnte.

Tief durchatmen!

Ging hoch in meine Dachwohnung, schüttete mir ein Develey-Glas voll Obstler ein.

Kam runter.

Schaute auf das Eiserne Kreuz von meinem Großvater aus dem Ersten Weltkrieg. Über dem Bücherregal. Unter dem Bild von Sigmund Freud. Mit Zigarre.

Blickte auf das Eiserne Kreuz von meinem Vater aus dem Zweiten Weltkrieg.

Schaltete meinen Laptop ein.

Googelte »Kreuze«.

Wusste gar nicht, wie viele verschiedene Kreuze es gab.

Und dann durchzuckte mich ein Schlag wie am Weidenzaun der Kühe: das rote Hausmeister-Kreuz!

»Tatzenkreuz«, las ich. Noch nie gehört.

Daneben stand: »Das Symbol der Templer«.

Irgendein ehrenamtlicher Kirchenhilfsverein von anno dazumal.

Konnte wenig damit anfangen. Bei der Vorlesung über die Templer musste ich wohl krank gewesen sein, damals.

Stand vor meinem Ikea-Bücherregal.

Das Klingeln in meinem Kopf kam wieder, das Klingeln, als Käsi ihre Performance angefangen hatte.

Ich schaute mit leeren Augen auf die paar Reihen Bücher.

Noch ein elektrischer Weidenzaunschlag in meinem Kopf,

das Klingeln explodierte, ich dachte, hoffentlich wird das kein Hörsturz.

Ich hielt ein Buch in der Hand: »Die Leidenschaft des Jägers«. Von Paul Parin. Ein Buch über die Jagd und die Erotik des Jagens und wie die jungen Burschen zu Jägern dressiert wurden und wie die »englische Erziehung« aussah …

Ich blätterte.

Erstarrte. Las: *Die Zeit ist kurz … Es dauert sonst drei Jahre, bis ein Bub zivilisiert ist. Weil ich dich nicht so schnell erziehen kann, werde ich dich dressieren. Wie einen Hund mit der Peitsche … Wenn du Fehler machst, sag ich: Pass auf, noch einmal den gleichen Fehler und du kriegst die Peitsche …*

Und so weiter. Käsi hatte die Dressur von jungen Männern voll aus »Die Leidenschaft des Jägers« übernommen.

Ich las weiter und konnte mir lebhaft vorstellen, wie der Dressurakt bei den Mädchen nach meiner Flucht weitergegangen war.

Mit Zuckerbrot und Peitsche. Schläge und Sex.

31 Marlein und die spektakuläre Überschrift

»Um Gottes willen! Wie konnte das nur passieren?«

Klüngelbein starrte panisch auf sein Handy.

Mit einem Satz war ich bei ihm.

»Was ist los? Eine Drohbotschaft von den Tempelrittern?«

»Nein. Eine Interviewanfrage von diesem Ingo Groschen.«

Ich atmete auf.

»Dem Pressefritzen? Ach so. Dann würde ich mal sagen: Entwarnung.«

Klüngelbeins Mimik sah ganz und gar nicht nach Entwarnung aus.

»Ich frage mich, wie das passieren konnte.«

»Was denn?«

»Dass dieser Groschen meine Telefonnummer herausgefunden hat! Es handelt sich schließlich um eine Geheimnummer!«

»Wer außer Ihnen kennt diese Nummer?«

»Nur ein paar von meinen engsten Fans. Und mein Verlag.«

»Das sind genug mögliche Lecks. Ich würde mal schwer auf den Verlag tippen. Die wollen doch in erster Linie, dass Ihr Buch verkauft wird. Damit es verkauft wird, muss es promotet werden. Und wenn da ein Typ anruft und sagt, er möchte in der BILD einen Bericht über ein kommendes Werk bringen, dann werden diese Verlagsleute doch ganz schnell schwach, meinen Sie nicht?«

Klüngelbein schnaufte, als müsste er die Last der ganzen Welt auf seinen Schultern tragen.

»Kann schon sein. Aber so etwas beunruhigt mich. Wie soll man sich da jemals sicher fühlen?«

»Für Ihre Sicherheit haben Sie doch mich. Also, entspannen Sie sich und arbeiten Sie weiter Ihre Erkenntnisse aus unserem Besuch im Kloster Weißenau auf.«

Wir befanden uns in unserem Zimmer in einem Hotel in Ravensburg.

Der Tag war bisher gut verlaufen, die Begegnung mit Dingen aus dem Leben seiner geliebten Maria Magdalena hatte Klüngelbein zeitweise regelrecht euphorisiert, er hatte mich nach dem Aufenthalt in der Kirche St. Peter und Paul sogar zum Essen eingeladen, in ein griechisches Restaurant unmittelbar am Eingang des ehemaligen Klostertraktes.

Doch so eine Hochstimmung war äußerst brüchig bei einem Paniker wie Klüngelbein, und selbst eine harmlose Interviewanfrage eines Journalisten befeuerte seine Paranoia sofort.

Und die nächste Panikattacke folgte auf dem Fuß.

Klüngelbein war nämlich nicht zum Schreibtisch gegangen, sondern ans Fenster getreten.

»Marlein! Kommen Sie schnell!«

Ich sprintete zu ihm.

»Sehen Sie! Da steht wieder das Taxi!«

Ich blickte nach unten. Vor dem Hotel stand ein Taxi am Straßenrand.

Ich sah Klüngelbein fragend an.

»Okay, da steht ein Taxi. Und? Wo ist die Pointe?«

Klüngelbein schnappte nach Luft.

»In Münnerstadt und in Tiefenbronn stand auch immer ein Taxi in der Nähe unserer Unterkunft. Ist Ihnen das denn nicht aufgefallen?«

Es warf mir einen vernichtenden Blick zu, der eine eindeutige Botschaft hatte: Sie sind aber ein schlechter Detektiv, Marlein! Dann legte er nach: »Das ist kein Zufall mehr! Das sind die Tempelritter, die mich verfolgen!«

Ich riss mich zusammen, ihn nicht an den Schultern zu packen und einmal kräftig durchzuschütteln.

Stattdessen sagte ich seelenruhig: »Klüngelbein, ich bitte Sie! Das ist ein *Taxi*! Haben Sie noch nie davon gehört? Ich werde es Ihnen erklären. Taxis sind Mietwagen. Sie sehen überall in Deutschland gleich aus, und sie stehen vor jedem Flughafen, vor jedem Bahnhof, vor jedem Krankenhaus, vor jeder Diskothek – und natürlich auch vor jedem Hotel, um auf Fahrgäste zu lauern. Darin etwas Verdächtiges zu sehen ist echt absurd. Ich würde sogar sagen, es wäre eher suspekt, wenn hier unten *kein* Taxi stehen würde!«

Klüngelbein blieb skeptisch.

»Ich weiß nicht ... Irgendwas stimmt nicht mit diesem Taxi ... Das habe ich im Gefühl ...«

Ich wusste, dass es keinen Sinn haben würde, Klüngelbein seine Gefühle ausreden zu wollen. Also sagte ich ihm, ich würde nach unten gehen und das Taxi mal genauer unter die Lupe nehmen.

Was ich dann auch tat.

Ich umrundete das Taxi dreimal, aber meine Inspektion ergab nichts Ungewöhnliches. Es war der übliche cremefarbene Mercedes mit dem üblichen Schild auf dem Dach, in dem der übliche nach arbeitslosem Akademiker aussehende Fahrer saß und gelangweilt im »Kicker« las.

Das Einzige, was mir auffiel, war ein Rosenkranz, der am Rückspiegel baumelte. Er stach nur deshalb ins Auge, weil er ein ungewöhnliches Kreuz hatte: Es war recht groß, knallrot, gleicharmig und hatte sich verbreiternde Balkenenden.

Aber auch ein Rosenkranz in einem Taxi war nichts wirklich Spektakuläres, ich hatte das schon in vielen Mietwagen gesehen, war wohl eine Art Talisman mit Schutzfunktion.

Ich ging zurück ins Hotelzimmer und berichtete Klüngelbein, dass meine knallharte Überprüfung des Taxis keinerlei Anhalt auf Gefahr ergeben hätte. Den Rosenkranz unterschlug ich wohlweislich, wer weiß, was Klüngelbein da wieder hineininterpretiert hätte.

Von meinem Kontrollgang beruhigt, legte Klüngelbein seine »Taxis sind die Dienstwagen der Neuen Tempelritter«-Theorie vorläufig zu den Akten und wandte sich nun endlich seinem PC zu, um weiter an seinem neuen Werk zu basteln.

Und auch ich wandte mich meinem üblichen Hotelabend-Ritual zu: Ich schlug sein altes Werk auf und las die nächste Kapitel-Zusammenfassung.

Die Überschrift klang zugegebenermaßen spannend und spektakulär.

Zusammenfassung: Die wahre Maria Magdalena: sexuelle und spirituelle Partnerin Jesu

Dass Jesus und Maria Magdalena ein (Liebes-)Paar waren, kann nicht ernsthaft bezweifelt werden, es gibt erdrückend viele Indizien dafür.
Die apokryphen Evangelien sind regelrecht gespickt mit versteckten oder auch eindeutigen Hinweisen auf eine Beziehung zwischen Jesus und Maria Magdalena (siehe Teil A, Kapitel 2). Da wird ganz offen davon gesprochen, dass Maria Magdalena die Gefährtin und Paargenossin von Jesus war, dass Jesus sie mehr liebte als alle anderen, dass er sie küsste, dass sie womöglich einen gemeinsamen Sohn hatten (»Sohn des Menschensohns«). Und auch alle anderen Beschreibungen des Verhaltens zwischen Jesus und Maria Magdalena sind die eines sich innig liebenden

Ehepaares: Jesus schwärmt in den höchsten Tönen von Maria Magdalena (»Frau, die vollkommen verstanden hat«, »Erbin des Lichts«) und vertraut ihr seine Geheimnisse an, Maria Magdalena verwaltet nach seinem Tod sein materielles und spirituelles Erbe.

Dieses (Ehe-)Verhalten findet man auch in den kanonischen Evangelien: Trotz der Lebensgefahr für sich selbst ist Maria Magdalena bei Jesus, als er stirbt, sie kümmert sich um sein Grab, und sie ist die Erste, der sich Jesus nach seiner Auferstehung zeigt.

Und selbst Intimitäten zwischen den beiden Liebenden werden in den kanonischen Evangelien geschildert: Maria Magdalena salbt Jesus die Füße, sie trocknet sie mit ihrem Haar, sie küsst sie – wenn das keine sinnlichen Zärtlichkeiten sind! Die Salbungsszenen haben eindeutig eine stark erotische Komponente – vor allem vor dem Hintergrund, dass zu jener Zeit jüdische Frauen ihr Haar nur ihrem Ehemann offen zeigen durften und dass es damals im römischen Weltreich ein bekanntes Ritual gab, bei dem die sogenannten »heiligen Frauen«, die Priesterinnen im Tempel der Liebesgöttin, ihrem ausgewählten Partner vor der Heiligen Hochzeit und der ersten sexuellen Vereinigung das Haupt, die Füße und die Genitalien salbten.

Auch die Begegnung von Maria Magdalena mit Jesus am Ostermorgen lässt ein hohes Maß an Intimität durchschimmern: Sie spricht ihn mit »Rabbuni« an, einer Art Koseform von »Rabbi«, und will ihn (aus Gewohnheit?) umarmen und liebkosen.

Und dann gibt es noch ein weiteres, im Johannes-Evangelium geschildertes Ereignis, das eine Ehe zwischen Jesus und Maria Magdalena sozusagen legalisiert und offiziell macht, wenn man es richtig zu deuten weiß: Die Hochzeit von Kana, bei der Jesus mit seinen Jüngern anwesend ist. Wer heiratet, wird im Text nicht verraten, aber als während der Feier der Wein ausgeht, wendet sich die ebenfalls eingeladene Maria, die Mutter von Jesus, an ihren Sohn, er solle das Problem beheben, was Jesus dann auch tut. Das ist eine eindeutige Botschaft: Die Aufgabe, für das leibliche Wohl der Hochzeitsgäste zu sorgen, lag damals stets bei der Mutter des Bräutigams und natürlich beim Bräutigam selbst – und laut Text fühlten sich Jesus und seine Mutter Maria dafür verantwortlich, für Nachschub zu sorgen. Um es deutlich zu sagen: Jesus selbst muss der Bräutigam gewesen sein und Maria die Brautmutter; die Erzählung der Hochzeit von Kana schildert also nichts anderes als die Hochzeit von Jesus – mit Maria Magdalena. Maria Magdalena und Jesus Christus waren also ein Liebes- und ein Ehepaar. Doch sie waren nicht nur sexuell ein Paar, sondern auch spirituell – denn sie schufen gemeinsam eine neue Religion, die Religion der Liebe.

Wie kam es dazu?

Vermutlich auf der Suche nach neuen spirituellen Erkenntnissen war Maria Magdalena aus Ägypten nach Galiläa gezogen. Dort schloss sie sich der religiösen Erneuerungsbewegung von Johannes dem Täufer an – und lernte dabei Jesus kennen, der ebenfalls ein Anhänger des Johannes war. Maria Magdalena und Jesus verliebten sich ineinander und wurden ein Paar. Maria Magdalena erkannte, dass in Jesus, viel mehr als in seinem damaligen Meister Johannes, ein göttliches Potenzial steckte und dass ihnen beiden bestimmt war, das göttliche Paar zu werden und eine neue Religion zu gründen. Also ermutigte sie Jesus, seine wahre Bestimmung zu erkennen und vom Anhänger zum Anführer zu werden, und erweckte sein Sendungsbewusstsein.

Einen verbliebenen versteckten und verschlüsselten Hinweis auf dieses »Erweckungserlebnis« Jesu durch Maria Magdalena findet man übrigens in allen vier Evangelien mit der Beschreibung, dass bei Jesu Taufe der »Heilige Geist« in Gestalt einer Taube auf ihn herabfuhr. Die Taube ist ein altes Symbol der weiblichen Ur-Göttin Ischtar – und der »Heilige Geist« damit eine geschlechts-

neutrale und unpersönliche Transformation von Maria Magdalena. Interessant ist dies auch im Hinblick auf das Pfingstereignis, bei dem der »Heilige Geist« ja ebenfalls über die Jünger kommt und ihnen den Auftrag erteilt und die Autorität verleiht, Jesu Botschaft zu verbreiten.

Jesus löste sich von Johannes (was zu einer lebenslangen bitterbösen Rivalität zwischen Johannes-Anhängern und Jesus-Anhängern führte, die selbst noch in den Erzählungen der Evangelien spürbar ist), Maria Magdalena löste sich von ihren alten heidnischen Kulten, und finanziert vom Vermögen Magdalenas zogen die beiden zusammen durch Galiläa, predigten, verbreiteten eine völlig neue religiöse Botschaft und scharten Jünger und Anhänger um sich.

Und die neue Religion, die sie verbreiteten, war die Religion der Liebe – in der Erotik und Esoterik, Spiritualität und Sexualität zu einer Einheit verschmolzen, in der die Liebe das einzig wahre Gebot war und in der das Sexuelle den Königsweg zum Göttlichen darstellte (ganz im Gegensatz zu Johannes dem Täufer, der die Askese und das Zölibat favorisierte).

Eine wichtige Rolle spielten dabei Tantra-Rituale, die Maria Magdalena und Jesus miteinander praktizierten. Maria Magdalena hatte die aus Indien stammende Tantra-Lehre in Ägypten kennengelernt, und zusammen mit Jesus entwickelte sie die tantrischen Prinzipien zu einem umfassenden religiösen Konzept weiter. In der tantrischen Philosophie sind die zwei Hauptgötter, die die ausgeglichenen Gegensätze des Kosmos verkörpern, der männliche Gott Shiva und die weibliche Göttin Shakti, und sie dienten Jesus und Maria als Vorbild.

Ausreichend Indizien für diese These liefern erneut die Apokryphen, in denen sich viele Aussagen von Jesus und Maria Magdalena finden, die man in ähnlicher Form auch in alten tantrischen Schriften findet. Und selbst in den kanonischen Evangelien wird relativ offen und unver-

schlüsselt ein Tantra-Ritual zwischen Maria Magdalena und Jesus geschildert: Die Salbungen Jesu durch Maria Magdalena sind nicht nur erotisch angehaucht, das rituelle Einreiben mit kostbarem Öl ist eine klassische Liebespraktik aus dem Tantra-Repertoire, die neben der sinnlichen auch eine stark spirituelle Funktion hat.
Maria Magdalena war also zweifelsfrei die sexuelle und spirituelle Partnerin Jesu. Dass sie als solche prädestiniert dafür war, sein Erbe anzutreten und die gemeinsam ins Leben gerufene Religion als »Chefin« weiterzuführen, und aus welchen Gründen es aber dann nicht dazu kam – das erfahren wir im nächsten Kapitel.

32 Bär erklärt

Ich sah ihn schon hochkeuchen.

Immerhin, er vermied es, sein Rad zu schieben.

Quälte sich den letzten Buckel, wo mein Golf im Winter nicht weiterkommt, hoch und rollte dann an meiner Alm ein.

Ich erhob mich von meiner Bank, rief ihm zu: »Respekt!«

Er konnte vor Schnaufen noch nicht reden.

Ich holte ihm eine Eins-Komma-fünf-Liter-Flasche Cola aus der Küche, reichte sie ihm mit dem Spruch: »Vor den Lohn haben die Götter den Schweiß gesetzt.«

Tom Tommer schraubte die Kappe ab, zog die Cola wie ein Rind in sich hinein, setzte ab, sagte: »Wo gibt's hier Götter?«

»Allgäuer Bauernweisheit.«

Er schüttete sich den Rest runter.

Ich sagte: »Jetzt haben Sie die Ration Zucker für eine Woche in sich. Wundern Sie sich nicht, wenn Ihre Frau heut Abend Süßer zu Ihnen sagt.«

»Wieso Zucker?«

»In einer Flasche Cola sind ungefähr sechzig Stück Würfelzucker.«

Er schaute mich schief an: »Sind Sie jetzt auch unter die Gesundheitstaliban gegangen?«

»Nächstes Mal kriegen S' Essig, wenn Sie hier raufkommen.«

»Falls ich dann noch leb ... Eine Quälerei ist das, und für nix und wieder nix ...«

»Woher wissen Sie das, wenn Sie noch nicht wissen, was ich weiß?«

»Ja wissen S' denn was Neues?«

Er setzte sich neben mich auf die Bank, schaute sich wieder um, ich sagte wieder: »Wir sind allein hier. Abhörsicher, und die Rindviecher interessiert unser Geschwätz nicht. Erzählen S'!«

Er stöhnte, sagte: »Es ist alles noch schlimmer. Ich bin dermaßen unter Druck. Es kommen so gut wie keine Straftaten mehr vor, Schlägereien und so, und wenn, dann werden nur junge Mannsbilder verhaut. Wir werden von allen Seiten gelobt, super Polizei und so, Kempten überholt Fürth als sicherste Stadt von Bayern, aber wir haben immer noch keine Ahnung, warum. Wir sind jedenfalls nicht schuld.«

»An was?«

»An der Sicherheit. Andererseits, und das ist noch viel schlimmer, gehen Dinge vor, von denen wir noch weniger wissen. Gestern war einer von der Kirch da, die haben gesteckt gekriegt, dass da bei den jungen Mädchen, die aus der katholischen Landjugend ausgetreten sind, Sachen passieren ... Unglaublich.«

»Sex and Crime?«

»Woher wissen Sie das?«

»Was soll sonst vor sich gehen? Vom Rosenkranzbeten regt sich kein Schwein auf ...«

»Ha, Rosenkranz, dass ich net lach! Also gestern kommt da so ein katholischer Pfarrer – der Chef von der Landjugend –, ganz aus dem Häuschen war er, und zeigt mir einen Zeitungsartikel, wo drinsteht, dass die weibliche Landjugend Maiandachten feiert ... neulich in ... na, da bei Rettenberg ...«

»Greggenhofen?«

»Ja, genau ... Woher wissen Sie denn das?«

»Ich les auch Zeitung. Und dass da Rauschgift und Prostitution mitspielen und dass die Polizei lückenlose Aufklärung geben wird.«

»Und wir von der Polizei erfahren das aus der Zeitung. Wenn die Zeitung noch schreiben würde, was da läuft, könnten wir lückenlos aufklären …«

Er seufzte verzweifelt.

»Es kommt noch schlimmer. Am Abend, nachdem der Artikel erschienen ist, kriegen wir einen anonymen Anruf. Wir sollen mal nach Greggenhofen schauen in die Magdalenen-Kapelle. Da sei einiges Kriminelle abgegangen. Und viel Krach. Viele Autos. Und ein Wohnmobil … wo angeblich Unzucht drin getrieben wird.«

»Und seids ihr hin?«

»Ja, sofort, ich war selber dabei, damit ich nicht wieder in der Zeitung les, was ich wissen müsst … Wir kommen also an die Kapelle. Sie ist leer. Wir machen das Licht an, und was glauben S', was wir da finden?«

Ich sagte: »Lassen S' mich raten … elektronische Verstärkeranlage … leer gesoffene Wodkaflaschen … Sexspielzeuge … Kondome … Teebeutel mit weißem Pulver drin … Kippen … Schlagringe … Baseballschläger … und so weiter.«

Tommer schaute mich an, als wär ich oder er von allen guten Geistern verlassen.

Sagte: »Genau das, ganz genau das … Woher wissen Sie das?«

Ich schaute, so unschuldig ich konnte: »Ich hab eine rege Phantasie. Braucht man als Analytiker.«

»Aber es stimmt!«

»Und das mobile Puff?«

Er schüttelte den Kopf.

»Da haben wir nix gefunden, das war schon weg … Aber einen Tag drauf, da hat die Mädchenabteilung von der altkatholischen Jugend ihr Sommerfest gemacht, im Stadtpark, wir haben eine Streife hingeschickt, wegen dem Jugendschutz und überhaupt, und die sagen, die Mädchen waren wie im Kindergarten. Singen, Kreistänze, und die Buben waren alle ganz anständig, ham die Mädchen von hint bis vorn bedient ... Und um Mitternacht kommt wieder ein anonymer Anruf: Party, grölen, saufen, kiffen ... und angeblich wieder ein Campmobil, in den Büschen, wo die es drinnen treiben ... Wir haben es nicht geglaubt, sind aber doch hingefahren, und was glauben Sie, was wir finden?«

»Das Gleiche wie in Greggenhofen.«

»Genau. Nur viel mehr Kondome.«

»Benützte?«

Er machte ein angeekeltes Gesicht. Sagte: »Ja. So eine Sauerei, und wir ham keine Ahnung ...«

»Da hätt ich eine Idee: Wenn ihr die Kondome aufgehoben habts, dann könnt ihr doch DNA-Spuren entnehmen und mit den DNA-Spuren von allen Kemptener Mannsbildern vergleichen ...«

»Schmarrn!«

»Warum?«

»Da reicht unser Personal nicht aus.«

Er schnaufte tief durch.

»Und das Schlimmste: Mein Chef aus München sagt, wenn ich nicht sofort was rausfinde, werd ich gefeuert, versetzt, zur Verkehrspolizei von Tal ... Und der von der Kirche sagt: Wir dürfen das nicht veröffentlichen, das macht seine ganze katholische Landjugend und den Rest der Kirche kaputt ... auf keinen Fall ...«

Seine Stimme wurde dünn und weinerlich.

»Und jetzt?«

»Wir sind dann doch noch auf eine gute Idee gekommen: Wir setzen eine Soko ein. Zeit gewinnen.«

»Und wer ist die Soko?«

Er schaute mich an, sagte: »Sie!«

Ich war sprachlos.

Sagte: »Ich bin sprachlos!«

»Bitte! Meine Frau, meine Familie ... mein Job!«

Ich sagte: »Mein Honorar?«

»Wie, Honorar?«

»So eine Soko gibt's nicht umsonst. Auch wenn sie nur aus einem Mann besteht.«

»Aber ich kann Sie doch nicht offiziell einstellen.«

»Da muss es doch bei Ihrem Verein einen Sonderfonds geben. Für V-Leute und so ... verdeckte Ermittlungen ...«

»Ich weiß nicht. Bei uns muss alles abgerechnet werden. Da gibt's alle schießlang eine Buchprüfung.«

»Hm. Dann wird's wohl nix mit der Soko.«

Er kriegte schon wieder wässrige Augen.

Er tat mir leid. Ich sagte: »Aber ich hab da eine Idee.«

Er strahlte.

»Sie könnten mich auch in Naturalien vergüten.«

»Meinen Sie Eier, Butter, Brot, Milch, Mehl, Schinken?«

»Wir sind nicht mehr in der Nachkriegszeit. Ich dachte eher an digitale Naturalien.«

»An was?«

»Digitale Naturalien. PC. Smartphone. Festnetz. Internet, TV ... eben alles, was ich hier auf meiner Alm nicht hab und was man beim Saturn so kriegt. Mit meinen antiken Laptop komm ich als Soko nicht weiter. Da kann ich grad mal Schundromane drauf tippen ... Und das Ambiente muss auch stimmen ... In dem Verhau da oben kann ich nicht effektiv arbeiten. Außerdem ist ein Kühlschrank am Hinübergehen, der andere ist schon kaputt. Auch der Bierkeller ist eine Zumutung. Wie im Mittelalter. Also: Kühlanlage. Fassbieranstichstelle. Volle Bestückung vom Engelbräu aus Rettenberg. Dazu ein bescheidener Weinkeller. Sie können ihn vom Jacques bestücken. Kommt billiger ... Außerdem regnet's vom Dach rein.«

»Aber ... aber ... so was ist in der Polizeieinrichtungsverordnung nicht vorgesehen. Das läuft ja auf eine Luxus-Totalrenovierung hinaus!«

Ich sagte: »Jetzt fallen S' doch nicht gleich in Panik. Wozu haben Sie so lange eine Analyse bei mir gemacht?«

»Aber ...«

»Sehen Sie's doch mal so: Sie richten für Ihre Soko eine Polizeiaußenstelle ein, verdeckt natürlich, um die Ermittlungen nicht zu gefährden. Schließen Sie sich mit dem Verfassungsschutz kurz, die haben Erfahrung mit so was. Wo ein Wille ist, ist auch ein Weg. Und die Unterstützung der Staatsanwaltschaft haben Sie ja auch …«

»Meine Frau … ja, sicher, die fragt sowieso immer, wie es Ihnen geht.«

»Die blickt voll durch. Wenn's mir gut geht, geht's Ihnen gut.«

Er sagte: »Okay, ich schau mal, was sich tun lässt. Und wie machen wir weiter in dem Fall?«

»Ich will wissen, was es mit dem Wohnmobil auf sich hat. Wem das gehört. Da ist irgendwas nicht koscher dran.«

»Wie kommen S' denn da drauf?«

Ich behielt meine persönlichen Ermittlungen von Greggenhofen für mich. Die aufgeräumte Kirche, mit dem Wohnmobil davor. Ich als Putzfrau. Zwei Stunden nach meinem Putzeinsatz hatte ich noch mal vorbeibeigeschaut und meinen Augen nicht getraut: Die Kapelle war total versifft, wie nach einer Megaparty.

Ich sagte: »Das hab ich im Urin! Ich muss wissen, auf wen das oder die Wohnmobile zugelassen sind. Ich muss wissen, woher das Zeug kommt, was in Greggenhofen und im Park in Kempten gefunden wurde: die Bierflaschen, die Schnapsflaschen, die Kondome. Ich hoffe, Sie haben das Zeug noch.«

»Hoff ich auch. Die Kollegen haben es hoffentlich nicht entsorgt.«

»Und dann müssen wir rausfinden, wer eure Konkurrenz ist.«

»Konkurrenz?«

»Ja, die Schlägertruppe, die quasi eure Polizeiarbeit macht.«

»Und wie sollen wir das rausfinden?«

»Wir bauen eine Falle auf. Und wenn die dann reintappen, schnappt ihr zu, und wir wissen, wer dahintersteckt, hinter dem privaten Polizeischutz.«

»Und wie soll die Falle aussehen?«

Ich erklärte es ihm.

Seine Stirnfalten glätteten sich.

»Er sagte: »Das ist zwar nicht ganz legal … aber …«

»Es wirkt.«

Er stand auf, trank den letzten Schluck seines Zuckergetränkes aus, sagte: »Dann werd ich mich gleich an die Arbeit machen.«

»Und vergessen S' das Ambiente nicht!«

Er rollte auf seinem Fahrrad talwärts, an den Rindviechern vorbei.

33 Marlein und der kuriose Zufall

Allmählich verstand ich, warum Klüngelbeins Maria-Magdalena-Enthüllungsbuch so hohe Wellen geschlagen hatte. Und warum er deswegen aus der Amtskirche rausgeflogen war. Die Kapitelzusammenfassung, die ich am Vorabend gelesen hatte, war tatsächlich spektakulär gewesen.

Zum Glück verlief sonst alles ausgesprochen unspektakulär.

Klüngelbein hatte den ganzen Abend an seinen Notizen gesessen, und auch beim Frühstück wirkte er völlig in seine Arbeit vertieft. Er hatte mich nicht einmal gefragt, was ich von der »Geliebte von Jesus«-Theorie halten würde, obwohl er doch wissen musste, dass ich an diesem expliziten Punkt seines Werkes angekommen war. Aber das war mir nur recht so. Bei theologischen Diskussionen hätte ich eh bloß den Kürzeren gegen ihn gezogen.

Wir hatten ausgecheckt und saßen im Auto. Es war mittlerweile ein festes Ritual geworden, dass ich erst im letzten Moment erfuhr, wo die nächste Etappe hinging, und dieser letztmögliche Moment war, wenn ich das Navi auf das neue Ziel einstellen musste.

»Okay, Klüngelbein, wohin führt uns unsere vorletzte Etappe?«

Klüngelbein kramte in seinem Herrentäschchen herum, und seine Antwort kam eher beiläufig.

»Nach Altötting.«

Ich war wie vom Blitz getroffen und wie vom Donner gerührt.
»Nach *Altötting*? Sie wollen mich wohl verscheißern!«
Klüngelbein sah verwirrt auf.
»Nein. Wieso? Ist Altötting ein Problem für Sie?«
Nein, ist kein Problem für mich, in Altötting wäre ich nur beinahe qualvoll hingerichtet worden, wollte ich schon sagen, aber ich ließ es sein.
Woher hätte Klüngelbein wissen sollen, dass es mich vor vier Jahren nach Altötting verschlagen hatte, auf der Suche nach einem verschwundenen Säugling und der ebenfalls verschwundenen Schwarzen Madonna? Und dass dort beinahe mein letztes Stündlein geschlagen hätte? Meines und das von Emil Bär, den ich kurz zuvor kennengelernt hatte?
Ein plötzlicher Verdacht blitzte in mir auf.
»Sagen Sie mal, Herr Klüngelbein – kennen Sie einen gewissen Emil Bär?«
»Emil Bär? Nein, sagt mir gar nichts. Sollte ich den kennen? In welchem Zusammenhang?«
»Ach, vergessen Sie's einfach wieder.«
Ja, es war Quatsch. Es war total Quatsch, anzunehmen, dass Bär irgendwas mit der Sache zu tun hatte. So schnell, wie der Gedanke aufgekommen war, so schnell verwarf ich ihn auch wieder. Was blieb, war die Verwunderung darüber, dass die Tour in meine Vergangenheit sich offenbar fortsetzte. Erst Weißenau, jetzt Altötting. Ein wirklich kurioser Zufall.
Klüngelbein wusste diese Verwunderung immer noch nicht einzuordnen.
»Was ist denn nun Ihr Problem mit Altötting?«
»Ich frage mich nur, was wir in Altötting wollen. Ich war nämlich schon dort. Ich weiß praktisch alles über Altötting. Altötting ist die Hochburg der Jungfrau Maria – nicht die der Maria Magdalena!«
Klüngelbein betrachtete mich halb mitleidig, halb triumphierend. Jetzt war ihm alles klar.
»Von wegen, Sie wissen alles über Altötting – oder wollen Sie die Kirche Sankt Magdalena in Altötting einfach ignorieren?«

Ich schwieg und kramte in meinem Gedächtnis. Ich konnte mich an viele Orte in Altötting erinnern – an die Heilige Kapelle mit der dunklen Grotte, in der sich die weltberühmte Madonnenfigur befand, an die Basilika, in der Bär dem ehemaligen Papst in die Hostienschale gepinkelt hatte, um damit einen Anschlag zu verhindern, an die Kirche Mariä Heimsuchung in Unterholzhausen, in deren unterirdischer Krypta uns die verrückten Marien-Sektiererinnen abschlachten wollten – aber eine Maria-Magdalena-Kirche tauchte beim besten Willen nicht auf. Was aber auch nichts heißen musste, denn zumindest war mir ebenfalls in Erinnerung geblieben, dass es rund um den Kapellplatz eine ganze Reihe von Kirchen gab – die Bär und ich damals alle abgeklappert hatten, als wir nach Lena Wiga sowie nach Käsi und Maja suchten.

Als Zeichen meiner Kapitulation sagte ich: »Also gut, auf nach Altötting.«

Dann stellte ich das neue Ziel im Navi ein und warf zugleich Klüngelbeins Hörbuch-CD an, um nicht doch noch unangenehme Fragen von ihm zu meiner Altötting-Vergangenheit beantworten zu müssen.

Zusammenfassung: Die wahre Maria Magdalena: offizielle Nachfolgerin Jesu und eigentliche Begründerin des Christentums

Wenn man die kanonischen und die apokryphen Evangelien in einer Art Gesamtschau liest, kristallisiert sich glasklar heraus, dass es im frühesten Christentum keine einheitliche harmonische Gemeinde, keine eindeutige Lehrmeinung und keine lineare Entwicklung ohne Brüche, Differenzen und Konflikte gab, sondern eine Konkurrenzsituation oder gar einen handfesten Streit beziehungsweise Kampf um die Nachfolge Jesu – und um die entscheidende Frage, wie die Lehre von Jesus nun eigentlich lautete, wie man sie verstehen sollte und was es konkret bedeutete, sie zu leben und umzusetzen.

Es existierten dabei zwei große rivalisierende Gruppen: die männlichen Jünger mit Petrus als Anführer und die weiblichen Jüngerinnen mit Maria Magdalena als Anführerin.
Der Ausgang ist bekannt: Die Petrus-Gruppe siegte (wobei Petrus später von Paulus als führendem »Cheftheologen« entthront wurde, aber das ist ein anderes Thema), und wie immer im Laufe der Historie diktierte der Sieger die Regeln und schrieb die Geschichte aus seiner Sicht.
Und das waren die Ergebnisse:
Es entstand eine institutionalisierte Männer-Kirche, der Dogmatismus, Hierarchien und Machtgebaren wichtiger waren als die Spiritualität der Liebe, die Jesus eigentlich gepredigt hatte.
Das Christentum wurde von Kirchenvätern gegründet, nicht aber von Kirchenmüttern; vielmehr wurde Frauen ein Lehrverbot erteilt, begründet auf den Ausführungen des anderen großen Frauenfeindes Paulus im ersten Brief an Timotheus (»Ich erlaube aber einer Frau nicht, zu lehren«).
Und die patriarchalisch geprägten Evangelien von Markus, Matthäus, Lukas und Johannes, in denen die männlichen Jünger und der Führungsrang des Petrus im Vordergrund stehen (Matthäus 16,18: »Du bist Petrus, und auf diesen Felsen werde ich meine Kirche bauen«), wurden zum offiziellen »Sieger«-Kanon; die Evangelien hingegen, in denen Frauen und insbesondere die weibliche Führungsfigur Maria Magdalena eine dominante Rolle spielen, wurden als ketzerisch und häretisch gebrandmarkt und aus dem Kanon und damit in den theologischen Untergrund verbannt.
Wenn man diesen gebrandmarkten apokryphen Evangelien aber den Stellenwert zugesteht, der ihnen eigentlich gebührt, nämlich den der älteren und damit authentischeren Quellen, wird einem allerdings schnell klar, dass damals die falsche Gruppierung triumphiert hat.

Dass die christliche Religion sowohl als Institution als auch als Philosophie ein ganz anderes Gesicht bekommen hätte, wenn damals nicht die legitime und offizielle Nachfolgerin des Religionsstifters verleumdet, unterdrückt und zum Schweigen gebracht worden wäre.
Dass nicht Petrus und später Paulus dazu bestimmt waren, die wirkliche Botschaft Jesu Christi zu erfassen und in die Welt hinauszutragen, sondern dass vielmehr seine Geliebte und Partnerin auf körperlicher und spiritueller Ebene, Maria Magdalena, dazu auserkoren war, eine Religion namens Christentum zu begründen, und dass das echte und wahre Christentum nicht mit einem männlichen Papst Petrus, sondern mit einer weiblichen Päpstin Maria Magdalena begonnen hat.
Und dass die offizielle Überlieferung der patriarchalen Amtskirche, Jesus habe seine Lehre an seine männlichen Jünger weitergegeben und alle anderen Versionen seien nur Versuche des Satans, die reine Lehre zu verfälschen, falsch ist – dass in Wirklichkeit Petrus und die anderen männlichen Jünger diejenigen waren, die die Lehre des Heilands nicht oder falsch verstanden und die wirkliche Botschaft Jesu, die nur Maria Magdalena erfasst hatte, verwässerten und vergifteten.
Die wahre Maria Magdalena war die offizielle Nachfolgerin Jesu und eigentliche Begründerin des Christentums – und bewies dies vor allem auch dadurch, dass sie über die wirkliche Botschaft Jesu nicht nur mündlich, sondern tatsächlich auch schriftlich Zeugnis ablegte.
Welches dieses schriftliche Zeugnis war und wie es von ihren männlichen Feinden verwässert und vergiftet und von den patriarchalen Siegern in deren Sinne umgeschrieben wurde, das erfahren wir im letzten Kapitel dieses Buches.

34 Bär renoviert

In aller Herrgottsfrüh wurde ich rausgeklingelt.

Kurz nach Mitternacht. Um sieben.

Ein Lastwagen stand vor der Tür. Mit der Aufschrift »Allgäu Milch«.

Ich war noch im Bademantel, sagte: »Ich bin kein Milchtrinker, die Bauern wohnen fünfhundert Meter weiter.«

Einer der beiden Mannsbilder sagte: »Wir sind auch keine Milchmänner. Wir kommen vom Polizeipräsidium Kempten und sollen hier die Soko MM einrichten. Technisch. PC. Smartphone. Festnetz. Internet, TV und so weiter.«

»Ah ja, ich bin im Bild.«

»Können Sie uns die Räume zeigen?«

Ich zeigte ihnen die Räume. Schreibstube, Küche, Weinkeller, Bierkeller.

Sie holten sich ihre schwarzen Monteurkoffer.

»Dann fangen wir mal an.«

Sie fingen an.

Ich zog mich an.

Am Nachmittag standen weitere Lastautos Schlange.

Schreinerei Filleböck.

Saturn.

Engelbräu.

Jacques.

Meine Nachbarin legte eine Vollbremsung ein. Stieg aus, sagte: »Was ist denn hier los? Ziehst du aus?«

»Im Gegenteil. Kleine Renovierung meiner bescheidenen Hütte.«

»Hast im Lotto gewonnen?«

»Nein, eine Erbschaft«, log ich.

»Von deiner Mutter? Ich hab denkt, die ist noch gar nicht tot.«

»Deshalb hab ich ja geerbt. Vorweggenommene Erbschaft.«

»Weißt schon was von meinen Mädchen? Die werden immer komischer. Abends hocken sie mit ein paar Freundinnen zusammen, zweimal die Woche, haben Kerzen brennen. Ich hab an der Tür gehorcht, und du glaubst es nicht, was die machen …«

»Modenschau? Sex? Saufen? Kiffen?«

»Schlimmer: Da liest eine was vor, und die anderen horchen und fragen was und sagen was, und am Schluss singen sie. So was Frommes mit Maria und Magdalena. Am anderen Morgen hab ich sie gefragt: Was machts ihr denn da? Und sie haben gesagt: Bibelstunde. Und das soll ich glauben! … Eine von denen kommt sogar von weiter her.«

»Von wo?«

»Auf dem Nummernschild steht eine GAP-Nummer.«

»Ein schwarzer Mercedes aus Garmisch-Partenkirchen.«

»Woher weißt du das?«

»Mein siebter Sinn.«

Sie, verzweifelt: »Was bedeutet das alles? Was geht da vor?«

Ich hatte keine Ahnung. Sagte: »Ich steh kurz vor der Lösung.«

»Hoffentlich.«

35 Marlein und die echte Bombe

In Altötting war alles wie damals.

Der große Kapellplatz mit der kleinen, aber charismatischen Heiligen Kapelle, die Votivtafeln im überdachten Umgang um die Kapelle, die auf Knien rutschenden und Kreuze tragenden Pilger im Umgang – und vor allem die riesige Menschenmenge auf dem Kapellplatz. Und alle wollten sie in das Allerheiligste der Heiligen Kapelle, um die Schwarze Madonna anzubeten.

Doch das war alles nur ein großer Fake – zumindest wenn es nach Professor Gerhard-Johann Klüngelbein ging, der neben mir auf dem Platz stand.

»Als wir losgefahren sind, haben Sie gesagt, dass Altötting die Hochburg der Gottesmutter Maria ist. Ich werde Sie vom Gegenteil überzeugen, Herr Marlein. Ich werde Ihnen jetzt zeigen, dass die Tage der Jungfrau Maria als der wichtigsten Frau im Leben von Jesus Christus gezählt sind. Ich werde Ihnen zeigen, dass die Wachablösung bereits begonnen hat – hier, in Altötting, in der vermeintlichen Hochburg der Muttergottes. Und zwar in der Klosterkirche Sankt Magdalena.«

Klüngelbein zerrte mich zu einer der großen Kirchen, die den Kapellplatz umgaben. Sie befand sich nur wenige Meter entfernt vom Oktogon, dem achteckigen Turm der Heiligen Kapelle, in dem sich auch das Gnadenbild befand.

Wir waren nicht die einzigen Besucher, der barocke Bau war voller Touris. Wir befanden uns eben an einem der meistbesuchten Orte Bayerns.

Die Kirche St. Magdalena war groß, schön, festlich, lichtdurchflutet. Doch Klüngelbein ließ mir keine Zeit, mich umzusehen. Er führte mich schnurstracks zum Hauptaltar, blieb davor stehen und stemmte die Hände in die Hüfte.

»Was sehen Sie, Marlein?«

Ich sah einen mächtigen, sicher über zehn Meter hohen Altar – der von einem riesigen Gemälde dominiert wurde.

Wenn ich Klüngelbein recht verstand, wollte er wissen, was ich auf dem Gemälde sah.

Ich sagte es ihm.

»Ich sehe Jesus am Kreuz. Vor dem Kreuz eine junge Frau, kniend und mit gefalteten Händen. Am linken Bildrand zwei weitere Personen, einen Mann und eine Frau.«

Klüngelbein nickte zufrieden.

»Auf diesem Bild sind also vier Menschen dargestellt. Welche beiden, würden Sie sagen, bestimmen die Szenerie?«

»Na ja, Jesus und die junge Frau, die vor dem Kreuz kniet.«

»Ja, ganz eindeutig. Die junge Frau ist Maria Magdalena. Hier wird das göttliche Paar dargestellt, Jesus und Maria Magdalena. Die beiden anderen Personen sind der Jünger Johannes und Maria, die Mutter Jesu. Aber sie stehen am Rand, im Hintergrund, sind nur Staffage. Das göttliche Paar steht im Vordergrund und dominiert.«

Klüngelbein ging ein Stück den Mittelgang zurück, wobei er

einigen Japanern ausweichen musste, und bedeutete mir, ihm zu folgen.

Ich tat es.

Klüngelbein deutete nach oben, zur Decke.

»Und jetzt, Marlein, sehen Sie sich mal das Deckenfresko an. Was sehen Sie da?«

Ich blickte nach oben.

Genau in der Mitte des Gewölbes befand sich ein ovales Gemälde, dem die ganze Deckenkonstruktion zuzustreben schien.

Wiederum beschrieb ich, was ich sah.

»Eine Frau in weißem Gewand, die betend auf einer Wolke sitzt und von einer ganzen Heerschar von Engeln in den Himmel hinaufgeleitet wird. Solche Darstellungen kenne ich zur Genüge. Das ist von Marias Himmelfahrt.«

Klüngelbein deutete Applaus an, indem er seine Patschhändchen aneinanderbewegte.

»Nicht schlecht, Herr Marlein. Anscheinend besitzen Sie tatsächlich ein rudimentäres Wissen über Marienverehrung. Ich weiß zwar nicht, woher ...«

Du wirst es auch nicht erfahren, du arrogantes Arschloch, dachte ich mir. Rudimentär! Ich hatte vor vier Jahren mehr über Marienverehrung gelernt als jeder Pfaffe in seinem gesamten Theologie-Studium.

»... aber wie auch immer, Ihre Deutung hat leider einen kleinen Schönheitsfehler.«

»So? Und der wäre?«

»Man müsste ergänzen: Maria *Magdalenas* Himmelfahrt. Hier wird nicht Jesu Mutter verherrlicht und zu ihm in sein himmlisches Reich gebracht, sondern seine Braut Maria Magdalena.«

»Und wer sagt mir, dass das nicht einfach nur eine von Ihrem Magdalena-Fanatismus geprägte Interpretation Ihrerseits ist, Herr Klüngelbein?«

»Der Maler des Bildes, Herr Marlein. Um eindeutig klarzumachen, dass er hier Maria Magdalena darstellt, hat er einigen der Engel klassische Attribute dieser Heiligen in die Hand gegeben, wie zum Beispiel einen Totenschädel, ein Kreuz, ein härenes Gewand, einen Strick und ein Salbgefäß. Schauen Sie nur genau hin, dann werden Sie diese Magdalena-Attribute alle auf dem Gemälde entdecken.«

Ich kniff die Augen zusammen und machte mich auf die Suche.

Ich erspähte die genannten Dinge nach und nach, und wenn sie wirklich auf Maria Magdalena verwiesen, musste ich Klüngelbein recht geben.

Der kostete seinen Triumph aber nicht groß aus, sondern packte mich theatralisch an den Armen und funkelte mich voller Pathos an.

»Verstehen Sie jetzt die Bedeutung dieser Kirche an diesem Ort? Hier wird eine Umwidmung vorbereitet – bald wird Altötting keine Kultstätte der Gottesmutter Maria mehr sein, sondern der Gottesbraut Maria Magdalena. Und die Kirche Sankt Magdalena nimmt diese Umwidmung vorweg.«

Klüngelbein redete jetzt im Flüsterton auf mich ein, als könnte es einen Weltkrieg auslösen, wenn die falschen Leute mithören würden, was offenbar nur für meine Ohren bestimmt war.

»Und ohne es zu wissen, verehren all diese Menschenmassen, die hierherkommen, um die Madonna in der Heiligen Kapelle anzubeten, schon jetzt nicht die Jungfrau Maria, sondern vielmehr Maria Magdalena.«

Ich machte mich wieder los von ihm.

»Das ist doch jetzt aber echt Unsinn, Klüngelbein.«

»Nein, das ist kein Unsinn, und wenn Sie die Zusammenfassung des ersten Kapitels über die wahre Maria Magdalena während der Fahrt nach Weißenau aufmerksam angehört hätten, wüssten Sie auch genau, warum.«

Nein, da hatte ich eben nicht aufmerksam zugehört, weil meine Gedanken abgeschweift waren zu den Erlebnissen in Weißenau zwei Jahre zuvor. Aber Klüngelbein half mir auf die Sprünge.

»Maria Magdalena stammte aus Ägypten und hatte einen

dunklen Teint. Deshalb stellen die schwarzen Madonnen nicht die Mutter Jesu dar, sondern Maria Magdalena.«

Ich konnte mich nebulös daran erinnern, etwas in diese Richtung gehört zu haben, hatte dem aber nicht viel Beachtung geschenkt.

»Sie wollen also sagen ...«

»Ja, ganz genau. In der Heiligen Kapelle wird in Wirklichkeit Maria Magdalena angebetet.«

Ich schüttelte den Kopf.

»Es gibt da aber einen kleinen Haken, Klüngelbein. Besser gesagt, einen ganz großen Haken. Die Schwarze Madonna von Altötting trägt – wie die meisten schwarzen Madonnen – das Jesuskind auf dem Arm. Daran scheitert Ihre Theorie kläglich. Maria Magdalena kann nicht die Geliebte von Jesus gewesen sein, wenn sie Jesus als ihr Kind auf dem Arm trägt. Also stellen die schwarzen Madonnen doch die Muttergottes dar.«

Klüngelbein senkte seine Stimmlautstärke noch weiter – und dann haute er flüsternd eine echte Bombe raus.

»Nein, das ist kein Haken, ganz im Gegenteil. Schwarze Madonnen stellen die Ägypterin Maria Magdalena dar. Und das Kind, das sie auf dem Arm trägt, ist nicht Jesus – sondern das Kind, das Jesus mit Maria Magdalena gezeugt hat!«

36 Bär wedelt

Ich sagte: »Ich hab einen Job für dich.«

Manni fasste sich in den Schritt.

Ich sagte: »Keine Angst. Du bist sicher wie in Abrahams Schoß.«

»Den kenn ich nicht, den Abraham, und schwul bin ich auch nicht.«

Oh Gott. Bibelfest war er sicher nicht.

»Es geht darum, dass wir rausfinden, wer euch verprügelt hat, bei der Sache mit dem Mädchen ...«

»Wo du gesagt hast, wir sollen dem das Handy zurückgeben … Mit denen will ich nix mehr zu tun haben.«

»Ich hab dir versprochen, ich find raus, wer das war. Aber dazu brauch ich dich. Und die Sache ist total sauber und sicher. Wir werden Polizeischutz haben.«

»Polizei«, sagte er verächtlich. »Wenn wir uns auf die verlassen, sind wir verlassen.«

»Sie kommen in Mannschaftsstärke. Die wollen nämlich auch wissen, wer die Schläger sind.«

Er war nicht überzeugt.

»Musst es auch nicht umsonst machen.«

Ich wedelte mit einem Fünfhunderter. Sagte: »Und ein paar Tütchen Koks sind auch noch drin, wenn die Sache erledigt ist. Von damals, als wir hinter der Gesundbeterin her waren.«

»Oder wir …«

»Manni, sei halt nicht so negativ. Denk an deinen Opa, der war ein deutscher Soldat. Der hat sich auch nicht gleich in die Hosen geschissen. Und da war Krieg! Er wär stolz auf dich, wenn du für die Polizei arbeitest. Kriegst sogar eine Uniform!«

»Eine Uniform?«

Er biss an.

»Ja, eine Art Uniform. Da passiert dir sowieso nichts, in Uniform. Und dann machen wir ein Foto von dir und hängen es im Pflegeheim neben das Foto von deinem Opa. Was glaubst, wie sich deine Oma freut.«

Er lächelte.

Ich erklärte ihm den Plan.

Schwieriger war es mit Johanna. Johanna ist die Mutter meiner Tochter Emily.

»Du lasst dich auch immer seltener sehen«, begrüßte sie mich.

Sie hängte Wäsche auf.

»Ich hab gerade viel um die Ohren.«

»Rentner!« Volle Häme.

»Aber trotzdem will ich mit der Emily wieder mal was Schönes machen. Zum Geburtstag.«

»Schon vorbei!«

»Ja, ich weiß, ich war auf Dienstreise. Nachträglich … Ich will mit ihr zum Zirkus gehen. Wie ich Kind war, ist mein Papa mit mir in den Zirkus. Eine der schönsten Erinnerungen an meinen Papa … und das möchte ich der Emily auch gönnen.«

Sie sah meine wässrigen Augen, erlitt einen Anflug von Milde, sagte: »Aber passt gut auf das Kind auf!«

»Wie auf meinen Augapfel«, versprach ich.

Der Hauptbahnhof von Kempten war mäßig bevölkert.

Eine alte Bauersfrau mit Einkaufstasche und Kinderbuggy.

Sie wartete auf einen Zug.

Den Buggy schob ein junger Mann.

Im Trachtenanzug. Gamsbarthut. Trachtenschuhe. Wadelstrümpfe.

Hätte ihr Enkel sein können. Oma und Enkel mit Urenkel.

Die drei wandelten am Bahnsteig hin und her.

Ein heruntergekommener Landstreicher quetschte aus seiner Ziehharmonika Töne heraus, leise.

Klang atonal wie Zwölf-Ton-Musik von Schönberg.

Kein Wunder, dass die Mütze vor ihm leer war.

Ein Bild ländlichen Friedens.

Die alte Bauersfrau war ich.

Der Trachtler war Manni.

Das Kind war Emily.

Manni schaute auf die Uhr.

»Sei nicht so nervös!«, raunzte ich ihn an.

Er schnäuzte sich.

»Jetzt fang bloß nicht an zu heulen!«

Er raunzte zurück: »Ich heul ja nicht, mich juckt's in der Nas, weil dein Gewand so stinkt.«

»Es stinkt nicht. Es riecht nach Stall. Hast wohl noch nie einen Stall von innen gesehen?«

»Nein, was soll ich da?«

Hochgespanntes Schweigen.

Dann ein Geräusch. Mehrere Geräusche.

Drei Typen in Sweatshirts grölten herum, kamen die Treppen runter, Bierflaschen in der Hand.

Ich nahm Emily aus dem Kinderwagen, drückte sie Manni in die Arme, sagte: »Das ist dein Sicherheitsschutz. Halt sie gut, dann passiert dir nix.«

Emily griff dem Manni neugierig an die Nase, in den Mund, in die Augen.

Ich sagte: »Sie mag dich!«

Manni wusste nicht, was er sagen sollte, sagte: »I wois itta ...«

»Kannst schon mal üben, wenn du Vater wirst.«

Die drei Deppen grölten herum, kamen langsam näher.

Sehr langsam, sehr laut.

Jassir, Mehmet, Özil. Mannis Kameraden von der Wehrsportgruppe Allgäu.

Am besoffensten tat Jassir. Er schwang seine Bierflasche, soff, wankte, lallte.

Guter Schauspieler. In der Flasche war Apfelsaft. Jassir war praktizierender Moslem. Alkoholfrei. Keine Ahnung, wie er das aushielt.

Sie kamen immer näher.

Ich schielte nach oben.

Verdammt. Wo blieben sie denn?

Ich hörte von draußen Autotüren knallen, einen Augenblick später erschienen lautlose Schatten am Eingang.

Ich machte das Daumen-nach-oben-Zeichen.

Die drei Typen, Jassir, Mehmet, Özil, rannten auf uns zu, rissen mir die Einkaufstasche aus der Hand, ich plärrte: »Hilfe, Überfall!«

Manni plärrte: »Überfall, Hilfe ... Hilfe ... Polizei!«

Im Nu waren vermummte schwarze Typen da, schnitten den drei Handtaschenräubern den Weg ab, die zogen sich zurück, ich und Manni standen mit dem Rücken zur Wand, die Bösewichte suchten Schutz hinter unserem Rücken und vor der Wand. An vorderster Front: Emily.

Der vorderste vermummte Schatten hielt einen Baseballschläger in der Hand, wusste aber nicht, was er damit machen sollte, schaute fragend auf einen kleineren Kollegen, zischte: »He, Amazona, soll ich?«

Der sagte in meine Richtung: »Gute Frau und du Trachtlerfigur mit dem Kind, gehts auf die Seite, damit wir die drei Deppen kriegen, die wo euch überfallen ham.«

Ich machte auf hysterisch: »Hilfe, tuts uns nix, mein Enkelkind, dass dem nix passiert ...«

Der Akkordeonist in der fernen Ecke spielte auf einmal ziemlich laut.

Den bayerischen Defiliermarsch.

Alle schauten hin.

Der Akkordeonist hörte auf.

Wurde abgelöst von einer Sirene. Martinshorn. Feuerwehr. Tatütata. Ohrenbetäubend.

Die vermummte Schutztruppe erstarrte, sie drehten sich um, flohen die Treppen zum Ausgang hoch.

Wurden oben erwartet von einer Hundertschaft Polizei. Aus Kempten, Sonthofen, Immenstadt.

Ich hechtete auf den Baseballspieler, krallte mich an seinem Sweatshirt fest, riss ihm die Kapuze runter und sah ... schwarz.

Als ich wieder zu mir kam, hörte die Prügelei zwischen Polizei und den schwarzen Typen gerade auf, ein Polizist schrie: »Ihnen nach!«, aber fand wenig Gehör bei seinen Kollegen. Die hielten sich die Eier und die Nasen und die Nieren.

Ein Polizeisanitäter tröpfelte mir Klosterfrau Melissengeist auf die Lippen und rieb mir den Kopf damit ein, sagte: »Nicht einmal eine Platzwunde!«

Ich sagte: »Ich bin so dankbar!«

Der Polizeipräsident Tommer persönlich erschien, ich hielt mir den Kopf, sagte: »Alles okay. Nicht mal eine Platzwunde. Und bei Ihnen?«

Er, grantig, gereizt: »Alles Scheiße. Die waren zu schnell für uns. Wir haben nur ein paar Kleiderfetzen von den Typen ... Das Zeug wird untersucht. Aber nicht hier, nicht jetzt.«

Ich sagte: »Ja, ich muss dringend heim mit meiner Emily, damit sie rechtzeitig ins Bett kommt. Wenn ich zu spät heimkomm, krieg ich noch eins auf die Rübe. Aber dann mit Platzwunde.«

37 Marlein und die unheilige Mission

Und dann, als wir die Kirche St. Magdalena wieder verließen, passierte es: Klüngelbein war plötzlich verschwunden!

Wir waren in eine größere Prozession geraten, eine Gruppe Hunderter Menschen, die von irgendwoher zum Kapellplatz gezogen war. Ich hatte mich einen Moment lang von den bunten Trachten und Fahnen ablenken lassen – und schon war mir Klüngelbein abhandengekommen.

Mein erster Gedanke war: So, jetzt haben sie ihn einkassiert, die Tempelritter. Haben uns vor der Kirche aufgelauert und haben das Gewühl der Menschenmassen ausgenutzt, um ihm eine Pistole in den Rücken zu drücken, ihn von mir zu isolieren und ihn aufzufordern, unauffällig und ohne Widerstand mit ihnen zu gehen.

Mein zweiter Gedanke war: Da hat er extra einen Leibwächter engagiert, damit ihm so was nicht passiert, und dann wird er doch bei der erstbesten Gelegenheit entführt – toller Leibwächter.

Mein dritter Gedanke war: Ganz ruhig, Marlein – er ist einfach nur durch den sich zwischen uns schiebenden Pilgerstrom ein Stückchen von dir abgetrennt worden. Oder er wollte sich schnell mal ein Eis holen und hat vergessen, es dir zu sagen. Du findest ihn sicherlich gleich wieder.

Ich überlegte, was ich tun sollte.

Am Eingang der Kirche St. Magdalena warten? Das war der Ort, wo wir uns zum letzten Mal gesehen hatten, und wenn die Eis-holen-Variante zutraf, würde Klüngelbein am ehesten wieder hierherkommen.

Oder aktiv nach ihm suchen? Das barg aber die Gefahr, dass wir uns erst recht verloren auf dem übervölkerten Kapellplatz.

Oder zu unserem Hotel gehen, denn das hatten wir jetzt eigentlich vorgehabt, und ihn dort einfach in der Lobby wiedertreffen? Das wäre sicherlich die beste Variante gewesen, doch die scheiterte allein schon daran, dass ich nicht wusste, welches Hotel Klüngelbein für uns gebucht hatte. Verdammte Geheimniskrämerei!

Nein, untätig herumstehen ging irgendwie gar nicht. Ich musste was tun, aktiv nach Klüngelbein suchen.

Und so erlebte ich das nächste Déjà-vu.

Und streifte, wie schon vier Jahre zuvor, suchend über den Altöttinger Kapellplatz, mich durch die Massen hindurchwühlend, Ausschau haltend, Menschen anstarrend.

Nur dass ich damals als Betbruder verkleidet war, dass ich damals nicht nach einem älteren Mann, sondern nach drei jungen Frauen suchte und dass ich damals nicht allein war, sondern in Gesellschaft von Emil Bär.

Wenn ich jemals wieder heil aus dieser Nummer rauskam, musste ich Emil unbedingt von meinem Altötting-Comeback erzählen!

Wenn ich heil aus dieser Nummer rauskam – vielleicht war ich in diesem Moment schon im Fadenkreuz eines Tempelritter-Killers, der vom Fenster eines der umliegenden Gebäude aus auf mich anlegte, um mich auszuschalten und damit zu verhindern, dass ich das Klüngelbein-Kidnapping noch vereiteln konnte.

Ich tastete nach der Knarre in meiner Mantelinnentasche …

Verdammt, Marlein, reiß dich zusammen! Du verfällst schon wieder in die pathologische Klüngelbein-Paranoia! Wenn du mit einer Waffe in der Hand über den Kapellplatz läufst, ist deine Suche schneller vorbei, als du denkst …

Ich ließ meine Artillerie da, wo sie war, blieb stehen und schnaufte einmal kräftig durch.

Klüngelbein blieb weiter verschwunden.

Ich versuchte, vernünftig zu denken.

Wie konnte ich Klüngelbein erreichen? Wie konnte ich herausfinden, welches Hotel er gebucht hatte?

Ich konnte ihn anrufen! Ich hatte seine Nummer!

Ich zückte mein Handy und wählte, aber er ging nicht ran.

Das konnte alles und nichts bedeuten.

Ich bemühte weiter meine grauen Zellen.

Wo konnte Klüngelbein noch hingewollt haben? Worüber hatten wir in der Kirche St. Magdalena zuletzt gesprochen?

Ja, genau!

Hielt ich zwar für eher unwahrscheinlich, aber war eine Möglichkeit.

Besser als Nichtstun.

Also marschierte ich zur Heiligen Kapelle.

Pech, dass die Prozessionsgruppe gerade dasselbe Anliegen wie ich hatte: die Schwarze Madonna zu besuchen. Der Eingang war regelrecht verstopft von Menschen, die die Kapelle betreten wollten.

Doch darauf konnte ich jetzt keine Rücksicht nehmen.

Und so startete ich eine etwas unheilige Mission: Schubsend, drängelnd, zerrend, wegschiebend bahnte ich mir meinen Weg ins Allerheiligste.

Meine unheilige Mission wurde begleitet von nicht minder unheiligen Flüchen, Verwünschungen und Drohungen, wie ich sie von frommen Pilgern so nicht erwartet hätte, Vordrängeln hin oder her. Aber wenn es darum ging, zur Schwarzen Madonna zu gelangen, ließ man offenbar jede Frömmigkeit zum Teufel fahren.

Als ich es schließlich im Hooligan-Stil geschafft hatte, mich in die dunkle Grotte durchzumobben, traute ich meinen Augen kaum: Ganz vorn, auf der Kniebank direkt vor dem Gnadenbild, kniete in aller Seelenruhe, mit gefalteten Händen und in stiller Andacht versunken – Gerhard-Johann Klüngelbein.

Ich wusste gar nicht so recht, was überwog: die Erleichterung darüber, dass ich ihn gefunden hatte, oder die Verärgerung darüber, dass er sich offenbar selbst von mir entfernt hatte.

Ich schubste ein Mütterchen beiseite, das neben ihm kniete, murmelte »Entschuldigung, das ist mein kranker alter Vater«, kniete mich neben Klüngelbein und rammte ihm meinen Ellbogen in die Seite.

Erschrocken sah er auf.

»Marlein! Da sind Sie ja endlich.«

Ich zischte ihn flüsternd an: »Machen Sie das nie wieder, Sie Komiker! Warum haben Sie mir nicht gesagt, dass Sie hierhergehen?«

»Wir waren plötzlich getrennt durch die Pilgergruppe, und ich habe Sie nicht mehr gesehen. Aber ich dachte mir, es wird Ihnen nach unserem Gespräch schon klar sein, dass ich sie unbedingt noch mal live sehen muss.«

»Sie?«

Klüngelbein blickte wieder zum Gnadenbild, mit einem verklärten Blick wie ein Verliebter.

»Ja, sie. Maria Magdalena, dargestellt als schwarze Madonna, dargestellt im Festgewand als heilige Braut – und dargestellt mit dem Kind von ihrem Bräutigam Jesus Christus!«

38 Bär rülpst

»Und, was habt ihr denn in euren Hightechlabors herausgefunden?«

Tom Tommer, der Polizeipräsident, schwitzte noch nach.

Wir saßen in meinen Räumen.

Neu renoviert. Mit Schickimicki-IT, -PC, -TV, -Smartphone.

Ich holte eine Cola aus dem neuen Kühlschrank.

Reichte sie ihm: »Hier, Ihr Zuckerwasser.«

Er trank aus der Flasche, sagte: »Ich hab mindestens schon fünf Kilo abgenommen. Mit der Scheiß-Radlerei. Bergauf, bergab.«

Ich schaute auf seine Wampe, sagte: »Steht Ihnen gut. Aber da ist noch Luft nach oben drin.«

Er rülpste.

»So war das nicht gemeint.«

»Sorry.«

»Kein Problem, wir sind ja unter uns.«

Ich öffnete ein Bier, trank aus der Flasche, sagte: »Engelbräu. Himmlisch. Spirituell. Flüssiges Allgäu. Was Gesünderes gibt's gar nicht.«

Rülpste.

Sagte: »Unsere Konversation hört sich an wie im Saustall … Also, was gibt's Neues?«

»Ein Dutzend unserer Männer musste im Krankenhaus behandelt werden.«

»Hodenquetschungen?«

»Wie kommen S' denn da drauf?«

Ich behielt die Information von Dr. Graf für mich, sagte: »Einfach so …«

»… und Kratzwunden, im Gesicht. Als wären sie von einem Rudel wilder Kater angefallen worden.«

»Und die Mädels, die Polizistinnen? Da waren ja auch welche dabei.«

Er sagte: »Die haben keine Hodenquetschungen …«

Ich fragte: »Was? Ein Wunder. Was schließen Sie denn daraus?«

Er stutzte, lachte, sagte: »Ja, klar, dumme Bemerkung … Aber was ich meinte: Die Kolleginnen sind weitgehend unverletzt geblieben.«

»Vielleicht sind sie besser im Nahkampf.«

»Glaub ich nicht, aber diese Typen sind verdammt gut im Nahkampf. Professionell.«

»Vielleicht sind sie ausgebildet worden. In Syrien oder sonst wo. Beim IS.«

Tommer schüttelte den Kopf.

»Beim IS lernt man so was nicht. Die sind noch nicht so weit im Hirn. Die haben nur Religion in der Birne, da ist kein Platz mehr fürs Denken. Alles, was die können, ist, sich eine Sprengladung um den Bauch zu wickeln und sich in die Luft zu jagen.«

Ich warf ein: »Dann vermehren sie sich wenigstens nicht.«

Er ignorierte meine Einlassung, fuhr fort: »Die beste Nahkampfausbildung für Frauen hat die israelische Armee. Das sind toughe Luder, selbst die Frauen. Da ist unsere Nahkampfausbildung bei der Polizei wie Kuscheln im Kindergarten.«

»Dann sind die Glatzköpfe vielleicht in Israel trainiert worden.«

Er fragte: »Aber warum? Das ergibt alles keinen Sinn … Wir konnten auf jeden Fall keine einzige Festnahme machen. Alles, was wir festgenommen haben, sind ein paar Stofffetzen, abgerissene Ärmel von Sweatshirts … Ach, da fällt mir ein: Eine junge Kollegin hat gemeint, irgendwas war da eigen an den Typen. Sie haben sich anders bewegt wie die durchschnittlichen Vollpfosten bei den Schlägereien auf den Kirchweihen, schneller, aber auch anders …«

»Wie anders?«

»Das hat sie mir nicht genau sagen können, sie meinte, irgendwie … schwul …«

»Ja, manche Schwule bewegen sich anders als Männer. Wie Frauen … Ich weiß das aus Erfahrung.«

»Waren Sie mal schwul?«

»Nein, ich musste mich mal als Frau ausgeben, verdeckt ermitteln, und dazu musste ich laufen lernen … wie eine Frau.«

»Wirklich? Laufen Frauen anders?«

»Ja, glauben S' denn, Ihre Frau lauft genauso wie Sie? Ham S' schon einmal geschaut, wie Ihre Frau lauft?«

»Nein. Noch nie.«

»Dann laufen S' einmal Ihrer Frau hinterher und machen das Gelaufe von Ihrer Frau nach.«

Er wand sich. Sagte: »Schmarrn, was hat das alles mit unserem Fall zu tun? Wir wissen zu wenig.«

Ich sagte: »Aber wir haben Anhaltspunkte und können erste Hypothesen entwickeln.«

»So?«

»Also, wir haben eine gut organisierte Gruppe glatt rasierter Schwuler mit israelischer Nahkampfausbildung, vielleicht beschnitten, vielleicht nicht, die Männer überfallen, und zwar solche Männer, die Frauen bedrohen und sie krankenhausreif prügeln, besonders dort, wo's Männern besonders wehtut.«

Er blickte mich groß an. Sagte: »Das ist doch alles Unsinn.«

»Aber es passt zu den Fakten. Wir müssen uns an die Fakten halten. An die Evidenz.«

Mit fiel plötzlich noch was ein.

Ich sagte: »Ihre Frau riecht auch anders als Sie!«

Er schaute mich schräg an: »Woher wissen Sie das? Haben Sie an ihr gerochen?«

»Nein, ich bin doch kein Dackel. Ich meine das allgemein. Frauen riechen anders als Männer.«

»Nicht so streng? Vielleicht liegt das an der Biologie. Hormone und so ...«

»Ja, aber das liegt weniger an der Biologie. Frauen waschen sich öfter. Stimmt. Aber selbst wenn sich Frauen und Männer waschen, riechen sie immer noch verschieden. Habe ich gelesen.«

»Ja, soll ich jetzt an noch an meiner Frau rumschnüffeln? Die glaubt ja, ich spinn, die schickt mich nach Kaufbeuren.«

»Beruhigen Sie sich, lieber Tommer, ich meinte ja nur so zum Beispiel. Mich tät interessieren, wie die Typen vom Schlägertrupp riechen.«

»Wie sollen wir das rausfinden? Noch mal einen Überfall inszenieren mit Spürhunden dabei?«

»Tommer, phantastisch. Genial. Wir machen einen Geruchstest. Aber wir brauchen da keinen großen Zirkus inszenieren. Wenn Sie diese Stofffetzen, die abgerissenen, noch haben ...«

»Haben wir, als Beweismaterial. Alles in Frühstückbeutel eingetütet.«

»Das genügt: Sie lassen die Hundestaffel kommen, es gibt Spürhunde, die riechen Drogen, Alkohol, Geld, jeden Scheiß, da gibt's doch sicher Spürhunde, die Männergeruch und Frauengeruch unterscheiden können.«

Tommer lachte.

»Der Hermes, unser Hund – der schnuppert immer nur an den Damen. Das ist manchmal peinlich, wenn wir Besuch kriegen, und der geht zielsicher auf das Bermuda-Dreieck ...«

»Mensch, Tommer, jetzt haben wir's, den Schnelltest: Sie nehmen die Fetzen und schauen, wie Ihr Hermes reagiert!«

Tommer sah auf die Uhr.

»Ich hab noch eine Sitzung heut Nachmittag, ich muss rechtzeitig zurück sein im Präsidium. Der Bischof und mein Chef und ich … wegen der Ermittlungen. Die wollen wissen, was unsere Soko macht.«

»Gut, dann schnell: Was haben Sie noch rausgefunden? Der größere Knackpunkt liegt ja nicht bei den Schlägern, sondern bei den Orgien.«

Er zog einen Zettel aus seiner Tasche, sagte: »Mein Spickzettel!«

Ich lauschte.

»Also, die Bierflaschen, die wir nach der Maiandacht und dem Singen im Park gefunden haben, sind vom Benediktiner Bräu.«

»München?«

»Nein, Ettal. ›Benediktiner Weizen. Dem Himmel so nah‹. Und der Schnaps auch.«

Ich sagte: »Wenigstens einen guten Geschmack haben sie. Die besten Schnäpse kommen aus Ettal. Hochgeistliche Getränke. Und die Kondome?«

Tommer machte ein angeekeltes Gesicht.

»Da war ein Problem. Wir fanden keinen im Labor, der die untersucht hätte. Alle weigerten sich. Gebrauchte Kondome … Pfui Teufel.«

Ich sagte: »Das war ein Fehler. Vielleicht liegt da ein entscheidender Hinweis drin. Ich hoffe, die sind noch da … Die Konsistenz vom Ejakulat tät wichtige Hinweise auf die Benützer zulassen. Wenn sich rausstellt, dass Sie da was übersehen haben, sitzen S' ganz schön in der Scheiße.«

Tommer kleinlaut: »Ich kann's ja noch mal probieren …«

»Im schlimmsten Fall geben S' mir ein paar Exemplare.«

»Wirklich … täten Sie?«

»Ich hab da meine Quellen.«

Meine Quellen hießen: Dr. Aichhorn, der Hausarzt von Tal, und Dr. Vasthi Graf, Chefärztin der Notfallambulanz vom Klinikum Kempten.

Behielt ich für mich.

Fragte: »Und das Wohnmobil?«

Tommer seufzte.

»Bisher Fehlanzeige. Die katholische Jugend hat jedenfalls keine Wohnmobile. Nur Combis, Kleinbusse …«

»Also keine Fahrzeuge, die man als mobile Puffs verwenden kann, als Eros-Mobil … wie das Papamobil … Woher kommt dann dieses Eros-Mobil?«

Wir dachten.

Tommer schaute auf die Uhr. Sagte: »Vielleicht ist es ein Fake-Mobil.«

»Noch nie davon gehört. Ist das eine Polizeispezialität?«

»Wenn wir verdeckt ermitteln, nehmen wir manchmal unsere Wagen, Sprinter, Busse oder so, und unsere Werkstatt spritzt sie anders und malt irgendwelche Logos drauf … ›Wäscherei Reinlich‹ oder ›Seniorenresidenz Spätsommer‹ oder solche Sachen.«

Ich dachte laut: »… Eros-Mobil … Eros … Agape … Caritas …«

Tommer meinte: »Die Caritas hat auch eine Menge Autos. Die Diakonie auch. Wir haben da immer mal wieder Ärger, die stellen ihre Wohnmobile auf kirchliche Grundstücke, lassen Flüchtlinge rein und geben ihnen dann Kirchenasyl.«

Ich sagte: »Gute Idee.«

»Findet die Staatsanwaltschaft nicht. Es gibt Rechtsstreit. Ob ein Wohnmobil auf Kirchengrundstück schon so viel Kirche ist, dass das Bewohnen desselben als Kirchenasyl bewertet werden kann.«

»Oh, juristische Hochseilakte …«

»Meine Frau hat mir das so erklärt.«

»Und wie wurde entschieden?«

»Meine Frau meint, es geht ans erst Landgericht, ans Bundesverfassungsgericht, bis zum EuGH.«

»Das ist gut, bis das entschieden ist, sind alle Flüchtlinge voll integriert. In der zweiten Generation.«

Tommer sagte: »Ich muss jetzt weg, meine Sitzung.«

Ich sagte: »Und das Wohnmobil? Ach, schauen S' doch einmal, ob die Caritas welche registriert hat. Sie könnten doch gleich den Bischof fragen auf Ihrer Sitzung. Ich könnt mir in den Arsch beißen, dass ich das Nummernschild nicht aufgeschrieben hab ...«

Tommer: »Den Bischof fragen? Einen Scheiß werd ich!«

39 Marlein und die gewisse Neugier

Wir erholten uns von dem Schock – zumindest was mich betraf – bei einem Essen in unserem Quartier, im »Münchner Hof«.

Wenigstens hier hatte sich Klüngelbein mal nicht lumpen lassen, das Hotel mit eigenem Gasthof schien eine der ersten Adressen in Altötting zu sein, direkt am Kapellplatz gelegen.

Und auch der Umstand, dass hier ebenfalls ein Taxi vor der Tür parkte, beunruhigte Klüngelbein dieses Mal nicht – es stand nämlich nicht nur *ein* Mietwagen, sondern eine ganze Flotte von Taxis da, mindestens ein halbes Dutzend. Und bei mindestens der Hälfte davon baumelte ein Rosenkranz am Rückspiegel ...

Während ich auf mein Wiener Schnitzel wartete, redete ich eindringlich auf Klüngelbein ein.

Zum einen, dass er sich nicht noch mal ohne Absprache von mir entfernen sollte, und zum anderen, dass er seine revolutionäre These, dass es sich bei der Statue der schwarzen Madonna in Wahrheit um eine Darstellung von Maria Magdalena und dem mit Jesus gezeugten Kind handele, nicht lautstark hier in Altötting proklamieren sollte – wenn er nicht wollte, dass die Einheimischen den Tempelrittern die Arbeit abnahmen und uns massakrierten.

Klüngelbein lächelte nur süffisant.

»Dass schwarze Madonnen Maria Magdalena darstellen, ist doch nichts Revolutionäres, das wissen heute alle Theologen und Historiker. Aber warten Sie mal ab, wenn Sie nachher die nächste Kapitelzusammenfassung lesen – da steht etwas wirklich Revolutionäres drin!«

Mit dieser Aussage erweckte er doch eine gewisse Neugier in mir. Ich hatte eigentlich gedacht, die letzten Kapitel – mit den Behauptungen, Maria Magdalena wäre die spirituelle und sexuelle Partnerin Jesu sowie seine legitime Nachfolgerin und damit die wahre Begründerin des Christentums gewesen – wären nicht zu toppen. Aber offenbar konnte Klüngelbein noch einen draufsetzen.

Und so stürzte ich mich, was Klüngelbein sehr wohlwollend zur Kenntnis nahm, tatsächlich gleich auf sein Buch, nachdem wir unser Mahl beendet und in unserem Zimmer eingecheckt hatten, um weiterzulesen.

Zusammenfassung: Die wahre Maria Magdalena: Verfasserin des Johannes-Evangeliums

Das Johannes-Evangelium galt in der Bibelforschung lange Zeit als das am spätesten entstandene der vier Evangelien und damit auch als historisch am unzuverlässigsten. Diese Ansicht hat die Wissenschaft in jüngster Zeit gründlich widerlegt. Vergleiche der Schilderungen der Evangelien, vor allem der Passion, mit anderen zeitgenössischen Dokumenten haben ergeben, dass das Johannes-Evangelium viel stärker mit diesen zeitgenössischen Texten übereinstimmt als die anderen drei Evangelien. Der Johannes-Text gilt mittlerweile als das historisch zuverlässigste Evangelium, und man nimmt an, dass es auf dem frühesten schriftlichen Bericht über Jesus überhaupt basiert – einem Ur-Evangelium, das bislang leider nicht gefunden wurde.
Das Johannes-Evangelium beziehungsweise seine Ur-Form kann nur deshalb so historisch authentisch sein, weil es – im Gegensatz zu den Evangelien von Markus, Matthäus und Lukas, die erst Jahrzehnte später entstan-

den – von einem Zeitzeugen, einem echten Begleiter Jesu, geschrieben worden sein muss. Dazu passt auch, dass der Verfasser des Johannes-Evangeliums in der kirchlichen Tradition schon immer als identisch mit dem Jünger Johannes, also einem der zwölf Apostel und damit einem Augenzeugen, angesehen wurde (und der Verfasser behauptet dies auch selbst im Schlusswort).
Eine der Besonderheiten des Johannes-Evangeliums, die es von den anderen drei Evangelien unterscheidet, ist die Erwähnung eines namentlich nicht benannten und somit nicht zweifelsfrei identifizierbaren geheimnisvollen »Jüngers, den Jesus liebte« in entscheidenden Situationen: beim letzten Abendmahl, wo er sogar an der Brust Jesu lehnt/liegt; bei der Kreuzigung, wo ihm Jesus seine Mutter anvertraut; beim leeren Grab, bei dessen Anblick er, im Gegensatz zu Petrus, sofort »glaubt«. Die meisten Theologen sind sich einig darüber, dass der Evangelist Johannes mit diesem Lieblingsjünger sich selbst bezeichnete – zumal der Verfasser auch im Schlusswort von sich selbst als »Jünger« spricht: »Das ist der Jünger, der von diesen Dingen zeugt und der dies geschrieben hat.«
Was allerdings gegen Johannes als Lieblingsjünger spricht, ist der Umstand, dass in keinem anderen kanonischen Evangelium in irgendeiner Weise erwähnt wird, dass Johannes von Jesus mehr geliebt worden wäre als die anderen Jünger.
Allerdings wird, wie wir in dem entsprechenden Kapitel erfahren haben, in den apokryphen Evangelien sehr wohl und sehr oft von einer Person gesprochen, die Jesus liebte (mehr als alle anderen Jünger) – nämlich Maria Magdalena.
Die Schlussfolgerung liegt auf der Hand: Der Jünger im Johannes-Evangelium, den Jesus liebte, war in Wahrheit eine Jüngerin: Maria Magdalena! Und wenn diese geliebte Person gleichzeitig auch das Evangelium verfasst hat, heißt das, dass das Johannes-Evangelium in Wirk-

lichkeit von Maria Magdalena verfasst wurde – und eigentlich Maria-Magdalena-Evangelium heißen müsste. Dass Maria Magdalena das historisch zuverlässigste und authentischste Evangelium geschaffen hat, ist dann nur logisch: Sie war Zeitzeugin und engste Begleiterin Jesu!
Es gibt viele weitere Argumente, die diese These stützen. Das augenfälligste: Im Johannes-Evangelium ist Maria Magdalena besonders bei der Auferstehung von viel zentralerer Bedeutung als bei Markus, Matthäus und Lukas, und den Belangen von Frauen wird insgesamt deutlich mehr Interesse entgegengebracht als in den anderen kanonischen Evangelien – Frauen kommen im Johannes-Evangelium viel öfter, viel ausführlicher und viel selbstbewusster zu Wort (zum Beispiel in den Gesprächen Jesu mit der Samariterin und mit der Ehebrecherin).
Warum aber ein Johannes-Evangelium und kein Magdalena-Evangelium? Warum ein geliebter Jünger und keine geliebte Jüngerin? Den Grund haben wir ebenfalls schon in den vorangegangenen Kapiteln erfahren: weil Frauen in den Augen der damaligen Gesellschaft nur Menschen zweiter Klasse waren und weil Maria den Machtkampf mit den Patriarchen Petrus und Paulus verlor – und ihre Rolle und Bedeutung im Leben Jesu auf ein Minimum reduziert werden sollte. Und dazu gehörte auch, dass man den frühesten Bericht über Jesu Leben und Lehre, verfasst von seiner Partnerin Maria Magdalena, das Maria-Magdalena-Evangelium, das absolute Ur-Evangelium, verfälschte und verformte und einfach umschrieb: vom unglaubwürdigen und unschicklichen Bericht einer Frau zum seriösen und angesagten Bericht eines Mannes – zum Johannes-Evangelium, wie wir es kennen.
Bestandteil dieser Fälschung ist auch der Kunstgriff, dass man Maria Magdalena als Figur durchaus im Text beließ und sie bei zwei zentralen Ereignissen, bei denen man sie nicht »ausradieren« konnte, weil ihre Anwesenheit und ihr Mitwirken bei diesen Ereignissen allgemein bekannt

waren, nämlich bei der Kreuzigung und bei der leeren Grabkammer, gemeinsam mit einem (an dieser Stelle erfundenen) männlichen »geliebten Jünger« auftreten ließ – um zu suggerieren, dass Maria Magdalena einerseits und der Lieblingsjünger (und Verfasser des Evangeliums) andererseits zwei gänzlich verschiedene Personen waren: eine Form von bösartiger literarischer Persönlichkeitsspaltung.
Die Theorie, dass das Johannes-Evangelium eine abgeänderte Form des ursprünglich von Maria Magdalena geschriebenen Ur-Evangeliums ist, ist zwar in sich absolut stimmig und schlüssig, und alle vorhandenen Indizien sprechen für diese Theorie. Aber leider ist sie nicht eindeutig beweisbar, da bedauerlicherweise noch keine Abschrift des Maria-Magdalena-Ur-Evangeliums aufgetaucht ist.
Aber man kann es ein wenig simulieren: Wenn man das Johannes-Evangelium einmal unter der Prämisse liest, dass es ursprünglich von einer Frau verfasst wurde und dass der »geliebte Jünger«, der die Geschichte erzählt, nicht Johannes, sondern Maria Magdalena heißt, wird man erstaunt sein, wie glaubwürdig die Geschichte damit klingt – und wie sehr alles, was in diesem meinem Buch über Maria Magdalena geschrieben wurde, damit zusammenpasst.
Und vielleicht wird sich eines Tages an irgendeinem Ort ein bislang verschollenes Manuskript mit dem Maria-Magdalena-Ur-Evangelium finden, und dann ist alles, was in diesem Buch steht, keine Sache des Glaubens oder der Wahrscheinlichkeit mehr, sondern endlich gesichertes Wissen!

40 Bär seelsorgt

Bevor ich mich auf meinem Mountainbike die drei Kilometer zur Biselalm hinaufquälte, machte ich noch einen Besuch beim »Schwarzen Adler«.

Ich hatte mich bei der katholischen Kirche in Kempten erkundigt, ob es Wohnmobile gäbe zum Ausleihen.

Nein.

Bei der Caritas? Auch nicht.

»Wegen dem Kirchenasyl?«

Sie wussten nichts von dieser genialen Idee.

Die Kartler droschen schon wieder auf die Tischplatte ein.

Die Wirtin mit den roten wallenden Haaren machte ein eingefallenes Gesicht.

Sie stellte mir eine Halbe Aktienbräu Kaufbeuren auf den Tisch. Der Schaum sah so aus wie ihr Gesicht. Eingefallen.

»Sorgen?«, fragte ich, ganz der Seelsorger.

»Ja.«

»Mit deiner Wonder Woman, der Gal?«

»Ja, die spinnt immer mehr. Ist fast jeden Abend weg. Schwärmt von einer Amazona, mit der sie trainiert. Nahkampf. Schreibt lauter Sechser in der Schul. Und am Wochenende will s' wegfahren, mit den Großen, der Maja und der Käsi, bei euch oben.«

»Wohin?«

»Nach Kloster Ettal.«

»Geht's ins Kloster?«

»So schaut's mir nicht aus …«

»Aber im Kloster Ettal kann doch nichts passieren.«

»Wer weiß …«

»Und was ist da am Wochenende?«

»Angeblich ein Treffen von der katholischen Landjugend. Aber unser Pfarrer, den hab ich gefragt, der weiß nix von so einem Treffen.«

»Der ist ja auch zu alt für die Landjugend.«

Sie schüttelte den Kopf.

»I wois itta …«

Die Stammtischbrüder machten gerade eine Pinkelpause. Einige. Die andern mischten die Karten.

Einer sagte: »Hast schon gelesen? Die Zeitung schreibt, Kempten ist inzwischen die sicherste Stadt in Bayern.«

»Ja, unsere Polizei greift endlich durch. Es ist sogar im Radio gekommen. Vorgestern wollten s' im Bahnhof eine alte Frau überfallen, und die Polizei ist in Mannschaftsstärke angerückt und hat die Brüder verprügelt und in die Flucht geschlagen.«

»Wie sich's g'hört. Die müssen nur richtig hinhauen, dann kommt da eine Ordnung nei. Ich hab gelesen im Hamburg, beim G20, da wollten die autonomen Wichser nach Sankt Pauli auf die Reeperbahn, die Krawalle da hineintragen, und fünfzig oder sechzig von denen haben angefangen, Fensterscheiben einzuschlagen, wo sich die Mädchen immer neistellen zum Ausstellen und die Freier vorbeilaufen, und Autos ham s' angezündet, da sind dann fünfzehn Zuhälter mit Baseballschläger auf die zu und ham s' kurz und klein g'haut, und das war das Ende vom Krawall. So müsst unsere Polizei vorgehen. Null Toleranz. Gleich hinhauen.«

»Aber die ham ja keine Baseballschläger ...«

»Dann sollen s' halt Mistgabeln nehmen.«

»Mei Frau sagt, jetzt kann s' wieder in der Nacht durch die Stadt gehen, sogar durch den Stadtpark, und muss keine Angst mehr haben. Das ist wie früher, in der guten alten Zeit. Beim Adolf ...«

Ich warf ein: »Und die Flüchtling, die sieht man wieder rumspazieren, die müssen sich nimmer verstecken. Sie werden nimmer überfallen, und seit Wochen hat kein Asylheim mehr gebrannt.«

Schweigen.

Einer sagte: »Ich glaub alleweil, dass die das waren, die Flüchtling ... und jetzt ham s' Schiss vor der Polizei ... jetzt sind s' ganz brav geworden. Die ham ja nix zu tun gehabt den ganzen Tag ... auf unsere Kosten faulenzen ... Da gehöret wieder ein Arbeitsdienst her.«

Ich sagte: »Die kriegen keine Arbeitserlaubnis. Habts das nicht gelesen, in Württemberg drüben, da ham die Asylanten freiwillig am Bahnhof den älteren Leuten das Gepäck schleppen wollen ... Aber das ham s' verboten.«

»Die werden halt zu viel Geld verlangt haben. Unversteuert.«

»Sie hätten's sogar umsonst gemacht, weil s' arbeiten ham wolln. Umasonst. Aber das ham s' auch verboten.«

»Warum?«

»Die Grünen und die Linken haben gesagt, das ist Ausbeutung, die Flüchtlinge Koffer schleppen lassen für ein paar Pfennig, und dann hat es so einen Wirbel gegeben, politische Krise, und sie ham's dann sein lassen. Jetzt hocken sie wieder im Asylantenheim und dürfen nix tun …«

»… und denken sich aus, was sie anstellen können. Aber unsere Polizei, auf die lass ich nix kommen. Der Polizeipräsident, der Tommer, das ist ein ganz harter Hund, hat sogar eine Auszeichnung gekriegt, weil er so durchgreift.«

Ich gab es auf.

Sie nahmen ihr Karteln wieder auf.

Die Wirtin versorgte sie mit Bier, hockte sich zu mir.

Sagte, leise: »Ich hab schon denkt, vielleicht machen die vom IS in Ettal so eine Aktion, wo die die jungen Mädle radikalisieret und nach Syrien oder irgendwo da nunter verheiraten …«

Sie kriegte feuchte Augen.

»Ich darf mir's gar nicht vorstellen. Meine Vroni, das Kind, zwangsverheiratet, in den Krieg und dann kommt s' mit einem Kind zurück, einem ledigen, ohne Vater.«

»Aber wenigstens wird das Kind dann katholisch getauft.«

»Es wird doch hier in Tal genug Mannsbilder geben, von denen wo sie ein Kind kriegen kann … Sie hat sowieso nix anders mehr im Kopf …«

»Sie ist doch erst knapp fünfzehn.«

»Die fangen heutzutag schon mit drei mit der Pubertät an. Weißt, was ich in ihrem Zimmer gefunden hab?«

»›Bravo‹?«

Sie lachte gegen ihren Willen.

»Du redst, als wärst du noch nie in der Pubertät gewesen.«

Ich nippte am Bier, sagte: »Ich war schon da. Aber mein Problem ist, dass ich nie rausgekommen bin.«

»Nein, im Ernst. ›Bravo‹ wär mir ja wurscht. Ich hab in einer Schublade … Spielzeug gefunden …«

Sie senkte die Stimme, raunte: »Sexspielzeug.«
Ich schaute sie gespannt an. »Sexspielzeug?«
Sie wurde rot, sagte: »Silikonknebel, Lederpeitschen, Nippelklemmen, Dildos und Fußfesseln ... sogar Dominabodys mit Diamantnieten.«
»Na ja, solang sie allein damit spielt ...«
»Ich fürcht ja bloß, was die machen ... mit dem IS ...«
»Jetzt mach dich nicht narrisch mit der Schnapsidee vom IS. Kloster Ettal ist eine garantiert IS-freie Zone. Der IS ist chancenlos in Ettal.«
»Weils katholisch ist?«
»Nein, weil zu viel Alkohol da ist, Brauerei, Schnapsbrennerei. Das ist für den IS so wie für den Teufel das Weihwasser.«
»Wirklich?«
»Ehrenwort!«
»Gott sei Dank. Magst noch a Bier ... und einen Obstler? Geht aufs Haus!«
»Gern!«
Die Tür öffnete sich, in ihr stand Wonder Woman Vroni. In voller Montur.
Den Kartlern fielen die Karten aus den Händen und die Zigaretten von den Lippen.
Sie war entwaffnend. Die Vroni-Gal. Eine Lolita.
Maria, ihre Mutter, stellte mir Bier und Schnaps hin, zischte ihre Tochter an: »Ins Bett, aber schnell!«
Vroni warf dem Stammtisch eine Kusshand zu, entschwebte.
Draußen knallte es.
Es hörte sich nach Watschn an.

41 Marlein und das magdalenische Christentum

Am nächsten Morgen gab es nach dem Frühstück und dem Auschecken das übliche Ritual: Wir saßen startklar in meinem Wagen, ich machte das Navi an und fragte: »Wohin geht's?«

Klüngelbein sprach mit feierlicher Stimme.

»Es ist die letzte Etappe. Wir haben es so gut wie geschafft. Vor allem, weil sich unser Ziel ganz in der Nähe von Fürth befindet.«

»Also, Klüngelbein, wohin? Machen Sie's nicht so spannend und spucken Sie's aus!«

»Wir fahren nach Nürnberg.«

Er schaffte es doch immer wieder, mich zu verblüffen.

»Nach Nürnberg? Also fahren wir nach Hause!«

»Nicht ganz. Würden Sie, als Fürther, etwa Nürnberg als Zuhause bezeichnen?«

»Nürnberg ist die Ostvorstadt von Fürth.«

Klüngelbein lachte.

»Das lassen Sie mal keinen Nürnberger hören.«

»Die behaupten das Gegenteil mit Fürth als Westvorstadt, also nehmen wir uns da nix. Und was wollen wir in Nürnberg?«

»Auch in Nürnberg gibt es Kultorte der Maria Magdalena, die ich noch einmal in Augenschein nehmen muss, um sie in meinem neuen Buch beschreiben zu können. Und danach haben Sie erst einmal zwei Tage Ruhe vor mir, bevor wir dann zum großen Kongress nach Ettal fahren.«

»Okay. Wo genau in Nürnberg wollen Sie hin?«

»Altstadt. Wir werden uns die Kirchen Sankt Klara, Sankt Lorenz und Sankt Sebald anschauen.«

Oh je. Zum Abschluss noch mal die volle Kirchenpackung. Aber die Aussicht auf zwei freie Tage im Anschluss ließ mich das verkraften.

Ich überlegte kurz und gab dann das Parkhaus am Sterntor in Nürnberg als Ziel ins Navi ein.

Als wir Altötting hinter uns ließen, überlegte ich, ob ich Klüngelbein gleich die Frage stellen sollte, die mir seit der Lektüre der Kapitelzusammenfassung am Vortag unter den Nägeln brannte. Eigentlich hatte ich sie ihm direkt nach dem Lesen stellen wollen, aber Klüngelbein hatte bis in die Nacht hinein an seinem Laptop gesessen und seine Eindrücke aufgeschrieben, und ich hatte ihn in seiner Arbeitswut nicht stören wollen.

Aber ich entschied, noch etwas zu warten – Zeit war ja ausreichend vorhanden, die Fahrt von Altötting nach Nürnberg würde mindestens zweieinhalb Stunden dauern.

Und so beschloss ich, zunächst etwas anderes zu vollenden: die Lektüre der Zusammenfassungen von »Maria Magdalena – die ultimative Wahrheit«. Es stand nämlich nur noch das Nachwort an, das ähnlich kurz war wie das Vorwort, und deshalb wollte ich es mir komplett reinziehen – und zwar noch mal auf auditive Weise, indem ich zum letzten Mal Klüngelbeins Hörbuch-CD abspielte.

Nachwort: Die Rückkehr des Göttlich-Weiblichen – Wann kommt das magdalenische Christentum?

Wir haben unsere Reise in die Vergangenheit beendet. Wir haben alle Quellen (Evangelien, Apokryphen, Legenden, Kirchengeschichte) zum Leben der Maria Magdalena genau untersucht und sie überprüft. Wir haben festgestellt, dass das Bild der historischen Maria Magdalena tatsächlich vielfach übermalt und damit verzerrt und verfälscht wurde. Wir haben diese Übermalungen abgekratzt und die echte Maria Magdalena freigelegt.
Wir kennen jetzt die ultimative Wahrheit über Maria Magdalena, ihr Bild erstrahlt nach der Restaurationsarbeit in diesem Buch wieder original in ihrem ursprünglichen Glanz.
Und das Bild der wahren Maria Magdalena sieht so aus:
Maria Magdalena war eine Magierin aus Ägypten.
Maria Magdalena war die sexuelle und spirituelle Partnerin Jesu.
Maria Magdalena war die offizielle Nachfolgerin Jesu und die eigentliche Begründerin des Christentums.
Maria Magdalena war die Verfasserin des Johannes-Evangeliums.

Am Anfang des Christentums stand also in Wirklichkeit kein einzelner Religionsstifter, sondern ein göttliches Paar:

Jesus von Nazareth und Maria von Magdala. Erst später wurde die Geschichte umgedeutet und der Mann Jesus Christus zum alleinigen »Star« gemacht – weil eine Frau damals nichts zählte. Die wahre Jesus-Geschichte wurde also in den Evangelien umgeschrieben – von Maria Magdalena blieben nur noch einige wenige Spuren, die sich nicht tilgen ließen. Aber immerhin gibt es diese Spuren, und anhand ihrer kann man die wahre Geschichte hinter der »offiziellen« Jesus-Geschichte rekonstruieren.

Welche Konsequenz kann, welche Konsequenz muss sich aus den Erkenntnissen ergeben, die wir über Maria Magdalena gewonnen haben?
Das Fundament des Christentums ist nicht die göttliche (und männliche) Dreifaltigkeit Gott-Vater, Gott-Sohn und Heiliger Geist, das wahre Fundament des Christentums ist das göttliche Paar mit dem männlichen Part Jesus Christus und dem weiblichen Part Maria Magdalena.
Und deshalb müssen wir das Gebäude des bisherigen Christentums, das von den falschen Baumeistern Petrus und Paulus errichtet wurde, radikal niederreißen und es neu bauen – auf seinem wahren Fundament. Wir müssen das »magdalenische Christentum« einführen, mit den gleichberechtigten göttlichen Personen Magdalena und Christus als Zentrum der Verehrung.

Doch wie soll dieses »magdalenische Christentum« aussehen? Das werde ich ausführlich in meinem nächsten Buch beschreiben, und ich würde mich sehr freuen, wenn Sie, liebe Leserinnen und Leser, dann auch diesen Weg wieder gemeinsam mit mir gehen würden, den Weg zur einzig wahren Religion – den Weg vom Christentum zum Magdalenentum.

42 Bär freit

Ich googelte.

Ettal.

Garmisch.

Viel Kirchengeschichte.

Langweilig.

Ich wollte meinen neuen Super-Soko-PC schon wieder runterfahren.

Hatte einen Einfall.

Gab ein: »Straßenstrich Ettal«. Fehlanzeige.

»Straßenstrich Kempten«: Fehlanzeige.

»Straßenstrich Garmisch-Partenkirchen«: Volltreffer.

Versuchte es mit: »Parkplatz Sex Garmisch-Partenkirchen«. Jawoll!

Ich beschloss, einen Seniorenausflug nach Garmisch zu unternehmen.

Ich machte mir eine Liste mit entsprechenden Parkplätzen.

Sperrte meine Alm ab.

Legte Notizblock, Smartphone und Sonnenbrille auf den Beifahrersitz von meinem Golf.

Zuckelte los.

Die Sonne ging unter.

Ich fuhr langsam, nach meinen Informationen fingen die Parkplatzshows erst nach zweiundzwanzig Uhr an.

Der erste Parkplatz in der Nähe von Garmisch war kurz nach zweiundzwanzig Uhr schon gut besucht.

Pkws, Kombis, Lastautos.

Nur keine Fahrräder. Nicht mal E-Bikes.

Ich fuhr mit zehn km/h auf den Platz, langsam, an den geparkten Autos vorbei.

An manchen standen Damen in Nutten-Uniform zur Ausstellung.

Eine verschwand gerade im Führerhaus eines Lkw.

Ein Pärchen trieb es ungeniert auf der Kühlerhaube ihres BMW.

Jeder konnte sie sehen. Das war ja gerade der Kick.

Parkplatzsex geht aktiv und passiv. Die Aktiven treiben's, die Passiven schauen zu. Voyeure. Spanner. Manche von den Aktiven kriegen einen Kick daraus, wenn sie wissen, dass ihnen zugeschaut wird.

Erinnerte mich an ein wissenschaftliches Buch über Sexualität. Von den geschätzten vierzig Millionen Menschen, die jedes Jahr Pornos im Internet anschauen, sind zweiundsiebzig Prozent Männer und achtundzwanzig Prozent Frauen. Vermutlich drehen sich diese Zahlenverhältnisse um, wenn man nicht die Rezipienten, sondern die Darstellenden betrachtet. Darüber existieren noch keine Zahlen, aber es sind bei Weitem mehr Frauen als Männer, die sich bei sexuellen Aktivitäten filmen oder filmen lassen und die Bilder dann im Internet hochladen. Dem Vernehmen nach gibt es auch beim Drehen von Pornos ein Überangebot an Frauen. Männer sind Mangelware, jedenfalls schwieriger dafür zu begeistern.

Ich dachte: Ich wollte ja auch nicht beim Sex gesehen oder gefilmt werden. Tät mich zu Tode beschämen, wenn meine Performance nicht filmreif wäre. Frauen mochten das lieber, manche. »Spieglein, Spieglein an der Wand, wer ist die Schönste im ganzen Land?« Da fing's schon an …

Zwischendurch Wohnwagen.

Pick-ups mit Matratzen hintendrauf.

Offen.

Aus Liebe zur Natur.

Ich fuhr wieder runter vom Parkplatz, drehte eine Runde, fuhr noch mal durch.

Fehlanzeige.

Ich fand nicht, was ich suchte.

Ein paar Kilometer weiter arbeitete ich mich durch den nächsten Parkplatz.

Akuter Platzmangel.

Musste am Wonnemonat Mai liegen.

Der dritte Parkplatz bot ein lebhaftes Liebesleben.

Ich war gefrustet.

Noch einen, dann ist Schluss.
War eh eine Schnapsidee.
Ich steuerte Garmisch an.
Am Rande des Ortes ein großer Platz, eingebettet in Bäume und Büsche.
Schlich im Schritttempo die Wagenkolonnen ab.
Ich machte vor Schreck und Begeisterung eine Vollbremsung. Mein Golf starb ab.
Hinter mir quietschten Reifen, wildes Hupen.
Ich schmiss den Motor wieder an, hektisch.
Hatte ich gefunden, was ich suchte?
Mein Herz schlug höher.
Nicht wegen des Sex ringsumher.
Wegen eines Fahrzeugs.
Ein Wohnmobil!
Und was für eins!
Eins wie in Greggenhofen.
Wieder mit der Aufschrift: »Magda-Mobil«.
Blieb stehen, kurbelte das Fenster runter.
Nahm Notizblock, Bleistift, funzelte mit einer LED-Taschenlampe Richtung Nummernschild.
Ich kritzelte auf meinen Block: »GAP …«
Ein Schatten nahm mir die Sicht.
Er gehörte einer Dame.
Etwas glimmte.
Eine Zigarette.
Die Gestalt, die zur Zigarette gehörte, beugte sich herab.
Sie hatte Stiefel an. High-Heel-Stiefel.
Beine bis unter die Achseln.
Einen Minirock, der auch als breiter Gürtel durchgegangen wäre.
Das Top offenbarte einen Bauch mit Bauchnabelpiercing.
Enthielt eine Menge Holz vor der Hütten, das Top.
Tiefer Ausschnitt.
Kein BH.
Natur pur.

Wasserstoffgebleichte Strähnen bedeckten die Schultern.

Die Zigarette glühte in knallroten Lippen.

Sie sagte: »Nu, Süßer, soll ich dir einen blasen?«

Sie lachte mit ihrer rauchigen Whiskystimme.

Sie lupfte ihr Top und offenbarte einen Busen wie Pamela Anderson. Silikon Valley.

Sie hauchte: »Los, Süßer, überleg dir's nicht zu lang. Da warten schon andere drauf.«

Ich war verdattert, fragte: »Wie viel?«

»Lasche fünfzig Euro. Aber in deinem Alter dauert's doppelt so lang … Weil du's bist …«

Sie stockte.

Mir stockte der Atem.

Unsere Blicke trafen sich.

In ihrem Hirn arbeitete es eine halbe Sekunde, in meinem hatte es schon geklickt.

Wir erkannten uns. Die Göthe-Nutte aus Greggenhofen und ich.

Sie drehte sich um, schrie Richtung Wohnmobil: »Gävin, gomm … Da stimmt was nich.«

Ich sah den voll tätowierten Muskelberg in der schmalen Tür des Wohnmobils.

Gang rein, es krachte, Fuß aufs Gas, es zuckelte.

Es krachte noch mal an der Seite von meinem Golf, der Typ trat sie mit seinen Springerstiefeln ein, mein alter Diesel nahm Fahrt auf, der Typ mir hinterher, mein Golf gewann.

Nichts wie weg.

In Sicherheit.

43 Marlein und der spirituelle Sprengstoff

Als das Nachwort verklungen war, sagte ich zu Klüngelbein: »Geht es bei diesem Kongress mit Ihren Fans in Ettal um die Einführung dieses magdalenischen Christentums?«

»Nicht nur, aber vor allem. Es wird ein zentrales Thema sein. Meine enge Vertraute Frau Sternvogel, die ja auch zusammen mit meinem Verlag den Kongress organisiert hat, hat im Allgäu eine Gruppe von jungen Frauen um sich geschart, die Fans von Maria Magdalena sind und bereits jetzt versuchen, im Geiste des von mir beschriebenen magdalenischen Christentums zu leben und es als neue, eigenständige Religion zu praktizieren. Und im neuen Buch werde ich dieses Magdalenentum ja dann ganz genau vorstellen, mit seiner Theologie, seinen Geboten und Ritualen – und eben seinen Kirchen und Kultorten.«

»Sie haben zu Beginn unserer Tour ein bisher unbekanntes verschollenes Schriftstück erwähnt, das Sie erworben haben. Ein Schriftstück, das die Richtigkeit Ihrer Thesen beweisen wird. Ein Schriftstück, das eine Sensation auslösen und die Weltgeschichte verändern wird. Ein Schriftstück, das Ihnen die Tempelritter abjagen wollen.«

»Ganz genau.«

»Ich vermute mal, dass es sich bei diesem ominösen Schriftstück um die von Maria Magdalena geschriebene ursprüngliche Version des Johannes-Evangeliums handelt.«

Klüngelbein nickte anerkennend.

»Mein Glückwunsch, Herr Marlein! Perfekt kombiniert! Ja, ich habe diese Ur-Version in meinem Besitz.«

Klüngelbein platzte förmlich vor Stolz.

»Und woher haben Sie dieses Schriftstück?«

»Ein Händler hat es mir angeboten.«

»Was für ein Händler?«

»Na ja ... einer, der auf dem florierenden Schwarzmarkt für Antiquitäten, Kunstwerke, Reliquien und solche Sachen agiert ...«

»Warum ausgerechnet Ihnen?«

»Nun, er hat von meiner These eines ursprünglichen Johannes-Evangeliums gehört und hat sich dann natürlich gedacht, dass ich mehr als jeder andere Mensch an diesem Pergament interessiert sein könnte. Und ich habe dann auch eine astronomisch hohe Summe dafür bezahlt.«

»Wo stammt es denn überhaupt her?«

»Darüber hat der Händler Stillschweigen bewahrt. Wie gesagt, es ist eben ein Schwarzmarkt, und da bleiben die Quellen und die Wege oft geheim.«

»Und woher wollen Sie wissen, dass es wirklich echt ist?«

»Der Händler hat es einem renommierten Wissenschaftler zur Prüfung vorgelegt. Ich habe ein Echtheitszertifikat erhalten. Das Schriftstück stammt nachgewiesenermaßen aus der ersten Hälfte des ersten Jahrhunderts nach Christi Geburt – und ist damit älter als die vier kanonischen Evangelien.«

»Und was steht in diesem von Maria Magdalena verfassten Evangelium?«

»Im Prinzip ähnliche Ereignisse wie im Johannes-Evangelium – allerdings so, wie sie sich wirklich ereignet haben. Im Johannes-Evangelium, so wie wir es kennen, sind die Geschehnisse im Sinne der frühen patriarchalen Kirche frisiert, zensiert, umgeschrieben und verfälscht worden. Was im ursprünglichen, von Maria Magdalena verfassten Johannes-Evangelium steht, ist spiritueller Sprengstoff. Ich werde den gesamten Text in meinem kommenden Buch veröffentlichen, und deshalb wird dieses Buch einschlagen wie eine Bombe. Beim Kongress in Ettal werde ich ein paar Ausschnitte daraus vorlesen. Dann werden Sie einer der ersten Ohrenzeugen einer Weltsensation werden, Herr Marlein!«

44 Bär übernimmt

Am nächsten Morgen hatte ich Besuch.

Tom Tommer auf Radausflug.

Wir hockten auf der Bank vor der Alm, schauten auf den See von Tal hinunter, der Grünten spiegelte sich in ihm, das liebliche Allgäu machte sich postkartenreif.

Er schaute auf mein Auto, fragte: »Kleine Karambolage gehabt?«

»Ja, ich war so in meine Ermittlungen vertieft, dass ich nicht aufgepasst und einem die Vorfahrt genommen habe, der ist mir dann reingebumst.«

Er schaute, sagte: »Komisch, die Delle ist links, normal hat der von rechts die Vorfahrt, da müsste sie auf der rechten Seite sein.«

Tommer war früher mal bei der Verkehrspolizei.

Ich sagte: »Ich bin immer noch ganz durcheinander, ich glaub er hat mir die Vorfahrt genommen, zu spät gebremst und ist mir dann von links rein.«

Tommer schaute mich an. Er glaubte mir kein Wort.

»Ist ja wurscht«, sagte ich. Wie war denn euer Runder Tisch mit dem Bischof?«

Tommer seufzte: »Unangenehm. Die von der Kirch können oder wollen nicht glauben, dass ihre Mädels aus der katholischen Landjugend abgehauen sind und jetzt Orgien feiern, und wir haben keine Idee, was da vor sich geht. Bei der Redaktion von der Allgäuer Rundschau liegen schon wieder anonyme Berichte vor … von Maiandachten und Singspielen mit Drogen – und Sexorgien. Wir haben uns geeinigt, nichts rauszulassen, weder Kirche noch Polizei noch Presse, bis alles aufgeklärt ist, offiziell aus ermittlungstechnischen Gründen.«

»Und inoffiziell?«

»Weil wir keine Ahnung haben.«

»Aber Indizien. Wenn nach der Maiandacht die Kirche voller Orgienutensilien ist …«

»Klar, da denkt man logischerweise: Die Mädels haben Orgien gefeiert. Aber beweisen können wir es nicht …«

Auf einmal lachte er, sagte: »Von wegen Indizien: Ich hab die Fetzen, die wir von dem Überfall am Bahnhof neulich gesichert haben, auf den Boden von unserem Wohnzimmer geworfen … und was glauben S', was passiert ist?«

»Ihre Frau hat gesagt, Sie sollen sie wieder aufräumen?«

»Nein, unser Hermes stürmt ins Zimmer und stürzt sich auf die Fetzen, er war gar nicht mehr zu halten.«

Ich sagte: »Der Duft der Frauen!«

»Genau! Die Schlägertruppe bestand aus Frauen!«

Ich sagte: »Nur langsam mit der Braut. Es können auch Schwule gewesen sein, die sich mit Frauen-Deospray oder Intimspray oder irgendeinem Duft eingesprüht haben.«

Er tippte sich an den Kopf, zeigte mir den Vogel, sagte voll überzeugt: »Unser Hermes ist doch nicht blöd!«

»Okay, aber was bedeutet das, wenn's so wäre, dass eine Mädchengruppe herumschlägert? Warum? Wieso?«

Er dachte, sagte: »Vielleicht hat es was mit dem Feminismus zu tun. Die Weiber tun immer mehr, was früher nur die Mannsbilder getan haben: Sie tragen Hosen, sie rauchen, sie machen Frauenstammtisch, sie gehen ins Fitnessstudio, sie fahren Lastwagen, sie tragen Anzüge …«

Ich ließ einfließen: »… und gehen zur Bundeswehr und zur Polizei und zur freiwilligen Feuerwehr und zum Eisstockschießen … in den Kirchengemeinderat …«

»Genau. Und zum Schlägern. Die sagen sich, was die Deppen können, können wir schon längst, nur besser.«

»Stimmt.«

»Und die Chefetagen der Dax-Konzerne erobern sie … und wahrscheinlich auch den Vatikan, warten S', in zehn Jahren haben wir die erste Päpstin.«

»Und auf den Strich gehen s' auch …«

»Aber da sind s' doch schon immer gegangen.«

»Ja, aber immer mehr drehen sie den Spieß um. Sie nehmen sich die Mannsbilder, die Strichjungen … Die Weiber führen sich auf, dass wir Mannsbilder rot werden! Schamlos!«

»Woher wollen S' denn das wissen?«

Ich zögerte, entschloss mich, ausnahmsweise, zur Wahrheit.

»Das mit dem Autounfall, das war nicht ganz genau so.«

»Da ham S' mir einen Bären aufgebunden, gell, Dr. Bär!«

Er lachte über seinen Scherz.

Ich auch, anstandshalber.

»Und warum?«

»Aus ermittlungstechnischen Gründen. Aber nachdem Sie so kooperativ sind, bin ich's auch, und wir sind ja aufeinander angewiesen …«

Und ich erzählte ihm die Geschichte mit dem Parkplatzstrich in Ettal.

Schloss: »Ich glaub, in diesem Wohnmobil liegt der Knackpunkt. Könnten Sie nicht eine Razzia veranlassen, alle Parkplätze mit Parkplatzstrich durchsuchen … nach dem Wohnmobil?«

Er stotterte: »Das ist nicht so einfach. Das ist nicht mein Revier. Garmisch-Partenkirchen.«

»Amtshilfe? Wenn Sie mit Ihrem Kollegen von Garmisch reden …«

Er druckste rum.

»Wo ist die Schwierigkeit?«

»Also …« Er schaute sich um. Hatte wohl wieder eine Attacke von Paranoia. »Das ist eine hochgeheime Geschichte. Wenn die rauskommt, verlier ich meinen Job. Und mein Kollege in Garmisch auch.«

Ich sagte: »Gehen wir ein paar Schritt spazieren. Da kann uns keiner hören.«

»Und Sie halten dicht?«

»Eisern. Schweigepflicht. Sie wissen ja, von früher … Ich darf nicht mal Ihrer Frau was erzählen.«

Wir spazierten am Weidezaun entlang, die Rindviecher folgten uns.

Tommer sagte, leise, damit die Tiere nichts mithören konnten: »Wir haben da ein Übereinkommen … die Zuhälter … und Zuhälterinnen …«

»Schon wieder der Feminismus!«

»… und die Vereinbarung ist, wir greifen in das Treiben auf den Parkplätzen nicht ein … solang nix passiert … Ist auch noch nie was passiert …«

»Na, dann schauen S' mal mein Auto an.«

»Eben. Die Zuhälter und Zuhälterinnen übernehmen die öffentliche Ordnung. Und die Polizei schaut weg. Deshalb geht das mit der Razzia nicht.«

Ich schnaufte wie ein ungeduldiger Gaul.

»Dann bleibt uns nur ein Umweg.«

»Umweg?«

»Sie müssen rausfinden, wo und wie viele Wohnmobile von Mercedes im Raum Garmisch registriert sind. Vielleicht kommen Auffälligkeiten ans Licht.«

»Und dann?«

»Dann übernimmt die Soko. Weil die Polizei ja bei den Zuhältern im Wort steht.«

Er blieb stehen. Sagte: »Großartig, Dr. Bär!«

45 Marlein und das würdige Finale

Zum Abschluss unserer Maria-Magdalena-Tournee gab es also noch eine Kirchen-Trilogie in Nürnberg.

Station eins war St. Klara in der Nähe des Hauptbahnhofs. Vom Parkhaus am Sterntor, in dem ich meine Kiste abgestellt hatte, waren wir in nur drei Minuten dort.

Wir kamen dabei an jeder Menge Taxis vorbei, die an der Straße zum Hauptbahnhof standen, aber diese Thematik schien sich zum Glück erledigt zu haben, denn Klüngelbein schluckte das, ohne mit der Wimper zu zucken.

St. Klara sah von außen aus wie die jahrhundertealte Kirche, die sie vermutlich auch war; innen präsentierte sie sich – nach einer Generalsanierung im Jahr 2007, wie mir Klüngelbein auf dem Weg dorthin erzählte – sehr modern, sprich sehr spartanisch. Böden, Wände, Decke und Bänke waren in einheitlichen hell-matten, ruhig-unaufdringlich wirkenden Beigetönen gehalten, es gab fast keine Kunstwerke, der gesamte Kirchenraum war schlicht und leer und kahl – Klarheit für St. Klara war das Leitmotiv bei der Neugestaltung der Kirche gewesen, hatte mir Klüngelbein erklärt –, und der Hauptaltar bestand aus nichts weiter als einem umgedrehten flachen U aus Stein. Lediglich die beiden Seitenaltäre waren mit alten, kunstvoll geschnitzten und bemalten Schreinen ausgestattet und wirkten wie Anachronismen in der ansonsten undekorierten Kirche.

Klüngelbein interessierte sich allerdings weder für den Innenraum noch für die Seitenaltäre, sondern durchquerte das Kirchenschiff und steuerte auf eine geschwungene hölzerne Wendeltreppe zu, die zur Empore hochführte.

Oben angekommen, blieb er unter einer lebensgroßen Skulpturengruppe stehen, die direkt unter der Decke auf einem Holzpodest stand.

»Was sehen Sie, Herr Marlein?«

Ging dieses Spielchen also wieder los. Aber ich spielte mit, da ich wusste, dass es bald ein Ende hatte.

»Jesus am Kreuz. Zu seiner Linken steht ein Mann.«

»Johannes.«

»Zu seiner Rechten steht eine Frau.«

»Seine Mutter Maria.«

»Und zu seinen Füßen, direkt am Kreuzstamm, kniet eine junge Frau mit langen lockigen Haaren und …«

»Und? Sprechen Sie es ruhig aus!«

»Es sieht so aus, als küsse sie ihm die Füße.«

»Ganz genau. Ich muss Ihnen sicherlich nicht sagen, wer diese junge Frau ist, die sich hier sehr innig und zärtlich von ihrem sterbenden Geliebten verabschiedet und ihn ein letztes Mal küsst – obwohl sie sich damit selbst in Lebensgefahr begibt.«

Mit dieser Kreuzigungsgruppe, die Maria Magdalena in einer intimen Szene mit Jesus zeigte, gehörte die Kirche St. Klara in Nürnberg für Klüngelbein natürlich zu den neuen Wallfahrtsorten seiner Maria-Magdalena-Bewegung.

Er machte sich wie üblich seine Notizen, und dann ging es weiter.

Bis zur Station zwei brauchten wir erneut nur drei Minuten: Es war St. Lorenz, die imposante Basilika mitten im Stadtzentrum Nürnbergs, ein Wahrzeichen der Stadt wie die Kaiserburg.

St. Lorenz war das genaue Gegenteil von St. Klara: Während dort gekleckert wurde, wurde hier geklotzt, sowohl was die Größe als auch was die Ausstattung betraf. Im riesigen Innenraum gab es eine regelrechte Schwemme und eine unüberschaubare Fülle von Kunstwerken, Bildern, Gemälden, Skulpturen, Plastiken, Kreuzen und Farbfenstern, dazu gleich ein ganzes Dutzend an Altären.

Ich wusste gar nicht, wo ich zuerst hinschauen sollte, doch Klüngelbein schickte sich an, mir zu zeigen, was – seiner Meinung nach – wichtig war.

»Sankt Lorenz ist eine wahre Maria-Magdalena-Hochburg. Hier finden sich mehrere Darstellungen, die Maria Magdalena schon seit Jahrhunderten als die göttliche Partnerin von Jesus Christus feiern – bisher natürlich nur heimlich, versteckt in Seitenaltären. Aber im zukünftigen Magdalenentum wird Sankt Lorenz mit diesen Kunstwerken eine zentrale Rolle einnehmen.«

Und Klüngelbein führte mich zu den drei wichtigsten Kunstwerken in der Lorenzkirche, die seine Behauptung beweisen sollten.

Zunächst zum Johannesaltar, dessen Hauptattraktion eine figürliche Darstellung des letzten Abendmahls war.

»Marlein, sehen Sie sich einmal die zwölf Jünger an, die um Jesus herumsitzen. Was fällt Ihnen dabei auf?«

Ich sah sie mir an.

»Elf der zwölf Jünger haben Vollbärte, bis auf einen, der ein völlig glattes Gesicht hat. Und dieser bartlose Jünger sitzt nicht, wie die anderen, aufrecht am Tisch, sondern liegt mit dem Kopf an Jesu Brust oder auf seinem Schoß.«

»Johannes, der Lieblingsjünger. Und wenn Sie meine Zusammenfassungen aufmerksam angehört haben, wissen Sie, was der Künstler damit ausdrücken wollte, dass er einen einzigen Jünger bartlos gestaltet hat.«

»Die Person, die sich hier zärtlich an Jesus lehnt, ist nicht Johannes, sondern Maria Magdalena.«

»Sie lernen schnell, Marlein. Maria Magdalena wird hier also recht unverblümt als die spirituelle und sexuelle Partnerin von Jesus dargestellt, wie in meinem Buch beschrieben. Maria Magdalena war schon beim letzten Abendmahl an der Seite von Jesus.«

Dann führte mich Klüngelbein ein Stück weiter zum Wolfgangsaltar, der die Auferstehung Christi zeigte. Klüngelbein deutete auf drei Bilder an der Unterseite des Altars.

»Hier sehen wir in der Chronologie sozusagen die Fortsetzung der Geschichte, dieses Mal alles konform mit der Heiligen Schrift: Maria Magdalena, zu erkennen an ihrem Salbölgefäß, als die einzig echte Zeugin des Todes und der Auferstehung Christi: bei der Grablegung, bei der Verkündigung der Auferstehung durch einen Engel am leeren Grab und bei der persönlichen Begegnung mit ihrem auferstandenen Geliebten.«

Und schließlich führte mich Klüngelbein noch ein Stück weiter zum Imhoff-Altar.

»Und hier dann sozusagen der Höhepunkt und Abschluss der Geschichte. Was haben wir hier, Marlein?«

Ich hatte so ein ähnliches Motiv schon einmal gesehen. Meine Erinnerung schweifte zurück, an die Marien-Tour mit Lena Wiga, an Kirchen wie die Basilika in Gößweinstein.

»Die Krönung Marias.«

»Richtig. Aber welcher Maria?«

»Der Mutter von Jesus.«

»Sehen Sie, und das ist falsch. Die Krönung der Muttergottes wird in der Kunst traditionell immer im Beisein von Gott-Vater, Gott-Sohn und Heiligem Geist dargestellt. Auf diesem Altarbild gibt es keinen Gott-Vater und auch keinen Heiligen Geist. Wir sehen nur einen jungen Mann mit Krone und Zepter, der einer jungen Frau eine Krone aufsetzt. Einer jungen Frau, wohlgemerkt! Schauen Sie sich die Gesichtszüge der Frau an! Das ist nie im Leben seine Mutter. Also, Marlein – welches Sakrileg wird hier gezeigt, mitten in einer amtlichen Kirche?«

»Jesus krönt Maria Magdalena nach seiner Auferstehung zu seiner göttlichen Partnerin – und macht sie damit zu seiner offiziellen Nachfolgerin.«

Klüngelbein nickte und grinste zufrieden. Ich war ein gelehriger Schüler.

Während Klüngelbein nun eifrig notierte und fotografierte, schlenderte ich noch ein bisschen durch St. Lorenz, aber es waren zu viele Eindrücke, und meine Gedanken waren außerdem noch mit dem beschäftigt, was mir Klüngelbein gezeigt und gesagt hatte.

Zur dritten und letzten Station – und damit auch zur letzten Station unserer großen Maria-Magdalena-Tour überhaupt – brauchten wir dann tatsächlich doch mehr als drei Minuten – nämlich glatte sieben.

Wir gingen die Königstraße weiter, überquerten die Museumsbrücke und den Hauptmarkt, kamen vorbei an der Frauenkirche – auch hier wurden wieder Erinnerungen an meine Marientour mit Lena Wiga wach – und am Rathaus und landeten schließlich am Ziel: der Kirche St. Sebald.

St. Sebald hatte einiges mit St. Lorenz gemeinsam: Sie war ebenfalls ein Wahrzeichen von Nürnberg, und sie war ähnlich groß und ähnlich reich ausgestattet.

Ich befürchtete eine erneute Führung durch die gesamte Kirche, doch Klüngelbein steuerte zielsicher einen einzigen Ort an: ein Gemälde, das an einer steinernen Säule hing, ziemlich genau in der Mitte der Kirche.

Klüngelbeins Blick wurde noch eine Spur verklärter, als er schon die ganze Zeit war.

»Mein lieber Herr Marlein, das ist nun ein wahrlich würdiges Finale unserer Reise. Sehen Sie hier, wie der König der Malerei die Königin des Christentums ins rechte Licht rückt und auf dem Königsthron platziert.«

Ich sah zu dem Bild hoch.

»Das müssen Sie mir jetzt doch ein bisschen genauer erklären, Herr Klüngelbein.«

Klüngelbein räusperte sich, um feierlich genug sprechen zu können.

»Das hier ist eine Kopie des Bildes ›Die Beweinung Christi‹ des großen Albrecht Dürer, gemalt 1498. Das Original befindet sich im Germanischen Nationalmuseum, aber da diese Tafel für die Kirche Sankt Sebald als Gedächtnisbild für die Patrizierfamilie Holzschuher, deren Mitglieder unten am Bildrand kniend als Stifter dargestellt sind, bestimmt war, ist es nur legitim, dass hier zumindest eine Reproduktion hängt.«

Ich fixierte das Bild.

Es zeigte den toten Jesus, am Boden liegend. Um ihn herum knieten zwei Frauen und zwei Männer, die ihn betrauerten. Dann gab es noch eine Frau, bekleidet mit einem blauen Gewand und einem roten Umhang, ein kleineres Gefäß in der Hand haltend, die hinter dieser Gruppe in der Mitte des Bildes stand, und einen bärtigen Mann im Hintergrund am rechten Bildrand, der ein größeres Gefäß in Händen hielt.

Ich kratzte mich am Kopf.

»Im Gegensatz zu anderen Bildern und Skulpturen, die Sie mir gezeigt haben, sehe ich hier aber nichts Revolutionäres.«

Klüngelbein war ganz hibbelig.

»Das mag auf den ersten Blick wohl so wirken, Herr Marlein, aber wenn man das Bild richtig zu deuten weiß, ist es vielleicht tatsächlich das revolutionärste von allen. Die Frauenfigur im roten Tuch in der Bildmitte ist anhand des Salbgefäßes wieder leicht als Maria Magdalena zu identifizieren. Sie steht – aufrecht, erhaben, schön, stolz, den visionären Blick in die Ferne gerichtet – im Zentrum des Bildes, sie dominiert über alle anderen Personen. Vor allem auch über die männliche Person am Bildrand, die Petrus darstellt – der ärgerlich und eifersüchtig und feindselig auf Maria Magdalena starrt und dem bewusst ist, dass er, obwohl er ein viel größeres Gefäß bei sich trägt, von niemandem beachtet wird und im wahrsten Sinne des Wortes im Abseits steht.«

Klüngelbein starrte auch – aber nicht ärgerlich oder feindselig, sondern wie hypnotisiert von dem Gemälde, das da an der Steinsäule in St. Lorenz hing.

»Selten wurde die Rolle, die für Maria Magdalena in der Heilsgeschichte eigentlich vorgesehen war, deutlicher zum Ausdruck gebracht, und nur ein Meister wie Albrecht Dürer konnte sie auf so geniale Art zum Ausdruck bringen. Die Botschaft von ›Die Beweinung Christi‹ lautet: Die weiblich-sanfte Visionärin Maria Magdalena – und nicht der chauvinistische Kleingeist Petrus – war die wahre und legitime Nachfolgerin Christi, und nur sie hatte den Auftrag und die Autorität, eine

Kirche zu gründen, in der die Lehre des göttlichen Paares lebendig werden konnte. Das ist genau dieselbe Botschaft wie in meinem Buch ›Maria Magdalena – die ultimative Wahrheit‹, und es wird höchste Zeit, dass wir die historische Fehlentwicklung der vergangenen zweitausend Jahre endlich korrigieren!«

Klüngelbein war im Kick, im Flow, in der Ekstase, und ich hatte nicht vor, ihn davon runterzuholen.

Ich ließ ihn das Dürer-Gemälde in St. Lorenz gründlich studieren, bevor wir dann wieder zurück zum Auto gingen – ich zu Fuß, Klüngelbein auf einer unsichtbaren Wolke schwebend.

Und während wir ins Auto stiegen, tätschelte ich liebevoll meine Knarre, die ich auch während dieses Nürnberg-Spaziergangs stets zückbereit umklammert hatte. Aber auch hier hatte niemand auf uns geschossen, und niemand hatte versucht, Klüngelbein in ein vorbeifahrendes Auto – vorzugsweise ein Taxi – zu zerren, um ihn zu entführen.

Die Recherche-Tour war zu Ende, und Klüngelbein hatte sie überlebt.

Es war vollbracht.

46 Bär blättert

Ich übernahm.

Tommers Suche hatte ergeben: Im Raum Garmisch gab es eine auffällige Häufung von Wohnmobilen.

Bei einer Firma, die mit Wohnmobilen handelte.

Na und? In jedem Kuhstall gibt es eine auffällige Häufung von Kühen.

Die Firma verlieh auch Wohnmobile.

An Subunternehmen.

Ich dachte: Ich geh mal hin und schau.

Aber mit welcher Story?

Ich konnte ja schlecht hingehen und sagen: Betreiben Sie auch fahrende Minipuffs?

Mir fiel nichts ein.

Ich hockte mich vors Haus, schaute meinen eingetretenen Golf an.

Ging einmal ums Auto.

Ob ich den Schaden richten lassen sollte?

Könnte ja mal in der Werkstatt in Tal unten fragen.

Bei Auto-Schiefele.

Hatte mir schon hin und wieder aus der Patsche geholfen.

Er liebte Barzahlung.

Ich nahm mir vor, meine Bibel durchzublättern.

Meine Bibeln sind wertvolle Bücher, weil zwischen den Seiten die Scheine eingelegt sind.

Ich hocke mich wieder hin.

Irgendwas hatte mich irritiert.

Ich wusste nicht, was.

So ein blödes Gefühl.

Ich ging noch mal um meine Schrottlaube herum.

Vergaß, wonach ich schauen wollte, dachte versonnen, ob sich das lohnt, ein paar hundert Euro zum Ausbeulen hinzublättern.

Plötzlich sprang es mich an: ein Aufkleber.

In Schwarz und Rot. Zwei Worte.

Pechschwarz: »Diesel«.

Blutrot: »Mörder«.

»Diesel Mörder«.

Ich wusste nicht, ob ich laut lachen oder laut fluchen sollte.

Irgendwelche grünen Fanatiker hatten sich wohl einen Scherz erlaubt.

Religiöse Fanatiker. Sie hatten eine neue Todsünde erfunden. Diesel.

Sie mussten eine starke Lobby haben.

Bis in die Regierung. Die Nachrichten quollen über mit Diesel-Empörung.

Es kam zu einem Diesel-Gipfel. In Berlin.

Alle Parteien waren gegen Diesel, mehr oder weniger.

Ich fürchtete schon um meinen geliebten Golf.

Wenn ich Glück hatte, wurde ich nur enteignet.

Wenn ich Pech hatte, sperrten sie mich ein.

Oder gaben mich zur Steinigung frei.

Zur Gesundung des deutschen Volkes.

Am deutschen Wesen soll die Welt genesen.

Ich dachte an die vielen Autos auf den Parkplätzen. Die meisten Diesel.

Auch Wohnmobile sind mit Diesel.

Ein Blitz durchzuckte mich. Ein Geistesblitz.

Jetzt hatte ich meine Story.

Ich war mit einem Schlag vollgetankt mit Energie. Voll, nachhaltig und öko.

Warf meinen Diesel an, er bedankte sich mit einer dunklen Abgaswolke.

Ich ließ ihn talwärts rollen. Rollte in der Werkstatt von Meister Schiefele ein.

Der Parkplatz war voll. Alles Diesel.

Meister Schiefele war vollbeschäftigt.

Kratzte an einem Auto herum.

»Grüaß di!«, sagte ich in seinen Rücken.

Er schaute kurz um, sagte: »Schon wieder was kaputt an deinem Schrottladen? Ich hab jetzt keine Zeit.«

Er kratzte weiter, rieb mit einer Flüssigkeit.

»Sakrament, das Zeug klebt wie getrocknete Kuhscheiße.«

»Ja, wenn die eintrocknet, kriegt man sie kaum mehr weg. Ich weiß das aus Erfahrung.«

»Kommst ebba wegen der Kuhscheiße?«

Ich lachte anstandshalber.

Er, sauer: »Da gibt's nix zum Lachen. Schau! Seit heut früh bin ich dabei, das Zeug von den Autos zu kratzen, die wenn ich derwisch, die …«

Er deutete auf einen halb abgekratzten Aufkleber. Ich las laut: »›Diesel Mörder!‹ … Mensch, auf meinem Golf pappt auch so ein Ding.«

Er wandte sich mir zu: »Dann sind die Hund, die verreckten, bis zu dir nauf auf die Alm.«

»Ja, meine Nachbarin hat auch so einen Papper auf ihrem Traktor kleben!«

»Unglaublich, die fahren überall umeinander und versauen die Autos … Wahrscheinlich fahren die auf dem Fahrrad mit einem Rucksack voller Kleber umeinander …«

Ich sagte: »Oder mit einem Diesel.«

Er sagte: »Die mit ihrer Diesel-Hysterie! Als wäre der Diesel eine Giftgasfabrik … Da könnten s' gleich die ganze Landwirtschaft dichtmachen … das ganze Allgäu. Da läuft alles mit Diesel.«

»Aber vielleicht geht's auch mit Umrüsten. Filter und so … Dann käme ja eine Menge Arbeit auf dich zu!«

Er stutzte, sagte: »Von der Seite hab ich es noch gar nicht gesehen! Ja! … Und was kann ich denn für dich tun?«

»Mir ist einer reingefahren. Kannst es mal anschauen und sagen, was die Reparatur kosten tät … so ungefähr?«

Er schaute mein Auto an, einschließlich »Diesel Mörder«-Aufkleber, sagte: »So ungefähr … auf umra sechshundert Euro wird die Rechnung schon kommen.«

»Und bar?«

»Fünfhundert!«

»Ich überleg mir's mal … Ach, da fällt mir noch was ein. Wie wird denn das Giftgas beim Diesel gemessen … Gibt's da ein Messgerät?«

»Gibt's schon.«

»Könnst du's mir für einen Tag leihen?«

»Zu was?«

»Ach, eine Bekannte von mir, die will das wissen, sie denkt, sie lasst sich vielleicht einen Filter einbauen.«

Er schüttelte den Kopf. »Ich hab nur ein Gerät …«

»Die tät den Filter dann sicher auch von dir einbauen lassen …«

Das Schütteln am Kopf hörte auf.

»I wois itta.«

Ich hielt ihm einen Fünfziger hin, sagte: »Anzahlung.«

Er steckte den Fünfziger in seinen Arbeitskittel.

»Aber heut Abend hab ich das Ding wieder!«
»Ehrenwort! Zeig mir g'schwind, wie man das misst.«
»Ganz einfach«, sagte er und zeigte mir das Messgerät.

47 Marlein und die zurückkehrende Angst

Mit der Rückkehr zu Klüngelbeins Haus kehrte auch seine Angst zurück.

Auf den letzten Stationen unserer Tour war Klüngelbein eigentlich einigermaßen entspannt gewesen. Sogar in Altötting, wo wir uns ja verloren hatten und er im Prinzip schutzlos in einer Menschenmenge unterwegs war – dort war nicht er derjenige gewesen, der in Panik geraten war, sondern ich.

Doch jetzt, wo wir unbeschadet zurückgekehrt waren, in Fürth, vor seinem Zuhause, seinem perfekt ausgestatteten Sicherheitsrefugium, holte ihn die Paranoia mit voller Wucht wieder ein.

Ich musste ihn – mit der Knarre in der Hand – vom Auto zur Haustür begleiten.

Ich musste – mit der Knarre in der Hand – neben ihm stehen, als er die Post aus dem Briefkasten holte.

Ich musste – mit der Knarre in der Hand – vor ihm ins Haus gehen, um sicherzustellen, dass niemand darin war und ihm auflauerte.

Und ich musste seine Post mit einem messerartigen Brieföffner aufschlitzen – es konnte ja schließlich eine Briefbombe dabei sein.

Ich schlitzte und gab ihm den jeweiligen Inhalt, damit er ihn sich ansehen konnte.

Es war zunächst nichts Spektakuläres – viel Werbung, ein paar Rechnungen.

Des Weiteren ein Brief von seiner Geliebten aus dem Allgäu, bei dessen Lektüre Klüngelbein strahlte wie ein frisch verknallter Teenager.

Und dann war da noch ein Kuvert, bei dem das Strahlen sofort wieder verschwand.

Klüngelbein sah es an, als wäre es mit Säure getränkt.

»Das ist sicher wieder ein Drohbrief!«

Das Einzige, was auf dem Umschlag stand, war: »An Herrn Klüngelbein«. Kein Absender und auch keine Adresse und keine Briefmarke – was hieß, dass er nicht mit der Post gekommen war, sondern dass ihn jemand persönlich in Klüngelbeins Briefkasten geworfen haben musste.

Klüngelbein trat ein Stück zur Seite. Er wollte auf Nummer sicher gehen für den Fall, dass es etwas Schlimmeres war als ein Drohbrief. Er wollte nicht verletzt werden, wenn ich den Brief öffnete und die Bombe hochging. Sie sollte nur mich zerfetzen. Nett, Herr Professor Klüngelbein!

Andererseits – das war nun mal mein Job als Leibwächter.

Ich schnitt auch dieses Kuvert mit dem Briefmesser auf und entnahm ihm ein Blatt Papier. Ich hätte mich dabei beinahe an der scharfen Klinge des Brieföffners geschnitten, aber ansonsten blieb ich unverletzt.

Auf dem Blatt stand lediglich ein einzelner Satz, die dringende Bitte um einen Anruf. Darunter eine Handynummer und darunter der Name des Absenders.

Ich streckte das Papier in Richtung Klüngelbein.

»Kein Drohbrief. Nur ein weiteres Bittgesuch von unserem Freund Ingo Groschen. Er möchte, dass Sie ihn anrufen. Wahrscheinlich geht es wieder um ein Interview.«

Klüngelbein verzog zwar das Gesicht, insgesamt war ihm aber Erleichterung anzumerken.

»Könnten Sie ihn bitte anrufen, Herr Marlein, und ihm ein für alle Mal verklickern, dass ich erst Interviews gebe, wenn das Buch veröffentlicht ist? Und dass er sich dann an den Verlag wenden soll und nicht an mich direkt?«

»Klar, kann ich machen.«

Ich steckte den Schrieb in meine Hosentasche.

»Was sagten Sie, wann wird es veröffentlicht werden?«

»Ungefähr in einem Vierteljahr. Dank der Recherchen der

letzten Tage habe ich jetzt alles beisammen – ich denke, ich werde die Erstfassung in den kommenden beiden Tagen vollenden.«

»Dann war unsere Tour also erfolgreich?«

»Ja, auf jeden Fall.«

»Und es ist nichts passiert. Keine Anschläge, keine Attentate, keine Mordversuche. Keine Neuen Tempelritter weit und breit.«

Klüngelbeins Miene verfinsterte sich.

»Ja, die Tour ist gut verlaufen. Aber die Hölle steht uns erst noch bevor. Ich bin mir absolut sicher, dass es in Ettal kritisch wird, dass es dort zum Showdown mit den Tempelrittern kommen wird.«

Schon wieder diese Miesepeter-Nummer. Das nervte mich. Es reichte. Ich konnte diesen Gerhard-Johann Klüngelbein langsam nicht mehr sehen und nicht mehr hören. Ich brauchte eine Pause von ihm.

Zum Glück war genau jetzt der Zeitpunkt gekommen, diese Pause einzuläuten.

»Nun gut, Herr Klüngelbein, wir werden sehen. Jetzt schreiben Sie in Ruhe Ihr Buch fertig, und in drei Tagen fahren wir zusammen nach Ettal. Bis dahin würde ich mich dann erst einmal verabschieden. Okay?«

Klüngelbein bestätigte, dass es okay wäre, aber er sah unglücklich aus. Ich hatte das Gefühl, dass ihm meine ständige Begleitung doch ein starkes und gutes Gefühl der Sicherheit gegeben hatte. Und dieses Gefühl würde jetzt, mit meinem Abgang, wegfallen.

Ich ließ mich dazu erweichen, ihm zu versichern, dass ich übermorgen mal bei ihm vorbeischauen würde, bevor ich die Klüngelbein'sche Festung endlich verließ.

Als mir, kurz nachdem ich von Klüngelbeins Haus weggefahren war, ein Taxi entgegenkam, dachte ich nur: Gott sei gelobt, dass Klüngelbein das nicht gesehen hat …

48 Bär zückt

Mein Navi führte mich nach Garmisch zum »Wohnmobile Abenteuer«.

»Mit Liebe durch die Welt!«, stand unter dem Firmenschild.

Ich war mit dem alten Audi Diesel unterwegs.

Leihgabe von meiner Nachbarin.

Ich zog meinen speckigen Hausmeisterkittel an, setzte mir den Erwin-Pelzig-Hut auf, die riesige dicke Hornbrille aus dem Nachlass meines Vaters auf die Nase, nahm meine Werkzeugtasche mit dem Messgerät in die Hand und griff an.

In der Rezeption hockte eine mittelalterliche Matrone im Dirndl.

Vor ihr ein Schild: »Mathilde Bachleitner«.

Sie schaute in ihren PC.

Schien nicht zu sehr an mir interessiert.

Ich räusperte mich.

Keine Resonanz.

Ich zückte meinen ADAC-Ausweis, Mitgliedskarte.

Sagte: »Grüß Gott, Frau Bachleitner.«

Sie tippte weiter in ihren PC.

»Ja?«

»Bär. Emil Bär von der Stiftung Warentest im Auftrag des ADAC.«

Sie hörte auf zu tippen.

Schaute mich an.

Schaute neben mir auf den Parkplatz, sagte: »Aber Ihr Auto ist kein ADAC-Auto, und von Stiftung Warentest steht auch nix drauf.«

»Klar. Es handelt sich nämlich um eine anonymisierte randomisierte Testuntersuchung. Abgase und so. Umwelt. Diesel. Sie haben doch eine große Dieselflotte.«

»Ich will mit so was nix zu tun haben.«

»Aber es ist doch anonym. Ihr Betrieb wird codiert, und der Name erscheint nirgends …«

»Nein …«

»… nur die Betriebe, die nicht mitmachen, die werden namentlich genannt.«

Sie schaute, als dächte sie.

Ich sagte: »Es dauert auch nicht lang, nicht amal eine halbe Stunde, ich halt Sie nicht von Ihrer vielen Arbeit ab, und es geht auch nur um die Wohnmobile mit Diesel.«

»Wir haben nur Diesel-Wohnmobile.«

»Und auch nur die von Mercedes. Sie brauchen mir bloß zu zeigen, wo sie stehen, und nach zwanzig Minuten sind Sie mich wieder los. Und Sie kriegen dann vom ADAC schöne Sticker zugeschickt: ›Vom ADAC empfohlen‹.«

Halb überzeugt, oder verängstigt, sagte sie: »Ein paar von denen werden gerade sauber gemacht. Dahinten.«

Sie nickte mit dem Kopf in Richtung »dahinten«.

»Kein Problem, ich bin in zwanzig Minuten wieder da!«

Ich steuerte auf ein paar Wohnmobile zu, die Türen standen offen, Putzeimer davor.

In den Kisten rumpelte es, eine Putzfrau war zugange, ich sagte »Grüß Gott!«, sie lächelte, sagte: »Nix Deutsch!«

Ich versuchte es mit: »Gismisch Ulsum!«

Hatte im Krankenhaus immer prima funktioniert. »Gute Besserung« auf Türkisch.

Funktionierte auch jetzt. Sie leuchtete.

»Du turkisch?«

Ich lachte. Sagte: »Nein, bayrisch, aber gut Urlaub in Türkei … Istanbul, Antalya, Bodrum, Belek, Izmir …« Mehr türkische Orte fielen mir nicht ein.

Dann erklärte ich ihr: »Ich Motor-Mann. Ich schau jetzt mal nach, was die Diesel so an Dreck in die Luft schleudern.«

Sie lächelte nicht verstehend, sagte: »Ich arbeiten!«

Ich öffnete die Motorhaube, fummelte an dem Trumm herum, wo es mir der Meister Schiefele erklärt hatte, schaute auf mein Messgerät, nickte vielsagend mit dem Kopf.

Es war nicht eingeschaltet.

Ging zum nächsten Wohnmobil.

Motorhaube auf. Blick rundum. Sturmfrei.

Ging rein, schaute.

Sah: ein eingebautes Bett hinten statt Sitzecke, zerwühlte Decken, zog sie weg, sah einen roten Bettbezug mit weiß geränderten Flecken, massenhaft.

War vielleicht bei einem Ausflug für Bettnässer im Einsatz gewesen.

Überall Kartons mit Tempos, benutzte Tempos, zerknüllt.

Oder war es ein Ausflug einer Selbsthilfegruppe von Heuschnupfengeplagten?

Im Kühlschrank eine Bar.

Scotch. Ouzo. Himbeergeist. Ettaler Likör. Ettaler Schnaps. Ettaler Bierflaschen. »Dem Himmel so nah«.

Oder die Anonymen Alkoholiker auf Rückfall?

Öffnete einen Hängeschrank.

Ein Dutzend Päckchen flogen mir entgegen.

Durex gefühlsecht. Sico Test Set. Amor Nature. Trojan Magnum Extra Feucht. Climax gerippt. Amor Long Love. Billy Boy. Sico grip. Secura 1001 Nacht. Und so weiter.

Aufklärungseinsatz der Volkshochschule für Jugendliche ab zehn Jahre?

Im Kleiderschrank hingen und lagen Teile, die früher bei Beate Uhse unter Reizwäsche gehandelt wurden.

Ein Ehewochenende der Caritas?

In der Schublade darunter: Sexspielzeug. Peitschen. Lederzeug. Ein Ochsenziemer.

Alles klar!

Ich schlich mich wieder, ging am ersten Wohnmobil vorbei, die Putzfrau warf gerade mit angewidertem Gesicht gebrauchte Kondome in den Abfalleimer und versaute Bettwäsche daneben.

Sie lachte mich an, sagte: »Scheiß-Arrrbeit!«

Ich sagte: »Deutsche Leitkultur … Diesel … Sex …«

Sie verstand nichts, ich sagte noch mal: »Gismisch Ulsum.«

Sie lachte wieder. Ich sagte: »Arbeit fertig … Pfüadi.«

Ich winkte, sie winkte, ich rief: »Allahu akbar!«

Sie erschrak, riss die Augen weit auf: »Ich nix böse!«

Ich sagte: »Keine Angst, ich bin auch kein Terrorist, jedenfalls kein türkischer«, deutete himmelwärts, sagte: »Allahu akbar gut! Großer Gott …«

Sie entspannte, sagte: »Grosses Gott, wir loben dick.«

Jetzt staunte ich.

Sie sagte: »Enkel singen in Kita.«

»Ah … Enkel? Super! Wo?«

»Ettal!«

Alle Wege führen nach Ettal.

Unsere Wege trennten sich. Meiner ging in Richtung Lackiererei.

Ein Typ mit Mundschutz, in die Stirn hochgeschoben, lehnte an der Wand unter dem Schild »Lackiererei«.

Sah aus wie ein kastriertes Nashorn.

»Sagen S', kann man so ein Wohnmobil auch lackieren und verzieren lassen? Ich bin nämlich grad dabei, mir eins zu kaufen, und es soll eine persönliche Note haben.«

»Ha?«

Ich hatte mich in der Sprachebene vergriffen.

»Kann man auf so ein Wohnmobil auch was draufpappen. Logo, Tattoo oder so?«

»Was d' willst, ich brauch halt eine Vorlage.«

»Könnt ich mal sehen, wie so was ausschaut?«

»Schau halt nei, dann siehst es schon.«

»Dank dir schön!«

Ich ging rein, auf seinem Arbeitstisch lagen Vorlagen.

Blätterte sie durch.

»Morgenrot« mit Sonne, aufgehend.

»Capri« mit Sonne, untergehend.

»Caritas auf Tour«.

»Katholische Landjugend«.

»Magda-Mobil«.

»Polyamor Mobil«.

»Kevin fährt mit«.

»Zirkus Guggemoos«.

»Schlafwandler«.

»Lustkutsche«.
»FKK on Tour«.
Das genügte.
Ich ging raus.
Sagte: »Ist das nicht ung'sund, in der Lackiererei arbeiten, mit denen Dämpfen?«
Er tippte sich an die Stirn: »Dafür hab ich doch meinen Filter.«
»Und die Zigaretten?«
Er sagte: »Filterzigaretten!«
Ich: »Ja, man muss auf seine Gesundheit achten. Pfüadi, und bleib g'sund!«
Er zog mit hohlen Backen an seiner Zigarette, schmiss die Kippe auf den Boden, sagte: »... am Arsch!«
Ich schritt beschwingt an die Rezeption zurück.
Sagte: »Ich bin schon fertig. Top-Werte. Glückwunsch!«
Sie schaute etwas weniger grantig.
Ich fragte: »Sie, diese Wohnmobile sind schon was Praktisches. Ich tät mir gern eins ausleihen fürs nächste Wochenende. Mit meinem Enkel durch die Gegend fahren. Neuschwanstein, Hohenschwangau, Oberammergau, Ettal und so.«
Sie schüttelte den Kopf.
»Die sind alle schon ausgebucht fürs Wochenende.«
»Ja, so was, warum denn, es sind doch noch keine Ferien?«
»In Ettal ist so eine große Veranstaltung. Wenn so Veranstaltungen sind, sind wir immer ausgebucht mit den Wohnmobilen.«
»Und was ist das für eine Veranstaltung? So was wie G20?«
»Es sind schon mehr als zwanzig. Irgendwelche Deppen haben da einen Kongress, und fürs Rahmenprogramm brauchen die da immer Wohnmobile.«
»Fürs Damenprogramm?«
»I wois itta, ob die da einen Unterschied machen, mir wurscht. Sie zahlen gut, solang die zahlen, sollen die machen, was sie wollen.«
Ich hatte den Eindruck, dass sie mehr wusste, als sie mir sagte, die Unschuld vom Lande.

Sie tippte wieder in ihren PC ein.

Ich war Luft.

Sagte: »Dank schön für die Kooperation. Die nächsten Tag kriegen S' die Schildle: ›Vom ADAC empfohlen‹.«

Ich trollte mich.

Ließ meine »Diesel Mörder«-Maschine an. Giftwolke. Blickte noch mal auf die Rezeption.

Am Fenster stand Mathilde Bachleitner.

Mit Opernglas in der Hand.

Ich winkte.

Das Glas fiel ihr aus der Hand.

49 Marlein und das frustrane Telefonat

Am nächsten Morgen war ich froh, endlich mal wieder einen Tag ohne Kirchenbesuch und ohne Maria Magdalena vor mir zu haben.

Aber irgendwie kam ich dann doch nicht ganz los vom rebellischen Professor und von der frommen Sünderin.

Nachdem ich ausgeschlafen und mir ein ausgiebiges Frühstück unten bei Frau Gaulstall in der Wirtschaft gegönnt hatte, ging ich zurück ins Büro, um die einzige Pflichtaktion zu erledigen, die ich für diesen Tag geplant hatte.

Ich nahm in meinem Chefsessel Platz und wählte die Nummer, die auf dem absenderfreien Brief stand, der in Klüngelbeins Briefkasten geworfen worden war.

Nach dreimal Klingeln meldete sich eine männliche Stimme.

»Ingo Groschen.«

»Guten Tag, Herr Groschen. Hier Marlein, der persönliche Assistent von Professor Klüngelbein.«

»Oh! Das freut mich, dass Sie mich anrufen. Dann haben Sie mein Schreiben gelesen. Und jetzt wollen Sie einen Interviewtermin mit mir vereinbaren, nicht wahr?«

»Weit gefehlt, Herr Groschen. Ich rufe Sie an, um Ihnen

mitzuteilen, dass Sie Ihre Bemühungen bezüglich eines Interviews mit Professor Klüngelbein zukünftig unterlassen können. Professor Klüngelbein wird definitiv nicht vor dem offiziellen Erscheinungstermin über sein Buch sprechen. Nicht mit Ihnen und nicht mit irgendjemand anderem. Und wenn es so weit ist, was erst in ungefähr drei Monaten der Fall sein wird, werden alle Interviewwünsche über den Verlag koordiniert. Versuchen Sie es dann dort.«

Ich erwartete, dass er pampig und angepisst reagieren würde, aber stattdessen wurde sein Tonfall schmeichlerisch.

»Ich verstehe ja, dass Professor Klüngelbein vorsichtig ist und den Kontakt mit den Medien zum jetzigen Zeitpunkt scheut. Aber er vergibt damit auch eine Riesenchance. Ich könnte da echt einen Megadeal einfädeln, von dem wir alle beide maximal profitieren würden. Klüngelbein möchte doch auch, dass sein Buch die breite Massenwirkung bei den Menschen erzielt, die er sich von seinen sensationellen Enthüllungen, die er ja angekündigt hat, erhofft. Und ich könnte dafür sorgen, dass diese Wirkung eintritt. Ich habe die Kontakte – zur BILD, zum Spiegel, zum Fokus, zum Stern, und zu den Fernsehsendern. Wenn Klüngelbein ein Exklusivinterview mit mir macht, werde ich ihn ganz groß rausbringen, in der allerobersten Medienliga. Das Buch würde eine Wahnsinns-Publicity bekommen, und es würde unter Garantie in allen Bestsellerlisten direkt auf Platz eins schießen. Das ist doch ein Angebot, oder?«

»Bedauere, aber die Absage von Professor Klüngelbein ist eindeutig und endgültig.«

Er hatte spürbar Mühe, die Contenance zu wahren, aber er fraß weiterhin Kreide, um geschmeidig zu klingen.

»Ich würde Sie trotzdem herzlich bitten, Professor Klüngelbein über die Möglichkeiten zu informieren, die ich Ihnen gerade genannt habe.«

Dann bröckelte der Putz, und die Charme-Offensive geriet ins Wanken, denn jetzt brach doch Gehässigkeit durch.

»Nicht, dass der Herr Professor um seinen Ruhm gebracht

wird, nur weil sein unfähiger Assistent kategorisch alle Anfragen abblockt und seinen Chef gar nicht über mein Angebot informiert.«

Ich ließ es ihm durchgehen und kommentierte es mit einem Schweigen. Groschen legte nach, nun hörbar gereizt.

»Wie war doch gleich noch mal Ihr Name? Marlein?«

»Ja. Philipp Marlein.«

Bevor ich überlegt hatte, ob ich mir nicht besser einen Phantasienamen zulegen sollte, war es auch schon raus. Aber egal, der Pressefritze konnte mir nichts anhaben.

Groschen startete noch einen letzten Versuch, jetzt wieder mit Puderzucker auf den Stimmbändern.

»Vielleicht wäre es besser, wenn ich mit Professor Klüngelbein persönlich sprechen würde. Ob Sie ihn mir wohl kurz geben könnten?«

Nun, vielleicht hätte ich Klüngelbein tatsächlich gefragt, ob er mit Groschen plaudern möchte – wenn ich wirklich sein persönlicher Assistent und bei ihm gewesen wäre und mich nicht weit weg von ihm in meinem Privatdetektivbüro befunden hätte.

»Tut mir leid, die Anweisungen von Professor Klüngelbein sind eindeutig. Er führt momentan keine Gespräche mit Pressevertretern, weder am Telefon noch sonst wo.«

Groschen gab endlich auf – doch nicht ohne arroganten Unterton.

»Schade, dann eben nicht. Aber macht nichts – ich werde ihn ja eh bald treffen, und dann werde ich ihn noch mal persönlich fragen. Vielen Dank für Ihre Bemühungen, Herr Marlein, und schöne Grüße an Professor Klüngelbein!«

Fick dich, Arschloch, dachte ich – sagte es aber ebenso wenig, wie ich nachfragte, wo er denn gedachte, Klüngelbein zu treffen. Stattdessen nuschelte ich ein »Wiederhören« ins Telefon und legte auf.

Ich machte mir eine Notiz im Hirn, dass ich Klüngelbein, wenn ich ihn morgen besuchen würde, fragen sollte, ob er wusste, welches Treffen Groschen gemeint hatte – oder ob das nur eine leere Drohung von Ingo Groschen war, ein kleines fieses Nachtreten am Ende eines für ihn frustranen Telefonats.

50 Bär supervidiert

Ich hockte im Stuhlkreis.

Der Rest vom Kreis war mit Krankenschwestern besetzt, Assistenzärztinnen, Praktikantinnen, PJlerinnen.

Weißt du, wo die Männer sind …?

Angeheiztes Schweigen.

Verbissene Mundwinkel, abwärts.

Feindselige Blicke.

Eine mit Buzz-Cut-Frisur, sie hätte auch als Mann durchgehen können, sagte: »I wois itta, zu was mir hier rumhocket.«

Ich sagte: »Die Chefärztin, Frau Dr. Vasthi Graf, hat mich gebeten, für Sie eine Supervision zu machen. Weil die berufliche Belastung in letzter Zeit ungewöhnlich groß geworden ist.«

Sie schauten, als redete ich chinesisch.

Widersprachen nicht.

Sprachen überhaupt nicht.

Bis eine sagte: »Und was soll das nützen?«

Ich sagte: »Wenn man was bespricht, kann man es besser verdauen.«

»Wir sind keine Küh, die alles wiederkäuen.«

Ich sagte: »Die Küh sind gescheit. Sie fressen was, was sie nicht verdauen können. Gras. Und damit sie es verdauen können, wiederkäuen sie es viermal. Dadurch verwandelt sich das Gras in Fett und Milch …«

»Und Kuhscheiße.«

»Richtig. Und manchmal erleben wir Sachen, die wir nicht verdauen können, und deshalb müssen wir sie wiederkäuen –«

»Und Scheiß reden …«, fuhr eine dazwischen.

Ich sagte: »Stimmt. Wenn ich Sie richtig versteh, halten Sie das, was ich Ihnen grad sag, für Scheiß!«

Geschocktes Schweigen.

Etliche lächelten zustimmend, andere zogen verächtliche Schnuten, die meisten konnten sich nicht zwischen beidem entscheiden.

Schweigen.

»Also, was sollen wir jetzt? Dahocken und nix tun?«

»Erzählen Sie mir einfach, was passiert ist.«

»Das wissen wir doch alle.«

»Aber ich weiß es noch nicht.«

»Aber die Chefin hat's Ihnen gesagt.«

»Hat sie nicht. Ich hab ihr gesagt, ich will von nix was wissen, vor allem nicht von ihr, und sie erfährt von mir kein Wort, was wir hier besprechen.«

Schweigen.

Etliche schnauften wie Stiere vor dem Kampf, andere kämpften mit den Tränen.

Ich schwieg.

Eine sagte: »Wir sind ausgebildet, dass wir normale Leut normal behandeln … aber so was … Wir sind einiges gewohnt … aber da ist uns das Kotzen gekommen … Die Anni ist sogar umgefallen, und jetzt ist sie krankgeschrieben … Man sagt, sie ist in Kaufbeuren …«

Eine sagte: »Traumatisiert.«

Ich sagte: »Es ist zum Verrücktwerden in der Arbeit.«

Schweigen. Die Wütenden schnaubten noch mehr, die andern waren kurz vorm Schluchzen.

Schließlich sagte eine: »Ich bring's gar nicht mehr ausm Kopf raus. Wie der dagelegen ist, der Typ. Ohne Hos. Ohne Unterhos. Ohne …«

»Das ist ihm grad recht geschehen, dem Schwein. Vergewaltigen hat er sie wollen, im Park beim Forum Allgäu.«

Ich sagte: »War das, wo ich in der Zeitung gelesen habe, dass ein Mannsbild ein Mädchen vergewaltigen wollt, aber beherzte Passanten hätten das verhindert?«

Sie nickten.

»Und wie! Sie haben ihn vermöbelt, er hat keine Zähne mehr g'habt. Blutet wie die Sau, aber das Schlimmste, sie haben ihn massakriert …«

»Jetzt kann er keine Frau mehr vergewaltigen. Nie mehr wieder.«

Ich zog die Stirn hoch. »Wie?«

»Sie haben ihn kastriert …«

»Jetzt kann er im Kinderchor singen, die Loas.«

Eine andere, ernst: »Er ist fast verblutet auf dem Operationstisch. Sie haben ihm alles weggeschnitten.«

»Alles?«

»Ja, alles!«

Ich: »Den Schwanz und die Eier?«

Sie nickten.

»Und bei der OP haben wir dann angefangen zu streiten …«

»Ich hab mich geweigert, für die Loas einen Finger zu rühren.«

»Arbeitsverweigerung?«

Sie nickte. »Am liebsten hätte ich ihm die Infusion rausgezogen. Verrecken hätt ich ihn lassen. Die Chefin hat mich angeschrien: ›Hier werden alle behandelt. Wir sind kein Schöffengericht. Wir sind eine Klinik!‹«

Ein paar nickten.

»Am liebsten hätte ich die Chefin … auch … Die hilft noch zu dem!«

Sie zitterte.

Mit dem Mund.

Den Knien.

Den Händen.

Dem ganzen Körper.

»Aber Gitte, reg dich wieder ab!«, beruhigte eine.

»Der Hund, der verreckte, der gehört aufg'hängt. Der hat mich aufs Bett geworfen, mir die Arm festgehalten, zammgebunden, Rock hoch und ist dann … in … mich … rein … Es hat so weh…«

Sie konnte nicht weiterreden. Ihre Zähne schlugen gegeneinander.

Sie heulte wie ein Schlosshund.

Eine Kollegin nahm sie in den Arm wie ein kleines Kind, strich ihr übers Haar.

Eine Zeit lang war nur Schluchzen und Schock im Raum.

Mir lief der Schweiß runter.

Sie schluchzte lautlos weiter.

Ich fragte: »Wer war denn der Hund, der verreckte?«

Sie flüsterte, kaum hörbar: »Mein Stiefvater ... Und das Schlimmste ...«

»Das Schlimmste?«

Ich ahnte es.

»Meine Mutter hat nix dagegen gemacht. Sie hat ihn noch geschützt.«

»Ihn, nicht Sie?«

»Ja, ihn ... Sie ham mich dann ins Irrenhaus. Ham g'sagt, ich hätt mir das bloß eingebildet.«

»Diese Idioten ...«

Die meisten weinten still vor sich hin.

Hätte ich am liebsten auch. Aber laut.

Eine schrie: »Jeder, der so was tut, gehört ... gesteinigt, die ham das schon richtig gemacht früher ... gesteinigt ham sie die Verbrecher ... und überhaupt ...«, ihre Stimme wurde schrill, »... überhaupt, die Mannsbilder, die sind alle gleich, denen gehört alle der Schwanz abgeschnitten und die Eier dazu ... Und die Polizei tut nix dagegen ... Die Passanten haben ganz recht gehabt ... Hoffentlich erwischen sie noch mehr!«

Ich merkte gerade noch, wie ich mir an den Schritt fassen wollte, wie beim Freistoß, beim Fußball, zum Schutz.

Sagte: »Ohnmächtig wenn man ist, möchte man alles kurz und klein schlagen.«

Es wurde nicht gehört.

Eins der Mädchen saß, hielt die Hände vors Gesicht, an den Schultern sah man, dass es schluchzte.

Ich deutete hin, sagte, zur Gruppe: »Da ist noch jemand, bei dem das was ausgelöst hat … Wollen S' uns sagen, was Sie grad umtreibt?«

Sie nahm die Hände vom Gesicht, begann stockend: »Das war der andere Fall … Vor ein paar Tag ist einer eingeliefert worden, ein ganz junger Bursch …«

Sie nickten. »Der halb Verhungerte … ganz nackert.«

»Er hat ausg'schaut wie durch den Fleischwolf … Blutige Striemen am ganzen Körper, der Hintern hat ausgeschaut wie Himbeermarmelade … Der ist furchtbar verdroschen worden, weiß Gott, mit was …«

Die, die angefangen hatte, sagte, mit zittriger Stimme: »Mit einem Ochsenziemer.«

»Woher weißt denn das?«

Sie zögerte: »Ich … ich kenn das … ich bin als Kind auch immer mit dem Ochsenziemer verdroschen worden, bis …«

»Bis der Hintern blutig war …?«

»Länger … Am schlimmsten war, wenn er besoffen war … dann hat er noch länger gebraucht, bis er …«

Ich: »Bis er gekommen ist?«

Sie nickte.

»Die Gitte hat recht gehabt. Das Schlimmste war … meine Mama … die hat immer gesagt: Du wirst es schon verdient haben!«

»Und wie lang ist das gegangen?«

»Lang. Zu lang. Der Einzige, der zu mir gehalten hat, war … der Kaplan!«

»Der Kaplan?«

Ungläubiges Raunen.

»Ich hab ihm bei der Beichte gesagt, was da bei uns zu Haus abgeht. Er hat gesagt: ›Dafür muss er büßen, der alte geile Sack! Mach dir keine Sorgen! So behandelt keiner meine Ministrantinnen!‹«

»Und dann?«

»Dann war alles vorbei. In derselben Nacht haben sie meinen Großvater abgeholt …«

»Die Polizei?«

»Nein, die Sanitäter. Der Notarzt. Er war drei Wochen im Krankenhaus. Wär fast an Fettembolie verreckt ... Wie ich am nächsten Sonntag ministriert hab, hab ich in der Sakristei in einer Ecke den Ochsenziemer gesehen. Er war braun. Das Blut war getrocknet.«

Ihre Augen waren auch wieder trocken. Sie schnaufte durch.

»Von da an hab ich meine Ruh gehabt ... nur ... ich schäm mich so ...«

»Schämen? Ihr Großvater hätt sich schämen müssen!«

»Ja. Ich weiß. Und trotzdem ... Wenn ich mit einem Kerl ins Bett geh, muss es ganz Nacht sein. Die Narben ... dass er die Narben nicht sieht ...«

Erschöpft schwiegen wir.

Eine sagte: »So, und jetzt?«

Ich fragte: »Und jetzt was?«

»Was passiert jetzt?«

Ich sagte: »Das muss sich erst setzen ... Wir müssen das erst verdauen.«

»Wir, wieso wir? Sie ham doch keine Ahnung, als Mannsbild, wie das ist, solchene Sachen ... Wir sollen jetzt einfach wieder weitermachen, als wär nix passiert?«

»Ham S' eine Idee, was Sie tun möchten?«

»Ich, wieso ich eine Idee? Sie sind der Supervisor, Sie müssen doch wissen, wie's jetzt weitergeht ...«

»Keine Ahnung.«

»Ham Sie vielleicht Sympathie mit dene Verbrecher alle? Ihr Mannsbilder!«

Wenn Blicke töten könnten, wäre ich jetzt vom Stuhl gefallen.

Sie schaute in die Runde, sagte: »Kommts. Der Depp kann uns auch nicht helfen.«

Sie redeten nicht mehr mit mir.

Über mich.

Ich kam mir vor wie Luft.

Sie gingen raus, eine nach der anderen, zündeten schon an der Türschwelle ihre Zigaretten an.

Ich saß da.

In der Runde.
Der einzige Mann.
Oder was davon übrig geblieben war.

51 Marlein und die drei Probleme

Im Prinzip wusste ich es schon, als ich sah, dass die Eingangstür von Klüngelbeins Haus einen kleinen Spalt offen stand.

Mir war ja bekannt, dass die Tür normalerweise mit mehreren Ketten und Riegeln verschlossen war.

Ich zückte sofort meine Knarre.

Ich stieß die Tür mit dem Fuß ganz auf.

Aber ich wurde von keinem Kugelhagel empfangen.

Allerdings auch von keinem Gerhard-Johann Klüngelbein, der mir mitgeteilt hätte, dass er nur gerade den Müll rausbringe.

Vorsichtig trat ich ein, die Pistole vor mich haltend.

»Herr Klüngelbein? Hören Sie mich? Philipp Marlein hier!«

Keine Antwort.

Ich bewegte mich langsam weiter, durch den Flur, öffnete, stets mit vorgehaltener Waffe, die Tür zur Küche, zum Bad und zum Schlafzimmer.

Nirgendwo eine Menschenseele.

Schließlich erreichte ich den Hauptraum des Hauses, das Wohn- und Arbeitszimmer, in dem ich ja auch mein erstes Gespräch mit Klüngelbein bei der Auftragserteilung und mein bisher letztes Gespräch mit ihm nach unserer Rückkehr von der Magdalena-Tour geführt hatte.

Als ich es betrat, wusste ich sofort, dass ich nie wieder ein Gespräch mit Gerhard-Johann Klüngelbein würde führen können.

Klüngelbein lag mitten auf dem Fußboden – in einer großen Blutpfütze.

Und in seiner Brust steckte der messerartige Brieföffner, mit dem ich vorgestern die Post geöffnet hatte.

Ich sah mich noch mal genau um, aber es war sonst niemand im Raum.

Und es war niemand sonst im Haus.

Nur ich und eine Leiche.

Ich steckte meine Knarre ein, trat zu Klüngelbein und beugte mich zu ihm hinunter.

Ich berührte seinen Kopf und seine Hand.

Sein Körper war kalt und starr. Ich würde keinen Notarzt rufen und keine Reanimation versuchen. Das wäre nur Leichenschändung gewesen.

Ich konnte mir Zeit lassen.

Klüngelbein war schon eine Weile tot.

Wahrscheinlich seit gestern. Wahrscheinlich stand die Tür schon seit gestern offen.

Ich setzte mich auf den Stuhl vor dem Schreibtisch, auf dem ich bei unserer ersten Begegnung gesessen war.

Kalter Schweiß bildete sich auf meiner Stirn.

Mir wurde bewusst, dass ich plötzlich drei Probleme hatte.

Mein erstes Problem: Mein Klient war tot.

Und es war nicht irgendein Klient. Ich hatte fünf Tage meines Lebens in seiner Gesellschaft verbracht, und trotz seiner Schrulligkeit war mir Gerhard-Johann Klüngelbein irgendwie ans Herz gewachsen. Ich war traurig.

Ich hatte ihn vor einem Mordanschlag schützen sollen – vor einem Mordanschlag, an den ich nie geglaubt, den ich nie wirklich ernst genommen hatte.

Und jetzt lag Professor Klüngelbein vor mir auf dem Boden seines Wohnzimmers, mit einem Messer in der Brust, tot – ermordet.

Ich war traurig, und ich fühlte mich irgendwie mitverantwortlich und schuldig – auch wenn ich es faktisch gesehen nicht war.

Die Schuldfrage leitete zu meinem zweiten Problem über: In Klüngelbeins Brust steckte ein Messer – genauer gesagt ein Brieföffner, genauer gesagt der Brieföffner, den ich zwei Tage zuvor benutzt hatte, um seine Post zu öffnen. Den ich in der

Hand gehalten hatte. Auf dem sich höchstwahrscheinlich noch meine Fingerabdrücke befanden …

Ich überlegte, was ich mit dem Ding gemacht hatte, nachdem ich die Post geöffnet hatte. Soweit ich mich erinnerte, hatte ich ihn einfach wieder auf den Schreibtisch gelegt. Wo er wahrscheinlich liegen geblieben war, bis ihn ein Mörder ergriffen hatte …

Auch wenn ich also faktisch unschuldig am Tod von Klüngelbein war – wenn man meine Fingerabdrücke auf der Mordwaffe fand, würde ich automatisch für schuldig befunden werden.

Ich überlegte einen Moment, ob ich den Griff des Brieföffners mit einem Tuch abwischen sollte, um eventuelle Fingerabdrücke von mir zu entfernen.

Aber würde ich damit nicht auch die Fingerabdrücke des Mörders entfernen und so die Aufklärung des Mordes behindern, wenn nicht unmöglich machen? Oder hatte der Mörder Handschuhe benutzt oder selbst schon den Griff abgewischt?

Die Mörderfrage wiederum leitete zu meinem dritten Problem über: Klüngelbein hatte mir viel über seine Arbeit an seinem neuen Buch erzählt, ich hatte ihn auf einer Recherchetour für dieses neue Buch begleitet – und er war wegen der Arbeit an diesem Buch ermordet worden, deswegen hatte er mich ja überhaupt erst engagiert, das hatte er von Anfang an befürchtet, und er hatte tragischerweise recht behalten.

War ich, als Mitwisser, jetzt nicht auch ins Visier der Neuen Tempelritter geraten? Würde ich das nächste Ziel, das nächste Opfer sein?

In meinem Kopf schwirrte es wie in einem Bienenstock, in dem Millionen Bienen keinen Blumennektar, sondern Speed geschlürft hatten.

Ich musste diesem Treiben in meinem Hirn ein Ende bereiten, wenn ich nicht verrückt werden wollte.

Ich beschloss, die Bearbeitung der drei Probleme auf später zu verschieben und stattdessen tätig zu werden und irgendwas zu tun – nur nicht nur dazusitzen und zu grübeln und dabei irre zu werden.

Ich stand auf.
Das war eine grandiose Idee, denn es vertrieb das Gefühl der völligen Ohnmacht.
Ich ging im Zimmer umher und sah mich um.
Das war noch besser, denn es vermittelte mir die Illusion, mein Schicksal aktiv mitzugestalten.
Auch wenn das, was ich sah, mir nicht unbedingt gefiel.
Ich sah einen in die Schrankwand eingebauten Tresor, dessen Tür auf dem Boden lag.
Sie war sauber aufgeschweißt worden.
Und der Tresor war leer, natürlich.
Ich erinnerte mich daran, dass Klüngelbein erzählt hatte, dass er in dem Tresor das Manuskript seines neuen Buches sowie die sensationelle, angeblich von Maria Magdalena geschriebene Ur-Version des Johannes-Evangeliums aufbewahrte.
Klar, dass beides weg war, denn auf diese beiden Schriftstücke hatten es die Neuen Tempelritter ja abgesehen, deswegen waren sie in Klüngelbeins Haus eingedrungen, deswegen hatten sie ihn ermordet – um dann den Tresor gewaltsam zu öffnen, die beiden Dokumente zu klauen und damit die von Klüngelbein angestrebte Erschütterung oder gar Zerstörung des Christentums zu verhindern.
Außerdem sah ich, dass die auf dem Schreibtisch installierte Zentrale seiner Videoüberwachung vernichtet worden war – auch klar, denn auf den Aufnahmen konnte man sicher den oder die Mörder sehen.
Ansonsten konnte ich in der Wohnung nichts Ungewöhnliches entdecken.
Zum Abschluss meiner kleinen Besichtigungstour warf ich noch einen Blick auf das, was auf Klüngelbeins Schreibtisch lag.
Zunächst fiel mir auf, was nicht mehr darauflag: der Laptop, den Klüngelbein bei unserer Recherchetour dabeihatte und den er nach unserer Rückkehr sofort wieder an seinem angestammten Ort platziert hatte. Sicherlich war er zusammen mit dem Tresorinhalt gestohlen worden, denn Klüngelbein hatte sein Manuskript vermutlich auch als Datei gespeichert.

Was tatsächlich auf dem Schreibtisch lag, war zum einen die Post, die ich noch gemeinsam mit ihm geöffnet hatte – mit der späteren Mordwaffe.

Ganz obenauf lag ein Blatt Papier, ein Brief, noch ganz oldschool in Handschrift verfasst. Und in einer gestochen scharfen und verschnörkelten Schönschrift, wie sie nur Frauen hinbekamen.

Eindeutig der Liebesbrief, der Klüngelbein so zum Strahlen gebracht hatte.

Ich konnte nicht widerstehen, ich nahm den Brief und las ihn.

Wenn ich ein paar handfeste Sauereien erwartete hatte, wurde ich enttäuscht. So oldschool wie die Schrift war auch der Inhalt des Briefes. Natürlich viel Sehnsucht, viel »Ich vermisse dich schrecklich«, viel »Ich freue mich so sehr, dich beim Kongress wiederzusehen«, aber alles steril und jugendfrei, eher auf der romantischen Schiene:

Oh Gerhard-Johann, wir beide sind das neue göttliche Paar, du bist mein Jesus, ich bin deine Maria Magdalena, und zusammen werden wir den Menschen das Magdalenentum als neue Religion schenken!

Okay, das klang tatsächlich nach einem Fan. Und eher nach einem jungen Fan – einem liebestollen Teenager oder Twen, der seinen Star anhimmelte.

Es waren auch ein paar Passagen darin, die ich nicht verstand – *Darüber, dass du dich jetzt für mich entschieden hast und mit Margitta Schluss gemacht hast, brauchst du dir keine Gedanken zu machen. Margitta hat das gut aufgenommen und verkraftet, das wird sich alles bestens einrenken, wir kommen nach wie vor sehr gut aus miteinander* –, aber was Klüngelbein da alles am Laufen gehabt hatte mit den Weibern, darüber hatte er ja nie im Detail mit mir gesprochen.

Ich legte den Brief, der mit »In ewiger göttlicher Liebe, Deine zukünftige Braut Maja« unterschrieben war, wieder zurück an seinen Platz.

Und neben der Post lagen auf dem Schreibtisch noch diverse

Papiere, die offenkundig mit dem bevorstehenden Kongress in Ettal zu tun hatten, darunter mehrere Programmflyer.

Und ein Papier, auf dem mein Name stand. Es war eine Eintrittskarte für den Kongress, die Klüngelbein auf »Philipp Marlein« hatte ausstellen lassen.

Ich steckte, einem unreflektierten Instinkt folgend, das Ticket in meine Jackeninnentasche, zusammen mit einem der Flyer.

Okay.

Und nun?

Was sollte ich jetzt tun?

Die Bullen rufen?

Oder einfach abhauen?

In meinem Kopf schwirrte es immer noch wie wild, und nirgendwo konnte ich einen klaren und vernünftigen Gedanken entdecken.

Also verließ ich mich erneut auf meinen Instinkt.

Und der ließ mich zum Handy greifen und die Nummer der Fürther Polizei wählen.

52 Bär liquidiert

»Wie schaust denn du aus?«, fragte mich Dr. Graf.

Sie gab die Antwort selbst: »Wie geschpieben!«

»Genauso ist es mir auch. Zum Kotzen.«

»Und wie ging die Supervision?«

»Genauso.«

»Was ham s' denn g'sagt?«

»Ich steh unter Schweigepflicht. Hab ich ihnen versprochen. Nur so viel: Diese beiden Patienten, der geprügelte und der kastrierte, die haben ein paar von den Mädchen retraumatisiert.«

»Und dann?«

»Dann haben sie mit mir gemacht, was ihnen passiert ist ...«

»Was?«

»Totgeprügelt und kastriert. Psychisch ...«

»Und hat das geholfen?«

»Denen schon.«

»Gibst mir halt deine Liquidation.«

Sie meinte die Rechnung.

»Die Xenia kann's dir ja schnell rausdrucken aufm Formblatt.«

Ich ging ins Vorzimmer, zur Xenia. Die Sekretärin.

Sagte ihr die Summe.

Sie wurde blass.

Vor Neid.

Ging zurück, reichte Dr. Graf die Liquidation zum Unterschreiben und Anweisen.

Sie schaute drauf.

Schaute mich an.

»Dreihundert Euro, ist das nicht a bissle a arg hohes Honorar für a Stund Rumhocken und Nixtun?«

»Es ist auch kein Honorar.«

»Was dann?«

»Schmerzensgeld.«

Sie unterschrieb, maulte: »So einen Stundenlohn möchte ich auch haben.«

Ich sagte: »Wir können ja tauschen. Die Grundvoraussetzungen zum Chefarzt hätt ich ja.«

Sie schaute mich fragend an.

Ich sagte: »Lesen und Schreiben. Vor allem Unterschreiben.«

»Leck mich ...«

»Gern ...!«

Sie schaute.

Mich an. Fast wär ihr ein Lächeln entkommen.

Sie blickte auf die Uhr.

Ich sagte: »Ich weiß, du musst weiter. Notfall. OP. Hoffentlich kein Mannsbild. Und wenn, dann hoffentlich mit Hosen an.«

Ich verzupfte mich.

Brauchte eine Zigarette.

Dringend.
Vor dem Eingangsbereich stand ein überdachtes Verließ.
Für die Sünder.
Die Raucher.
Ein paar von den Mädels standen noch drin, redeten, rauchten wie die Schlote, schauten verunsichert.
Ich sagte: »Euch langt's wahrscheinlich.«
Kollektives Nicken.
»Mir auch. Ich brauch dringend frische Luft.«
Zündete mir eine an, sog den ersten und besten Zug ein.
Ich stand abseits. Wollte sie nicht stören.
Schwester Gitte kam auf mich zu, Zigarette in der Hand, sagte: »Sie sind doch … so ein Psycho…«
Ich nickte, ergänzte: »…analytiker.«
»Kann man mit Ihnen auch reden?«
»Scho!«
»Ham Sie auch a Praxis?«
»Ja.«
»Ich bräucht einen Termin. Allein. Ohne Gruppe.«
»Hier, mein Kärtle. Morgen … um zehn?«
»Ja, das geht, da hab ich Spätschicht.«
Mir schossen die Tränen in die Augen.
Ich wusste nicht, warum.
»Du bist einfach fertig!«, sagte ich.
Zu mir.

53 Marlein und der favorisierte Täter

»Da sind wir also endlich mal wieder vereint, wir drei: Sie, ich und eine Leiche. Hatten wir lange nicht mehr. Ich dachte schon, Sie werden alt und gebrechlich, Marlein!«

»Werde ich tatsächlich, Diesterweg, und drum dachte ich mir, aller guten Dinge sind drei, und ich mache das Leichen-Trio noch voll, bevor es zu spät ist.«

Ich saß auf dem Stuhl vor dem großen Schreibtisch in Klüngelbeins Wohnzimmer, wie eine Woche zuvor bei meinem ersten Gespräch mit Klüngelbein. Nur dass dieses Mal nicht Klüngelbein in dem Sessel dahinter saß, sondern mein erklärter Intimfeind, Kommissar Diesterweg von der Fürther Mordkommission.

Die Leiche von Klüngelbein war inzwischen weggeschafft worden, aber um uns herum wuselten mehrere Leute von der Spurensicherung, die den gesamten Raum akribisch untersuchten.

Worauf Kommissar Diesterweg und ich anspielten, war der Umstand, dass er mich schon zweimal bei einer Leiche angetroffen hatte, und beide Male war die Leiche ein Klient von mir gewesen. Das war dann also jetzt mein dritter toter Klient, über den ich mich mit Diesterweg unterhalten musste – und vor allem, dessen Tod ich vor ihm rechtfertigen musste.

Beim ersten Mal war meine Klientin Frau Urbas beim Versuch, mich abzustechen, durch einen – für mich glücklichen, für sie tragischen und tödlichen – Unfall ums Leben gekommen, und damals hatte Diesterweg versucht, mich zumindest moralisch dafür verantwortlich zu machen.

Beim zweiten Mal hatte mein Klient Herr Maurizius in meinem Beisein Selbstmord begangen, und damals hatte Diesterweg versucht, den Suizid als einen von mir begangenen Mord hinzustellen.

Jetzt war mein Klient Herr Klüngelbein ermordet worden, und man musste sich nicht groß zusammenreimen, wen Diesterweg als Täter favorisieren würde.

Und prompt bestätigte er meine Annahme.

»Also gut, Marlein, dann lassen Sie doch mal Ihre Ausrede hören, warum wir Sie im Wohnzimmer des Mordopfers angetroffen haben.«

»Weil ich die Leiche gefunden habe. Weil ich der Typ war, der Sie telefonisch darüber informiert hat – daran erinnern Sie sich, oder?«

»Stellt sich noch die Frage, warum Sie die Leiche von Professor Klüngelbein gefunden haben, was Sie in seinem Wohnzimmer zu suchen hatten und wie Sie dorthin gekommen sind.«

Mir blieb nichts anderes übrig, als ihm die ganze Geschichte von Anfang an zu erzählen.

Also erzählte ich: von Klüngelbeins Angst vor den Neuen Tempelrittern, vom Auftrag, als sein Leibwächter zu fungieren, von unserer Kirchentour durch Süddeutschland, von den Ettal-Plänen – und davon, dass ich ihn heute besuchen wollte, um mal nach dem Rechten zu sehen, und dass die Tür offen gestanden hatte.

Als ich fertig war, drückten Diesterwegs Mimik und Stimme puren Hohn aus.

»Der arme Mann könnte noch leben, wenn er sich einen *richtigen* Leibwächter genommen hätte und nicht einen Schmalspurdetektiv wie Sie! Sie sind als Leibwächter ungefähr so kompetent wie ein Eskimo in der Wüste.«

Er lachte über seinen eigenen Witz.

Ich ging auf diese Beleidigung nicht ein.

»Mag sein, dass ich ein schlechter Leibwächter bin, aber ich bin kein Mörder, und das wissen Sie ganz genau, Diesterweg.«

Er strich sich über seinen stoppeligen Bürsten-Kurzhaarschnitt.

»Und wer hat dann Ihrer Ansicht nach den armen Professor Klüngelbein ermordet?«

»Das habe ich Ihnen doch schon gesagt: die Neuen Tempelritter. Klüngelbein hatte von Anfang an die Befürchtung, dass sie es auf sein Leben abgesehen haben. Es war ein Mord mit Ansage.«

Diesterweg verzog das Gesicht, als hätte er an einer Zitrone gelutscht.

»Die Neuen Tempelritter – was für ein Unsinn ist das denn? Warum nicht gleich die Freimaurer oder die Illuminaten oder Opus Dei? Sie sehen eindeutig zu viele schlechte Kinofilme, Marlein!«

»Wen haben Sie denn im Verdacht?«

Diesterweg fuhr sich über seinen Dreitagebart.

»Ist doch klar, das war ein klassischer Raubmord. Die Täter sind eingebrochen, haben den Tresor geknackt, wurden dabei vom Hausherrn überrascht, griffen zum Briefmesser und töteten ihn damit. Der Mord war ja offensichtlich nicht geplant – oder sind Ihre Tempelritter so schlecht ausgestattet, dass sie für ihre Morde die Brieföffner der Opfer verwenden müssen?«

Wieder lachte Diesterweg scheppernd.

Ich verzichtete darauf, ihm zu antworten. Stattdessen fragte ich: »Wissen Sie, was gestohlen wurde?«

»Nein, aber Sie als Klüngelbeins ehemaliger Leibwächter werden es mir sicherlich verraten.«

»Soweit er mir erzählt hat, hat Klüngelbein im Tresor zwei wichtige Manuskripte aufbewahrt.«

»Soso, zwei Manuskripte also. Und was stand da drin? Dass es in Wirklichkeit die Neuen Tempelritter waren, die die Präsidentschaftswahlen in den USA manipuliert haben?«

Er hielt sich seinen fetten Kugelbauch vor Lachen.

Es hatte keinen Sinn – Diesterweg mit seinem Spatzenhirn verstand einfach nicht, worum es hier ging. Außerdem ertrug ich seinen Dumpfbackenhumor nicht länger.

Ich musste weg von diesem Ort, und zwar möglichst sofort.

Ich stand demonstrativ auf.

»Ich habe Ihnen alles gesagt, was ich weiß, Diesterweg. Kann ich jetzt gehen?«

54 Bär diktiert

Schwester Gitte schaute um sich, ängstlich.

»Wohnen noch andere Leute hier?«

»Warum fragst du?«

»Keiner darf sehen, dass ich hier bin. Wenn die erfahren … dann …«

Ich sagte: »Wir sind absolut allein. Niemand ist im Haus.«

Sie schaute mich scheu an.

Wurde rot.

Ich sagte: »Hast Angst?«

Sie nickte. »Mit meinem Vater war ich auch immer allein im Haus, wenn … das passiert ist …«

»Ich bin ein Mannsbild, aber ich bin nicht dein Vater.«

Sie biss sich auf die Lippen.

Ich sagte: »Hast dein Handy dabei?«

Sie erstaunte, nickte: »Ja.«

»Dann stell es ein auf die Polizei. Notruf 110. Schreib einen SMS-Entwurf. Schreib …«

Ich wartete, bis sie so weit war, diktierte: »Hilfe, Vergewaltigung, sofort kommen. Biselalm, Tal am See. Hilfe!«

Sie schaute mich mit großen Augen an.

Ich sagte: »Das Handy hältst in der Hand. Sobald du Angst vor mir kriegst, drückst du auf Senden. Klar?«

»Aber ich wollt Sie nicht –«

Ich schnitt ihr das Wort ab.

»Sicher ist sicher. Und du hockst dich hier ans Fenster. Und ich hock mich vis-à-vis gegenüber. Dann haben wir den größtmöglichen Abstand.«

Sie hockte sich ans Fenster.

»Darf ich es zumachen? Nicht dass draußen jemand mithört!«

»Mach's zu. Bloß rauchen können wir dann nicht. Ich rauch gern und viel, aber den Gestank möchte ich nicht in meiner Wohnung.«

Sie schloss das Fenster, setzte sich hin, ihr Handy in der Hand.

Ihre Hand zitterte.

Ich fragte: »Vor wem hast denn so Angst?«

»Vor meine Schwestern.«

»Krankenschwestern?«

»Nein. Die Schwestern von MM.«

»MM – ist das der Sekt?«

»Nein, es ist unser Geheimzeichen.«

Ich fragte nichts mehr. Wollte schließlich was erfahren.

Zögerlich fing sie an: »Ich hab ja bei unserer Gruppensitzung gestern erzählt, wie das bei mir daheim war … Da hab ich auch nichts sagen dürfen. ›Sonst schlag ich dich tot‹, hat er immer gesagt … Und jetzt …«, sie hielt die Tränen mit Mühe zurück, »jetzt ist es wieder so … wie damals … Vor einem Jahr hab ich zum ersten Mal mit meiner Freundin darüber gesprochen, und die hat mir erzählt, wie sie von ihrem Papa und ihrem Opa … Und dann ist eine Dritte dazugekommen, wir waren in der katholischen Landjugend, und dann noch eine und dann noch eine … lauter verschlagene Mädchen … Und dann ist eine gekommen, die hat gesagt, sie hat genug von den Mannsbildern und der Kirche mit ihren Mannsbildern … und wir müssen uns wehren … Und dann haben wir Frau Sternvogel kennengelernt, aus der Gegend von Garmisch, die hat uns Bibelstunden gegeben. Und uns ein Buch vorgestellt, das unser Leben verändert hat: ›Maria Magdalena – die ultimative Wahrheit‹ von Gerhard-Johann Klüngelbein. Darin wird gezeigt, dass das alles eine Mache ist, von den Mannsbildern, und dass in der Bibel die Mannsbilder alle Frauen rausgestrichen ham, aber in Wirklichkeit war alles ganz anders: Die Wichtigsten in der Bibel waren meistens Frauen, und die wichtigste Frau war die Maria Magdalena …«

»Die Geliebte von Jesus?«

»Ja, und die Erste, die ihn, nachdem er verstorben war, wieder lebendig gesehen hat, und die hat auch die Ur-Kirche angeführt, es ist zu einem Machtkampf mit Petrus gekommen … und der hat gewonnen, aber die Maria Magdalena ist dann weg, nach Südfrankreich …«

»Und was hat das alles mit Kastrieren und Ochsenziemer und Geheimzeichen zu tun?«

»Wir haben dann den MM-Bund gegründet. Nach Maria Magdalena. Und mit dem Maria-Magdalena-Buch von Herrn Klüngelbein als unserer Bibel. Wir wollten uns nicht mehr von den Mannsbildern verprügeln und demütigen lassen … Wir haben Selbstverteidigung gelernt … Und dann hat sich die Gruppe gespalten. Wir waren alle gegen Mannsbilder, aber die eine Gruppe wollte es ihnen heimzahlen und die Hosen anhaben … und die andern wollten durchaus was mit den Mannsbildern zu tun haben, aber freiwillig, gleichberechtigt, und so leben wie Maria Magdalena und Jesus. Wir haben dann getrennte Gruppen gehabt, die einen in Kempten, die anderen in Greggenhofen …«

»Und was ist der Unterschied?«

»Also die eine Gruppe ist gewalttätig, militant, die andere eher … romantisch. Das heißt: Militant sind beide Gruppen, wenn es gegen die Mannsbilder geht … Die einen haben aber Gleichberechtigung gewollt, und die anderen, die militanten, haben den Spieß umdrehen wollen, es den Mannsbildern heimzahlen … Ich bin in der zweiten, der militanten, gelandet. Es geht da zu wie beim Militär, und die Mannsbilder, meistens junge, werden zu … Sklaven abgerichtet … Sie werden bravgeprügelt … mit einem Ochsenziemer.«

Ich tat so, als könnte ich die Neuigkeit gar nicht glauben.

»Wirklich? Unglaublich!«

»Ja, wirklich, wir schlagen sie windelweich, bis sie uns hörig sind. So wies halt uns als Mädchen auch gegangen ist …«

Ihre Augen wurden wieder feucht.

Den Teil, wie sie die Knaben hörig machten, ließ sie weg: die Kombination von Zuckerbrot und Peitsche, von Ochsenziemer und Sex.

Ich sagte: »Und wo ist das Problem?«

»Manchmal übertreiben sie es, wie mit dem, wo ins Krankenhaus gekommen ist, halb tot … Bei uns Militanten ist eine dabei, die extrem ist, die alle zur Brutalität anstiftet, die Männer sogar töten will.«

Mir schwante Übles.

»Heißt die Extreme zufällig Käsi? Oder Gal?«

»Nein. Die Käsi hat sich nur am meisten von ihr anstecken lassen. Sie nennt sich Amazona. Ich kannte sie vorher nicht, sie ist nicht von hier, ist wohl gerade erst hergezogen.«

Sie stockte, sprach dann aber doch weiter.

»Die meisten von uns sind traumatisiert … wie ich auch.

Ich hab gemerkt, von dem Den-Spieß-Umdrehen geht mein Trauma nicht weg. Es wird immer schlimmer ... Drum bin ich ja auch zu Ihnen gekommen. Ich hab wieder jede Nacht Alpträume, sogar meine Narben brechen wieder auf ...«

»Die seelischen?«

»Auch die wirklichen, am ...« Sie langte sich an den Po. »Eigentlich möchte ich aus der ganzen Nummer wieder raus ... aber ...«

»Aber?«

»Wenn eine rausgeht oder etwas verrät, wird sie bestraft ... Das hat die Amazona so eingeführt.« Sie fing an zu weinen. »Sie machen mit der Verräterin das, was sie mit den Burschen machen ... nur schlimmer. Sie schlagen sie halb tot, vor allen ... mit dem Ochsenziemer ... und ...«

Sie schluchzte.

»Noch schlimmer? Was ist schlimmer als Totschlagen?«

»... Vergewaltigung ... mit dem ...«

»Ochsenziemer?«

Sie nickte.

»Und die andere Gruppe, die romantischen?«

»Die sind weniger schlimm. Die sind mehr kirchlich. Freie Liebe und so, die tun sich leichter mit den Mannsbildern ... Aber wenn's um die Gerechtigkeit geht, arbeiten wir, beide Gruppen, zusammen ... Weil die Polizei taugt ja nix.«

»Ich hab in der Zeitung gelesen, die Kriminalität ist in letzter Zeit zurückgegangen ... vor allem die gegen Frauen.«

»Wir überwachen alle Orte, wo Videokameras sind.«

»Wie das?«

»Wir haben ein paar IT-Spezialistinnen dabei.«

»Hackerinnen?«

»Ja, die kommen auch in den Polizeifunk.«

»Und jedes Mal, wenn irgendwas Verdächtiges auftaucht, am Bahnhof oder im Stadtpark, dann schlagt ihr los.«

»Ja. Oder wenn Flüchtlinge angegriffen werden.«

»Man munkelt auch was von Sexorgien ... und Prostitution.«

»Das ist Geschwätz, Lug und Trug ... Mit dem Sex, der ist

nur unter uns, das bleibt alles in der Gruppe. Mit Prostitution haben wir nix am Hut, ganz im Gegenteil, das ist ja auch irgendwie Vergewaltigung von Frauen, Prostitution wollen wir abschaffen ...«

Sollte ich ihr vom Magda-Mobil erzählen? Sollte ich ihr sagen, dass die Polizei Indizien gefunden hatte, die das Gegenteil beweisen?

Nein, lieber nicht.

Wir schwiegen. Sie wirkte erschöpft. Ich war erschöpft.

Ich schaute auf die Uhr, sagte: »Die Zeit ist um. Fünfzig Minuten dauert eine Stunde bei mir.«

»Schade ... Darf ich wiederkommen? Ich hätte noch mehr zu erzählen, und ich will meine Alpträume loswerden, und ich will da raus ...«

»Da musst noch öfter kommen. Morgen, selbe Zeit?«

»Nein, morgen geht nicht. Und die nächsten Tage auch nicht.«

»Warum?«

»Da fahrn wir alle nach Ettal.«

Ettal. Schon wieder. Dass da irgendwas stattfand, wo alle Mädels hinwollten, die Käsi, die Maja, die Gal, hatte ich ja schon von ihren Müttern gehört. Jetzt konnte ich endlich Genaueres darüber erfahren.

»Wer ist ›wir alle‹? Die militante Gruppe?«

»Beide. Die Militanten und die Romantischen.«

»Und was passiert dort in Ettal?«

»Da findet ein Kongress statt. Über Maria Magdalena. Geleitet von Frau Sternvogel. Und eingeladen sind nur Fans von Herrn Klüngelbein. Der wird da auch sein neues Buch vorstellen. Geht wieder über Maria Magdalena. Man munkelt, dass er darin eine neue Religion ins Leben rufen will. Eine Maria-Magdalena-Religion. Wir sind alle schon riesig gespannt.«

Sie langte in ihre Gesäßtasche, holte ein Stück Papier heraus.

»Wollen S' auch hin? Ich würd mich sicherer fühlen, wenn Sie mit dabei wären! Schaun S', ich hätt sogar eine Karte für Sie. Man kommt da nur rein, wenn man eine Karte bekommen hat, von

Frau Sternvogel oder von Herrn Klüngelbein oder von seinem Verlag, mit Namen drauf. Ich hab eine Karte übrig, von einer Freundin, die ist aber krank geworden und kann nicht mit.«

Sie reichte mir das Papier. Ich sah drauf.

»Das haut nicht hin. Da steht ein Frauenname drauf. Sind da Männer überhaupt zugelassen bei diesem Kongress?«

»Ja, schon. Die Frauen sind zwar wahrscheinlich die große Mehrheit, aber es sind wohl auch ein paar Männer eingeladen, die die Maria Magdalena verehren und Fans vom Herrn Klüngelbein sind.«

»Ich komm aber trotzdem nicht rein – mit einer Eintrittskarte, auf der ein Frauenname steht!«

Sie zog ein trauriges Gesicht.

»Schade. Behalten S' die Karte trotzdem, ich kann sonst auch nix damit anfangen. Vielleicht finden S' ja noch eine Frau, die auf Maria Magdalena steht und die gern hingehen möchte.«

Schwester Gitte stand auf.

Ich blieb sitzen, sagte: »Du weißt ja, wie's rausgeht.«

»Ja, ich weiß … danke!«

Sie ging zur Tür.

Ich sagte: »Dein Handy … auf dem Stuhl.«

Sie lachte: »Das hab ich jetzt glatt vergessen!«

55 Marlein und die süße Freiheit

Ich saß in einem Laden in der Nähe der Fürther Freiheit, der eine Mischung aus Café und Süßwarengeschäft war, und stopfte mir abwechselnd ein Stück Mousse-au-Chocolat-Kuchen und eine Tafel Vollmilchschokolade rein.

Ich brauchte dringend Nervennahrung, nach diesen Erlebnissen.

Freiheit war ein gutes Stichwort. Ich war wieder in Freiheit, war in Freiheit geblieben. Diesterweg hatte mich nach einem schier endlosen Verhör schließlich gehen lassen. Er hätte mir gern was angehängt, hätte mir gern die Freiheit entzogen, mich in Untersuchungshaft gesteckt, aber er hatte nicht genug dafür in der Hand.

Doch diese Mätzchen vom Leiter der Fürther Mordkommission waren es nicht, die mein Gemüt angegriffen hatten.

Was mich wirklich fertigmachte, war der Tod meines Klienten, war die Ermordung von Gerhard-Johann Klüngelbein.

Der mich engagiert hatte.

Der mir vertraut hatte.

Den ich hätte beschützen sollen.

Mit dem ich morgen nach Ettal hätte fahren sollen.

Ettal.

Das erinnerte mich an etwas.

Ich griff in meine Jackentasche und zog die zwei Papiere heraus, die ich mitgenommen hatte.

Erstaunlich eigentlich, dass Diesterweg mich nicht hatte durchsuchen lassen.

Ich betrachtete den Flyer.

Auf der Vorderseite befand sich das gemalte Bild einer jungen Frau. Sie saß auf einem Stuhl und schaute in eine brennende Kerze. Sie war nur spärlich angezogen, ihre Beine und Füße waren unbekleidet, ihr Obergewand war bis zum Brustansatz nach unten gerutscht, sodass ihre nackte Schulter zu sehen war. Sie hatte ein kleines Bäuchlein, als wäre sie schwanger. Um sie herum waren einige Gegenstände platziert – Bücher, ein Kreuz, ein Strick oder eine Peitsche – und ein Totenschädel, der auf ihrem Schoß lag.

Ein düsteres, mystisches, geheimnisvolles Bild voller Suggestivkraft.

Unter dem Bild stand:

DIE MARIA-MAGDALENA-REVOLUTION

Kongress im Hotel »Gralskloster« in Ettal

Und darunter das Datum. Der Kongress ging über drei Tage.

Ich riss mich von der Abbildung los, öffnete den Flyer und las seinen Inhalt.

Hinweis: Dieser Kongress ist eine Veranstaltung für Fans des Autors Gerhard-Johann Klüngelbein. Teilnahmeberechtigt sind nur Personen, die von Herrn Klüngelbein, seiner Assistentin Frau Sternvogel oder seinem Verlag ein mit Namen versehenes Ticket erhalten haben. Dieses Ticket ist bei Kongressbeginn vorzulegen. Ohne dieses Ticket ist eine Teilnahme am Kongress nicht möglich.

PROGRAMM:

<u>Freitag</u>
Ab 16.00 Uhr: Einchecken im Hotel »Gralskloster«
19.00 Uhr: Beginn des Kongresses im Tagungsraum »Ludwig der Bayer«: Begrüßung durch Herrn Klüngelbein und Frau Sternvogel
20.00 Uhr: Maria-Magdalena-Andacht in der Hotelkapelle

<u>Samstag</u>
Ab 7.00 Uhr: Frühstück
10.00 Uhr: Vortrag: »Maria Magdalena in der Kunst«
11.00 Uhr: Führung: »Warum Ettal als Tagungsort? Besichtigung der Klosteranlage Ettal als der ›bayerischen Gralsburg‹«
13.00 Uhr: Mittagessen und Mittagspause
16.00 Uhr: Lesung: »Die Maria-Magdalena-Revolution – vom Christentum zum Magdalenentum«. Gerhard-Johann Klüngelbein liest Ausschnitte aus seinem neuen Werk, das sensationelle Enthüllungen enthält
18.00 Uhr: Abendessen
20.00 Uhr: Seminar: Maria-Magdalena-Tantra

<u>Sonntag</u>
Ab 7.00 Uhr: Frühstück und Auschecken
10.00 Uhr: Abschluss des Kongresses: Workshop: »Das Magdalenentum – Entwurf einer neuen Religion«

Optional: am Nachmittag Maria-Magdalena-Meditations-Bergwanderung

56 Bär erschrickt

Wie hockten auf der Bank vor der Alm. Schauten runter zum See. Die Kuppel von St. Marien spitzte hinter den Tannen hervor.

Friedlich.

Ich schwenkte mit dem Arm über die Landschaft, die sich unter uns ausbreitete, als wollte ich sagen: das Paradies. Das alles schenke ich dir!

Ich sagte: »Ist das nicht wie im Paradies?«

Sie schnäuzte sich, sagte: »Ich hab Angst.«

»Vor was?«

»Wois itta. Irgendwas liegt in der Luft.«

»Vielleicht kommt ein Gewitter. Die Bremsen …«

Sie schnäuzte sich schon wieder, sagte dann: »Es sind nicht die Bremsen. Es sind meine zwei. Die Maja und die Käsi. Die Käsi wird immer widerspenstiger. Sie haut in einer Tour auf ihren Sandsack ein.«

»Vielleicht bildet sie sich ein, der Sack wär ein Mannsbild …«

Bärbel lachte kurz auf.

»Das könnt ich ja noch verstehen!«

»Und die Maja?«

»Die ist noch komischer. Die kauft sich ein Dirndl nach dem andern, brezelt sich auf, parfümiert sich mit Chanel N° 5, schminkt sich stundenlang, rennt jede Woch zum Friseur für hundertzwanzig Euro …«

Ich schüttelte den Kopf, sagte: »Nausgeschmissenes Geld. Das könntst doch du ihr machen, die Frisur, für zwölf Euro.«

»Ich tät's ihr sogar umsonst machen, aber sie lasst sich ja nix sagen, nix machen, hockt dauernd über ihrem Buch, dem komischen … dem Ulti-Ding mit der Maria Magdalena …«

»›Maria Magdalena – die ultimative Wahrheit‹?«

»Ja, genau. Neulich hat sie gar nicht gemerkt, wie ich in ihr Zimmer gekommen bin, hat wieder den Scheiß gelesen und g'sagt: ›Gerti!‹ Ich glaub, die spinnt.«

»Vielleicht ist sie verknallt?«

»Einen Knall hat sie jedenfalls ... Aber was mir die größte Sorge macht: Die zwei fahren nach Ettal.«

»Ins Kloster?«

»Keine Ahnung.«

Wir schwiegen.

Verjagten die Bremsen.

»Du ...«

Ich dachte, sie fragt jetzt: Liebst du mich?

Sie fragte: »Du ... gehst mit mir in die Kirch?«

Ich erschrak.

Wollte sie mich ungefragt heiraten?

Ich lehnte mich zurück, sagte: »Eigentlich war ich in meinem Leben schon so viel in der Kirch, ich hab so was wie eine Kirchenvergiftung ... Aber was willst denn in der Kirch mit mir?«

»Die Maja und die Käsi haben morgen einen Jugendgottesdienst. Und ich tät gern schauen, was die da so machen. Da dürfen ja auch Eltern und solchene Leut nei, net nur Jugendliche ... und wenn du mich begleiten tätst ... Allein trau ich mich nicht.«

Schon wieder ein Angebot als Bodyguard. Meine neue Laufbahn. *Ein neuer Job ist wie ein neues Leben ...*

»Welche Kirch ist das denn?«

»Für die alten Katholiken ...«

»Im Altersheim?«

»Nein, die Kirch ist in der Lindenstraße in Kempten.«

»Meinst vielleicht die Altkatholiken?«

»Ja, genau. Bei den Altkatholiken.«

»Das hat aber nix mit alt zu tun. Das ist eine ziemlich junge Kirche, die Altkatholiken, sie ist erst um die hundertvierzig Jahr alt.«

Sie lachte.
»Und das soll jung sein!«
»Für eine Kirche ist das blutjung.«
»Und was ist besonders an ihnen?«
»Sie ham's nicht so mit dem Papst. Wie der sich umra 1870 für unfehlbar erklärt hat, ham etliche katholische Gemeinden gesagt: ›Der kann uns mal!‹, und haben ihren eigenen Verein gegründet.«
Sie sagte: »So was Rebellisches. Das passt ... Gehst mit?«
»Hm ...«
Sie legte ihre Hand auf meinen Oberschenkel, lehnte sich an mich, seufzte einen unaussprechlichen Seufzer.
Ich drückte sie an mich, sagte: »Na gut. Nachbarschaftshilfe.«
Sie rutschte wieder weg, sagte: »Dank dir!«

57 Marlein und das tränenreiche Gespräch

Ich legte den Flyer beiseite und betrachtete das andere Stück Papier.
Eine Eintrittskarte für den Kongress, ausgestellt auf den Namen Philipp Marlein.
Nun, daraus wurde jetzt nichts.
Der Kongress würde sicherlich abgesagt werden.
Oder doch nicht?
Ich sah noch mal auf den Flyer. Dort war ganz unten im Kleingedruckten eine Kontakt-Telefonnummer angegeben.
Ich zückte kurz entschlossen mein Handy und wählte die Nummer.
Es meldete sich eine Frauenstimme.
»Sternvogel.«
»Guten Tag, Frau Sternvogel. Mein Name ist Philipp Marlein. Ich hätte eine Frage zum Maria-Magdalena-Kongress, der ab morgen in Ettal stattfinden soll.«

»Ja?«

»Ich habe eine Karte für den Kongress und wollte mich erkundigen, ob er auch wirklich stattfindet.«

Sie ließ sich ein paar Sekunden Zeit.

»Warum … fragen Sie?«

Jetzt ließ ich mir ein paar Sekunden Zeit.

»Nun … ich denke, es sind Umstände eingetreten, die eine Abhaltung des Kongresses fraglich machen.«

Wir machten das mit den Pausen zwischen unseren Redebeiträgen zum Standard.

»Wer sind Sie?«

Pause.

»Ich bin Privatdetektiv und habe hier in Fürth für Herrn Klüngelbein gearbeitet. Sie wissen, was passiert ist?«

Längere Pause.

Dann plötzlich Schluchzen, tränenerstickte Stimme.

»Ja. Die Polizei hat mich vor einer Stunde angerufen. Sie haben die Nummer gewählt, die auf dem Kongressflyer steht, wie Sie wahrscheinlich auch. Sie haben gesagt, dass Gerhard-Johann tot ist und dass man eine unnatürliche Todesart und ein Fremdverschulden nicht ausschließen könne. Ich bin noch völlig geschockt.«

»Mein herzliches Beileid, Frau Sternvogel.«

Nun noch längere Pause.

Ich ließ sie eine Weile ausheulen, ehe ich wieder eine Frage stellte.

»Dann wird der Kongress abgesagt?«

Ihre Stimme klang jetzt trotzig.

»Nein. Der Kongress wird wie geplant stattfinden. Das bin ich Gerhard-Johann schuldig. Sie versuchen, unsere Maria-Magdalena-Bewegung fertigzumachen, aber das wird ihnen nicht gelingen. Maria Magdalena wurde schon einmal ausgebremst, das darf sich nicht wiederholen.«

»Wer sind *sie*?«

»Ich weiß es nicht. Gerhard-Johann hat mir erzählt, dass sie sich die ›Neuen Tempelritter‹ nennen. Eine Art Geheimpolizei der Kirche, die ihre verknöcherten patriarchalischen Strukturen bewahren soll und mit Gewalt gegen alle Erneuerungsbewegungen vorgeht. Diese Schweine haben den Gerhard-Johann ermordet!«

Sie schluchzte wieder herzzerreißend.

Mehr würde ich jetzt nicht aus ihr herausholen. Aber das, was ich eigentlich wissen wollte, hatte ich ja erfahren.

Ich sagte ihr, dass wir uns ja dann morgen in Ettal sehen würden und dass wir uns dort weiter unterhalten könnten, versicherte ihr noch einmal meine Anteilnahme und beendete das Gespräch.

Die Neuen Tempelritter.

Ich versuchte, mich zu erinnern, was Klüngelbein dazu geäußert hatte.

Ich glaube, sie werden versuchen, mich zu ermorden!

Wenn sie erfahren, was ich weiß und worüber ich schreibe, werden sie versuchen, mich auszuschalten.

Ich habe starke Befürchtungen, dass die Neuen Tempelritter versuchen werden, den Kongress zu sabotieren. Spätestens auf diesem Kongress rechne ich mit einem Anschlag auf mich und meine Anhänger.

Ja, die Tour ist gut verlaufen. Aber die Hölle steht uns erst noch bevor. Ich bin mir absolut sicher, dass es in Ettal kritisch wird, dass es dort zum Showdown mit den Tempelrittern kommen wird.

Ein Anschlag der Tempelritter auf den Kongress in Ettal, diese Befürchtung hatte Klüngelbein immer wieder erwähnt. Und auch wenn der Anschlag auf ihn bereits stattgefunden hatte – er war sich sicher, dass die Tempelritter nicht nur ihn, sondern auch seine Anhänger im Visier hatten.

Der Kongress in Ettal fand statt.

Und die Tempelritter würden mit großer Wahrscheinlichkeit dort auftauchen.

Die Tempelritter – die Mörder von Klüngelbein.

Wenn ich seine Mörder finden wollte, in Ettal würde ich sie finden.

Und ich wollte sie finden. Unbedingt.

Um mich selbst vom Tatverdacht reinzuwaschen.

Und um die Ermordung von Gerhard-Johann Klüngelbein zu sühnen.

Ich aß den Mousse-au-Chocolat-Kuchen und die Tafel Vollmilchschokolade auf und verließ den Laden der süßen Freiheit, um meine Sachen für den Ausflug nach Ettal zu packen.

58 Bär begleitet

Es war ein Hammer-Sonnentag.

Die Sonne brüllte aufs Allgäu herab.

Wir saßen in der Sauna. Meine Nachbarin und ich.

In ihrem Auto. Audi A3.

Sie am Steuer.

Der Schweiß rann ihr übers Gesicht, rieselte in ihren Ausschnitt.

Mir auch, aber ich hatte keinen Ausschnitt.

»Die Klimaanlage ist kaputt«, sagte sie.

»Der ist es halt auch zu heiß. Die hat den Geist aufgegeben. Aber wenigstens besser als in der Deutschen Bahn. Wenn wir im ICE hocken täten, ständ der jetzt still. In der Hitz …«

»Klimaanlagen laufen am besten zwischen zwanzig und dreißig Grad … wenn man's nicht braucht.«

Wir brüteten weiter.

Ich sagte: »Früher war alles besser. Kein Klimawandel, keine Klimaanlagen, keine Buzz-Cut-Frisuren …«

Das Navi ging aus, zeigte eine Anzeige: »Die Temperatur ist zu hoch.«

Sie sagte: »Alles geht kaputt! Das Navi, die Ehe, die Jugend …«

Wir waren schon in der Lindauer Straße, ich sah weit und breit keine Kirche. Hausnummern auch nicht.

Sie fand einen Parkplatz am Rande eines Parks, der zweckentfremdet war: Ein Volksfest fand dort statt. Autoscooter hupten, alte Schlager dödelten aus maroden Lautsprechern, die Kinderkarussells waren leer, kein Wunder, die Kleinen hätten sich ihre Popos verbrannt.

Ich hatte kalte Hände. Und Harndrang.

Aufgeregt war ich.

Tat so cool ich konnte.

Sagte: »Ich muss noch schnell in die Büsche!«

Sie schaute mich missbilligend an, sagte: »Hier, am Park?«

»Ja, auf der Straß sieht mich jeder!«

»Pass auf, die Polizei ist da ganz streng, das ist nämlich verboten.«

»Ich weiß, sie wollten schon mal fünfhundert Euro von mir, wie sie mich auf dem Autobahnparkplatz beim Brunzen erwischt haben.«

»Außerdem glauben die dann, du bist so ein alter Pädo… Pädodings oder so einer, wo sein Mantel aufmacht …«

»Exhibitionist oder pädophil?«

»Egal was, schick dich!«

Ich schlug mich in die Büsche.

Nach zwei Minuten holte ich sie wieder ein, wir fanden die Nummer drei. Ein viereckiges Schachtelhaus mit einer Tafel: »Dr. Otto Salz. Gemeindehaus«. In großen Lettern: »Maria von Magdala. Alt-Katholische Gemeinde«. Daneben ein Glasschild, schwarz-rot: »Horst Richter. Versicherungsvermittlung«.

Ich sagte: »Da bin ich ja beruhigt. In dem Gemeindehaus kann man sich gleich versichern lassen. Frag mich nur, gegen was.«

Sie zeigte mit dem Finger in Richtung hinter das Schuhschachtelhaus, sagte: »Schau, das schaut aus wie eine Kirch. Eine moderne.«

Es war eine achteckige Schachtel, ein Oktogon, wie die Gnadenkapelle der Schwarzen Madonna in Altötting.

Menschen tröpfelten hinein.

Ich sagte: »Ich rauch noch eine, geh du schon mal rein. Und halt mir einen Platz frei. Aber hinten, an der Seite … Da sieht man besser.«

Sie schaute mich abschätzig an, sagte: »Und man kann schneller abhauen.«

»Ist auch nicht ungesund. Ich werd nämlich in Kirchen leicht klaustrophobisch.«

»Du wirst doch nix klauen? Erst brunzen, dann klauen …«

»Keine Sorge, ich mach dir schon keine Schand!«

Sie schaute mich an, wie meine Mutti mich angeschaut hatte. Sie hatte immer gesagt: »Aber mach mir keine Schand!«

Jetzt konnte sie nix mehr sagen. Sie war nach sechs Jahren Pflegeheim im Himmel gelandet. Schaute auf mich herab.

Hoffentlich nicht. Sie tät sich sonst zu Tode schämen. Im Himmel.

Ich zündete mir mit klammen Fingern eine Gauloises an.

Der Jugendgottesdienst war wie ein altmodischer Jugendgottesdienst aus den sechziger Jahren. Ein normaler Gottesdienst mit einer Band, die einem das Hirn aus der Birne blies. Mir jedenfalls.

Links saßen junge Mädchen in Dirndl, wallende Haare, dezent geschminkt, neben ihren Liebsten in Trachtenanzügen. Wie alte Ehepaare, bloß jünger.

Ich stieß meine Nachbarin Bärbel an, deutete nach vorn, zeigte auf eine junge Frau. Sagte: »Schau, die Maja!«

Der Krach von der Band war so groß, dass sie kein Wort verstand. Sie schaute, nickte, hielt ihren Daumen nach oben. Gebärdensprache.

Sie stieß mich mit den Ellbogen in die Rippen, ihre Lippen bewegten sich, ich verstand kein Wort, aber folgte ihrem Finger. Der zeigte auf die rechte Seite der Kirchenbänke. Eine Gruppe von kahlköpfigen Mädchen saß da. In der vordersten Reihe: Käsi.

Ich nickte, hob meinen Daumen.

Der Herr hatte Erbarmen: Die Band hörte auf. In meinen Ohren dröhnte es, ich dachte, ich hab einen Hörsturz.

Die Stimme des Priesters beruhigte mich. Ein sanfter Mann, kurz vor der Rente. Er sprach über Maria Magdalena, nach der die Kirche benannt war. Maria Magdalena, die Sünderin.

Gebrummel links und rechts in den Reihen.

»Aber sie hat ihre Sünde bereut und von da an dem Herrn Jesus Christus gedient, ihn als ihren Herrn und Meister in ihr Herz aufgenommen …«, und so weiter. »So wie es sich bis zum heutigen Tag gehört, für Mann und Frau, so wie für Christus und Maria Magdalena.«

Die linke Seite hörte auf zu grummeln, wallende Mädchenköpfe nickten, ihre Begleiter nickten ein. Es war langweilig.

Nur die Buzz-Cut-Damen auf Rechtsaußen rutschten rebellisch auf ihren Hintern hin und her, bis der Priester sagte: »Und doch war Maria Magdalena eine großartige Frau, Dienerin und Herrin zugleich. Man hat sie die Apostelin der Apostel genannt …«

Ich schreckte auf.

Beifall. Szenenapplaus.

Von rechts. Käsi stand auf, klatschte ungeniert, die andern folgten.

Standing Ovulations.

Der Priester erschrak, lächelte dann geschmeichelt, brachte die rechten Fans mit einer Handbewegung wieder dazu, sich auf ihren Allerwertesten niederzulassen.

Ich flüsterte Bärbel ins Ohr: »Geile Show. Echt revolutionär!«

»Willst mich verarschen?«

Die Antwort blieb mir erspart.

Die Band sorgte wieder für Lärmterror.

Immerhin spielten sie einen sündigen Oldie der Rolling Stones: »I Can't Get No Satisfaction«.

Ich stieß Bärbel in die Seite, plärrte ihr ins Ohr: »Mir langt's. Komm, pack mer's!«

Die Jungen gingen zur Kommunion.

Wir gingen zum Volksfest.

Wir schlenderten zurück zu unserem Parkplatz am Park.

Wortlos.

Die Sonne verbrannte uns.

Das Volksfest dudelte müde.

Ich sagte: »Ich brauch einen Schluck Bier. Ich verdurst.«

Sie sagte: »Und ich einen Schnaps. Meine Nerven …«

Wir gingen an eine Schnapsbude, sie sagte: »Ich lasse eine Runde springen.«

»Wennst meinst …«

Ich schleppte zwei Pils und zwei doppelte Enzian heran.

Ich griff nach meinen Zigaretten.

Sie auch.

Ich sagte: »Ich wusste gar nicht, dass du rauchst.«

»Ich auch nicht«, sagte sie, zog den ersten Zug in sich hinein, hustete.

Aus irgendeinem altersschwachen Lautsprecher dröhnte Roberto Blancos »Ein bisschen Spaß muss sein«.

»Der ist auch schon achtzig, der Roberto Blanco«, sagte sie nach dem ersten Schluck Pils.

»Ja, man hört's …«

Wir prosteten uns mit dem Enzian zu.

Ich sagte: »Schau, jetzt hast gesehen, dass du dir keine Sorgen machen musst. Die Mädle gehen ganz ordentlich in die Kirch, hören sich eine langweilige Predigt über Maria Magdalena an, lassen sich von der Band die Ohren volldröhnen, fressen dem Priester die Hostien aus der Hand, also harmloser geht's doch nimmer.«

»I wois itta … Da kommt noch was … in Ettal, wo sie einen Ausflug hin machen …«

»Wahrscheinlich machen s' da wieder einen langweiligen Gottesdienst, nur öfter, in einer Tour …«

»Nein, ich g'spür da was …«

»Warum hast du sie nicht gefragt, was sie da tun in Ettal?«

»Ich hab sie gefragt, aber sie sagen mir ja nix. Die Käsi ist gleich an ihren Sandsack und hat auf ihn eingedroschen, die Maja hat sich geschminkt, eine Kerze angezündet und ist in ihre blöde Maria-Magdalena-Bibel hineinverschwunden …«

»Weiß du, genau darum geht's bei der Veranstaltung. Es ist ein Kongress, und da soll ein neues Buch vorgestellt werden, der ultimative Scheiß, und vielleicht gibt's dann noch eine Party mit Tofu-Würfel und Almdudler. Echt geil!«

Sie schaute mich an, sagte: »Woher weißt du denn das?«
Ich zierte mich, sagte: »Prost!«
Wie stießen an, zündeten uns noch eine Zigarette an, ich ließ sie schräg im Mundwinkel baumeln, machte den Humphrey Bogart: »Ich war früher einmal Detektiv. Privatdetektiv. Da kriegt man solche Sachen raus. Und heutzutag mit dem Internet ...«
»Steht das im Internet? Das könnt ich ja dann auch googeln.«
Ich blies den Rauch aus, sagte: »So einfach ist das auch wieder nicht. Es steht nicht im normalen Internet.«
»In welchem dann?«
»Im Darknet. Das ist nur für Detektive zugänglich. Und für Verbrecher.«
Sie wurde blass: »Verbrecher? Ich hab doch gewusst, da stimmt was nicht ...«
Scheiße, ich hatte mich in meiner Angeberei verplaudert. Paddelte zurück: »Nein, das war nur ein kleiner Scherz. Aber wenn's dich beruhigt, das ist fast ganz öffentlich. Ich hab sogar eine Karte für den Kongress!«
Sie, begeistert: »Da kannst ja hingehen. Bitte. Ein Aug auf meine Mädle haben ... dass ihnen nix passiert.«
»Geht leider nicht.«
»Warum itta?«
»Die Karte ist für eine bestimmte Person. Da steht der Name drauf. Und es ist leider ein Frauenname. Und ich bin leider keine Frau. Mit der Karte lassen sie mich als Mann nicht hinein. Deshalb geht's nicht.«
Sie wurde ganz leidenschaftlich: »Dann musst halt eine Frau werden!«
»Ha?«
»Ja, jetzt stell dich halt net an. Du warst doch schon ein Weib ... wie du die Gesundbeterin gesucht hast ... und neulich erst, wie ich dich verkleidet hab mit dem Gewand von meiner Oma. Ich helf dir auch gern wieder. Komm, trink!«
Sie hielt mir mein Bierglas hin.
Wir stießen an.
Tranken unsere Schnäpse aus.

Sie hängte sich bei mir ein, kicherte: »Wenn wir heimkommen, machen wir gleich einmal eine Kleiderprobe.«

»Aber …«

Sie langte mir an meine Brust, sagte: »Keine Sorge, das mit dem Busen kriegen wir auch hin miteinander.«

59 Marlein und das bayerische Märchen

Ich kam am nächsten Tag rechtzeitig in Ettal an, aber nur gerade mal noch so und nur, weil ich einigermaßen zeitig losgefahren war. Aber sich am Freitagnachmittag durch den Feierabendverkehr der A 9, der A 95 und vor allem der Münchner Innenstadt zu quälen, war sehr ambitioniert und vor allem extrem zeitintensiv.

Doch gegen achtzehn Uhr hatte ich Ettal dann endlich erreicht.

Als ich in den Ort einfuhr, war das wie die Fahrt direkt hinein in ein bayerisches Märchen.

Schnuckelige Fachwerkhäuser mit bunten Fassadenmalereien zwischen saftig grünen Wiesen, auf denen glockenläutende glückliche Kühe mit hellbraunem Fell grasten, das Ganze von allen Seiten eingerahmt von majestätisch in einen strahlend blauen Himmel ragenden Bergen mit schneebedeckten Gipfeln, und in der Mitte des Ortes als spirituelles Zentrum ein mächtiges Kloster von der Größe eines Fußballstadions – ein Dorf wie gemalt, ein Dorf wie aus dem Bilderbuch.

Ich fuhr mit meiner Karre auf den Parkplatz des Hotels »Gralskloster«, das sich direkt neben der Klosteranlage befand.

Ich fand eine Parklücke – zwischen zwei Taxis.

Das rief mir unwillkürlich Klüngelbeins Taxi-Phobie in Erinnerung, und schlagartig verwandelte sich das bayerische Märchen in eine antike Tragödie.

Ich dachte an Klüngelbein, an seinen gewaltsamen Tod, an den Grund, warum ich nach Ettal gekommen war.

Und die Taxis warfen Fragen auf.

Hatte Klüngelbein vielleicht doch recht gehabt?

War es doch kein Zufall gewesen, dass an jedem Ort, den wir besucht hatten, auch ein Taxi aufgetaucht war? War es tatsächlich jedes Mal ein und dasselbe Fahrzeug gewesen, gar kein echter Mietwagen, sondern doch das Dienstfahrzeug der Templer? Waren wir während der Recherchetour doch auf Schritt und Tritt verfolgt worden?

Waren in dem Taxi, das mir entgegengekommen war, als ich vor drei Tagen von Klüngelbeins Haus weggefahren war, seine Mörder gesessen?

Waren diese beiden Taxis auf dem Parkplatz vor dem Tagungsort ein Zeichen dafür, dass die Neuen Tempelritter bereits anwesend waren?

Oder war das alles Unsinn? Sah ich nur Gespenster? Zumindest baumelte an keinem der beiden Taxis ein Rosenkranz mit großem rotem breitbalkigem Kreuz am Rückspiegel …

Ich stieg aus dem Auto, holte meine Reisetasche aus dem Kofferraum und ging zum Hotel.

Das Hotel sah eher aus wie eine Gralsburg; ein mächtiger Kasten, relativ neu gebaut, aber retrotechnisch auf alt – und damit zum Dorfbild passend – getrimmt, sowohl außen als auch innen.

Schon der Eingang, ein steinerner Torbogen, wirkte wie der Zugang zu einer Gralsburg, und in der Eingangshalle gab es viele Säulen und Bogen, viel Stuck und Marmor, viel Holz und Leder, viel Samt und Seide. Keine heruntergekommene Absteige, sondern durchaus eine stilvolle und luxuriöse Nobel-Herberge, in der dieser Maria-Magdalena-Kongress stattfand – davon zeugte auch die dekorativ neben dem Eingang angebrachte Tafel mit den vier Sternen.

An der Rezeption begrüßte mich eine junge Frau im Trachtendirndl und fragte mich, was sie für mich tun könne.

»Mein Name ist Philipp Marlein. Ich möchte einchecken. Ich bin Teilnehmer am Maria-Magdalena-Kongress.«

»Dann bräuchte ich bitte Ihr Ticket.«

Ich zog die Karte aus der Tasche und reichte sie ihr.

Sie glich sie mit einer Namensliste ab, die sie auf dem Schreibtisch liegen hatte, und machte einen Haken hinter meinem Namen.

Das Ticket behielt sie und gab mir stattdessen ein Schild mit Anstecknadel, auf dem das Maria-Magdalena-Gemälde des Flyers in Kleinformat abgebildet war und mein Name stand.

»Bitte heften Sie sich dieses Schild an, es ist ab sofort Ihre Eintrittskarte für alle Veranstaltungen des Kongresses.«

Dann reichte sie mir noch einen Schlüssel.

»Sie haben Zimmer Nummer 163 im ersten Stock. Wir wünschen Ihnen einen angenehmen Aufenthalt im Hotel ›Gralskloster‹ und einen schönen Kongress!«

Ich zog die mit rotem Teppich ausgelegte Treppe dem Aufzug vor, stieg nach oben in den ersten Stock, ging einen ebenfalls mit rotem Teppich gesäumten und mit alten Holzschnitten und Kupferstichen an den Wänden verzierten Gang entlang und fand schließlich Zimmer 163.

Auch das Zimmer war edel eingerichtet. Es war zwar nicht überbordend, sondern eher einfach und spartanisch ausgestattet (wohl, um eine klösterliche Atmosphäre zu suggerieren, wenn das Hotel schon »Gralskloster« hieß), dafür waren die rustikalen Holzmöbel ganz offenkundig von bester Qualität, und alles wirkte so sauber, als könnte man das Essen vom Fußboden auflecken.

Ich stellte meine Reisetasche auf dem kleinen Sofa ab, entnahm ihr meinen Kulturbeutel und ging ins Bad, um mich nach der langen und schweißtreibenden Fahrt erst einmal ein wenig frisch zu machen.

Als ich damit fertig war, nahm ich den Hotelprospekt, der auf dem Tisch lag, und warf mich auf das große Boxspringbett.

Ich blätterte in der Broschüre.

Sie enthielt Informationen über die Geschichte Ettals und des Hotels sowie darüber, was das Hotel zu bieten hatte (Hotelbar, Restaurant, Biergarten, Liegewiese, Kegelbahn, Fitnessraum, Schwimmbecken, Beauty-Sauna-Wellness-Bereich,

Tagungs- und Konferenzräume, Babysitter-, Frühstücks-, Gepäck-, Shuttle-, Tagungs- und Ticketservice), was Ettal zu bieten hatte (Apotheke und Bank, Reisebedarf und Souvenirs, Gasthäuser und Restaurants, Spazierwege und Wanderwege, Klosterführungen und Klosterprodukte, Gottesdienste und Meditationstage), was die Umgebung (vor allem in den benachbarten Orten Garmisch-Partenkirchen und Oberammergau) zu bieten hatte (Angebote für Freizeit, Erholung, Kultur, Wandern, Bergsteigen, Naturerlebnis, Sommer- und Wintersport), sowie einen Lage- und Übersichtsplan des Hotels.

Ich zog den Kongressflyer aus der Hosentasche: Der Kongress würde um neunzehn Uhr im Tagungsraum »Ludwig der Bayer« beginnen.

Ich sah im Übersichtsplan der Hotelbroschüre nach: Der Kongressraum befand sich im Erdgeschoss.

Ich schaute auf die Uhr: Zeit, mich langsam auf den Weg zu machen.

Ich öffnete meine Reisetasche und entnahm ihr zwei Dinge: ein Jackett, das ich mir überzog – und meine Pistole, die ich in die Innentasche des Jacketts steckte.

Schließlich war ich nicht hier, um die Annehmlichkeiten des Hotels zu genießen oder um mein Wissen über Maria Magdalena zu erweitern.

Ich war hier, um einen Mord aufzuklären – und vielleicht, um ein Massaker zu verhindern.

60 Bär rollt

Der BH saß. Wie eine Eins. Ausgestopft mit Bärbels Küchentüchern.

»A Wonderbra isch des fei!«, hatte sie beim Abschied gesagt.

Ich sagte: »Ich bin ja auch die Wonder Woman von der Biselalm. A Menge Holz vor der Hüttn.«

Sie lachte.

»Bin ich froh, dass du auf den Kongress fahrst. Nach meine Mädle schauen!«

Sie drückte mich, Bussibussi, mein Wonderbusen war im Weg, ich hätte lieber ihre liebliche Brust gespürt als zusammengeknüllte Küchentücher.

Jetzt hatte ich niemanden mehr zum Drücken oder Gedrücktwerden.

»Selbst ist der Mann«, raunte ich mir zu.

Alte Leute reden gern mit sich selbst.

Ich parkte auf dem großen Parkplatz vor Ettal, an der Mauer des Klostergeländes.

Ich schälte mich aus meinem verbeulten Golf Diesel.

Der Parkplatz war in der Abenddämmerung immer noch gut gefüllt.

Mit Wohnmobilen.

Mit SUVs.

Ich war also nicht die einzige Alte.

SUVs sind eine Alterserscheinung. Man kann nämlich aufrecht ein- und aussteigen, so wie in den altersgerechten Betten und auf die altersgerechten höhergelegten Kloschüsseln.

Dagegen wirkte mein Golf wie ein tiefergelegter Porsche.

Ich zog mich mit den Händen am Autodach hoch, mein Kreuz war von zwei Stunden Sitzen lahm.

Holte meinen Rollator aus dem Kofferraum.

Rollte in altersgerechtem Schleichtempo die Mauer vom Kloster entlang, auf das Hotel zu. Das Kongresszentrum.

Einchecken.

Hotel »Gralskloster«.

Schickimicki.

»Bräustüberl« las ich auf einem Schild.

War beruhigt.

Wenigstens was zum Trinken gab's.

Ich kriege auf Reisen schnell eine Dehydrierungsphobie.

Angst zu vertrocknen.

Der Zugang zur Rezeption war barrierefrei.

Vielleicht war ich auch nur im örtlichen Altersheim gelandet.

Ich schnaufte erleichtert durch: Die Dame, die zu meinem Empfang da war, hatte ein gut gefülltes Dirndl an, und an der Spalte stellte ich fachkundig fest, dass der Dirndl-BH nicht mit Küchentüchern gefüllt war.

Ich rückte mein Kopftuch zurecht, schaute der jungen Frau in die Augen und sagte: nichts.

Ich wollte so wenig wie möglich reden. Selbst für eine alte Frau war meine Stimme ziemlich tief. Auch meine Strumpfhose änderte nichts daran. Ich fühlte mich zwar strumpfhosentechnisch wie ein Weib, aber ich war mir nicht sicher, ob meine Stimme und meine Strumpfhose harmonierten. An der Magdalenen-Kapelle hatte es zwar geklappt, aber ich wollte so wenig Risiko wie möglich eingehen.

»Kann ich Ihnen helfen?«

Ich nickte.

»Suchen S' gwiß das Altersheim?«

Ich schüttelte verneinend den Kopf.

»Die heilige Messe ist gleich in der Kirche gegenüber!«

Ich schüttelte schon wieder.

Deutete auf meine Ohren.

»Ach so, schwerhörig sind Sie. Das ist meine Oma auch. Kommen S' einfach näher her zu mir.«

Ich beugte mich über die Rezeption. Sie beugte sich mir entgegen. Ich roch ihren lieblichen Geruch. Chanel N° 5. War wohl das MM-Parfum. Mit einem Hauch von Schweiß und Menstruation.

Nicht schlecht, so ein Kongress.

Ich deutete auf eine Standtafel. »Kongress« stand drauf.

Sie flötete mir ins Ohr: »Ja, wollen S' gwiß zum Kongress?«

Ich nickte heftig.

»Ihre Einladungskarte bräucht ich.«

Ich griff mir spontan in meine Brusttasche und landete in meiner linken Küchentüchersammlung.

Lächelte verlegen, tat, als tät ich am BH was richten, erinnerte mich an meine Handtasche.

Sie hing am Rollator.

Ich holte die Einladungskarte raus, reichte sie der Rezeptorin.

»Danke, genau das brauchen wir«, sagte sie. So, wie man mit einem retardierten Kleinkind redet. »Das ist ja wunderbar. Ich muss nur mit der Liste gegenchecken.«

Sie murmelte den Namen auf der Karte: »Katharina Müller ... mmm ... ja, hier!«

Sie machte einen Tick auf ihre Liste.

Schaute mich an, die Augen wurden immer größer: »Sind Sie etwa die berühmte ... die Französin, die das geile ... äh, das revolutionäre Buch geschrieben hat, den Bestseller ...«

Sie verwechselte offenbar Katharina Müller mit Catherine Millet.

Ich widersprach nicht, ich ergänzte knapp: »›Das sexuelle Leben der Catherine M.‹?«

Sie nickte.

Ich nickte huldvoll, quetschte ein leises »Oui« hervor.

Sie wurde rot bis unter die Haarwurzeln.

»Ich hab es nämlich drei Mal gelesen ... so anregend!«

Ich dachte mir, wie oft sie wohl dabei gekommen ist, das Buch ist eine einzige Aufzählung von Bumsen, Vögeln, homo, hetero, in jeder denkbaren und undenkbaren Position, im Keller und im Freien, im Rudel und allein, auf dem Küchentisch, der Kühlerhaube, dem Kaminsims, aufm Klo, aufm Dach, auf der Straße.

Stinklangweilig! Porno ohne Erotik.

Die Millet hätte besser über Geschirrspülen schreiben sollen, das wär viel sexyer geworden.

All das behielt ich für mich, die Rezeptorin sagte: »Ich hab noch ein Exemplar, täten Sie mir das signieren?«

Ich nickte gütig, nuschelte: »Naturellement.« Auf Französisch.

Ihr rutschte raus: »Geil!«

Sie errötete. Schon wieder.

Ich auch. Dachte: der fade Porno-Schinken aus Frankreich.

Sagte: »Und wie!«
Biss mir auf die Zunge, französelte: »Oh oui!«
Erinnerte mich an meine einzigen Französischkenntnisse: »Voulez-vous coucher avec moi?«
Legte nach: »Comme vous voulez.«
»Ach, so ein Glück, dass ich Sie hier treff, Madame Müller!«
Sie gab mir ein Ansteckschild und sagte mir, das sei jetzt meine Eintrittskarte für den Kongress. Außerdem gab sie mir einen Schlüssel.
»Sie haben Zimmer Nummer 164.«
»Wo …?«
»Ach, Madame Müller, darf ich Ihnen behilflich sein und Sie zu Ihrem Zimmer begleiten?«
Ich nickte, halb begeistert.
Sie nahm mich unter den Arm, und wir rollatorten zu zweit die Flure entlang bis zum Zimmer 164.
Sie öffnete die Tür.
Ich schaute, sagte anerkennend: »Magnifique!«
»Schön, dass es Ihnen gefällt.«
Ich nickte, Daumen nach oben.
»Kann ich Ihnen vielleicht beim Umkleiden helfen? Oder beim Frischmachen? Duschen?«
Fehlte nur noch Klogehen.
Oder Windelnwechseln.
Ich langte mir reflexartig an meinen Schritt, bremste die Bewegung ab und tat, als tät ich ein Stäubchen vom Rock wischen.
»Merci«, sagte ich, voll der Gnaden.
»Dann darf ich Sie allein lassen?«
Ich nickte.
»Aber wenn Sie was benötigen, brauchen Sie mich nur in der Rezeption anzurufen. Ich bringe Ihnen alles, was Sie wollen …«
»Oh … oh, là, là!«
Ich merkte, dass ich rot wurde.
Winkte ihr Auf Wiedersehen.
Sie entschwebte.
Ich schob mit dem Fuß die Tür zu.

Riss mir das Kopftuch runter, wischte mir den Schweiß von der Stirn. Meine Tarnung hatte gehalten.

61 Marlein und der klassische Kotzbrocken

Als ich zum Tagungsraum »Ludwig der Bayer« kam, hielten sich die meisten Teilnehmer des Kongresses noch im Areal davor auf, wo Stehtische mit Getränken aufgebaut waren.

Von TeilnehmerINNEN zu sprechen traf es besser. Ich schätzte die Zahl der anwesenden Personen auf circa fünfzig, und davon waren höchstens fünf oder sechs Männer, alles andere waren Frauen.

Die meisten dieser Frauen waren relativ jung, und es waren jede Menge Sahneschnittchen darunter. Es gab echt schlimmere Anblicke. Wenn der Anlass meiner Anwesenheit nicht so verdammt ernst gewesen wäre, hätte dieser Kongress tatsächlich eine ausgesprochene Spaßveranstaltung für mich werden können.

Während ich meinen Blick über die Damen schweifen ließ und mich am Anblick geballter weiblicher Reize erfreute, blieb er plötzlich an einem der wenigen Männer hängen.

Einem Mann, den ich kannte!

Was machte der denn hier?

Ohne lange zu überlegen, ging ich schnurstracks zu dem Tisch, an dem Ingo Groschen stand und irgendetwas auf einen Notizblock kritzelte.

»Guten Tag, Herr Groschen. Mit Ihnen hätte ich hier nun wirklich nicht gerechnet.«

Groschen sah auf.

»Ah, sieh mal an, der Herr Marlein! Ehrlich gesagt, mit Ihnen hätte ich hier eigentlich auch nicht mehr gerechnet – nicht nach dem, was gestern passiert ist.«

»Was ist denn gestern passiert?«

»Also bitte – als sein persönlicher Assistent sollten Sie doch wissen, dass Herr Klüngelbein gestern unter dramatischen Umständen ums Leben gekommen ist. Wobei wir uns den Unsinn mit dem persönlichen Assistenten doch jetzt schenken können, nicht wahr, Herr Privatdetektiv Philipp Marlein?«

»Sie sind ja echt ein Blitzmerker, Groschen. Wenn Sie in Ihrem Job auch so lange brauchen, bis Sie die Dinge erfassen, dann ist das Aktuellste, über das Sie schreiben, wahrscheinlich immer noch der Untergang des Römischen Reiches. Wer hat Ihnen denn das mit dem Privatdetektiv gesteckt?«

»Ich habe gestern exklusiv für mehrere Medien über den Tod von Gerhard-Johann Klüngelbein berichtet – und dabei natürlich auch ausführlich mit Kommissar Diesterweg gesprochen. Wundert mich ja, dass er Sie hat laufen lassen, als Hauptverdächtigen.«

»Wie Sie sehen, bin ich frei – und hier. Immerhin weiß ich jetzt, was Sie neulich damit gemeint haben, dass Sie Professor Klüngelbein eh bald sehen werden. Sie hatten damit gerechnet, ihn hier zu treffen.«

»Sie sind ja echt ein Blitzmerker, Marlein.«

»Woher haben Sie ein Ticket? Von Klüngelbein ganz bestimmt nicht. Der hätte sich eher eine Hand abhacken lassen, als Sie einzuladen. Haben Sie sich an die Sternvogel rangemacht?«

»Nein, das hatte ich gar nicht nötig. Klüngelbeins Verlag hat mir die Teilnahme an diesem Kongress förmlich aufgedrängt. Der Verlag hat nämlich großes Interesse daran, dass sich das Buch von Klüngelbein auch verkauft. Und dafür braucht es Publicity in Form von medialer Berichterstattung. Und die liefere ich.«

»Nun, das hat sich ja jetzt erledigt. Das Buch wird es nicht geben. Klüngelbein ist tot, sein Manuskript wurde geklaut. Wieso sind Sie angesichts dessen überhaupt hierhergekommen? Ist der Mord an Klüngelbein nicht eine größere Story für Sie als dieser Kongress, der ohne ihn ja wahrscheinlich zur Bedeutungslosigkeit degradiert wird?«

»Keine Sorge, Herr Marlein, ich bleibe natürlich weiter federführend bei der Berichterstattung über den Klüngelbein-

Mord. Dass ich hier bin, gehört da sogar zwingend dazu. Wie reagieren die Fans von Klüngelbein auf den Tod des Meisters? Haben sie einen Verdacht, wer hinter dieser Tat stecken könnte? Wie geht es jetzt weiter mit der von Klüngelbein initiierten Maria-Magdalena-Bewegung? Und gibt es nicht doch irgendwelche Informationen darüber, was er in seinem neuen Buch geschrieben hätte? Dieser Kongress ist eine wahre Fundgrube für die Beantwortung all dieser Fragen, und die Leser, Hörer und Zuschauer werden lechzen nach meinen Berichten.«

»Sie sind ein klassischer Kotzbrocken, Groschen. Für eine gute Story würden Sie über Leichen gehen, nicht wahr?«

»Spielen Sie hier doch nicht den Moralapostel, Marlein. Ich mache nichts Schmutziges oder gar Verbotenes – ganz im Gegenteil, Information ist das Fundament der Demokratie, und ich beschaffe Informationen. Ich bin also ganz eindeutig einer von den Guten. Und was das mit dem Über-Leichen-Gehen betrifft, da sollten Sie sich mal lieber an die eigene Nase fassen, Marlein. *Sie* stehen im Verdacht, eine Leiche produziert zu haben, nicht ich.«

Er senkte die Stimme, flüsterte jetzt.

»Wie sieht's denn eigentlich aus, Marlein? Waren Sie's? Wie wär's denn dann mit einem von mir geführten Exklusivinterview mit dem Mörder? Da würden wir beide einen prächtigen Schnitt machen. Wäre eine super Existenzgründungsgrundlage für Sie, wenn Sie in zehn Jahren wieder rauskommen aus dem Knast.«

Er zwinkerte mir zu.

Ich musste mich sehr beherrschen. Ich hätte ihm am liebsten eine geknallt, wollte aber unter all den liebreizenden Damen nicht gleich ein Schläger-Image aufbauen.

»Tun Sie mir einen Gefallen, Groschen, und halten Sie sich bei diesem Kongress so fern von mir, wie es nur geht.«

Er grinste zynisch.

»Wieso sind Sie überhaupt noch hierhergekommen, Marlein? Ich denke mal, Sie hätten Klüngelbein als Leibwächter begleiten sollen – das hat sich jetzt doch erledigt, wo Ihnen Ihr Schützling weggemordet worden ist.«

Ich versuchte ebenfalls, ein Grinsen zustande zu bringen, aber vermutlich geriet es ziemlich schief.

»Ich bin hier, weil ich ein großer Verehrer der frommen Sünderin Maria Magdalena bin.«

Mit diesen Worten ließ ich ihn stehen und ging auf den Eingang des Tagungsraumes zu.

Vor lauter Wut über den Kotzbrocken Groschen achtete ich kaum auf meine Umgebung – und stieß prompt mit einem alten Mütterchen zusammen, das ebenfalls den Raum betreten wollte.

62 Bär betet

Ich verrammelte meine Tür.

Bekreuzigte mich.

Sprach ein Vaterunser.

Griff in meine Handtasche.

Zog eine kleine Plastikflasche raus mit der Aufschrift »Alpenrausch Mineralwasser – Dem Himmel so nah«.

Schraubte das Wässerchen auf, setzte es an meine lippenstiftroten Lippen, tat einen tiefen Zug.

Russisches Wässerchen. Wodka.

Wodka riecht man nicht.

Deshalb Wodka.

Die Droge schlug sanft ein. *Dem Himmel so nah.*

Ich merkte, wie müde ich war.

Alles fiel ab:

Die Anspannung.

Die Angst.

Der BH.

Ich merkte, dass ich seit fünf Stunden schiffen musste.

Stieg aus dem langen schwarzen Rock.

Stellte mich vor die Kloschüssel.

Merkte gerade noch rechtzeitig, dass ich eine Strumpfhose anhatte.

Ich hatte nur eine dabei.

Wollte morgen nicht riechen wie meine demente, inkontinente Mama. Gott hab sie selig.

Einlagen! Die von der Marke »Ich spür's nicht, andere merken's nicht«. Aus dem Werbespot vor der »Tagesschau«. Hatte nicht dran gedacht. Man kann nicht an alles denken. Besonders als Mann.

Gab acht, dass ich beim Stehpinkeln keine Spuren auf den Fliesen hinterließ.

Was soll die Raumpflegerin von mir denken!

Legte mich aufs Bett.

Stand wieder auf.

Lief rum. Wie Rilkes Panther im Käfig.

Sein Blick ist vom Vorübergehn der Stäbe
so müd geworden, dass er nichts mehr hält.
Ihm ist, als ob es tausend Stäbe gäbe
und hinter tausend Stäben keine Welt.

Packte mein Waschzeug aus.

Ein Anfall von ADHS.

Stellte den Fernseher an.

Regionalnachrichten.

Einblendung vom Kloster Ettal.

»In Kloster Ettal findet heute im Hotel ›Gralskloster‹ ein Kongress der Maria-Magdalena-Bewegung statt unter dem Titel ›Die Maria-Magdalena-Revolution‹. Eine Gruppe von engagierten feministischen Christinnen wird erwartet. Aus gut unterrichteten Kreisen wurde verlautet, dass eine spektakuläre Entdeckung vorgestellt werden soll, die die Fundamente der traditionellen Kirchen zutiefst erschüttern könnte. Eine Hundertschaft der Polizei wurde vom Landrat in Bereitschaft versetzt. Der Bayerische Rundfunk wird weiter berichten.«

Kloster Ettal verschwand wieder vom Bildschirm.

Ich schaute auf die Uhr.

Zeit zum Fertigmachen.

Ich zog meine Bauerverkleidung wieder an, schminkte mir dezent die Lippen, untermalte die Augen.

Kleiner Tupfen Parfüm hinter die Ohren, damit der latente Stallgeruch übertüncht wurde. Natürlich Chanel N° 5. MM.

Kopftuch auf.

MM-Ansteckschild ans Revers.

Blick in den Spiegel: Ich sah eine stattliche Bäuerin mit sinnlichen Lippen, gut Holz vor der Hüttn, tiefgründigen Augen, mit schickem Rollator.

Und kalten Händen.

Vor lauter Aufregung.

Ich ließ warmes Wasser drüberlaufen.

Mussten ja nicht alle gleich merken, wie viel Schiss ich hatte.

Vor dem Tagungsraum standen runde Bistrotische.

Sogar mit Aschenbechern.

Und Menschen.

Junge Menschen.

Schöne Menschen.

Frauen. Bis auf ein paar Mannsbilder, ich nahm an: die Gepäckträger.

Ich erschien, und aller Augen blickten auf mich.

War wohl ein Hingucker. Ich.

Etliche der jungen Frauen hatten wallendes Haar, Dirndl an.

Glühende Augen.

Rundungen am rechten Fleck.

Wie eine Herde Allgäuer Jungkälber in der Pubertät.

Ich liebe Allgäuer Jungkälber.

Warum hatte ich mich nicht als Allgäuer Stier verkleidet?

Nächstes Mal dann eben.

Andere stachen durch ihr geschmackloses Outfit heraus. Sie schienen aus der Rockerszene herangedonnert zu sein.

Leider hatten sie keine Haare.

Ich kannte das von Käsi.

Buzz Cut.

Sollte eine Frisur sein.

Sie ließen ihre Muskeln spielen.

Ich sah Käsi unter den Frauen.

Und Maja auch.

Und Gitte. Von der ich meine Eintrittskarte hatte.

Gut. Meine Schützlinge waren also da.

Ein Gong ertönte.

Punkt neunzehn Uhr.

Ordnung muss sein.

Besonders bei so was Unordentlichem wie Revolution.

Besonders in Bayern. Wo 1968 in Nürnberg eine Demonstration von rebellierenden, randalierenden, revolutionierenden Studenten an einer Kreuzung anhielt. Die Ampel zeigte Rot. Bei Grün marschierten sie weiter. Ordnung muss sein.

Besonders in Ettal.

Alle setzten sich in Richtung Konferenzsaal in Bewegung. Ich summte, als Pseudo-Catherine-Millet: »Allons enfants de la Patrie …«

Und prallte rückwärts mit einem der wenigen männlichen Vollidioten zusammen. Ich drehte mich um, er sich auch. Fiel über meinen Rollator, sagte: »Allmächd!«

Ich maulte: »Ist das eine Entschuldigung oder was? Hast keine Augen im Kopf, du Grand-Depp?«

Er stand wieder auf, sagte: »Tut mir wirklich leid, gnädige Frau, war keine Absicht.«

Ich erschrak.

Der Grand-Depp, war das nicht …?

Ja, er war es.

Philipp Marlein – mein alter Kampfgefährte aus Fürth.

Mein Blutsbruder.

Um Jahre gealtert.

Anders als ich.

Ich zog ihn beiseite, damit uns niemand hören konnte.

»Philipp, was machst denn du hier?«

Er sah mich voller Verwunderung an – und dann stieg langsam die Erkenntnis in ihm hoch.

»Ich fass es nicht. Du, Emil? Was bist denn du für eine Madame, für eine falsche? Hast du den Bahnsteig gewechselt? Was machst du denn hier, noch dazu in diesem stinkenden Transen-Outfit?«

»Ich bin dienstlich da. Darf keiner wissen.«
»Ich auch. Darf auch keiner wissen.«
Der Gong gongte zum zweiten Mal.
Marlein sagte: »Großes Theater …«
Ich sagte: »Bei mir noch größeres Theater. Ich muss mich sogar verkleiden.«
»Warum?«
Der Gong ertönte zum dritten Mal.
Ich sagte: »Schnauze!«
Er sagte: »Halt du auch die Waffel. Wir müssen rein …«
Ich raunte: »… und miteinander reden, was da los ist.«
Er: »Nach der Veranstaltung. Wo?«
Ich: »164!«
»Ist das ein Code?«
»Nein, meine Zimmernummer.«

63 Marlein und die traurige Nachricht

Das war der Hammer!

Mit allem hätte ich gerechnet – aber nicht damit, hier auf meinen alten Detektivkumpel Emil Bär zu treffen.

Wir hatten zwar losen Kontakt, aber so richtig zu tun miteinander hatten wir zuletzt vor zwei Jahren – bei der Sache mit den Reliquiendiebstählen und der Pantera-Sekte und der Frage, wer der wahre Vater von Jesus Christus war.

Wenn man vom Teufel spricht, dann kommt er, heißt es. Ich hatte zwar nicht von Emil Bär gesprochen, aber an ihn gedacht – weil mich Ravensburg und Altötting an unsere gemeinsamen Abenteuer erinnert hatten. Und nun stand Emil Bär vor mir …

Allerdings hätte ich ihn mit Sicherheit nicht erkannt, wenn er mich nicht angesprochen hätte. Die Verkleidung war perfekt, das musste man ihm lassen.

Allerdings war ich gespannt wie ein Flitzebogen auf die

Story, warum Emil hier in Frauenklamotten rumlief. Bei all den jungen heißen Bräuten, die es hier gab, musste es doch eine Tantalus-Qual für ihn sein, dass er sie im Oma-Outfit kaum angraben konnte ...

Er sei dienstlich da, hatte er gesagt ... Ich war auch dienstlich hier ... Hatten wir beide es am Ende wieder einmal mit Fällen zu tun, die miteinander in Verbindung standen, ohne dass wir es wussten?

Nun, ich würde es später erfahren, in Zimmer 164 – kurioserweise residierte Bär also direkt neben mir.

Doch jetzt begaben wir uns erst einmal in ein anderes Zimmer.

Der Tagungsraum »Ludwig der Bayer« sah nicht viel anders aus als alle anderen Konferenzräume auf der Welt: Es gab Stuhlreihen, ein Rednerpult, eine große weiße Leinwand, mehrere Flipchart-Tafeln und an der Decke einen Beamer.

Auf die Leinwand war das Maria-Magdalena-Bild vom Flyer in Überlebensgröße projiziert, dazu der Text: »Die Maria-Magdalena-Revolution – Kongress im Hotel ›Gralskloster‹ in Ettal – Herzlich willkommen!«

Bär und ich ließen uns in der hintersten Reihe und ganz außen am Rand nieder. Das war mir zum einen recht, weil ich von dieser Position aus die beste Übersicht über die versammelte Truppe hatte, und es passte zum anderen insofern sehr gut, als wir als Mann und alte Frau tatsächlich Randgruppen waren.

Jetzt, wo ich alle Teilnehmer auf einem Haufen überblicken konnte, konnte ich auch meine Schätzung überprüfen.

Mit der Zahl fünfzig lag ich goldrichtig, denn es waren fünfzig Stühle im Raum – es gab fünf Reihen mit jeweils zehn Plätzen, von denen sich jeweils fünf rechts und fünf links von einem Mittelgang befanden – und soweit ich sehen konnte, waren alle Stühle besetzt.

Außer mir zählte ich lediglich vier weitere Männer: Ingo Groschen, der sich natürlich ganz vorn platziert hatte, und dann noch ein Trio, bestehend aus drei elegant gekleideten Männern, die offenbar zusammengehörten, da sie beisammensaßen.

Es gab ein gutes Dutzend von Frauen im mittleren Alter, alle anderen waren Twens, ergänzt um einige End-Teens und Anfang-Dreißiger.

Aber egal welches Alter, fast alle Frauen hielten Klüngelbeins erstes Buch, »Maria Magdalena – die ultimative Wahrheit«, in der Hand, als wäre es ihre Bibel – was das Werk wahrscheinlich auch war.

Nun erhob sich eine der Mittelalter-Frauen von ihrem Platz in der ersten Reihe und trat ans Rednerpult.

Sofort verstummte das Redegeplätscher, das noch geherrscht hatte, und es trat andächtige Stille ein.

Die Frau war ungefähr im selben Alter wie Klüngelbein, Ende vierzig, Anfang fünfzig. Sie hatte glatte, schulterlange hellbraune Haare, in die sich aber auch schon unübersehbare graue Strähnen mischten. Sie trug eine Brille, die die strengen Züge ihres Gesichts noch verstärkte. Ihre etwas pummelige Figur wurde nicht gerade kaschiert von den kartoffelsackartigen Klamotten, in die sie sich gehüllt hatte. Eine gealterte Maria Magdalena auf dem Öko-Trip.

Als sie zu sprechen begann, erkannte ich an ihrer Stimme, dass sie die Frau war, mit der ich telefoniert hatte.

»Meine lieben Schwestern und Brüder in Maria Magdalena, meine lieben Gerhard-Johann-Klüngelbein-Fans, meine Name ist Margitta Sternvogel, ich bin die Organisatorin und Leiterin dieses Kongresses hier im schönen Ettal, zu dem ich euch ganz herzlich begrüßen möchte.«

Wohlwollender Applaus brandete auf.

Frau Sternvogel lächelte, doch schon im nächsten Moment verdüsterte sich ihr Gesicht.

»Ihr habt sicherlich im Programm gelesen, dass ihr nicht nur von mir, sondern auch von Gerhard-Johann Klüngelbein begrüßt werden solltet.«

Sie stockte, und es erweckte kurz den Anschein, als müsste sie abbrechen, doch dann riss sie sich zusammen und sprach weiter.

»Ich muss euch leider mitteilen, dass daraus nichts wird.

Gerhard-Johann wird euch nicht begrüßen können. Er wird auch am Kongress nicht teilnehmen können.«

Ein enttäuschtes Raunen ging durch die Zuhörerschaft.

Die Stimme von Frau Sternvogel zitterte jetzt leicht.

»Liebe Schwestern und Brüder, liebe Fans, ihr müsst jetzt stark sein. Ich muss euch leider die traurige Nachricht überbringen, dass wir alle unser großes Idol nie wiedersehen werden. Gerhard-Johann Klüngelbein ist gestern durch einen tragischen Unfall ums Leben gekommen.«

Jetzt brach das große Entsetzen im Saal aus: Ungläubige Blicke überall, Rufe und Trauerbekundungen hallten in wildem Durcheinander durch den Saal, manche Teilnehmer verharrten in stiller Schockstarre, viele brachen in Tränen aus, zahllose Taschentücher wurden gezückt, Augen getrocknet, Nasen geputzt, und die Menschen nahmen einander in die Arme, um sich zu stützen und sich gegenseitig Trost zuzusprechen.

Eine Sekte hatte ihren Guru verloren.

Auch wenn jede der anwesenden Frauen auf die eine oder andere Art eine ausgeprägte Trauerreaktion zeigte – lediglich Groschen, das Männer-Trio, Bär und ich blieben relativ gefasst und bestätigten damit alle Rollenklischees –, bei einer der jungen Damen, die ebenfalls in der ersten Reihe saß, fiel diese Reaktion doch sehr extrem aus. Sie bekam einen regelrechten Weinkrampf, brach beinahe zusammen, musste von ihren Nachbarinnen gehalten und gestützt werden, schrie und brüllte herum wie am Spieß, war kaum zu besänftigen.

Bär stieß mir seinen Ellbogen in die Seite und raunte mir flüsternd zu: »Die da gerade so ausflippt, die kenn ich! Das ist die Maja, die Tochter von meiner Nachbarin. Wegen der bin ich hier.«

Ich flüsterte zurück: »Die Maja, die wir damals zusammen in Altötting gesucht haben?«

»Genau die. Ich frag mich, was sie hat, dass sie so durchdreht.«

Maja … Ich überlegte, wo ich diesen Namen erst kürzlich gehört oder gelesen hatte.

Und dann fiel es mir plötzlich ein – in dem Liebesbrief auf dem Schreibtisch von Klüngelbein!

Nun war es an mir, Bär in die Seite zu stoßen und ihm was zuzuflüstern.

»Ich glaube, deine Maja hatte was mit dem Klüngelbein.«

»Mit dem Buchautor? Könnte der nicht vom Alter her ihr Vater gewesen sein?«

»Ja. Trotzdem.«

»Wie kommst du denn darauf?«

»Ich weiß es von Klüngelbein. Und sein Tod war im Übrigen auch kein Unfall, sondern glatter Mord. Aber das erzähl ich dir alles später ausführlich.«

Wir nahmen die Köpfe wieder auseinander, denn Frau Sternvogel bat am Rednerpult um Aufmerksamkeit. Die erste Welle der Bestürzung war abgeflaut, die meisten hatten sich wieder einigermaßen gefangen.

»Meine lieben Schwestern und Brüder, der Tod von Gerhard-Johann Klüngelbein ist eine Katastrophe, die uns alle sehr bedrückt und an der wir noch lange leiden werden. Nichtsdestotrotz müssen wir jetzt versuchen, stark zu sein und uns von diesem Schock nicht gänzlich lähmen zu lassen. Auch wenn Gerhard-Johann Klüngelbein nicht bei uns sein kann – wir haben den Kongress ganz bewusst nicht abgesagt, er wird trotzdem wie geplant stattfinden, denn nur das ist im Sinne von Professor Klüngelbein. Seine Arbeit muss fortgeführt werden, nach seinem Tod nun eben von uns, seinen Fans, seinen Gefährtinnen und Gefährten, seinen Erben. Und die Weiterführung seines Vermächtnisses vorzubereiten, wird die Aufgabe und die Bestimmung dieses Kongresses sein. Es ist wie damals bei Jesus und Maria Magdalena: Der Meister ist tot, und er hat eine Frau als seine Nachfolgerin und Verkünderin seiner Botschaft auserkoren. Und im Gegensatz zu damals muss es dieses Mal wirklich umgesetzt werden, damit die Lehre des Meisters nicht wieder verwässert und verfälscht wird. Das Programm wird also wie geplant stattfinden, es wird lediglich einige kleine Änderungen geben. Die für morgen geplante Lesung von Gerhard-

Johann Klüngelbein wird von mir übernommen werden. Und jetzt gleich findet keine Maria-Magdalena-Andacht statt, sondern eine Gedenkandacht für Gerhard-Johann Klüngelbein, in der wir unserer Trauer Raum geben dürfen und in der wir uns gegenseitig Trost zusprechen werden. Ich glaube, das ist es, was wir alle momentan am dringendsten brauchen!«

Es brandete zwar nicht gerade enthusiastischer Beifall auf, aber doch zustimmendes Gemurmel.

Frau Sternvogel hatte eindeutig die richtigen Worte gefunden, hatte die von der Hiobsbotschaft überraschten und aufgewühlten Kongressteilnehmer runterholen und mitnehmen können, hatte sie beruhigen können und ihnen mit der Ankündigung, dass der Kongress allen Widrigkeiten zum Trotz stattfinde, Trost, Halt, Hoffnung und eine Perspektive vermittelt.

Nun erschien ein neues Bild auf der Leinwand: ein riesiges, schwarz umrandetes Schwarz-Weiß-Porträt von Klüngelbein.

»So lasst uns denn jetzt zur Gedenkandacht für unseren geliebten Gerhard-Johann in die Hotelkapelle gehen.«

Frau Sternvogel schritt voran, und alle folgten ihr.

Jesus war tot, aber dieses Mal war seine Maria Magdalena offenkundig fest entschlossen, das Zepter in die Hand zu nehmen und es sich nicht wieder entreißen zu lassen.

64 Bär schiebt

Die Trauerprozession wandelte durch die Gänge in Richtung Kapelle.

Dumpfes Schweigen.

Ab und zu depressives Gemurmel.

Ich schob meinen Rollator hinterher.

Beim Marathon hatte ich das auch immer so gemacht.

Als Letzter starten, dann das Feld von hinten aufrollen.

Manchmal klappte das nicht so recht, weil das Feld mir davonlief.

Diesmal war der Marathon im Trauertempo.

Zwei Frauen bildeten den Schluss der Karawane.

Es ging um eine Ecke, ich hörte erregte Stimmen, im Crescendo.

Rollte um die Ecke, erschrak, rollte wieder zurück.

Spitzte um die Ecke, wie früher beim Versteckspiel.

Eine ältere Frau sprach immer schneller, immer lauter auf die jüngere ein.

Die jüngere schluchzte, hielt sich die Hände vors Gesicht, wie ein Boxer, der in Deckung geht.

Sie schützte sich.

Vor den Schlägen der älteren.

Die schlug zwar nicht direkt zu, aber sie fuchtelte wild, und jedes Wort war ein Schlag, jeder Satz wie der Peitschenhieb mit dem Ochsenziemer.

Die ältere war die Sternvogel. Ein echter Geier.

Die jüngere, ich erkannte sie trotz der Hände vor ihrem Gesicht, war Maja. Ein Spatz, dem die Flügel gestutzt wurden.

»Du hast wohl einen Vogel, du dummes Ding. Du bist ja so blöd, dass du im Dunkeln nicht mal deinen Arsch mit den Händen findest … Ich bin auch traurig, dass der Gerhard-Johann tot ist … aber trotzdem, wie kannst du dich so gehen lassen, du hysterische Wachtel …«

Die beiden mochten sich offenbar nicht.

Je lauter die Sternvogel tobte, desto hysterischer heulte die Maja.

Ich spürte aus meinem Bauch eine heiße Welle von Wut aufwallen.

Hielt mich an meinem Rollator fest, damit ich nicht eingreifen musste.

Der Sternvogel eine scheuern. Oder zwei …

Der Maja-Spatz zirpte zwischen zwei Schluchzern: »Aber …«

»Halt die Schnauze, du verfickte Hure, du elendige. Das hast du jetzt davon, dass du mit dem Klüngelbein rumgemacht hast. Du gehörst auf den Scheiterhaufen, da gehörst du hin!«

Mir klingelten die Ohren. Gerade hatte sie sich so gewählt ausgedrückt, die Sternvogel – aber die konnte ja auch richtig derb.

»Aber …«

»Halt dein stinkiges Maul, du Verräterin! Es geht nicht um dich und dein verkorkstes Seelenleben, du pubertäre Wachtel. Es geht auch nicht um den Klüngelbein, den hinterfotzigen, der hat zwar schön geschrieben über Maria Magdalena, aber letztendlich war er auch nicht besser als all die anderen Kerle, der war doch auch nur hinter den Weibern her, der alte Sack …«

Ich musste schlucken. Das hatte sich gerade eben noch ganz anders angehört.

Maja war genauso entsetzt wie ich.

»Aber …«

»Es geht um unsere Bewegung, verstehst du nicht, du hirnamputierte Zwerggemse? Es geht um unsere heilige Maria-Magdalena-Bewegung, um die sanftmütige Kraft der weiblichen Spiritualität und gegen die Brutalität der Männer, die nur eins kennen: Gewalt, gegen uns Frauen. Gewalt, Missbrauch, Vergewaltigung in Wort und Tat. Wir müssen sie zur Sanftmut prügeln, diese lächerlichen Patriarchen …«

Sie holte Luft.

»Aber der Gerti …«

»Noch einmal diesen albernen Namen aus deinem Maul, und ich knall dich gegen die Wand. Dein Gerti ist tot, jetzt bin ich die Anführerin!«

Ich war auf dem Sprung. Schnelle Eingreifgruppe.

Die Sternvogel krallte sich in den Schultern der wimmernden Maja fest, schob ihre Visage drei Zentimeter vor das verheulte, verschreckte Kindergesicht von Maja, schrie sie an wie ein Commander bei den Ledernacken: »Du reißt dich zusammen, sonst reiße ich dir die Haare von deinem dummen Schädel. Du kommst jetzt in die Andacht und keinen Ton mehr!«

»A…a…«

Sternvogel holte mit ihrer Rechten aus und schlug der Maja ins Gesicht.

»In fünf Minuten bist du in der Kapelle. Unverheult, sonst …«

Sie holte mit der Linken aus.

Maja rutschte an der Wand hinab und sackte auf dem Steinboden zusammen.

Blut rann aus ihrer Nase auf die Marmorplatten.

Sternvogel ließ sie liegen und eilte Richtung Kapelle.

Ich rollte zu Maja hin, kniete mich nieder, nahm ihren Kopf in meine Hände.

Sie erwachte aus ihrer Ohnmacht.

Schaute mich mit aufgerissenen Augen an, als käme gleich der nächste Schlag.

Ich sagte: »Keine Angst, Maja. Ich bin's.«

Sie riss die Augen noch weiter auf, der Panik nahe.

»Ich bin's …«

»Wer bist …?«

Ich sah mich um, ja, wir waren allein auf dem Flur, schob mein Kopftuch zurück, sagte: »Ich bin der Bär.«

»Aber …«

»Ich schau zwar aus wie eine Bärin, aber ich bin's wirklich. Verkleidet.«

»Der Bär von der Biselalm?«

»Ja, genau der.«

»Und was machst du hier?«

»Dich beschützen!«

Sie weinte erlöst, ich hielt sie, sagte: »Du machst dich jetzt wieder salonfähig, da drin in der Toilette«, ich deutete auf die Tür mit »Damen«, »und spielst das Theater einfach mit.«

»Aber …«

»Keine Angst, ich hab ein Aug auf dich. Dann schläfst du erst mal eine Nacht drüber, und morgen reden wir miteinander.«

»Über was?«

»Über alles! Gleich nach dem Frühstück. Die ersten Vorträge können wir uns schenken, oder?«

Sie nickte.

Dann stand sie auf, ging in die Toilette.

Ich rollte mit meinem Rollator und einer atomaren Wut im Bauch zur Andacht.

65 Marlein und die gemeinsame Geschichte

Die Gedenkandacht für Gerhard-Johann Klüngelbein bestand hauptsächlich darin, dass Ausschnitte aus der Hörbuch-Variante von »Maria Magdalena – die ultimative Wahrheit« abgespielt wurden – was mich daran erinnerte, dass diese CD noch in meinem Auto lag. Und dass beim letzten Hören dieser CD vor drei Tagen der Sprecher noch neben mir gesessen hatte – lebendig. Das brachte mir Klüngelbein tatsächlich in Erinnerung, und ich gedachte seiner.

Allerdings wurde meine Konzentration auf meinen verstorbenen Klienten doch nachhaltig beeinträchtigt von meiner Begierde darauf, zu erfahren, welche Umstände Emil Bär alias Emilia Bärin hierherverschlagen hatten und ob sie vielleicht dazu beitragen konnten, den Mord an Klüngelbein aufzuklären.

Und so war ich nicht unfroh, als die Gedenkandacht zu Ende war – zumal die Veranstaltung eine recht depressive Grundstimmung dadurch erhielt, dass viele der anwesenden Damen doch sehr tränenreich des Gerhard-Johann Klüngelbein gedachten und um ihn trauerten. So unscheinbar dieses kleine zerzauste Männchen gewirkt hatte – er hatte nicht übertrieben mit dem, was er mir erzählte hatte: Klüngelbein war ein echter Womanizer gewesen.

Vielleicht sollte ich im nächsten Leben Schriftsteller werden …

Nachdem Frau Sternvogel die abschließenden Worte gesprochen hatte – in denen sie den heutigen einführenden Kongressabend für beendet erklärte, allen trotz der bitteren Nachricht eine gute Nacht wünschte und dazu aufrief, am nächsten Tag mit frischem Mut und neuer Kraft die nun nötige Missionsarbeit für das Magdalenentum anzupacken –, wartete ich zunächst noch ab, bis alle, inklusive Bär, die Kapelle verlassen hatten. Ich wollte nicht dabei gesehen werden, wie wir zusammen in sein Zimmer gingen, und deshalb ließ ich ihm einen kleinen Vorsprung. Sicher ist sicher.

Dann schlenderte ich noch ein bisschen in der Hotellounge umher, ehe ich mich langsam auf den Weg in den ersten Stock machte.

Ich klopfte an der Tür zu Zimmer 164.

Ich hörte Schritte, dann eine Frauenstimme: »Wer da?«

»Ich bin's, Philipp.«

Die Tür wurde einen Spalt geöffnet, und ich schlüpfte ins Zimmer.

Bär schloss die Tür hinter mir sofort wieder.

Vor mir stand ein Wesen, halb Emilia, halb Emil.

Jetzt sprach dieses Wesen wieder mit einem tiefen Männer-Bass.

»Du kommst grad recht, Philipp. Ich muss raus aus dem Weibergwand, dem verreckten, sonst werd ich noch wahnsinnig. Mach mir den BH auf!«

Ich zögerte einen Moment, doch dann tat ich es.

Ich hatte ja doch schon einige BHs geöffnet in meinem Leben, aber das hier war trotzdem eine Premiere: Ich machte es zum ersten Mal bei einem Mann.

Dabei sagte ich: »Während du deine Geschlechtsrückverwandlung vorantreibst, könnten wir uns doch schon mal austauschen, oder?«

Der Transvestit vor mir nickte.

Also erzählten wir, während Bär Dinge tat wie Busen-Küchentücher zusammenlegen, Strumpfhose abstreifen und Schminke aus dem Gesicht wischen.

Ich erzählte meine Geschichte, wie ich sie am Vortag schon Diesterweg erzählt hatte. Von meinem Auftraggeber, Gerhard-Johann Klüngelbein, wofür er mich engagiert hatte, was ich alles von ihm erfahren und mit ihm erlebt hatte. Bis zum bitteren Ende.

Dann erzählte Emil Bär seine Geschichte.

Es war eine wilde Geschichte, mit viel Religion, viel Gewalt, viel Sex und vielen Auftraggebern: einer Nachbarin, einem Bistums-Personalchef, einem Polizeipräsidenten und einem Landjugendpfarrer. Alle hatten ihn engagiert, seltsame Vorfälle im Allgäu zu untersuchen – seltsame religiöse Vorfälle, seltsame gewaltsame Vorfälle, seltsame sexuelle Vorfälle.

Als wir fertig waren, schauten wir einander mit großen kindlichen Kulleraugen an.

Das Schicksal hatte nun schon zum dritten Mal dafür gesorgt, dass Emil Bär und Philipp Marlein unabhängig voneinander an Fällen arbeiteten, bei denen sich dann irgendwann herausstellte, dass sie eng miteinander verflochten waren – zwei Handlungsstränge derselben Geschichte.

Ich versuchte mich daran, diese gemeinsame Geschichte, in der wir, ohne es bisher gewusst zu haben, beide als Protagonisten mitwirkten, nach unserem Wissensaustausch auf den aktuellen Stand zu bringen.

»Also gut, Emil, fassen wir das Ganze noch mal zusammen. Der Theologe Gerhard-Johann Klüngelbein schreibt vor ein paar Jahren das Buch ›Maria Magdalena – die ultimative Wahrheit‹, das jede Menge provokanter Thesen enthält. Das Buch löst Entrüstung in kirchlichen Kreisen aus, und Klüngelbein verliert seinen Job als Professor an der Katholischen Universität in Eichstätt. Ansonsten bewirkt das Buch allerdings nicht die von Klüngelbein angestrebte Revolution innerhalb der christlichen Kirche, weil er seine provokanten Thesen nicht beweisen kann. Nichtsdestotrotz wird das Buch ein Bestseller, und es erzielt zumindest die Wirkung, dass es viele – vor allem weibliche – Leser sehr anspricht und Klüngelbein eine beachtliche Zahl von Fans und Unterstützern seines propagierten Magdalenentums gewinnt. Zu einem seiner größten Fans wird eine gewisse Frau Sternvogel, eine Theologin und Bibelexpertin aus Garmisch-Partenkirchen.«

Bär, nun wieder ganz zum Emil geworden, setzte fort: »Die Sternvogel wildert im Allgäu in der katholischen Landjugend. Gibt Bibelstunden. Dafür hatte sie der Landjugendpfarrer von

Kempten engagiert, als Bibelkoryphäe. Dass ich nicht lach, Bibelstunden. Der ihre Bibel ist inzwischen ›Maria Magdalena – die ultimative Wahrheit‹ geworden. Die jungen Mädle und Frauen ziehen sich die neue Offenbarung rein wie die Kälber das frische Wasser. Viele von denen sind traumatisiert von Missbrauch. Vom Vater, vom Opa, vom Bruder, von den Mannsbildern – und die Mütter haben weggeschaut, das Maul gehalten. Und da kommt eine Supermama, die versteht sie und dreht den Spieß um. Sie verkauft ihnen einen Traum – den Traum vom idealen Paar, vom göttlichen Paar, Jesus und Maria Magdalena, und der macht sie zur Apostelin der Apostel. Zur Chefin. Die Mädels treten reihenweise aus der katholischen Landjugend aus und gründen ihren eigenen Maria-Magdalena-Schwestern-Geheimbund, mit der Sternvogel als Chefin.«

Ich übernahm wieder.

»So weit, so gut. Bis dahin wäre alles kein Problem. Klüngelbein und seine Fan-Weiber würden hier in Ettal friedlich ihren Sekten-Kongress feiern, und wir beide wüssten überhaupt nichts davon und hätten nicht das Geringste mit der Sache zu tun. Doch in den Tagen und Wochen vor dem Kongress ziehen dunkle Wolken am strahlend-blauen Maria-Magdalena-Himmel auf. Klüngelbein wird kurz vor Kongressbeginn ermordet.«

Bär machte weiter.

»Und im Allgäu spaltet sich die Magdalena-Schwesternschaft auf, es geht zu wie im Ur-Christentum: Spaltung, Streit, Fanatismus. Es bildet sich eine romantische Gruppe, die hauptsächlich in Greggenhofen und Rettenberg aktiv ist. Die andern machen auf Hardcore und bilden eine militante Gruppe in Kempten. Die Romantischen wollen Gleichberechtigung und freie Liebe, die Militanten wollen den Spieß umdrehen und es den Mannsbildern heimzahlen.«

Wir spielten uns jetzt die Bälle im Wechsel zu.

»Wer Klüngelbein ermordet hat, ist klar: die Neuen Tempelritter, ein Geheimbund der Kirche, der gewaltsam gegen Bedrohungen des Glaubens vorgeht. Und Klüngelbein war zu einer solchen Bedrohung geworden, weil er in seinem neuen Buch einen sicheren Beweis für seine Thesen vorgelegt hätte: die von Maria Magdalena verfasste Ur-Version des Johannes-Evangeliums – und damit auch die Ur-Quelle des gesamten Christentums. Ein Dokument, das zweitausend Jahre Kirchengeschichte auf den Kopf stellen und das Aus für die Männer-Kirche bedeuten würde. Deshalb mussten das Magdalena-Evangelium und das Klüngelbein-Manuskript verschwinden, und deshalb musste Klüngelbein sterben.«

»Die Magda-Schwestern – die militanten und die romantischen – wollen das Patriarchat und die Kirche abschaffen. Die Militanten prügeln die gewalttätigen Machos krankenhausreif, schneiden ihnen die Eier ab und schrecken auch vor Mordversuchen nicht zurück. Sie prügeln die jungen Männer zu Sexsklaven. Die Romantischen feiern züchtige Gottesdienste, haben aber immer ein Puff-Mobil in der Nähe, das für sakrale Prostitution und sexuelle Orgien bereitsteht. Wie im Alten Testament: Tempelprostitution heißt es da.«

»Und ich bin jetzt hier auf diesem Kongress, um die Neuen Tempelritter als Mörder Klüngelbeins zu überführen, weil es ziemlich sicher ist, dass sie den Kongress angreifen werden, und weil ich sie dann erwischen könnte.«

»Und ich bin jetzt hier, weil ich wissen will, ob die Magdalena-Mädchen wirklich hinter den Überfällen und der Mobilprostitution stecken. Hier habe ich sie alle auf einem Haufen zusammen, inklusive ihrer Chefin, und vielleicht kriege ich sie dazu, zu singen.«

»Und wie sieht deine Strategie aus, um an ihre Geständnisse zu kommen, Emil?«

»Da braucht's keine große Strategie. Eine hat ja praktisch schon gestanden, die Schwester Gitte, die mir das Ticket für den Kongress verschafft hat. Die muss ich nur noch so weit bringen, dass sie das alles auch der Polizei erzählt. Die will ja eigentlich eh aussteigen, hat aber Schiss vor Bestrafung. Ich muss halt noch ein paar andere Mädels finden, die auch aussteigen und aussagen wollen. Aber ich hab da schon die nächste Kandidatin im Visier – die Maja. Die ist eh völlig fertig nach dem Tod von ihrem Lover. Mit der mach ich morgen übrigens Einzelsupervision. Ich spiel die Beichtmutter.«

»Dann gehst du gar nicht mit zu den Vorträgen?«

»Nein. Aber bin ich ganz froh drüber. Kunstgeschichte und Kirchengeschichte – der ganze Schrott interessiert mich nicht. Aber ich muss dir noch was erzählen. Ich hab vor der Gedenkandacht mitgekriegt, wie die Sternvogel die Maja fertiggemacht hat – in Wort und Tat.«

»Mit Taten?«

»Ja, sie hat ihr eine gescheuert. Aber so richtig.«

»Und warum?«

»Weiß nicht. Wahrscheinlich, weil die Maja so ausgerastet ist bei der Todesnachricht. Auf jeden Fall kann die Sternvogel auch ganz anders. Die tut hier so fein und so vornehm und so verständnisvoll wie die Mutter Teresa, aber in Wirklichkeit hat sie Haare auf den Zähnen, die Hexe. Vielleicht ist sie einfach auch stinkeifersüchtig auf die Maja. Hast du nicht erzählt, dass die Maja mit dem Klüngelbein was laufen hatte?«

»Ja, hab ich. Klüngelbein hat mir gesagt, dass er jetzt im Allgäu eine feste Freundin habe. Und ich habe einen Brief von dieser Freundin gelesen, der mit Maja unterschrieben war. Und als dieses Mädel da vorhin bei der Nachricht von seinem Tod so ausgeflippt ist und du gesagt hast, das ist die Maja von deiner Nachbarin, da war klar, dass sie diese Freundin sein muss.«

»Und das stinkt der Sternvogel ganz sakrisch. Sie hat ja vorhin bei ihrer Rede so getan, als ob sie die auserwählte Partnerin von Klüngelbein gewesen ist. Klüngelbein der Jesus und sie seine Maria Magdalena, die nach seinem Tod die Bewegung weiterführt!«

»Ich glaube, die Allgäu-Weiber waren alle scharf auf den Klüngelbein. Und soweit ich das rausgehört habe aus dem, was er mir erzählt hat, hatte er mit mehreren von denen was laufen. Ich denke, er hat sich seine weiblichen Hardcore-Fans zum Schluss nach Funktionen aufgeteilt: die attraktive, aber auch naive Maja fürs Bett, und die ältere, aber intelligentere Sternvogel mit der Erfahrung und der Führungspersönlichkeit fürs Managen.«

»Vielweiberei also. Wenn das zum Magdalenentum gehört, trete ich auch bei …«

»Glaub eher nicht, da geht's doch mehr um Gleichberechtigung. Außerdem, lieber Emil, bist du momentan offiziell selbst eine Frau!«

»Das ist echt schweißtreibend, mit den Strümpfen und den Brüsten und dem ganzen Scheiß, das sag ich dir! Ich muss jetzt unbedingt noch mal Frischluft schnappen, sonst kann ich nicht schlafen. Machen wir noch einen Spaziergang durch Ettal, Philipp?«

»Willst du dich ernsthaft noch mal in deine Kostümierung schmeißen?«

»Nein, natürlich nicht. Ich geh so.«

»Aber wenn dich jemand erkennt?«

»Wer soll mich denn erkennen? Ich sehe doch jetzt ganz anders aus als als Weib.«

»Und wer bist du dann jetzt, wenn man dich in Begleitung von mir sieht?«

»Irgendein normaler Hotelgast, den du kennengelernt hast. Oder ein Freund von dir, der dich nachts besucht. Haha …! Ist doch egal. Also, kommst du mit? Ich geh jetzt raus, ich muss dringend eine rauchen!«

66 Bär summt

Ich zündete mir eine Gauloises an. Blies den Rauch in die Abenddämmerung, deutete auf die Bergkulisse, die Gipfel glühten in der letzten Abendsonne. Kitschig wie auf einer Fünfzig-Cent-Ansichtskarte.

»Mensch, Philipp, bin ich froh, dass ich da nicht hinaufmuss. Ich finde die Berge immer am schönsten von unten, mit einem Weißbier in der Hand.«

Er sagte: »Ich weiß, du und deine Berge. Da geht dir immer das Herz auf!«

Ich sagte: »Weißt, was für dich Kirchen und Weihwasser sind, sind für mich Berge und Bier.«

Philipp sinnierte halblaut: *»... wie Tag und Nacht verschieden ...«*

»Ha? Bist jetzt überg'schnappt?«

Er rezitierte unbeirrt weiter:

»Und selig, wer im eignen Hause Frieden,
Wie du, und Lieb und Fülle sieht und Ruh;
Manch Leben ist, wie Licht und Nacht, verschieden,
In goldner Mitte wohnest du.«

»Ist das von Goethe?«

»Nein, von Hölderlin. Ein Geburtstagsgedicht. An Landauer.«

»Den kenn ich nicht. Hast du Geburtstag? Ich jedenfalls nicht. Jedenfalls nicht heut.«

»Musste ich als Jugendlicher in der Schule auswendig lernen. Wurde mir so eingeprügelt, dass ich immer noch Teile davon aufsagen kann. Genauso wie vom ›Erlkönig‹. Und von Schillers ›Glocke‹. Und von Hesses ›Stufen‹. Das von Landauer ist mir nur eingefallen, weil mir aufgefallen ist, wie verschieden wir sind, du und ich.«

»Ist das schlimm?«

»Nein, es ist gut. Wenn wir zusammenarbeiten, kommt die goldene Mitte dabei raus.«

»Oh Gott, bist du heut philosophisch ... Komm, machen wir eine Runde um den Block.«

»Welchen Block?«

»Das Kloster.«

Wir gingen die Klostermauern entlang, am Internat vorbei, dann rechts in den Mandlweg. Das Hotel »Blaue Gams« klebte am Berghang und grüßte uns.

Am Ende der Mauer sah ich die Klosterbrauerei mit ihren Kupferkesseln.

Dem Himmel so nah.

Leider geschlossen. Die Brauerei, nicht der Himmel.

Ich summte: *»Ich möchte gern an Biersee, so groß wie der Schliersee ...«*

Philipp schaute mich von der Seite an, wie man einen Verrückten anschaut, meinte: »Ist das von Goethe?«

»Nein, ein Volkslied, schon hundert Jahr alt. Horch.«

»Ich möcht gern an Biersee
So groß wie der Schliersee
So tief und so frisch
Und ich wär a Fisch
Ganz tief tät ich sinken
Und immerzu trinken
Mal langsam, mal fix
Und sonst tät ich nix!«

Philipp weigerte sich, mit mir zu schunkeln, schaute, als kriegte er Zahnschmerzen.

Lenkte mich ab, sagte: »Schau, das Schild, da geht's zum Ettaler Mandl.«

»Ist das auch eine Brauerei?«

»Nein, ein kleiner Berg, tausendsechshundertdreiunddreißig Meter hoch, ein Spaziergang.«

»Da steht aber siebenhundertsechzig hm. Höhenmeter. Da kommt man ganz schön ins Schwitzen.«

»Ja, aber heut nimmer. Die Bergwanderung steht erst für Sonntagnachmittag auf dem Programm.«

»Konferenzprogramm?«

»Ja, wahrscheinlich eine Art finaler Betriebsausflug.«

Wir bogen rechts ab, wieder zur Hauptstraße hinunter, immer noch an der Klostermauer entlang.

Ein Feldweg führte in den Wald hinein.

Ich sagte: »Schau, da steht was ...«

»Ja, hinter den Bäumen.«

»Schaut aus wie ein Wohnwagen oder ein Campmobil. Kommt mir irgendwie bekannt vor.«

»Vielleicht machen ein paar Damen ein Schäferstündchen. Konferenz-Apres-Sex.«

Ich ging langsamer, schaute, dachte, sagte: »Irgendwie kommt mir das Ding bekannt vor! Komm, schauen wir mal!«

Wir machten auf Touris, Spaziergänger, schlenderten ziellos dem Objekt näher.

Es war tatsächlich ein Wohnmobil.

Unbeleuchtet.

Unbewegt.

»Unglaublich!«, schrie ich dem Philipp ins Ohr.

»He, ich bin zwar Franke, aber nicht schwerhörig.«

»Schau mal«, ich zeigte auf die Seite des Mobils, »was da steht!«

Er buchstabierte: »›Magda-Mobil‹. Und was ist da dran so unglaublich?«

»Es ist das Magda-Mobil. Maria-Magdalena-Mobil!«

»Kenn ich nicht.«

»Dann horch zu!«

Wir ließen das MM-Mobil hinter uns.

»Das Magda-Mobil ist ein Wohnmobil.«

»Das habe ich auch gemerkt.«

»Aber es ist noch etwas ganz anderes!«

»Jetzt mach's nicht so spannend!«

»Ein Puff!«

»Ein Puff?«

»Ein mobiles Puff! Hab dir doch vorhin schon davon erzählt!«

»Versteh ich aber nicht.«

»Ich sag's dir mal in der Kurzfassung. Dieses Gefährt stand jedes Mal da, wo die Maria-Magdalena-Mädchen eine Zeremonie, Gottesdienst oder Fest hatten in Kempten, Rettenberg oder Greggenhofen. Und dann kamen Beschwerden bei der Polizei, dass die Mädchen Orgien feierten und öffentliche Prostitution betrieben …«

»Stimmt das?«

»Ja, das mit dem Mobil und den Beschwerden stimmt. Aber das mit der Prostitution glaub ich nicht. Obwohl sie es sehr geschickt eingefädelt hatten. In dem Mobil war tatsächlich eine

Dame vom horizontalen Gewerbe und ein Zuhälter, ein Kerl wie zwei Schränke.«

»Woher weißt du das?«

»Ich hab das Mobil mal aufgespürt auf einem Parkplatz bei Garmisch. Du weißt, schon, so ein Erlebnis-Parkplatz …«

»Für Familien?«

»Nein, für Sex. Parkplatzsex. Und da hab ich mal rumgeschnüffelt, und die Dame hat mich eingeladen …«

»Und bist du der Einladung gefolgt?«

»Da schweigt des Sängers Höflichkeit …«

»Und warum glaubst du, die haben da nix mit Prostitution am Hut gehabt?«

»Beide Gruppen, die militante und die romantische, waren nicht gerade abstinent, aber die haben das intern betrieben. Meine Recherchen haben ergeben, dass irgendwer denen die Prostitution in die Schuhe schieben wollte. Damit sie die Polizei auf den Hals gehetzt kriegen und kriminalisiert werden.«

»Damit sie abserviert werden.«

»Genau.«

»Aber wer steckt dann hinter dieser Magda-Mobil-Geschichte und den Schweinereien?«

»Das möchte ich rauskriegen, und ich glaub, wir sind nah dran. Dass dieses Fahrzeug hier steht, ist kein Zufall. Sie haben sich selber ein Bein gestellt.«

»Vielleicht sind sie auf so was spezialisiert. Bei Konferenzen gibt es immer Konferenzprostitution.«

»Ja, schon … bei normalen Konferenzen.«

»Auch bei Psychoanalytiker- und Pfarrerkonferenzen?«

»Da schweigt –«

»Heut schweigt des Sängers Höflichkeit aber oft!«

»Weil's ein Schmarrn ist. Die Klüngelbein-Mädchen hier sind alle ausnahmslos gegen jede Art von Prostitution. Sie wollen mit solchen Mannsbildern nix zu tun haben …«

»Aber vielleicht mit Weibsbildern?«

»Weibsbilder sind sie doch selber. Nein, sexuell sind die

Selbstversorger. Das Magda-Mobil ist ein Vorwand, aber wir kriegen's noch raus!«

Wir zogen uns wieder zurück.

Gingen Richtung Grals-Hotel.

Vor dem Hotel erblickte ich ein Hinweisschild.

Sagte zu Marlein: »Philipp, ich muss noch recherchieren.«

»Kennst du keinen Feierabend? Ich hau mich aufs Ohr. Morgen ist ein anstrengender Tag.«

»Dann schlaf gut!«

»Du auch!«

Wir trennten uns.

Er verschwand im Hotel.

Ich folgte dem Hinweisschild.

Es führte mich ins Bräustüberl.

Ich hatte eine Schwemme wie im Hofbräuhaus oder in Andechs erwartet.

Nein, ein wohlrestauriertes Gewölbe mit edlem Holzgetäfel nahm mich auf.

Blumen auf den Tischen. Echt, nicht künstlich.

Dezente Countrymusik aus unsichtbaren Lautsprechern.

In welchem Etablissement war ich da gelandet?

Ein paar Tische waren mit jüngeren Frauen bevölkert, mit ihren Klüngelbeinen auf den Schößen, lutschten an Rotweingläsern, tupften ihre verquollenen Augen mit Tempotaschentüchern.

War wohl Leichenschmaus, nur nicht so lustig.

Ich hockte mich an einen Tisch in der Ecke.

Ein Ober in Obergewand kam: »Was der Herr wünschen?«

Er meinte wohl mich.

Ich wünschte.

Er kam zurück mit einer Flasche und einem Krug, drauf stand geschrieben: »Doppelbock. Dem Himmel so nah«.

Ich ahnte nicht, wie nah ich dem Himmel bald sein sollte.

67 Marlein und die bunten Bilder

Die Nacht im Hotel »Gralskloster« war ruhig verlaufen.

Das wusste ich spätestens, als ich um Punkt zehn Uhr im Tagungsraum »Ludwig der Bayer« saß und sah, dass sich ein Großteil der Kongressteilnehmer ebenfalls eingefunden hatte. Bei Weitem nicht alle, aber das führte ich auf das Thema des ersten Programmpunkts zurück, »Maria Magdalena in der Kunst«. Das war einfach nicht das Top-Thema – die Highlights würden erst später am Tag kommen. Außerdem hatte ich die meisten der Personen, die jetzt nicht anwesend waren, zumindest schon beim Frühstücken am reichhaltigen Büfett des Hotels gesehen.

Es hatte also in der Nacht kein Massaker der Neuen Tempelritter an den Maria-Magdalena-Fans gegeben.

Meine persönliche Nacht hingegen war sehr unruhig verlaufen, weil ich genau dieses Massaker befürchtet hatte – und stundenlang mit der Knarre in der Hand wach lag.

Aber war das nicht Unsinn mit dem Massaker?

Würden die Tempelritter überhaupt hier in Ettal auftauchen?

Reichte es ihnen nicht völlig aus, dass sie mit Klüngelbein den Kopf der Bewegung getötet hatten und mit den beiden Manuskripten alles an sich gebracht hatten, was ihnen gefährlich werden könnte?

Andererseits – Frau Sternvogel hatte angekündigt, dass die Lesung aus Klüngelbeins neuem Buch trotzdem stattfinden würde und dass sie den Klüngelbein-Part übernehmen würde.

Wie viel wusste sie von dem Buch?

Wie viel wusste sie über das von Maria Magdalena geschriebene Ur-Evangelium?

Wenn sie zu viel darüber wusste – stand sie dann jetzt im Visier der Tempelritter?

Diese Fragen waren es, die mir im Kopf umherschwirrten und mich zusätzlich um den Schlaf brachten.

Und was mir ebenfalls Kopfzerbrechen bereitete, war meine Passivität in diesem Fall. Ich war es gewohnt, herumzuschnüffeln, zu ermitteln, zu recherchieren. Doch sowohl als Begleitung von Klüngelbein als auch jetzt beim Kongress saß ich nur untätig herum, hörte mir Geschichten und Sensationen über Maria Magdalena an – und hielt mich an meiner Knarre fest in der Erwartung, sie irgendwann mal einzusetzen.

Das war gefühlt die totale Passivität.

Allerdings wusste ich aus meiner langjährigen Berufserfahrung und von Hunderten Observationen, dass Geduld die Königsdisziplin des Privatdetektivs war und dass aggressives Zuwarten oft genug das einzige Mittel war, um einen Fall erfolgreich zu lösen.

Watch and wait.

Und genau das tat ich gerade.

Ich saß im Tagungsraum des Hotels »Gralskloster« in Ettal, um mir weitere Geschichten und Sensationen über Maria Magdalena anzuhören. Und ich würde den ganzen Tag nichts anderes tun.

Außer Augen und Ohren offen zu halten und bereit zu sein, wenn die Tempelritter doch auftauchen würden.

Würde aufregend und spannend genug werden.

Mehr konnte ich nicht tun.

Außerdem hatte ich seit gestern noch ein unerwartetes Ass im Ärmel.

Ich war nicht allein hier, mein Detektivkumpel Emil Bär war an meiner Seite. Und gemeinsam hatten wir schon die haarsträubendsten Situationen überstanden und die verzwicktesten Fälle gelöst.

So albern er auch in seinen Altweiberklamotten auf den ersten Blick auf mich wirken mochte: Er war ein verdammt schlauer Fuchs.

Es war ihm gelungen, sich Zugang zum Kongress zu verschaffen, ohne dass man ihn erkannt hatte, und er hatte mir einiges voraus: nämlich viele Insiderinformationen über die Gefolgsschar von Klüngelbein – und persönliche Kontakte zu einigen seiner Jüngerinnen.

Wer wusste es schon, vielleicht konnte ja Emil Bär bei seinen Ermittlungen Erkenntnisse über die Mörder von Gerhard-Johann Klüngelbein ans Licht bringen – wenn es mir schon nicht gelang.

Apropos Emil Bär. Ich sah mich um. Er war nicht da. Aber ich hatte ihn schon im Frühstückssaal gesehen, wieder perfekt gestylt als Bauersfrau. Er hatte die Nacht also auch gut überstanden.

Und dass er nicht hier war, passte auch, denn er hatte ja Einzelsupervision mit der Maja.

Einzelverhör.

Die Nacht unbeschadet überstanden hatten auch Frau Sternvogel und mein besonderer Freund Ingo Groschen, denn ich sah beide in der ersten Reihe sitzen.

Und aus dieser erhob sich nun eine der Frauen mittleren Alters und ging zum Rednerpult.

»Guten Morgen, liebe Maria-Magdalena-Freunde, ich freue mich, dass ich den heutigen Kongresstag beginnen und die beiden Veranstaltungen des Vormittags mit euch zusammen bestreiten darf. Mein Name ist Isis Gnosichtios, ich bin Professorin für Kunstgeschichte und Religionsphilosophie, und ich werde euch jetzt zunächst einen Überblick geben, wie Maria Magdalena im Laufe der Jahrhunderte in der Malerei dargestellt wurde. Ich werde mich dabei auf fünf häufig gewählte Motive beschränken, und ich werde aufzeigen, dass viele Thesen über Maria Magdalena, die Gerhard-Johann Klüngelbein in seinem Buch ›Maria Magdalena – die ultimative Wahrheit‹ vorgestellt hat, schon seit Jahrhunderten von Künstlern vertreten werden und wie die Künstler diese Thesen in ihren Gemälden teils subtil und versteckt, teils ganz offen zum Ausdruck gebracht haben.«

Sie knipste den Beamer an, und eine Powerpoint-Präsentation erschien auf der Leinwand.

Kunstgeschichte war nicht mein Ding, und ich hatte mir eigentlich vorgenommen, bei diesem Vortrag weitestgehend auf Durchzug zu stellen.

Aber Frau Professorin Gnosichtios würzte ihren Vortrag mit vielen Fotos von beeindruckenden Gemälden, und mit den farbenfrohen Malereien faszinierte sie selbst mich. Und da ich ja ein eingefleischter Comic-Fan war, konnte man mich eben mit bunten Bildern leicht erfreuen …

»Motiv Nummer eins: Maria Magdalena wäscht Jesus die Füße, trocknet sie mit ihren Haaren und salbt sie mit kostbarem Öl. Auffällig bei vielen Bildern, die dieses Motiv zeigen, ist die starke Betonung der körperlichen Nähe zwischen Maria Magdalena und Jesus. Das Waschen, Trocknen und Salben der Füße wird wie ein zärtlicher erotischer Liebesakt dargestellt.«

Und sie zeigte entsprechende Bilder dazu, unter anderem von Alessandro Moretto, Philippe de Champaigne, Simon Vouet und Paolo Veronese.

»Motiv Nummer zwei: Maria Magdalena sitzt beim letzten Abendmahl an der Seite von Jesus. Eigentlich ein absolutes Sakrileg, da laut den kanonischen Evangelien ausschließlich die zwölf männlichen Jünger daran teilnahmen. Nichtsdestotrotz gibt es eine ganze Reihe von Gemälden, die neben Jesus eine Frau zeigen – und damit die These vertreten, dass der Lieblingsjünger Johannes in Wirklichkeit die Lieblingsjüngerin Maria Magdalena war.«

Sie zeigte zur Stützung *ihrer* These natürlich das weltberühmte Bild von Leonardo da Vinci – aber auch weitere Darstellungen des letzten Abendmahls von Hans Holbein, Domenico Ghirlandaio, James Tissot und Pieter Coecke van Aelst, die alle gemeinsam hatten, dass elf von zwölf Aposteln (meist mit einem Bart) eindeutig als Männer gekennzeichnet waren, während der zwölfte Apostel, stets eng an Jesus positioniert und dadurch als Lieblingsjünger charakterisiert, bartlos, mit langen Haaren und weichen weiblichen Gesichtszügen dargestellt wurde.

»Motiv Nummer drei: Maria Magdalenas Anwesenheit und Trauer beim Sterben und beim Tod Jesu. Wobei auch hier immer wieder auffällt, dass Maria Magdalena als eine Person dargestellt wird, die intensiven Körperkontakt mit dem sterbenden Jesus oder mit Jesu Leichnam sucht – wie es sich nur für eine Ehefrau oder Geliebte gebühren würde.«

Frau Gnosichtios zeigte einige berühmte Variationen dieses

Motivs, unter anderem von Matthias Grünewald, Botticelli, Lukas Cranach, Raffael, Giotto und Rogier van der Weyden.

»Motiv Nummer vier: Die Begegnung Maria Magdalenas mit dem auferstandenen Christus, ein Motiv, das meist ›Noli me tangere‹, also ›Berühre mich nicht‹, genannt wird, nach Worten, die Jesus zu Maria Magdalena gesprochen hat. Oft wird sie dabei dargestellt, wie sie vor Jesus kniet und – trotz seiner Mahnung – versucht, ihren Geliebten zu berühren.«

Die Gnosichtios präsentierte entsprechende Beispiele von Rembrandt, Federico Barocci, Fra Angelico, Benvenuto Tisi und Martin Schongauer.

»Und zum Abschluss Motiv Nummer fünf: das Leben von Maria Magdalena nach Christi Himmelfahrt als Predigerin, Büßerin und Einsiedlerin, basierend auf den Legenden über sie. Oft wird sie dabei in Höhlen oder Grotten dargestellt, oft mit Insignien, die ihr Leben symbolisieren sollen, wie Salbgefäß, Kreuz, Buch, Totenschädel oder Geißel – und oft auch nur spärlich angezogen, nur mit ihren eigenen Haaren bekleidet oder gänzlich nackt. Die vermeintliche Sünderin oder ohne Kleidung lebende Einsiedlerin Maria Magdalena lieferte vielen Künstlern einen willkommenen Vorwand, auch im Auftrag der Kirche Erotikdarstellungen zu produzieren – wobei einige dabei sicherlich auch die Intention hatten, Maria Magdalena nicht als Sünderin, sondern als sinnenfreudige Tantra-Priesterin zu charakterisieren.«

Und Frau Professorin lieferte noch mal eine wahre Flut von Bildern. Maria Magdalena als Büßerin mit Totenkopf und anderen Insignien, wie bei El Greco, Peter Paul Rubens, Caravaggio und wie bei Georges de La Tour, dessen Gemälde den Kongressflyer zierte.

Dann Maria Magdalena als Sünderin oder Einsiedlerin oder auch Tantra-Priesterin, nur mit ihren Haaren bekleidet, wie bei Tizian, Francesco Furini und Guido Cagnacci, oder völlig nackt, wie bei William Etty, Marius Vasselon und Jules Joseph Lefebvre.

Als Schlussbild zeigte die Kunsthistorikerin dann passenderweise ein Foto von einer der berühmtesten Maria-Magdalena-Darstellungen, nämlich der behaart-nackten Statue von Tilman Riemenschneider aus der Magdalenenkirche in Münnerstadt.

Und zum Schlussbild gab's noch das Schlusswort von Isis Gnosichtios.

»Liebe Maria-Magdalena-Freunde, ihr seht also, dass Gerhard-Johann Klüngelbein in ›Maria Magdalena – die ultimative Wahrheit‹ keine abstrusen und weltfremden Theorien vertreten hat, die er sich selbst aus den Fingern gesogen hat, sondern dass alles, was er über Maria Magdalena behauptet hat, schon jahrhundertelang von weltberühmten Künstlern propagiert wurde, die diese Botschaften in ihren Gemälden dargestellt haben. Die Maria-Magdalena-Revolution ist also nicht alleine und isoliert – sie hat mächtige Fürsprecher hinter sich! In diesem Sinne wünsche ich uns noch einen erfolgreichen und inspirierenden Kongress!«

Klingt ja toll, dachte ich, während der Abgang der Professorin von frenetischem Beifall begleitet wurde, aber die weltberühmten mächtigen Fürsprecher hatten Klüngelbein nicht das Geringste genutzt.

Er betrachtete jetzt trotzdem die Radieschen von unten.

68 Bär verschwindet

Ich rollte mit meinem Rollator und meinem Oma-Outfit durch die Pforte der Klosteranlage.

Stand vor den Stufen der Klosterkirche.

Scheiße, ich hatte sie vergessen.

Die Stufen.

Ich schaute mich um.

Es war noch früh am Vormittag. Die Busse waren erst am Anrollen.

Die Konferenz im Konferenzraum.

Die Hotelgäste beim Frühstück.

Die Souvenirläden und die Schnapsläden wurden aufgesperrt.

Auf dem Klostergelände kein Schwein zu sehen.

Ich packte meine Gehhilfe mit einer Hand und sprang die Stufen behände hinauf.

Schaute mich wieder um.

Zwei indische Klosterschwestern standen im Eingang zur Anlage, wie angewurzelt, Blick auf mich fixiert.

Sie bekreuzigten sich.

Ein Wunder am Morgen nimmt Kummer und Sorgen.

Ich verschwand so schnell ich konnte im Inneren der Kirche.

Schöne Kirche.

Gotisch? Oder barock? Oder romanisch?

Philipp wusste es. Ich würde ihn später fragen. Wenn ich die Frage nicht vergessen hatte bis später.

Ich ließ meinen Rollator vor dem Beichtstuhl stehen.

Das Erkennungszeichen für Maja.

Sie hatte Angst, mit mir in der Öffentlichkeit zu sprechen.

Sie hatte Angst vor weiteren Ohrfeigen.

Von der Sternvogel.

Deshalb hatte ich den sichersten Ort vorgeschlagen, den ich kannte: eine Kirche am Morgen.

Ich schlüpfte in den Beichtstuhl.

Drei Minuten später hörte ich die Kirchentür gehen.

Schritte.

Neben mir rumpelte es, die Holzdielen quietschten.

»Du?«, fragte ich im Dunkeln durch das Trenngitter.

»Ja, i. I hab Angst.«

»Aber Maja, ich bin doch bei dir, und im Beichtstuhl sind wir sicher wie im Zuchthaus von Stadelheim.«

Schweigen.

Schluchzen von nebenan. Zittrige Stimme: »Ich hab kein Aug zugetan heut Nacht. Ich hab so viel heulen müssen …«

»Um den Klüngelbein?«

Mehr Schluchzen …

»Mein Gerti … ich hab ihn so geliebt … ich glaub, ich sterb …«

Ich sagte: »›Die Trennung der Liebenden‹.«

»Was?«

»Der Titel von einem Buch, das geb ich dir mal zum Lesen, wenn wir zurück sind auf der Alm.«

»Mich interessiert kein Buch … kein nix … nie mehr …«

»Der wo das Buch geschrieben hat, hat viel Leut gefragt, die wo sich haben trennen müssen, Liebende.«

Stille.

»Und der Caruso, so hat er geheißen, hat gemeint, wenn man von seinem Geliebten getrennt wird, unfreiwillig, dann ist das, wie wenn man lebendig stirbt. Der Tod im Leben.«

»… ja, das stimmt …«

»Weißt, Maja, ich hab es immer gelesen, wenn ich Liebeskummer gehabt hab.«

»Hast du schon mal?«

»Oft. Ich kenn den Tod im Leben.«

Sie zog den Rotz hoch.

Ich wollte ihr ein Taschentuch geben, aber das Trenngitter stand im Weg.

Maja sagte: »Ich glaub, ich geh ins Kloster.«

»Da kannst ja gleich hierbleiben. Aber nein, ich hab deiner Mama versprochen, dass ich dich und die Käsi wieder ohne Schrammen heimbring. Ins Kloster kannst ja dann immer noch gehen. Gibt ja genug davon. Und alle so gut wie leer.«

Schweigen.

Ich dachte: Wie kann ich fragen, was da mit Klüngelbein gelaufen ist, ohne aufdringlich zu werden?

Mir fiel nichts ein.

Ich sagte nichts.

Maja sagte: »Weißt du, der Gerti, das war der Mann meines Lebens. Ich hab nicht gewusst, dass ein Mann so sein kann … Wir haben's ja nicht so mit den Mannsbilder, wir von den Magdalenen-Schwestern …«

»Ich weiß …«

»Es war Liebe auf den ersten Blick. Wir haben eine Bibelstunde gehabt, mit der Sternvogel, und da ist er dazugekommen … und unsere Augen haben sich getroffen … und ich hab gewusst: Das ist er. Der und sonst keiner …«

»Es blieb aber dann wohl nicht nur bei den Augen …«

»Ich hab ihn nach der Bibelstunde gefragt, ob er mir was erklären kann, was ich in seinem Buch nicht verstanden hab, und er war so nett … so nett … und hat mich gleich für den nächsten Tag zu sich eingeladen …«

»Wirklich nett von ihm!«, sagte ich, der Sarkasmus lief mir aus den Mundwinkeln.

»Und dann hat er mir das erklärt, mit Jesus und Maria Magdalena und der Liebe und der Leiblichkeit …«

Ich dachte: Mein Gott, Mädchen, komm endlich zum Punkt!

»… und dann haben wir uns leiblich vereint … und ich bin … zur …«

Sie schluchzte, war schwer zu verstehen.

»… zur Frau geworden … himmlisch war das … die leibliche Vereinigung … Herz und Herz vereint zusammen … und so zärtlich war er … und hat mich verstanden, und ich hab gespürt: Ich bin angekommen … wo ich schon immer hinwollt, und hab's nicht gewusst … Aber wie ich da war, bei ihm, mit ihm … da hab ich g'wusst: Da gehör ich hin … Es war wie im Paradies.«

Ich sagte: »*Ich und der Vater sind eins* … Johannes-Evangelium.«

Sie, heftig: »Mit meinem Vater wollt ich nie eins sein … aber mit dem Gerti, das war ganz, ganz anders.«

Ich sagte, mehr zu mir: »Ja. Unio mystica.«

»Ich weiß nicht, einfach himmlisch … Und ich hab denkt, wir gehören jetzt für immer zusammen.«

Sie weinte wieder.

»Das tut weh …«

Stille.

Sie sagte: »Ich hab's auch niemandem gesagt. Du bist der Erste. Meine Mama hätt das nicht verstanden. Die hat immer nur gesagt: Dass du mir ja kein lediges Kind heimbringst! Und die Käsi hätt mir den Kopf abgerissen, wenn sie erfahren hätt, dass ich mich mit einem Mannsbild einlass … Sie hasst Männer.«

»Auch den Gerti?«

»Alle. Das hat uns ja in letzter Zeit so auseinandergebracht, und dann ist noch so eine dumme Gans, ich weiß nicht, von woher, in unsere Schwesternschaft gekommen, mit so einem blöden Namen … ah …«

»Amazona?«

»Ja, vom Amazonas.«

»Ist die auch hier in Ettal?«

»Nein, die ist nicht mitgefahren, ich weiß gar nicht, warum. Auf jeden Fall war das so eine Männerfresserin, und dann haben wir uns gespalten, die Käsi und ihre Gruppe waren total gegen die Männer und wollten sie nur runtermachen … und kaputt machen … und sich rächen. Viele hatten böse Geschichten erlebt mit ihren Vätern und Großvätern und Onkel … Es war einfach ein Vernichtungsfeldzug gegen alles, was nach Mann ausgeschaut hat … Aber wir anderen haben uns dann auch zusammengetan. Wir wollten mit den Männern so eine Beziehung wie Jesus und Maria Magdalena … wie ich und der Gerti …«

»Aber ihr wart auch nicht gerade Waisenkinder. In der Zeitung ist was gestanden von Orgien und Prostitution –«

Sie fuhr mir ins Wort: »Erstunken und erlogen! Ja, wir haben auch unseren Spaß gehabt, miteinander … mit uns selber …«

Ich dachte an Majas Sexspielzeuge.

»… und mit den Männern, den anständigen. Aber das mit der Prostitution stimmt nicht, es ist frei erfunden … Ich weiß nicht, wer uns das eingebrockt hat.«

»Ich auch nicht. Noch nicht. Jedenfalls ist bei euren Feiern und Gottesdiensten immer wieder ein Magda-Mobil aufgetaucht. Ein fahrendes Puff.«

»Keine Ahnung. Wir sind auf jeden Fall gegen jede Art von Gewalt und Prostitution. In der Liebe und auch sonst. Das ist gegen das Evangelium.«

Wir schwiegen.

Sie weinte wieder leise vor sich hin.

»Alles ist kaputt. Mein Leben ist ruiniert. Was soll ich bloß machen?«

»Am besten, du haltst dich zurück, meidest die Sternvogel, und morgen fahren wir wieder heim auf die Alm. Wir beide. Und Käsi. Das hab ich eurer Mutter versprochen … Okay?«

»Hm …«

Ich nahm »Hm« als »einverstanden«.

»So, Maja, jetzt hören wir auf mit der Beichte. Du gehst vor mir raus, damit man uns nicht zusammen sieht und dumme Geschichten in die Welt setzt, und du zündest noch drei Kerzen an, dahinten am Kerzenständer, eine für den Gerti und eine für dich und eine für euch beide, und wenn du draußen bist, zünd ich auch noch eine Kerze an. Für dich.«

»Nur eine?«

»Und eine für den Klüngelbein … und eine für euch beide.«

»Wirklich?«

»Versprochen!«

»Ach, Bär, ich könnt dich umarmen!«

»Geht leider nicht im Beichtstuhl … und außerhalb noch weniger. Vielleicht auf der Alm.«

Sie kicherte: »Auf der Alm, da gibt's kei Sünd.«

Ich sagte: »Jetzt schwing dich!«

Sie sagte: »Mir wird's schlecht. Ich glaub, ich muss gleich speiben!«

Oh Gott!, dachte ich. Vielleicht war das mit der dritten Kerze doch keine so gute Idee.

69 Marlein und die esoterische Gralsburg

Professorin Gnosichtios blieb uns erhalten.

Nach ihrem Vortrag »Maria Magdalena in der Kunst« zeichnete sie auch als Führerin bei der Besichtigung der Klosteranlage unter dem Motto »Warum Ettal als Tagungsort?« verantwortlich.

Als wir das Hotel »Gralskloster« verließen, hatte sich die Gruppe doch etwas ausgedünnt. Frau Sternvogel und etliche der jungen Mädels hatten sich abgeseilt, entweder aus Desinteresse an einer Klosterführung oder weil sie etwas Besseres zu tun hatten. Da die männlichen Kongressteilnehmer – Ingo Groschen, das Trio und ich – komplett angetreten waren, war das Ungleichgewicht zwischen Männlein und Weiblein mal nicht ganz so krass.

Auf dem Weg zur direkt gegenüber dem Hotel befindlichen Klosteranlage musterte ich die drei anderen Jungs.

Man konnte sie an den Haarfarben unterscheiden – einer war blond, einer brünett, einer rothaarig –, aber ansonsten sahen sie irgendwie identisch aus, auch wenn sie eindeutig keine Drillinge waren. Alle drei waren adrett gekleidet, adrett rasiert und adrett frisiert – und alle drei wirkten soft und nett, aber auch devot und verschüchtert.

Sie sahen aus wie kleine Jungs auf dem Weg zu ihrem ersten Konfirmandenunterricht.

Irgendwie taten sie mir leid, obwohl ich sie überhaupt nicht kannte. Aber dass sie sich einer Bewegung anschlossen, die stark feministisch geprägt war, war doch ein Zeichen, dass sie nicht gerade über ein ausgeprägtes männliches Selbstbewusstsein verfügten.

Es gab theoretisch noch eine zweite Möglichkeit, warum sie ausgerechnet einen Maria-Magdalena-Kongress besuchten: Hier gab es jede Menge geiler Weiber – und kaum männliche Konkurrenz. Schon Klüngelbein hatte aus diesem ausgeprägten Frauenüberschuss seinen Nutzen gezogen.

Doch die drei Jungs sahen nicht so aus, als wären sie zum Aufreißen hier. Dazu hätte man nämlich die Damen auch mal ansprechen müssen, aber das taten sie nicht – sie wechselten zwar durchaus die eine oder andere Höflichkeitsfloskel mit den Teilnehmerinnen, schienen aber ansonsten lieber unter sich bleiben zu wollen.

Ich hingegen wurde in diesem Moment angesprochen – nicht von einem der Softie-Drillinge, allerdings leider auch nicht von einer netten jungen Dame.

Es war Ingo Groschen, der plötzlich neben mir auftauchte.

»Na, Herr Marlein, wie läuft's? Schon fündig geworden bei der Mördersuche?«

»Ich bin nicht auf Mördersuche. Wie ich Ihnen bereits erläutert habe, bin ich aus Interesse an Maria Magdalena hier.«

»Hahaha! Der gute alte Schnüffler Marlein! Immer einen witzigen Spruch auf den Lippen!«

»Aber *wenn* ich auf Mördersuche wäre – dann würde ich sagen, einer von den drei Jungs da drüben war's.«

Groschen sah zu dem Trio.

»Das sind doch Milchbubis! Wie kommen Sie denn auf die?«

»Na ja, ist doch auffällig, dass die als einzige Männer hier sind, unter lauter Frauen.«

»Sie unterschlagen sich und mich, Marlein.«

»Mich hat Küngelbein hierhergeschickt, Sie sein Verlag. Wir haben nachvollziehbare Gründe, hier zu sein. Die drei Jungs nicht.«

»Da muss ich Sie leider enttäuschen, Marlein. Ich habe mich mit Frau Sternvogel über die Kongressteilnehmer unterhalten. Klüngelbein hatte Tausende von weiblichen Fans, aber auch Hunderte von männlichen. Diesem Verhältnis entsprechend wurden die Einladungen ausgesprochen. Es gingen nur drei Karten an männliche Fans, und diese drei Jungs hier sind die Gewinner – allesamt glühende Klüngelbein-Verehrer. Womit sie wohl als seine Mörder ausscheiden. Sie müssen sich also schon andere Kandidaten suchen, Marlein.«

»Wie schon erwähnt suche ich ja gar nicht. Aber Sie sind doch der Chefreporter in Sachen Klüngelbein-Mord, Groschen. Wen werden Sie am Montag auf der Titelseite der BILD als Täter präsentieren?«

Groschen machte eine wegwerfende Handbewegung.

»Die Mördersuche überlasse ich getrost Kommissar Diesterweg und seinem Team. Diesterweg ist ein guter Freund von mir, der versorgt mich sofort mit Informationen aus erster Hand, sobald es etwas Spruchreifes gibt.«

Soso, dachte ich mir – Diesterweg und Groschen sind Kumpels. Das passte ja. Pack und Pack verträgt sich eben.

Groschen plapperte weiter.

»Aber mal ganz ehrlich, es gibt doch jetzt etwas viel Interessanteres als die Frage, von wem Professor Klüngelbein ermordet wurde – nämlich die Frage, *weswegen* er ermordet wurde. Wie gesagt, ich habe mich heute Morgen mit Frau Sternvogel unterhalten, und sie hat mir ein bisschen was über den weiteren Kongressverlauf erzählt. Sie dürfen auf keinen Fall die Lesung heute um sechzehn Uhr verpassen, Marlein! Was da vorgestellt werden wird – *das* wird am Montag auf der Titelseite der BILD stehen, darauf können Sie Ihren Arsch verwetten!«

Er grinste fies. »Aber wenn Sie da unbedingt auch noch ein Bild des Mörders draufhaben wollen – vielleicht könnte ich später noch ein Foto von Ihnen machen, Marlein?«

Er wieherte wie ein Gaul auf Drogen.

»Quatschen Sie jemand anderen voll, Groschen. Ich möchte mich jetzt auf die Führung konzentrieren.«

Ich bewegte mich zur Seite und brachte damit etliche Führungsteilnehmer zwischen mich und Groschen.

Unsere Gruppe war inzwischen im parkähnlichen Innenhof der Klosteranlage angekommen.

Wir standen vor der Klosterkirche, einer riesigen Basilika mit einer imposanten Kuppel.

Professorin Gnosichtios erzählte etwas zur Architektur und Ausstattung, aber nach all den Kunstgeschichte-Infos war ich nicht auch noch dafür aufnahmefähig, sodass ich nur ein paar Brocken mitbekam, wie Zwölfeckbau, Barockfassade, Deckenfresko und Maria-Gnadenbild, und nach all meinen Kirchenbesuchen mit Klüngelbein in den vergangenen Tagen war ich auch nicht böse darüber, dass wir die Basilika gar nicht betraten, sondern stattdessen zu einem Rundgang um das Kloster aufbrachen.

Ein Rundgang, der eine gute halbe Stunde dauerte, denn das Areal des Klosters Ettal glich einer weitläufigen Schlossanlage, mit entsprechend großen Gebäudetrakten und ausgedehnten Parks.

Unterwegs stellte uns Frau Gnosichtios die einzelnen Bestandteile des Klosters Ettal vor.

Wir spazierten vorbei am Benediktiner-Gymnasium, am Internat, an der Kloster-Brauerei, an der »Liqueurmanufaktur«, an land- und forstwirtschaftlichen Betrieben, an einer Käserei, am Friedhof, am Wohn- und Arbeitstrakt für die Benediktinermönche des Klosters, am Kloster-Hotel, am Kloster-Gasthof, am Kloster-Markt (in dem Produkte und Spezialitäten des Klosters angeboten wurden) und am Kloster-Laden (in dem Souvenirs und Bücher verkauft wurden).

Zurück am Ausgangspunkt angekommen, im hundert mal hundert Meter großen Innenhof, ließ uns die Gnosichtios auf die Treppenstufen setzen, die zur Basilika hochführten.

Sie selbst blieb unten stehen, sodass sie wie auf der Bühne eines Freilichttheaters stand.

»Meine lieben Maria-Magdalena-Fans, nun haben wir die Anlage des Klosters Ettal erkundet, seine beeindruckenden Ausmaße bewundert, seine Lage inmitten dieser wunderschönen, imposanten Bergwelt der Ammergauer Alpen genossen. Das beantwortet uns aber noch nicht die Frage, warum die Initiatoren dieses Kongresses, Herr Klüngelbein und Frau Sternvogel, ausgerechnet Ettal als Veranstaltungsort für einen Maria-Magdalena-Kongress ausgewählt haben. Sie haben mich gebeten, diesen Rundgang durchzuführen und euch zu erklären, warum die Wahl auf Ettal gefallen ist – und das möchte ich jetzt tun.«

Sie blickte über unsere Köpfe hinweg zur Kirche hoch.

»Ettal wurde deshalb als Veranstaltungsort gewählt, weil das Kloster Ettal auch die ›bayerische Gralsburg‹ genannt wird. Die Gralsburg gilt in der Gralslegende als der Ort, an dem der Heilige Gral zu finden ist. Warum sollte ausgerechnet Ettal dieser Ort sein? Der Grund hierfür liegt im religiös-spirituellen Bereich. König Ludwig IV., von seinen Feinden abschätzig Ludwig der Bayer genannt, beging mit der Gründung des Klosters Ettal im Jahr 1330 ein Sakrileg: Ludwig verfügte nämlich, dass in Ettal, so wie in der Gralsburg der Gralslegende auch, Rittertum und Mönchtum, Ehe und Zölibat vereint werden sollten – und ließ in Ettal zwanzig Benediktinermönche, zwölf

Ritter, deren zwölf Ehefrauen und sechs Witwen einziehen. Ehepaare, männliche Mönche und weibliche Witwen, alle in einem Kloster zusammenlebend und zusammenliebend – für die damalige Zeit eine absolute Blasphemie! Ludwig wollte mit Ettal den Tempel, die Mysterienstätte, die Gralsburg eines neuen esoterischen Christentums schaffen. Und der Heilige Gral – der ja nichts anderes ist als ein Symbol-Begriff für das Ziel der spirituellen Suche –, den die Gralsburg Ettal beherbergt hätte, wäre ebendieses neue Christentum der sozialen, sexuellen und spirituellen Einheit und Gleichheit von Mann und Frau gewesen. Leider scheiterte dieses Experiment schon kurze Zeit nach dem Tod Ludwigs, da seine Söhne sein Werk nicht fortführen wollten.«

Professorin Gnosichtios breitete theatralisch die Arme aus, um anzuzeigen, dass ihre Führung hiermit endete.

»Aber jetzt ist euch sicherlich klar, warum für diesen Kongress ausgerechnet Ettal als Tagungsort ausgesucht wurde. Ziel des Kongresses ist es ja, das Magdalenentum zu installieren – eine neue Form des Christentums, bei der Jesus und Maria Magdalena ein gleichberechtigtes göttliches Paar sind, was bedeutet, dass Männer und Frauen generell und in allen Bereichen dieselben Rechte haben. Und genau eine solche Religion der Einheit von Mann und Frau hat Ludwig der Bayer bereits im Jahr 1330 zu etablieren versucht – und zwar genau hier an dieser Stelle, an der wir uns gerade befinden: im Kloster Ettal!«

70 Bär greift durch

Es war als Versöhnungsaktion gedacht. Die Sternvogel hatte die Mädchen aus Kempten in die Kapelle zitiert.

»Kommst bitte auch?«, hatte Maja mich bekniet. »Allein hab ich Angst.«

Sie hatte allen Grund dazu.

Ich rollte meine Gehhilfe in den kleinen Andachtsraum.
Die Stimmung war zum Schneiden.
Ich hockte mich auf die hinterste Bank.
Zum Beobachten.
Links saß die Buzz-Cut-Fraktion. Die militanten.
Rechts die Dirndl-Fraktion mit den wallenden Frisuren. Die romantischen.
Geraune.
Es wurde still.
Die Sternvogel rauschte herein. Mit Brille und Bibel bewaffnet.
In eine Art Talar gehüllt.
Sanftes Geschau. Samtige Stimme.
Wohl ein Kilo Kreide gefressen.
»Ihr lieben Schwestern! Wir haben uns versammelt, um uns gemeinsam und in schwesterlicher Einheit für das zu stärken, was da kommen soll. Wir brauchen alle Kraft, um mit einer Stimme das Geheimnis von Maria Magdalena zu offenbaren. Wir dürfen uns nicht spalten lassen, deshalb lasst uns unter dem Wort aus der Heiligen Schrift eine Gemeinde von Schwestern werden, eins und einig!«
Und so weiter.
Die Hohepriesterin der Versöhnung säuselte aus der Bergpredigt: »Selig sind die Sanftmütigen.«
Sanft arbeitete sie sich zum Höhepunkt voran: »Wie unser Herr Jesus Christus, der Gemahl der Maria Magdalena, sagt: Wenn einer dir auf die rechte Wange schlägt, dann halt ihm auch die linke hin.«
Sie machte eine Pause.
Schaute möglichst vielen Mädchen in möglichst viele Augen.
Spannung pur.
»Unsinn!«, sagte sie. »Für Unsinn halten das die meisten von uns Schwestern. Aber schon unser Apostel Paulus wusste: Das Evangelium ist den Griechen eine Torheit und den Juden ein Ärgernis. Uns aber: eine Kraft Gottes. Deshalb wollen wir nicht zurückschlagen. Nein, wir halten auch die andere Wange hin

in der Nachfolge unseres Herrn und Heilands Jesus Christus und seiner Braut Maria Magdalena.«

Sie schaute triumphierend in die Runde.

Plötzlich ging ein Ruck durch die Runde.

Eines der Buzz-Cut-Mädchen stand auf. Weißes Gesicht, schwarze Schminke, Ohrringe wie ein Pfingstochs.

Käsi.

Ich kriegte feuchte Hände, murmelte: »Heilige Maria, Muttergottes ...«

Die Käsi pflanzte sich vor der milde lächelnden Sternvogel auf.

Absolute Ruhe. Kein Atemhauch. Kein Herzschlag. Kein gar nix.

Käsi sagte auch nichts. Gar nichts.

Sie standen sich von Angesicht zu Angesicht gegenüber. Die Käsi und die Hohepriesterin.

Käsi holte mit ihrer rechten Hand aus. Ansatzlos.

Knallte ihr eine.

Voll. Auf die rechte Wange.

Sternvogels Fielmann-Brille schlug auf dem Steinboden auf.

Die Szene war wie ein Gemälde.

Keine Bewegung.

Totenstarre.

Aus dem Nichts eine blitzartige Bewegung.

Von Sternvogel.

Ihre Linke landete in Käsis Visage.

Voll.

Schallend.

Käsi flog zurück und wurde von ihren Schwestern im Herrn aufgefangen.

Dann brach die Hölle los.

Die Buzz-Cut-Mädchen stürmten zur Kanzel auf die Sternvogel zu.

Die Langhaar-Schwestern stürzten sich in dieselbe Richtung, um sie zu schützen.

Die kahle Käsi und die wallende Maja standen sich gegenüber.

Die Sternvogel suchte nach ihrer Brille.

Maja hatte etwas in der Hand.

Kannte ich aus eigener Erfahrung: einen Schlagring.

Sie zischte: »Ich bring dich um!«

Käsi, mit ihrer neuen Fünf-Finger-Tätowierung auf der Wange, zischte zurück: »Trau dich doch. Das überlebst nicht.«

Die Sternvogel rappelte sich auf, setzte sich die Brille wieder auf, sagte ultrasanft: »Kindlein ... Friede ... Friede ...«

Maja schob sie mit einer Hand zurück.

Die rasierten Köpfe bauten sich hinter Käsi auf.

Die Dirndl-Fraktion hinter Maja.

Es sah nach Drittem Weltkrieg aus.

Ich stand auf, schob mich mit meinem Rollator nach vorn,

stellte mich zwischen Käsi und Maja,

packte beide am Kragen, mit festem Griff, sie waren sprachlos,

stieß ihre hübschen Köpfe zusammen, dass es krachte,

raunte: »Schluss jetzt. Machts eurer Mama keine Schand, sonst sing ich der Polizei was vor, vom Bahnhof in Kempten zum Beispiel.«

Sie erschlafften. Zeitgleich. Käsi schaute mich entsetzt an. Dämmerte ihr was?

»Hockts euch wieder hin! Platz!«

Sie nahmen Platz wie gehorsame Dackeldamen.

Zur Gemeinde sagte ich laut: »Wir danken den Schwestern Maja und Käsi für diese wunderbare Einlage, die uns gezeigt hat, wie wir Christinnen es nicht machen sollen. Die Schwester Sternvogel und ich zeigen euch, wie es unserem Herrn Jesus Christus und unserer Herrin Maria Magdalena gefällt und wie wir es ihm nachtun sollen. Gell, Schwester Sternvogel?«

Sie kapierte.

Wir umarmten uns innig. Ich drückte meinen Küchentücher-Busen an den ihren.

Die Gemeinde erwachte aus ihrer Starre, Tränen liefen, Hände klatschten, Standing Ovations.

»Lasset uns singen!«, befahl ich.

Stimmte an: *»We shall overcome …«*

Die überraschten Mädchen lauschten, ich sang:

»We shall overcome, we shall overcome, we shall overcome some day.

Oh, deep in my heart I do believe: We shall overcome some day.«

Die Mädchen nahmen sich an den Händen, sangen weiter:

»We'll walk hand in hand, we'll walk hand in hand, we'll walk hand in hand some day.

Oh, deep in my heart I do believe: We'll walk hand in hand some day.«

Sie wiegten sich mit der Melodie, sangen mit Tränen in den Augen:

»We shall live in peace, we shall live in piece, we shall live in peace some day.

Oh, deep in my heart I do believe: We shall live in peace some day.«

Da kamen mir auch gleich mit die Tränen. Ich hielt sie zurück, wegen der Schminke.

Rollte wieder zurück in die letzte Bank.

Sternvogel flötete: »Meine geliebten Schwestern, ich wusste, ich kann mich auf euch verlassen. Und zum Zeichen, dass wir alle eins sind in Maria Magdalena, lade ich euch ein zu einem gemeinsamen Abschiedsausflug, allen voran Maja und Käsi, am Sonntag, eine Versöhnungs-Bergwanderung. Wie es schon der Apostel sagt: Hier gibt es nicht romantisch und nicht militant, sondern wir sind alle eins in dem göttlichen Paar Jesus und Maria Magdalena. Und ich muss jetzt zu meiner Lesung eilen, und ich lade euch alle auch dazu ein.«

Dem Ton nach war es eher ein Befehl als eine Einladung.

Sie huschte an mir vorbei, blieb kurz stehen, beugte sich zu mir hinab, legte mir die Hand auf die Schulter, sagte: »Danke, Schwester, für alles … Wir haben uns noch gar nicht bekannt gemacht … Woher kommst du denn?«

»Aus Kempten. Ich bin die Oma von der Käsi und der Maja. Ich hab die beiden schon gewickelt …«

»Ah, deshalb.«

Sie entschwebte.

Käsi drückte sich neben mich auf die Bank, sagte: »Bist du wirklich der Bär von der Biselalm? Oder hat die Maja mich angelogen?«

»Nein, sie hat die Wahrheit gesagt. Außerdem halt ich nix von Lügen. Ich bin der Bär … Aber Schnauze halten. Bis zum Sonntagabend bin ich offiziell eure Oma.«

»Warum?«

»Aus Sicherheitsgründen. Damit ich euch beide an einem Stück bei eurer Mama abliefern kann. Sonntagabend geht's heim. In meinem Auto. Ich hab Neuigkeiten für euch!«

»Welche?«

»Noch geheim. Bis Sonntagabend. Jetzt schwing dich, sonst fallen wir auf.«

Sie schwang sich.

Ich mich auch. Brauchte dringend eine Gauloises.

71 Marlein und die weltverändernde Lesung

Der Tagungsraum »Ludwig der Bayer« war, soweit ich es übersehen konnte, komplett gefüllt, so wie am Eröffnungsabend.

Sogar Emilia Bärin setzte sich wieder neben mich.

Ich sah Bär an. Er sah gestresst aus. Und roch nach Zigarettenrauch.

»Na, fertig mit der Einzelsupervision?«

»Ja – und fertig mit den Nerven.«

»War's so schlimm?«

»Aus der Einzelsupervision ist eine Gruppensupervision geworden.«

»Interessant, musst du mir später genauer erzählen. Aber jetzt hören wir uns erst einmal die Lesung hier an. Die Hütte ist voll, die Show ausverkauft – scheint ja großes Kino zu werden.«

Ich zog den Flyer aus der Hosentasche und las noch mal nach.

16.00 Uhr: Lesung: »Die Maria-Magdalena-Revolution – vom Christentum zum Magdalenentum«. Gerhard-Johann Klüngelbein liest Ausschnitte aus seinem neuen Werk, das sensationelle Enthüllungen enthält.

Ich war mir sicher, dass dieser Programmpunkt für die meisten der versammelten Klüngelbein-Jüngerinnen der Höhepunkt des Kongresses geworden wäre – ihr Meister stellt ihnen exklusiv und lange vor dem offiziellen Erscheinungstermin sein neues Buch vor. Der Traum eines jeden Fans.

Nun, Klüngelbein war tot, also konnte er sein Buch nicht mehr vorstellen. Anscheinend waren aber alle Kongressteilnehmer jetzt nicht minder gespannt, was Frau Sternvogel als Alternative bieten würde. Vermutlich hofften viele, dass sie als offenbar – zumindest buchtechnisch – engste Vertraute von Klüngelbein wenigstens erzählen könnte, was denn ungefähr in dem Manuskript stand.

Und genau so kam es.

Frau Sternvogel trat ans Rednerpult.

»Meine lieben Schwestern und Brüder in Maria Magdalena, ich weiß, wie sehnlich ihr euch alle gewünscht habt, dass jetzt Gerhard-Johann an dieser Stelle stehen und euch Auszüge aus seinem kommenden Werk vorlesen würde. Wie wir wissen, ist das bedauerlicherweise nun nicht mehr möglich. Aber da ich mit Gerhard-Johann während seines Schreibprozesses stets in engem schriftlichen Kontakt stand und ihn auch einige Male persönlich getroffen habe, kann ich euch zumindest einiges darüber erzählen, was Gerhard-Johann in diesem Buch enthüllen wollte, und euch sogar einige Ausschnitte daraus vorlesen, die ich von ihm erhalten habe. Im Übrigen hoffen wir natürlich, dass das Buch trotzdem wie geplant veröffentlicht wird, da Gerhard-Johann das Manuskript vor seinem Tod meines Wissens noch abschließen konnte.«

Frenetischer Beifall brandete auf. Der Schock von gestern war überwunden, die Euphorie kehrte zurück. Klüngelbein war tot, aber seine Ideen lebten.

Was Frau Sternvogel allerdings nicht wusste: dass Klüngelbein sein Manuskript zwar tatsächlich noch zumindest größtenteils vollenden konnte, dass es dann aber gestohlen worden war – und dass er überhaupt nur wegen dieses und wegen des anderen Manuskriptes ermordet worden war. Mit dem posthumen Erscheinen des Buches würde es also höchstwahrscheinlich nichts werden.

Aber ich würde den Teufel tun und das verkünden – und damit die Stimmung wieder ruinieren.

Stattdessen war ich gespannt darauf, was Frau Sternvogel über das Buch berichten würde. Schließlich hatte ich ja noch von Klüngelbein persönlich zumindest ein bisschen was darüber erfahren und konnte also überprüfen, ob Frau Sternvogel tatsächlich über Insiderwissen verfügte – oder sich nur irgendetwas aus den Fingern saugte, um das Volk bei Laune zu halten. Oder um sich selbst zu profilieren.

Nachdem die Beifallsbekundungen abgeklungen waren, räusperte sich Frau Sternvogel und legte los.

»Den Titel des Buches kennt ihr ja schon, er ist identisch mit dem Motto unseres Kongresses: ›Die Maria-Magdalena-Revolution‹. Das Buch trägt noch einen Untertitel, der lautet: ›Vom Christentum zum Magdalenentum‹. Der Inhalt besteht insgesamt aus drei Teilen.«

Das war schon mal zutreffend, so hatte es mir Klüngelbein auch geschildert.

»Der Inhalt des ersten der drei Teile ist für uns relativ uninteressant, da wir ihn bereits bestens kennen: Er ist eine Zusammenfassung von ›Maria Magdalena – die ultimative Wahrheit‹ und für Leser gedacht, die mit dem zweiten Buch von Gerhard-Johann Klüngelbein einsteigen, ohne das erste gelesen zu haben.«

Auch das konnte ich bestätigen. Anscheinend war Frau Sternvogel tatsächlich einigermaßen vertraut mit Klüngelbeins schriftstellerischen Plänen.

»Dafür ist der zweite Teil des neuen Buches wirklich eine absolute Sensation. Wir ihr alle wisst, hat Gerhard-Johann in ›Maria Magdalena – die ultimative Wahrheit‹ unter anderem die These aufgestellt, dass das Johannes-Evangelium in Wirklichkeit von Maria Magdalena verfasst wurde. Leider konnte er es nicht beweisen. Doch jetzt, in ›Die Maria-Magdalena-Revolution‹, wird der Beweis für die Richtigkeit dieser These – und aller anderen Thesen in ›Maria Magdalena – die ultimative Wahrheit‹ – erbracht: Ein Exemplar des von Maria Magdalena geschriebenen ursprünglichen Johannes-Evangeliums wurde vor Kurzem gefunden, und der komplette Text wird im zweiten Teil von ›Die Maria-Magdalena-Revolution‹ abgedruckt. Dieser Beweis wird die Welt radikal verändern!«

Ein Raunen ging durch die Menge, einige klatschten.

»Leider liegt mir der komplette Text des Maria-Magdalena-Ur-Evangeliums nicht vor, aber Gerhard-Johann hat mir während der Arbeit an seinem Buch drei Ausschnitte davon geschickt, und die werde ich euch jetzt vorlesen. Das ist eine absolute Weltpremiere, und ihr seid damit die Ersten, die Auszüge aus dieser Schrift hören, einer Schrift, die zweitausend Jahre lang verschollen war – und die bald die ganze Menschheit in Aufregung versetzen wird!«

Jetzt gab es Gejohle, Geschreie, Getrampel – als befänden wir uns auf dem Popkonzert einer Boygroup.

»Also, hier der erste Ausschnitt. Es sind die ersten Worte, die die Welt seit zweitausend Jahren von Maria Magdalena hört – und ihr seid die Ersten, die sie vernehmen.«

Sie räusperte sich. Schlagartig war es mucksmäuschenstill im Saal. Man hätte jeden Babyfloh husten hören können.

»Unter dem Kreuz Jesu standen seine Mutter Maria, die Schwester seiner Mutter, die Frau des Klopas, und ich, Maria Magdalena. Als nun Jesus seine Mutter sah und mich, die Jüngerin und Gemahlin, die er liebte, sprach er zu seiner Mutter: Mutter, siehe hier, Maria Magdalena, deine Schwiegertochter! Dann sprach er zu mir: Gemahlin, siehe hier, Maria, deine Schwiegermutter! Damit meinte er, dass wir uns um einander kümmern sollten. Und von jener Stunde an nahm ich seine Mutter zu mir.«

Frau Sternvogel machte eine kurze Pause, um den Text wirken zu lassen.

Es herrschte ehrfürchtiges Schweigen im Raum.

Dann folgte eine Erläuterung des Vorgelesenen.

»Wenn man diese Stelle mit der entsprechenden im uns bekannten Johannes-Evangelium vergleicht, bemerkt man, dass sie beinahe identisch sind – nur dass man aus der erzählenden Jüngerin, die Jesus liebte, einen männlichen Jünger gemacht hat und aus der Schwiegertochter einen Sohn. Allerdings ist die Fälschung leicht zu durchschauen, da selbst im Johannes-Evangelium nur Frauen aufgelistet werden, die unter dem Kreuz stehen. Also muss der geliebte Jünger, der unter dem Kreuz steht, ebenfalls eine Frau sein – und die einzige Kandidatin der genannten Personen, die als geliebte Frau in Frage kommt, ist Maria Magdalena.«

Frau Sternvogel fuhr mit dem nächsten Zitat aus dem Maria-Magdalena-Ur-Evangelium fort.

»An dem ersten Wochentag aber kam ich, Maria Magdalena, früh, als es noch finster war, zur Gruft und sah den Stein von der Gruft weggenommen. Ich lief zurück in die Stadt und kam zu Simon Petrus und sprach zu ihm: Sie haben den Herrn aus der Gruft weggenommen, und wir wissen nicht, wo sie meinen Gemahl hingelegt haben. Da gingen Petrus und ich hinaus zu der Gruft. Ich lief voraus, schneller als Petrus, und kam zuerst zu der Gruft, und als ich mich vornüberbeugte, sah ich die Leinentücher daliegen; doch ich ging nicht hinein. Da kam Simon Petrus, der mir folgte, und ging hinein in die Gruft und sah die Leinentücher daliegen und das Schweißtuch, das auf seinem Haupt war, nicht zwischen den Leinentüchern liegen, sondern für sich zusammengewickelt daneben. Da ging auch ich hinein, die ich zuerst zu der Gruft gekommen war. Simon Petrus sah, aber glaubte nicht, da er die Schrift noch nicht verstand, die besagte, dass Jesus von den Toten auferstehen würde. Also ging Simon Petrus wieder heim. Ich aber blieb draußen bei der Gruft stehen und weinte.«

Auch jetzt erst ergriffene Stille – und anschließend der Kommentar zum Ausschnitt von Frau Sternvogel.

»Im Johannes-Evangelium lautet diese Passage erneut ganz

ähnlich, wobei man wiederum Maria Magdalena durch den erfundenen männlichen Lieblingsjünger ersetzt, allerdings nur stellenweise, sodass die ganze Szene völlig unlogisch wird, und Heerscharen von Theologen haben versucht, diese Unlogik zu erklären. Dabei ist die Erklärung ganz einfach: Es liegt auch hier eine schlecht gemachte Fälschung vor – der Lieblingsjünger und Maria Magdalena sind nicht zwei verschiedene Personen, sondern miteinander identisch. Die unverfälschte Geschichte im Ur-Text, die wir gerade gehört haben, in der nur Maria Magdalena und Petrus die Protagonisten sind und in der Maria Magdalena nicht phasenweise durch eine nicht existierende dritte männliche Person ersetzt wurde, ist völlig logisch und widerspruchsfrei.«

Und dann lieferte Frau Sternvogel als dritten und letzten Auszug die Fortsetzung der zweiten von ihr vorgelesenen Passage.

»Ich aber blieb draußen bei der Gruft stehen und weinte. Da sah ich plötzlich einen Mann, und ich glaubte, es sei der Gärtner, denn die Gruft lag in einem Garten. Der Mann sprach zu mir: Frau, was weinst du? Wen suchst du? Ich sagte zu ihm: Wenn du den weggetragen hast, der hier in der Gruft gelegen war, so sag mir, wo du ihn hingelegt hast! Und ich werde ihn wegholen. Darauf sagte der Mann zu mir: Maria! Erkennst du mich nicht? Und da erkannte ich ihn – es war Jesus! Ich sagte: Mein Geliebter! Und ich wollte ihn umarmen. Da sagte er zu mir: Halte mich jetzt nicht fest – unser Werk ist noch nicht vollendet. Denn ich bin noch nicht aufgefahren in den Himmel. Geh aber hin zu meinen Jüngern und sage ihnen, was ich jetzt zu dir sage. Und er sprach lange mit mir und vertraute mir geheime Gedanken und Worte und Lehren der Erleuchtung an, die er noch niemandem zuvor anvertraut hatte. Und dann ging ich hin und verkündete den Jüngern, dass ich ihren Meister gesehen habe und dass er mir seine geheime Botschaft mitgeteilt habe. Und ich verkündete ihnen die Vision des Meisters. Es gibt sieben Gestalten des Zorns, welche die Seele bedrängen und sie zerstören. Die erste Gestalt ist die Finsternis; die zweite die Begierde; die dritte die Unwissenheit; die vierte die tödliche Eifersucht; die fünfte die

Herrschaft des Fleisches; die sechste der törichte Wahn; die siebte die arglistige Klugheit. Und es gibt sieben Gestalten der Liebe, welche die Seele heilen und sie erretten. Die erste Gestalt ist das Licht; die zweite die Sanftmut; die dritte das Wissen; die vierte die lebendige Freizügigkeit; die fünfte die Herrschaft der Seele; die sechste der klare Verstand; die siebte die offenherzige Bescheidenheit. Nehmt die Gestalten der Liebe an, und ihr werdet geheilt und errettet werden.«

Nach einer ersten Phase der stillen Ergriffenheit gab es jede Menge Zwischenrufe, wie großartig das sei, wie revolutionär das sei, dass dies die wahre Botschaft sei, dass man die Gestalten der Liebe annehmen solle, und Ähnliches.

Frau Sternvogel mahnte zur Ruhe, um diesen dritten Auszug analysieren zu können.

»Wie unschwer zu erkennen ist, wurde dieser Abschnitt des von Maria Magdalena geschriebenen Ur-Evangeliums sozusagen in zwei Hälften geteilt. Die erste Hälfte – bis zum Inhalt der geheimen Botschaft Christi – verblieb im späteren Johannes-Evangelium, in dem ja bekanntermaßen in Kapitel 20 Vers 18 dieses Geschehen abrupt endet mit dem Satz: *Maria Magdalena kommt und verkündet den Jüngern, dass sie den Herrn gesehen und er dies zu ihr gesagt habe.* Was er zu ihr gesagt hat, wurde herausgenommen – man erfährt es nur im apokryphen Evangelium der Maria, in der die zweite Hälfte – die Vision von den sieben Gestalten – dann später Eingang fand. Doch im Ur-Evangelium der Maria Magdalena finden wir endlich wieder die ursprüngliche, unverfälschte, unzerstückelte Einheit.«

Nachdem sich die Gemüter wieder ein bisschen beruhigt hatten, referierte Frau Sternvogel abschließend noch über den dritten Teil des neuen Buches – dass darin das Magdalenentum als das einzig wahre Christentum umrissen werden würde, mit seinen eigenen Lehrsätzen, Geboten und Riten, und dass sie, Margitta Sternvogel, die Grundzüge von Gerhard-Johann Klüngelbeins Vorstellungen von dieser neuen Religion kenne und sie im Workshop zum Kongressabschluss am Sonntagvormittag präsentieren werde.

Auch daran konnte ich inhaltlich erst einmal nichts aussetzen.

Unter tosendem Applaus endete hiermit die Lesung.

Anschließend herrschte ein geradezu babylonisches Stimmengewirr. Alle redeten wild durcheinander, aufgewühlt von der Lesung, und tauschten sich lautstark über das soeben Gehörte aus.

Ich nutzte die Gelegenheit, um nach vorn zum Rednerpult zu eilen und Frau Sternvogel anzuquatschen.

»Guten Tag, Frau Sternvogel. Philipp Marlein mein Name.«

Sie glotzte mich verständnislos an.

»Ja, bitte?«

Der Name Philipp Marlein sagte ihr offenkundig nichts. Ich musste ihr auf die Sprünge helfen.

»Wir haben vorgestern kurz telefoniert. Ich bin der Privatdetektiv aus Fürth, der für Herrn Klüngelbein gearbeitet hat.«

»Ah, ja.«

Sie schien sich nebulös zu erinnern.

»Wir hatten ja besprochen, dass wir hier auf dem Kongress unsere begonnene Unterhaltung fortsetzen könnten. Ich hätte da noch ein paar Fragen an Sie bezüglich –«

»Frau Sternvogel! Meine allerherzlichste Gratulation! Das war eine großartige, eine weltverändernde Lesung! Und sie wird eingehen in die Geschichte als eine Sternstunde für die Religion – ach was, als eine Sternstunde für die gesamte Menschheit!«

Verärgert sah ich zur Seite, welcher Typ meine Unterhaltung mit Frau Sternvogel einfach so trampeltechnisch unterbrochen hatte.

Es war ein Typ, den ich kannte.

Ein Voll-Trampel.

Es war Ingo Groschen.

Er beachtete mich überhaupt nicht, packte stattdessen mit seinen fetten Wurstfingern die Hand von Frau Sternvogel und schüttelte sie durch.

»Ich bin begeistert! Das sind Worte, die die ganze Welt

hören muss! Wir müssen unbedingt gleich über die Berichterstattung sprechen. Was halten Sie von einem Exklusivinterview?«

Anscheinend hielt Frau Sternvogel viel davon, dann ich war plötzlich Luft für sie, und sie wandte sich komplett dem dicken Journalisten zu.

Ich war out.

Dann eben nicht.

Sie hätte mir wahrscheinlich eh nicht viel Erhellendes erzählen können.

Ich ihr aber zumindest, wie ihr verehrter Gerhard-Johann seine letzten Tage auf Erden verbracht hatte.

Doch das Geschwätz von Ingo Groschen interessierte sie offenbar mehr.

Ich hörte noch, wie er weiter auf sie einquasselte.

»Grandios, diese Enthüllungen! Endlich haben wir den Bericht, wie das mit der Auferstehung von Jesus Christus wirklich war, von der einzigen echten Augenzeugin. Und wir wissen, wie die Kreuzigung verlief, von einer Person, die unter dem Kreuz stand. Und wir haben den Beweis, dass Jesus und Maria Magdalena in Kana geheiratet haben, verfasst von der Braut höchstpersönlich. Das ist wirklich supersensationell!«

Ich wandte mich angewidert ab.

Das Gesäusel von Groschen ekelte mich an – und es verwirrte mich, auch wenn ich nicht so recht wusste, warum.

Und so verließ ich den Kongressraum »Ludwig der Bayer« – angeekelt und verwirrt.

72 Bär schluckt

Zum Abendessen gab es Grünzeug, grünen Tee, grauen Tofu, laktosefreies Müsli und glutenfreien Buchweizen.

Unter normalen Menschen hätte das eine Gefängnisrevolte oder Massensuizid ausgelöst.

Ich kam mir vor wie ein Rindviech auf einer Weide mit Kunstgras.

Aber der Mensch lebt nicht vom Brot allein.

Die Magdalenenmädchen lebten von der Sensation.

Sie lag in der Luft.

»Noch einmal schlafen«, hatte Sternvogel gezwitschert, »dann …«

Was dann?

»… dann wird die Welt eine andere sein.«

Gesichter glühten.

Die Endzeitatmosphäre nahm Schwung auf.

Ich schluckte einen Tropfen grünen Tee.

Dem Himmel so fern …

Zu meiner Rechten saß Maja.

Stocherte in ihrem Grünzeug.

Zu meiner Linken saß Käsi.

Kaute Tofu. Vielleicht war es auch Kaugummi.

Philipp hockte ein paar Tische weiter.

Mit einem Glas Wasser vor sich.

Oder Wodka.

Sieht gleich aus.

Nein, nicht Philipp.

Er berauschte sich lieber am Ettaler Quellwasser.

Sternvogel schwebte vorbei, warf uns dreien einen wohlwollenden Blick zu, mir sogar ein Lächeln, ein kurzes Daumenhoch angedeutet mit ihrer Rechten, wir bildeten fast schon einen Geheimbund, ich kam mir vor wie auf der Shortlist vom Friedensnobelpreis.

Ich dachte: Arschloch, du falsches, machte auch das Daumen-hoch-Zeichen, lächelte huldvoll, sagte zu Käsi und Maja: »Alles wird gut!«

Sie kriegten feuchte Augen.

»Morgen fahren wir heim zur Mama.«

Sie waren kurz vorm Losheulen.

Heimweh.

Ich tröstete: »Durst ist schlimmer als Heimweh!«

Sie griffen zum grünen Tee.
Wir quälten uns durch das unheilige Abendmahl.
Sternvogel machte eine Ansage, man nuschelte eine Litanei zum Abschluss.
Heilige Maria Magdalena, bitte für uns!
Du Vorbild der Büßenden, bitte für uns!
Du brachtest Jesus deine Alabastervase voll duftenden Salböls, bitte für uns!
Du wuschest mit deinen Tränen Jesus die Füße, bitte für uns!
Du bedecktest Jesus die Füße mit Küssen heiliger Liebe, bitte für uns!
Dir wurden viele Sünden vergeben, bitte für uns!
Du wurdest aus trübem Erdenlehm umgewandelt in einen klaren Kristall, bitte für uns!
Du Edelstein, der aus dem Schmutz der Straße in das Licht der Sonne gerückt ward, bitte für uns!
Du wurdest umgeformt zu einem Gefäß der Herrlichkeit, bitte für uns!
Du schimmernde Perle, bitte für uns!
Die Dinnerparty löste sich auf, ich streifte an Philipp vorbei, raunte ihm ins Ohr: »Geheimtreffen, gleich!«
»Wo?«
»Aufm Klo!«
»Herren oder Damen?«
»Du in Herren, ich in Damen.«
»Aber …«
»In Herren, das ist am sichersten.«
Fünf Minuten später standen wir vor den Pinkelbecken vom Pissoir.
Taten so, als ob …
Philipp fragte besorgt: »Und wenn einer reinkommt?«
»Dann bin ich eben eine Transe. Aber es kommt keiner.«
Philipp sagte: »Also, wie war's, hast du was rausgekriegt?«
»Die Maja war unsterblich in den Klüngelbein verliebt, völlig von Sinnen, und hat einen furchtbaren Anfall von Liebeskummer.«

»Und Trauer«, sagte Philip.

»Ja, klar ... Da muss man durch.«

Philipp, versonnen: »Gegen Trauer hilft nur trauern!«

»Ja, ich hab ihr von meinen Liebeskummern erzählt, damit sie merkt, wie alt man trotz Liebeskummer werden kann ... Aber Liebeskummer hin oder her, sie hat gemeint, sie haben es in ihren Gebetsstunden und danach ganz schön getrieben, sie waren wirklich keine Waisenkinder in Bezug auf Erotik, aber es hat nie ein fahrbares Puff gegeben, keine öffentliche Prostitution. Alles ist sauber in der Familie geblieben. Mit dem Magda-Mobil haben sie null und nix zu tun gehabt.«

»Dann müssen wir rausfinden, wer dahintersteckt.«

Ich sagte: »Wer ist wir?«

Philipp sagte: »Du!«

Ich schluckte.

Es schmeckte immer noch grün.

Zur Ablenkung fragte ich: »Und was gibt's auf deiner Seite vom Äquator Neues?«

Er nestelte an seinem Hosentürl, sagte gegen die Wand: »Nichts Relevantes. Ich habe viel erfahren über Kunstgeschichte und darüber, warum Ettal als Tagungsort gewählt wurde und woher der Begriff ›Gralskloster‹ kommt. Aber leider rein gar nichts, was mir helfen würde, den Mord an Klüngelbein aufzuklären. Und die Tempelritter tauchen auch nicht auf. Jetzt haben wir heute nur noch das Tantra-Seminar und morgen den Workshop, wo was passieren könnte.«

»So«, sagte ich, »soso ...«

Sage ich immer, wenn ich nicht weiß, was ich sagen soll.

Philipp schaute auf die Uhr, nahm Kommandostimme an: »Also, ich schau mal, was die im Tantra-Seminar so treiben. Und du kümmerst dich um den Wohnwagen. Der dahinten steht, wo wir gestern vorbeigegangen sind.«

Ich dachte: Gleich muss ich mal pinkeln. Wenn ich Angst kriege, kommt der Harndruck. Meinte: »Könnten wir nicht tauschen: du den Wohnwagen, ich das Tantra?«

»Warum?«

»Da war immer so ein Typ dabei. Er sieht aus wie zwei Panzerschränke in einem. Heißt Gävin. Gegen den komm ich nicht an.«

»Quatsch, Emil. Da kenn ich ein hochpotentes Beruhigungsmittel.«

»Baldrian?«

»Nein, du nimmst einfach meine Knarre mit.«

»Ich hab aber noch nie geschossen. Außerdem bin ich Kriegsdienstverweigerer gewesen.«

»Du sollst ja auch nicht in den Krieg, sondern bloß in einen versifften Wohnwagen. Und wenn du meine Knarre hast, brauchst du gar nicht schießen.«

»Warum nicht?«

»Weil die meisten schon davonlaufen, wenn sie das Ding nur sehen. Wirst sehen!«

»Und wenn nicht?«

»Dann läufst eben du davon!«

»Wohin?«

»Weg!«

»Ich bin noch nie davongelaufen«, log ich.

»Na eben!«

Philipp wurde sichtlich ungeduldig, zog den Reißverschluss energisch hoch, sagte: *»Der Worte sind genug gewechselt, lasst uns nun endlich Taten sehn!«*

Ich sagte: »Goethe. Muss man da so geschwollen daherreden, wenn man ins Tantra-Seminar geht?«

Philipp grinste: »Ich glaube, da wird eher weniger geredet. Die Schwellungen dürften mehr physisch sein.«

»Und ich muss die Drecksarbeit machen!«, maulte ich.

Er grinste immer noch: »Jedem, wie er's verdient. Aber vielleicht wird dein Wohnwagenbesuch ja auch ganz kuschelig werden …«

Wie recht er behalten sollte!

73 Marlein und die fromme Sünde

Als ich kurz vor zwanzig Uhr am Tagungsraum »Ludwig der Bayer« ankam, war die Tür verschlossen und es hing ein Schild daran, dass das Tantra-Seminar im Raum »Rittergrotte« am Ende des Ganges stattfinden würde.

Ich ging den Gang entlang.

Am Eingang zur »Rittergrotte« stand Frau Gnosichtios.

Ich blieb vor ihr stehen.

»Bin ich hier richtig beim Tantra-Seminar?«

Sie nickte.

»Goldrichtig. Ich leite das Seminar.«

»Auch noch? Ist ja ein echter Großkampftag für Sie heute. Erst der Kunstvortrag, dann die Klosterführung und jetzt auch noch das Tantra-Seminar.«

»Ich bin nicht nur Kunsthistorikerin und Religionsphilosophin, sondern auch Tantra-Priesterin.«

»Wow. Ein echtes Multitalent!«

»Das Leben bietet so viele Möglichkeiten, ich möchte möglichst viele nutzen. Schön, dass Sie gekommen sind. Wir haben nämlich einen akuten Männermangel und einen großen Frauenüberschuss. Treten Sie ein in unseren kleinen heiligen Tantra-Tempel!«

Frauenüberschuss klang wie Musik in meinen Ohren.

Ich betrat die »Rittergrotte«.

Der Raum war offenkundig für das Tantra-Seminar umgestaltet worden, denn mit einem konventionellen Tagungsraum hatte er keinerlei Ähnlichkeit mehr. Der Boden war mit Matratzen mit orangefarbenen Bezügen ausgelegt, mit ebenfalls orange bezogenen Kissen und Polstern übersät und mit roten und gelben Blütenblättern bestreut. Die Vorhänge waren zugezogen, lediglich einige Kerzen, die auf den Fenstersimsen standen, spendeten etwas schummriges Licht. Süßlicher Räucherduft lag in der Luft, und aus irgendeiner versteckten Box säuselte leise meditative Instrumentalmusik. Es war fast so warm in dem Raum wie in einer Sauna, sodass man sich am liebsten sofort ausgezogen hätte, und das war wahrscheinlich auch die Intention.

Ich ließ mich auf dem Matratzenlager nieder und sah mich um.

Was ich im Dämmerlicht erkennen konnte, war, dass sich ein gutes Dutzend an Personen im Raum befand.

Akuter Männermangel war nicht untertrieben. Alle Anwesenden waren Frauen. Soweit ich das erkennen konnte, hauptsächlich die Junge-Mädels-Fraktion aus dem Allgäu.

Ich war der einzige Mann.

Ingo Groschen war nicht da, was ich sehr begrüßte.

Und auch das Männer-Trio glänzte durch Abwesenheit. Mensch, Jungs, so wird das aber nichts mit dem Aufreißen!

Wer sicherlich gern hier gewesen wäre, war Emil Bär. Aber der musste je unglücklicherweise in Frauenklamotten Ermittlungen durchführen …

Also ich und zwölf Damen. Jesus und seine zwölf Apostelinnen.

Wenn Tantra das war, was ich mir darunter vorstellte, konnte das eine nette kleine Orgie werden … So wie vor vier Jahren bei der Hieros-gamos-Zeremonie der Mariensekte von Lena Wiga auf dem Hohlen Stein bei Reutersbrunn, die ich leider nur aus der Ferne beobachten konnte.

Oder wie vor zwei Jahren beim Liebesfest der Pantera-Sekte in der Villa in der Nähe von Bingen, an dem ich teilnehmen durfte und wo ich durchaus meinen Spaß hatte – bis der Angriff der Vatikan-Killer dem Fest ein jähes Ende setzte.

Und leider wurde auch jetzt meinen Orgienträumen ein jähes Ende gesetzt, und meine schöne Jesus-und-seine-zwölf-Apostelinnen-Phantasie platzte wie eine Seifenblase.

Denn die Frauen im Raum standen plötzlich auf und gingen zum Ausgang.

Professorin Gnosichtios stellte sich ihnen in den Weg.

»Was ist los? Wieso geht ihr wieder?«

Eine sagte: »Das wird ja nix hier.«

Eine andere sagte: »So ist das doch blöd.«

Eine dritte brachte die entscheidende Erklärung: »Es sind ja überhaupt keine Jungs hier!«

Hey, und was bin ich?, wollte ich beinahe rufen. Aber ich ließ es bleiben, denn mit Jungs meinten sie sicher Männer in ihrem Alter. Twens. Damit konnte ich einfach nicht mehr dienen.

Die Gnosichtios machte noch einen Versuch, sie zum Bleiben zu bewegen.

»Aber das spielt doch keine Rolle. Tantra kann man mit jedem Menschen praktizieren, den man liebt, den man mag. Das Geschlecht spielt da keine Rolle. Außerdem geht es in diesem Seminar in erster Linie darum, Praktiken und Rituale zu erlernen, die ihr dann zu Hause mit euren männlichen Partnern umsetzen könnt.«

Eine weitere sagte: »Wir haben heute schon genug gelernt. Wir wollen jetzt noch ein bisschen Spaß haben. Ohne Jungs macht Tantra aber keinen Spaß.«

Und sie drückten Professorin Gnosichtios zur Seite und zogen ab.

Ich hörte, wie ihnen die Tantra-Priesterin ein paar böse Bemerkungen hinterherzischte: Sie seien ja noch völlig unreif, mit so einer Einstellung werde das nix werden mit der Magdalenenbewegung, sie seien ja doch nicht besser als alle anderen Frauen, die sich von den Männern abhängig machten, und sie seien nicht würdig, Maria-Magdalena-Jüngerinnen zu sein.

Aber es nutzte nichts, die Mädels kehrten nicht zurück.

Ich seufzte, stand auf und ging ebenfalls zum Ausgang.

Frau Gnosichtios sah mich erstaunt an.

»Wollen Sie etwa auch gehen?«

Ich nickte.

»Wenn ich der einzige Teilnehmer bin, macht das Seminar ja wohl wenig Sinn.«

»Aber Sie sind doch nicht der einzige. In dieser Zweier-Konstellation wäre es sogar perfekt und eigentlich besser als mit einer großen Gruppe. Wir könnten eine wunderbare Paar-Zeremonie durchführen!«

Einen Moment lang dachte ich, sie hätte sich selbst im Sinn, doch dann folgte ich ihrem Blick in den Raum und sah, dass eine Frau darin geblieben war.

Bevor ich etwas erwidern konnte, packte sie mich an der Schulter, schob mich zurück in die »Rittergrotte« und schloss die Tür hinter uns.

»Das ist wunderbar, dass Sie sich auf diese Erfahrung einlassen. Solche Männer brauchen wir für das Magdalenentum!«

Sie führte mich zur Mitte des Matratzenlagers, wo die verbliebene Frau saß.

Jetzt konnte ich sie genauer erkennen.

Sie war jünger als ich, aber um einiges älter als die jungen Hühner, die getürmt waren. Sie war klein, zierlich, hatte glatte, halblange schwarze Haare und sanfte, freundliche Gesichtszüge.

Eine Süße. Ein Schnuckelchen. Ein Sahneschnittchen.

Ich verwarf meinen Plan, doch noch die Flucht zu ergreifen, und ließ mich ihr gegenüber nieder.

Die Gnosichtios setzte sich mittig neben uns.

»Kennt ihr euch?«

Wir schüttelten beide den Kopf.

»Das macht nichts. Ganz im Gegenteil, das ist sehr gut, eine ideale Voraussetzung für unser kleines Seminar. Es geht im Tantra um die Verbindung mit dem Göttlichen, und die kann man im Prinzip mit jedem Menschen erreichen. Die Körper jeder Frau und jedes Mannes sind Tempel, in denen man dem Göttlichen begegnen kann. Dazu muss man einander nicht kennen, und man muss sich auch nicht lieben. Erotik ist immer gut, und wenn sich später daraus Liebe entwickelt, ist das schön, aber es ist kein Muss, keine Bedingung.«

Sie legte ihre linke Hand auf die Schulter der Frau und ihre rechte Hand auf meine Schulter.

»Ihr kennt euch nicht, kennt nicht den Namen eures Gegenübers, und dabei wollen wir es belassen. Ich möchte nämlich, dass ihr während der gleich folgenden Zeremonie schweigt und kein Wort sprecht, sondern euch ganz auf das Fühlen und das

Spüren konzentriert. Ich kenne eure Namen ebenfalls nicht. Ich könnte dich, Frau, Shakti oder Maria Magdalena nennen, denn du bist in dieser Zeremonie die Braut, du verkörperst den weiblichen Part der Göttlichkeit. Und ich könnte dich, Mann, Shiva oder Jesus Christus nennen, denn du bist in dieser Zeremonie der Bräutigam, du verkörperst den männlichen Part der Göttlichkeit.«

Sie drückte die Schulter der Frau.

»Aber ich will euch individuellere Symbol-Namen geben. Und deswegen will ich dich, Frau, die ›Rose‹ nennen und als dein Symbol eine Rosenblüte an deine Seite legen.«

Sie griff mit der linken Hand hinter sich, zog eine Rose hervor und legte sie neben die Frau.

Dann drückte sie meine Schulter.

»Und ich will dich, Mann, den ›Lotos‹ nennen und als dein Symbol eine Lotosblüte an deine Seite legen.«

Sie griff mit der rechten Hand hinter sich, zog eine Lotosblüte hervor und legte sie neben mich.

»Seid ihr mit alldem einverstanden?«

Die Rose und ich sahen uns schüchtern an und nickten.

Die Gnosichtios war zufrieden.

»Sehr schön. Ich werde euch beide jetzt Schritt für Schritt anleiten, wie man ein Maria-Magdalena-Tantra-Paar-Ritual durchführt. Wie ihr aus dem Buch ›Maria Magdalena – die ultimative Wahrheit‹ wisst, war Maria Magdalena eine Magierin, die auch im Tantra bewandert war und zusammen mit ihrem Partner Jesus tantrische Rituale praktizierte. Leider sind uns über diese Rituale nur wenige Andeutungen erhalten geblieben. Aber ich habe auf der Grundlage dieser Andeutungen ein Ritual entwickelt, das den Geist des Maria-Magdalena-Tantras atmet und sicherlich dem Liebesspiel von Maria Magdalena und Jesus maximal nahekommt.«

Sie machte eine kurze Pause, bevor sie fortfuhr.

»Dem Maria-Magdalena-Tantra-Paar-Ritual, das ich entwickelt habe und in das ich euch gleich einweihen werde, habe ich den Namen ›Fromme Sünde‹ gegeben. Bevor wir beginnen, möchte ich euch diesen Begriff noch kurz näher erläutern. ›Fromme Sünde‹ ist im Prinzip nichts anderes als eine Metapher für Sex. Allerdings für eine besondere Form der Sexualität. Nämlich für die Form von Sexualität, wie sie im Tantra gelehrt wird und wie sie auch Maria Magdalena und Jesus praktiziert und propagiert haben – eine Sexualität, die keine plumpe Triebbefriedigung und kein ausschließliches Fortpflanzungsmittel ist, sondern ein religiöses Sakrament, und zwar das einzig wahre Sakrament und der einzig wahre Weg, eine Verbindung mit dem Transzendenten, mit dem Göttlichen herzustellen. Indem wir den Körper des oder der Geliebten als einen heiligen Tempel betrachten, in dem wir durch die magische und mystische Zeremonie der erotischen Verehrung und Verwöhnung die göttliche Energie erwecken können, die jedem Menschen innewohnt.«

Die Rose und ich sahen einander tief in die Augen, als versuchten wir zu ergründen, was da auf uns zukam und ob wir dafür bereit waren.

»Maria Magdalena und Jesus haben die Tantra-Philosophie in ihre Religion der Liebe integriert und eine spirituelle Sexualität entwickelt und gelebt. Ein Synonym für spirituell ist ›fromm‹, und Sexualität wird oft immer noch mit ›Sünde‹ gleichgesetzt. Deshalb heißt das Maria-Magdalena-Tantra-Paar-Ritual ›Fromme Sünde‹. ›Fromme Sünde‹ ist eine Chiffre für spirituellen Sex.«

Die Professorin, die zur Tantra-Priesterin mutiert war, legte wieder ihre Hände auf unsere Schultern.

»Und jetzt werde ich euch anleiten, die ›Fromme Sünde‹ zu begehen. Seid ihr bereit, Rose und Lotos?«

Die Rose und ich nickten andächtig.

Die Gnosichtios ließ unsere Schultern los und forderte uns auf, uns bis auf unsere Unterwäsche auszuziehen.

Wir taten es.

Dann forderte sie uns auf, uns im Schneidersitz hinzusetzen und möglichst nahe aneinanderzurücken.

Wir taten auch das und saßen uns nun im Schneidersitz gegenüber, und zwar so, dass unsere Beine und Füße einander tangierten.

»Das ›Fromme Sünde‹-Ritual besteht aus sieben Stufen. Die erste Stufe ist das Meditieren.«

Die Gnosichtios forderte uns auf, die Augen zu schließen, unseren Geist zu befreien, alles Negative und alles Vergangene und Zukünftige aus unseren Gedanken zu verbannen und uns ganz auf das Hier und Jetzt zu fokussieren. Wir sollten in unseren eigenen Körper hineinhören, wir sollten uns die grenzenlose Liebe der Maria Magdalena bewusst machen, und wir sollten uns auf unseren Ritualpartner konzentrieren, eine innere Verbundenheit mit ihm herstellen und uns auf die liebevolle Begegnung mit ihm freuen.

Ich schloss meine Augen und versuchte, die Anweisung umzusetzen. Es gelang mir nur bedingt, zu aufregend und ungewohnt war dieses ganz besondere Blind Date.

»Die zweite Stufe ist das Atmen.«

Die Gnosichtios forderte uns auf, unsere Augen weiter geschlossen zu lassen und einige Minuten lang ganz tief ein- und auszuatmen, da Atmen die elementarste Lebensfunktion und bewusstes Atmen der Schlüssel für Ausgeglichenheit und Harmonie von Körper, Seele und Geist sei. Und sie forderte uns auf, uns dabei langsam so nahe zu kommen, dass wir den Ausatemstrom des anderen auf unseren Wangen spürten oder ihn einatmeten und so den Lebenshauch des anderen in uns aufnahmen.

Ich machte tiefe Atemzüge und beugte meinen Oberkörper langsam nach vorn. Und tatsächlich, nach kurzer Zeit spürte ich den Luftstrom der Rose auf meiner Haut. Das war tatsächlich erregend. Es war eine erotische Erfahrung, die ich in dieser Form noch nie gemacht hatte.

»Die dritte Stufe ist das Berühren.«

Die Gnosichtios forderte uns auf, die Augen wieder zu öffnen, einander anzusehen, intensive Blicke auszutauschen und uns dann gegenseitig mit den Händen zu berühren – zunächst nur ganz kurz, sozusagen nur kurz mit den Fingerspitzen antippen, und zunächst auch nur die Hände und das Gesicht; und dann sollten wir die Berührungen steigern, die Handflächen benutzen, die Hände länger auf der Haut verweilen lassen, in andere Körperregionen vordringen.

Und die Rose und ich ließen erst unsere Fingerspitzen über einander wandern, dann unsere Hände, und am Ende dieser Stufe streichelten wir einander, überall, den Kopf, den Oberkörper, die Extremitäten.

Allein das war schon so sinnlich, dass ich eine Erektion bekam.

»Die vierte Stufe ist das Salben.«

Die Gnosichtios reichte uns eine Schale mit Wasser und forderte uns auf, unsere Finger einzutauchen und uns symbolisch gegenseitig die Füße und das Gesicht zu waschen. Dann reichte sie uns ein Handtuch und forderte uns auf, uns die Füße und das Gesicht abzutrocknen. Und schließlich reichte sie uns ein Gefäß mit wohlriechendem Öl und forderte uns auf, uns gegenseitig Öl auf die Füße und auf das Haupt zu träufeln und uns damit zu salben, so wie Maria Magdalena ihren Geliebten Jesus gesalbt und ihn damit zum Christus, zum Gesalbten, gemacht hatte.

Und die Rose und ich befeuchteten unsere Finger, benetzten uns gegenseitig die Füße und das Gesicht, trockneten uns ab und gossen uns das duftende Öl auf die Füße und auf das Gesicht.

Ich hatte das Gefühl, dass wir gar kein Wasser zum Befeuchten benötigt hätten, denn wir wurden beide auch so immer feuchter …

»Die fünfte Stufe ist das Massieren.«

Die Gnosichtios forderte uns auf, uns nun großzügig aus dem Salbgefäß zu bedienen, unsere Körper komplett mit Öl zu bedecken, unseren Händen freien Lauf zu lassen, all unsere Liebe über unsere Finger fließen zu lassen und uns gegenseitig zärtlich und ausgiebig zu massieren.

Und die Rose und ich glitschten uns von oben bis unten mit Öl ein und verstrichen es mit unseren Händen auf unserer Haut. Unsere Hände waren überall, ihre auf meiner Brust, meine auf ihren Schenkeln, ihre auf meinen Armen, meine auf ihrem Hals, wir konnten im wahrsten Sinne des Wortes nicht mehr die Finger voneinander lassen.

Das war einfach nur geil …

»Die sechste Stufe ist das Küssen.«

Die Gnosichtios forderte uns auf, uns zu küssen.

Und die Rose und ich küssten uns – lange, ausgiebig, mal nur auf die Hand, auf die Wange und auf den Hals, mal auf den Mund, mal nur oberflächlich mit den Lippen, mal tief mit den Zungen, mal langsam und sanft, mal leidenschaftlich und wild.

Es gab nun keine Schüchternheit und keine Fremdheit mehr zwischen uns, wir waren einander vertraut, wir kannten uns, wir begehrten uns, wir gaben uns einander hin, ohne Scheu und ohne Grenzen, wir hatten uns beim Küssen in eine innige Umarmung begeben, unsere Körper verschmolzen miteinander.

Das war ein gutes Stichwort.

»Und die siebte und letzte Stufe ist das Verschmelzen.«

Die Gnosichtios forderte uns auf, uns jetzt auch unserer Unterwäsche zu entledigen und mit Yoni und Lingam die »Fromme Sünde« in Vollendung zu vollziehen.

Die Rose und ich waren uns zunächst nicht ganz sicher, was mit Yoni und Lingam gemeint war.

Aber nachdem wir uns nackt gemacht und es herausgefunden hatten, hatten wir viel Freude daran, unter Einbeziehung von Yoni und Lingam die »Fromme Sünde« in vollem Umfang und mit aller Konsequenz zu begehen …

74 Bär entsichert

Die Knarre lag mir schwer im Magen.

Ich hatte sie in der rechten Tasche meiner schicken Walbusch-Geländejacke verstaut. Die junge Marke für den älteren Herrn.

Schaute aus wie ein Großwildjäger im Tiergarten.
Meine Damengarderobe war in meinem Hotelzimmer.
Philipp hatte mir gezeigt, wie man das Ding entsichert.
Ich hatte ihn gefragt, wie man die Munition rausnimmt.
Ich schaute mich in der Abenddämmerung um.
Ging an die Klostermauer, nahm die Munition raus.
Legte sie ins Gras, an die Mauer.
Zum Wiederabholen.
Falls ich überhaupt zurückkam.
Hatte mal gelesen, es sei gefährlich, eine Pistole zu tragen, vor allem für Amateure.
Gävin, der Doppelschranktyp, brauchte sie mir nur aus der Hand zu schlagen, sie auf mich zu richten und abzudrücken.
Meine Knie waren so weich wie vor fünfzig Jahren, als ich mit meinen achtzehn Jahren zum ersten Mal ins Puff ging.
Seither wenig Übung darin gehabt.
Puffmäßig der absolute Anfänger. Spätberufen.
Und der Auftritt auf dem Sexparkplatz in Garmisch war auch nicht gerade der Brüller gewesen.
Ich näherte mich wie ein frommer Spaziergänger der Stelle hinter den Bäumen, wo wir gestern das Magda-Mobil ausgemacht hatten.
Die Wohnwagentür öffnete sich, ein Mensch trat heraus, sah aus wie ein Rentner.
Er knüpfte sich das Hosentürl zu.
Kam mir entgegen, tat, als tät er spazieren gehen.
Ich auch.
Ich sagte: »Grüß Gott, waren S' noch bei der Abendandacht?«
Er schaute mich erschrocken an, wurde rot, ging wortlos weiter, schneller.
Vielleicht zum Beichten.
Das Magda-Mobil war also noch in Betrieb.
Altenseelsorge.
Wie sollte ich mich nähern?
Wer war da drin?

Der Zuhälter mit der sächsischen Schnalle, wie vor Kurzem in Greggenhofen und auf dem Parkplatz in Garmisch?

Ich drückte mich einmal um das rollende Puff herum.

Stieg auf einen dürren Zweig.

Meine Winnetou-Fähigkeiten waren nicht mehr auf dem neuesten Stand.

Die Tür zum Wohnwagen ging auf.

»Jemand hier?«

Jetzt geht's los, dachte ich. Point of no return.

Die Stimme gehörte einem Typen. Er passte kaum durch die Wohnwagentür.

Ich sagte: »Ich hab gehört, hier gibt's so einen Wellness-Wagen, und wollt schauen, ob Sie aufhaben, wegen meiner Wellness.«

»Erzähl kein Quatsch, Opa. Hier gibt's Sex. Haste Bock?«

Das Gegenteil hatte ich. Schiss.

Ich sagte: »Da bin ich ja genau richtig.«

»Dann komm rein, wir machen die Formalitäten, dann kannste loslegen.«

Er hielt mir die Tür auf, wenigstens einen Rest von Anstand schien er zu haben. Ich griff von außen noch mal an meine Jackentasche. Es fühlte sich hart an.

Die Knarre.

Im Hintergrund saß auf dem Bett eine Blondine und rauchte.

In einen knallroten Bademantel gehüllt.

»Vorkasse«, sagte der Typ.

»Für was?«

»Das ist mir wurscht, was du mit der Nicole machst. Es macht in jedem Fall hundert Euro!«

»Hundert … aber letztes Mal …«

Ich biss mir auf die Zunge.

Er erklärte: »Hundert Euro ist die Pauschale. All you can fuck.«

»Aber wenn ich nur eine Rückenmassage will?«

»Dein Problem!«

Er hielt seine Hand auf.

Ich fingerte in meiner Brusttasche nach Scheinen, sagte zu ihm: »Ahh … und Sie, bleiben Sie dann hier, wenn wir …? Ich kann nämlich nicht in Gegenwart …«

»Keine Angst, Opa. Ich verzieh mich, wenn du gezahlt hast.«

Er fügte hinzu: »In Rufweite!«

Ich fischte einen Hunderter heraus, er nahm ihn, schaute, ob er echt war.

Dann weiteten sich seine Augen.

Er schaute nämlich in meine Knarre.

Ich sagte: »Inspektor Bär von der Sitte. Und Steuer dazu. Gib mir den Schein und schwing dich, sonst war das dein letztes Geschäft.«

Er zitterte mir den Schein entgegen.

Ich entsicherte die Knarre.

Er drehte ab, stürzte aus der Tür, verschwand mit einem Sprint in der Dämmerung.

Ich machte die Tür zu, sperrte ab.

Der Dame war die Zigarette aus dem Mund gefallen.

»So, Nicole, nimm deine Zigarette wieder in den Mund, sonst brauchen wir hier noch die Feuerwehr. Wäre schlecht fürs Geschäft.«

Sie nahm die Zigarette, drückte sie in einem Aschenbecher aus, schaute mich an, schräg.

Ich hielt meine Pistole auf sie gerichtet.

Sie sagte: »Ich find Männer mit Knarre unheimlich geil, aber nicht, wenn die Knarre auf mich gerichtet ist.«

Ich richtete die Knarre auf den Fußboden.

»Was kann ich für dich tun, Süßer?«

»Ich bin dienstlich hier. Ich will dich singen hören.«

»Vorher, während oder nachher?«

Ich sagte: »Anstatt!«

Sie schaute wieder, sagte: »Irgendwo hab ich dich schon mal gesehen.«

Ich sagte: »Gedächtnis wie ein Elefant, Nicole.«

Sie lächelte geschmeichelt.

»Und ich sag dir auch, wo: in Greggenhofen und auf dem Parkplatz in Garmisch.«

»Ahhh! Ja … der nette Alte.«

»Und der nette Alte will jetzt wissen, was ihr mit eurem mobilen Puff getrieben habt. Jedes Mal, wenn eine Gruppe von jungen Frauen Maiandacht hatten oder sonst einen Event, war dieses Magda-Mobil da. Warum?«

»Wir wollten halt Geschäft machen!«

»Wenn du mir nicht gleich die Wahrheit sagst, gehörst du der Polizei. Und dein Typ auch.«

»Ich weiß kaum was.«

»Sag, was du weißt!«

»Das hat der Gävin immer verhandelt. Er hat immer gesagt: Nicole, wir haben wieder einen mobilen Einsatz. Richt den Wagen her, es gibt viel zu tun …«

»Ja, weiter?«

»Wir sind dann da hingefahren, wo die Mädchen immer gesungen und religiöses Zeug gemacht haben … und haben danach das Gelände vermint mit Schnaps, Kondomen, Joints … Es sollte nach einer Orgie aussehen. Und ich sollte wie eine Nutte aussehen … mobiles Puff eben.«

»Nur aussehen?«

»Na ja, wenn dann mal wirklich einer vorbeigekommen ist, meist ältere Typen, hab ich denen den Gefallen getan … und mir ein bisschen Taschengeld verdient.«

»Und wer hat verlangt, dass ihr das macht?«

»Gävin sagt, es waren irgendwelche Typen … Er hatte einen komischen Namen dafür …«

Sie dachte nach.

»Ach ja, jetzt fällt's mir wieder ein: die ›Tempel-Deppen‹ hat er sie immer genannt. Sie haben ihm gesagt, wo der Einsatz ist. Bei der romantischen Garde. Keine Ahnung, was sie damit meinten. Gävin wusste das. Und sie haben gut bezahlt, außerdem hatten sie auch Knarren …«

Sie schaute auf meine.

»Und wir durften nichts der Polizei sagen, sonst, haben sie gesagt, kommen die Knarren zum Einsatz.«

Sie schwieg.

Ich schwieg.

Wartete auf mehr.

Sie fing an zu schluchzen.

»Was heulst denn?«, fragte ich.

Ich kann keine heulenden Weiber sehen.

Sie sagte weinerlich: »Und jetzt gehst du zur Polizei, und das Ganze fliegt in die Luft … und ich verlier meinen Job … und steh auf der Straße … arbeitslos.«

Ich sagte, was ich am besten kann: nichts.

Sie schien eine Idee zu haben. Sie erhob sich, hörte auf zu heulen, strahlte mich an, sagte: »Ich mach alles, was du willst, sooft du willst, wenn du mich nicht bei der Polizei verpfeifst. Umsonst.«

Ich schluckte. Solche Angebote kommen selten in meinem Alter.

Sie ließ ihren Bademantel zu Boden rutschen.

Siebzehn Jahr, blondes Haar, so stand sie vor mir …

Ich schaute ernst, sagte: »Ich bin dienstlich hier.«

Sie lachte: »Ich auch.«

Sie ließ sich in ihrem Geburtstagskleid lasziv auf dem Bett nieder, hauchte: »Komm in meine Liebeslaube.«

Ich sagte, amtlich: »Ich brauch Bedenkzeit!«

»Hör auf zu denken, Denken und Sex passt nicht zusammen.«

Sie räkelte sich auf dem Bett mit der roten Bettwäsche, begann an ihrem Liebesgärtchen herumzufummeln, hauchte: »Alles bereit!«

Ich legte den Hunderter auf den Tisch.

Machte mich bereit.

War noch unentschlossen, wozu.

75 Marlein und der manische Workshop

Als am Sonntag um kurz vor zehn Uhr augenscheinlich alle Kongressteilnehmer vollzählig in den Tagungsraum »Ludwig der Bayer« eingetrudelt waren, war ich mir ziemlich sicher, dass ich mich getäuscht hatte.

Es würde keinen Angriff der Tempelritter geben. Sie hatten Klüngelbein ausgeschaltet und sich die für den Fortbestand der Kirche gefährlichen Manuskripte geschnappt, und damit war die Sache für sie erledigt. Dieser Kongress hier interessierte sie so viel, wie wenn in China ein Sack Reis umfiel.

Und was meine Hoffnung betraf, hier in Ettal Hinweise auf die Mörder von Klüngelbein zu erhalten: Von der Aufklärung des Klüngelbein-Mordes war ich so weit entfernt wie die Erde vom Saturn.

Oder täuschte ich mich in der Annahme, dass ich mich täuschte?

Heute war das Finale des Kongresses – würden die Tempelritter vielleicht heute zum finalen Angriff blasen?

Ich tastete nach meiner Knarre in der Innentasche meiner Jacke.

Sie war nicht da.

Ich überlegte kurz – und dann fiel es mir ein: Ich hatte sie am Abend zuvor Emil gegeben.

Emil. Der war auch nicht da.

Von wegen vollzählig. Emil Bär fehlte.

War er das erste Opfer der Tempelritter geworden …?

War es ein Fehler gewesen, ihn allein zum Wohnwagen zu schicken?

Hatte ich meinen Blutsbruder im Stich gelassen – und hatte er sein Leben gelassen, während ich mich beim Tantra-Seminar vergnügt hatte?

Das Tantra-Seminar …

Die Rose und ich hatten die siebte Stufe des »Fromme Sünde«-Rituals ausgiebig zelebriert und uns hingebungsvoll geliebt, als hätten wir in erotischer Hinsicht eine lange Fastenzeit hinter uns gehabt und wären kurz vor dem Verhungern und dem Verdursten gewesen. Als wir endlich voneinander abließen, forderte uns unsere Lehrerin auf, uns anzuziehen, uns mit einer innigen Umarmung und einem liebevollen Kuss voneinander zu verabschieden und den Raum getrennt voneinander zu verlassen, erst die Rose, einige Minuten später ich.

Und so machten wir es auch.

Ich war auf mein Zimmer gegangen, todmüde in mein Bett gefallen und sofort eingeschlafen.

Mein letzter Gedanke vor dem Einschlafen war gewesen: Ich hatte eine total innige, intime, intensive, erotische und sinnliche Begegnung mit einer Frau gehabt, deren Namen ich nicht einmal kannte – und mit der ich kein einziges Wort gesprochen hatte …

Als ich den Konferenzraum betreten hatte, hatte ich natürlich sofort Ausschau gehalten nach der süßen kleinen zierlichen Schwarzhaarigen, nach meiner namenlosen Rose. Ich hatte sie auch entdeckt, sie saß ziemlich weit vorn. Sie wandte sich kurz um, als ich den Raum betrat, und ich hatte das Gefühl, als hätte sie mir zugezwinkert, aber es konnte auch gut sein, dass ich mich getäuscht hatte.

Ich unterdrückte den Impuls, zu ihr hinzugehen, sie anzusprechen.

Nicht sentimental werden, Marlein.

Wie hatte die Gnosichtios gesagt: Erotik war immer gut, es musste nicht gleich Liebe sein, und man musste sich nicht kennen und nicht kennenlernen, um ein schönes Tantra-Ritual miteinander zu zelebrieren und es zu genießen.

Andererseits: Es war auch nicht verboten, sich danach näher kennenzulernen, und die Gnosichtios hatte auch gesagt, wenn dann Liebe daraus wird, umso besser.

Die widerstrebenden Gefühle in mir einigten sich auf einen Kompromiss: Ich würde sie ansprechen, meine kleine Rose – aber nicht jetzt, nicht, solange Gefahr drohte, sondern am Ende des Kongresses, wenn alles vorbei war, wenn ich meinen Job erledigt hatte, wenn ich wieder Zeit und Muße hatte, mich um Privates zu kümmern.

Doch jetzt sollte ich mich erst einmal nicht um einen jungen süßen Schnuckelhasen sorgen, sondern um eine alte verhärmte Bauersfrau.

Gerade als ich mir richtig Sorgen zu machen begann, weil diese Bauersfrau immer noch nicht aufgetaucht war, betrat Emil Bär Punkt zehn Uhr den Tagungsraum und setzte sich auf den hintersten Stuhl.

Ich war erleichtert!

Emil Bär war am Leben und unversehrt.

Allerdings schien er eine harte Nacht hinter sich zu haben.

Er war nicht nur verkleidet wie eine uralte Frau, heute Morgen sah er auch so aus …

Ich musste ihn später unbedingt befragen, wie sein Wohnwagen-Einsatz verlaufen war.

Jetzt war allerdings erst einmal keine Gelegenheit dazu, denn Frau Sternvogel, die den Workshop »Das Magdalenentum – Entwurf einer neuen Religion« offenbar leitete, trat ans Rednerpult.

Wie um meine Zweifel an einem friedlichen Kongressende zu zerstreuen, präsentierte sie sich völlig euphorisiert – und steckte damit die ganze Gruppe an. Die Traurigkeit und Niedergeschlagenheit, die noch am Freitagabend nach der Botschaft vom Tod Klüngelbeins um sich gegriffen hatte, war wie ausgelöscht und weggefegt. Es herrschte jetzt die manische Aufbruchsstimmung einer Sekte, die sich sicher war, dass sie sich auf dem unaufhaltsamen Weg zur Weltherrschaft befand.

Angefacht wurde diese Stimmung von Frau Sternvogel, die eine mitreißende Brandrede hielt, in der sie dazu aufrief, den Appell von Klüngelbein in »Maria Magdalena – die ultimative Wahrheit« zu befolgen, das Gebäude des bisherigen patriarchalen Christentums niederzureißen und stattdessen das »magdalenische Christentum« zu erschaffen und zu verbreiten.

Und sie forderte die Kongressteilnehmer dazu auf, in Anlehnung an den geplanten Teil C in »Die Maria-Magdalena-Revolution – vom Christentum zum Magdalenentum« im abschließenden Workshop zu erarbeiten, wie dieses Magdalenentum konkret aussehen könnte.

Und dann passierte, was grundsätzlich in jedem Workshop passiert: Es wurden Arbeitsgruppen zu bestimmten Themen gebildet, die Arbeitsgruppen kritzelten die bereitgestellten Flipcharts voll, und am Ende präsentierten die Arbeitsgruppen ihre Ergebnisse.

Das erinnerte mich an den alten Spruch: »Und wenn man nicht mehr weiter weiß, dann macht man einen Arbeitskreis.«

Doch die Maria-Magdalena-Fans waren derart manisch und euphorisiert, dass sie mit Feuereifer daran gingen, sich ihre neue Religion zu basteln.

Und so wurden am Ende des knapp zweistündigen Workshops ambitionierte Vorschläge vorgestellt.

Eine Gruppe präsentierte die neue Theologie:

Statt einer göttlichen Dreifaltigkeit gibt es ein göttliches Paar, eine kosmische Dualität, repräsentiert durch das archetypische Brautpaar Jesus und Maria Magdalena, in dem sich das Männliche und das Weibliche vereint und zu einem einzigen höchsten Wesen verschmilzt.

Eine Gruppe präsentierte die neue Mythologie:

Es gab viele mythische Vorbilder für das göttliche Paar: Ischtar und Tammuz, Baal und Astarte, Isis und Osiris, Kybele und Attis, Venus und Adonis, Shiva und Shakti. Die Legende vom Heiligen Gral erzählt von der Suche nach dem verlorenen weiblichen Prinzip und der Wiederentdeckung des Göttlich-Weiblichen in der Rückkehr der Braut Jesu, Maria Magdalena, und ihr Schoß ist der wahre Gralskelch, das wahre Gefäß, in dem sich Jesu Blut befindet – nämlich in Gestalt seines mit Maria Magdalena gezeugten Kindes.

Eine Gruppe präsentierte die neue Ethik:

Sexualität muss enttabuisiert werden und darf nicht länger als sündig gelten. Religion und Sexualität müssen wiedervereint werden, sexuelles Vergnügen und spirituelles Suchen dürfen sich nicht mehr ausschließen, Liebestempel und Gotteshäuser müssen wieder unter einem Dach vereint sein. Sexualität ist die höchste Form der Spiritualität.

Eine Gruppe präsentierte die neue Politik:

ALLE Ämter in der Kirche müssen Männern UND Frauen offenstehen, Frauen können Priesterinnen werden, Frauen gehören in Führungspositionen, und auch eine Frau kann Päpstin (also Oberhaupt der Kirche) werden.

Eine Gruppe präsentierte die neuen Gebote und Gebete, zum Beispiel ein neues Ave Maria:

Ave Maria Magdalena
Gegrüßet seist du, Maria Magdalena, voll der Gnade,
der Herr Jesus ist dein Bräutigam.
Du bist gebenedeit unter den Frauen, und gebenedeit ist die Frucht deines Leibes, dein Kind mit Jesus.
Heilige Maria Magdalena, Braut Jesu,
bitte für uns Sünder,
jetzt und in der Stunde unsere Todes.
Amen.

Und eine Gruppe präsentierte die neuen Wallfahrtskirchen und Kultorte. In dieser Gruppe war ich gelandet (die Rose leider nicht …), und dank meiner Teilnahme an Klüngelbeins Recherchetour konnte ich hier mit beeindruckendem Fachwissen glänzen, sodass die Kirchen in Münnerstadt, Tiefenbronn, Ravensburg, Altötting und Nürnberg in den Top Ten landeten.

Nachdem die Ergebnisse vorgestellt worden waren, sprach Frau Sternvogel die Abschiedsworte.

»Meine lieben Schwestern und Brüder in Maria Magdalena! Mit den wundervollen Ideen dieses Workshops beenden wir diesen Kongress und kehren wieder zurück in unsere Alltagswelten. Dass das von unserem verstorbenen Meister Gerhard-Johann Klüngelbein und nun auch von uns geschaffene Magdalenentum aber nicht nur ein frommer Wunsch von uns wenigen, die wir uns hier in Ettal versammelt haben, bleiben wird, dafür wird unser Freund Ingo Groschen sorgen, der morgen über viele mediale Kanäle die ganze Welt über das Maria-Magdalena-Evangelium und über die neue Religion des Magdalenentums aufklären und informieren wird. Und dann werden wir sehr bald keine kleine unbedeutende Minderheit mehr sein, sondern die Speerspitze einer neuen Massenbewegung, die Führungselite der zukünftigen Weltreligion!«

Die Menge tobte, klatschte, trampelte, johlte, jubilierte, kreischte, triumphierte – es herrschte Manie, Euphorie, Ekstase, Raserei, Enthusiasmus, Überschwang.

Es dauerte eine ganze Weile, bis die Maria-Magdalena-Meute wieder einigermaßen runterkam von ihrem Trip und Frau Sternvogel ihren abschließenden Satz aussprechen konnte.

»All denen, die uns jetzt verlassen und die Heimreise antreten, wünsche ich eine gute Fahrt und Maria Magdalenas Segen. Und alle anderen lade ich ganz herzlich ein, um vierzehn Uhr als Einstimmung auf unseren Aufbruch zu einer neuen religiösen Weltordnung an einer von mir geleiteten Maria-Magdalena-Meditations-Bergwanderung teilzunehmen!«

76 Bär leiht

Die Gruppe der letzten Getreuen stand unter dem Wanderwegweiser »Ettaler Mandl«. Sie warteten wohl auf mich.

Ich hatte mich wieder in mein Oma-Outfit geworfen, mit Kopftuch, Schminke, Strumpfhose, Büstenhalter.

Mein Rollator wartete im Hotelzimmer. Er hatte keine Bergbereifung.

Stattdessen hatte ich mir von der Garderobe des Hotels einen Gehstock »ausgeliehen«. Den schönsten. Mit Hirschhornknauf.

In der andern Hand hielt ich eine Aldi-Tüte.

Philipp Marlein eilte mir entgegen.

»Pressiert's denn so?«, fragte ich.

»Ja, mir pressiert's. Ich will wissen, wie dein Ausflug ins Magda-Mobil gestern war … Schnell!«

»Ich bin noch am Leben«, sagte ich.

»Das seh ich. Fass dich kurz!«

»Ich bin doch nicht beim Telefonieren. *Fasse dich kurz!*«

Er tat so, als stützte er mich.

Zur Tarnung.

Ich hielt ihm die Aldi-Tüte hin, sagte: »Hier, da hast du die Artillerie zurück!«

Er schaute in die Tüte.

»Was soll das, habt ihr Murmeln gespielt mit den Patronen?«

»Nein, ich hab die Munition raus.«

»Warum? Das war doch wahnsinnig gefährlich!«

»Noch gefährlicher wär es gewesen, wenn ich sie dringelassen hätt. Dann hätt mich der Typ erschießen können.«

Ich lachte: »Aber das war so ein Hosenscheißer, sobald der das Ding gesehen hat, ist er auf und davon.«

»Und dann?«

»Dann hat sie mir gebeichtet, die Nicole. Sie hat furchtbar Schiss gehabt, dass ich sie bei der Polizei verpfeif … Sie hat gesungen!«

»Was? Schnell!«

»Die Magdalenenmädchen hatten wirklich nichts mit dem mobilen Puff und den Orgien zu tun. Der Zuhälter und die Sachsenschnecke waren gekauft. Sie mussten überall hinfahren, wo die Mädchen sich trafen, und dann spielten sie Puff, manchmal kam tatsächlich ein Mannsbild, und die Dame verdiente sich ein Taschengeld dazu. Wenn keiner kam, musste ihr Typ so tun, als wär er ein Freier, damit die Leut was gesehen haben. Und dann dekorierten sie die Kirche oder was auch immer so, dass es nach Orgie ausschaute, und haben die Polizei verständigt und sich aus dem Staub gemacht.«

»Von wem gekauft?«

Philipp redete in Steno. Er war unter Strom.

»Weiß ich nicht genau. Die Kleine wusste nur was von ›Tempel-Deppen‹.«

»Tempel-Deppen?«

»Ja, Tempel-Deppen.«

Philipp blieb für einen Schritt stehen. Dachte.

Multitasking war nicht sein Ding.

»Mir dämmert was!«

»Mir nicht!«

»Ich sag's dir später. War das alles im Mobil?«

»Nein. Aber der Rest ist nicht jugendfrei. Ich sag's dir später. Vielleicht …«

Er stellte sich hinter mich, packte die Patronen in die Pistole, steckte sie ein.

Wir machten die letzten Schritte auf die Wandergruppe zu.

Frau Sternvogel grüßte mich wohlwollend, die Allgäuer Mädchen gruppierten sich um mich, Käsi, Maja, Gitte, Gal und ein paar andere, ich kam mir vor wie ein vergreister Popstar. Ein paar Meter weg standen ein Mann – »Ingo Groschen, der Journalist!«, flüsterte mir Philipp zu – und drei weitere Typen, die ich nicht kannte.

Die Sternvogel blies zum Marsch, fragte mich kurz: »Werden Sie es denn schaffen, Oma?«

Ich sagte: »Kein Problem, ich bin das gewohnt vom Kühehüten.«

»Gut. Maja und Käsi, kümmert euch um eure Oma!«

Es war ein Befehl.

Die beiden nahmen mich zwischen sich.

Die Truppe setzte sich in Marsch.

Ich mit Maja und Käsi als Letzte, sie hakten sich unter.

77 Marlein und die geschlossenen Augen

Missmutig begann ich, den Berg hochzustapfen.

Auch wenn ich es mir nicht eingestehen wollte, aber ich war bitter enttäuscht.

Enttäuscht darüber, dass in der Wandergruppe eine Person fehlte, von der ich gehofft hatte, sie würde dabei sein.

Stattdessen gehörte meine Tantra-Partnerin – wie auch meine Tantra-Lehrerin, Frau Professor Gnosichtios – ganz offensichtlich zu denen, die direkt nach dem Workshop aus Ettal abgereist waren.

Ich hatte die kleine Schwarzhaarige nicht mehr gesehen.

Ich konnte sie also nicht mehr ansprechen.

Ich konnte mich nicht von ihr verabschieden.

Und ich hatte nicht einmal ihren Namen erfahren – den Namen der Rose.

Ich würde versuchen, das »Fromme Sünde«-Ritual einfach als ein wunderschönes Erlebnis in Erinnerung zu behalten – und die namenlose Rose ansonsten schnell wieder aus meinem Leben zu streichen.

Ich war mir nicht ganz sicher, ob mir das so einfach gelingen würde …

Was mir dabei helfen würde: mich auf meine Arbeit zu konzentrieren.

Auf den immer noch drohenden Angriff der Tempelritter.

Auf die Absicherung der Bergwanderung.

Und das tat ich.

Die Bergwanderung entpuppte sich als eine Art Kreuzweg – nur dass bei diesem nicht das Leiden unseres Herrn Jesus Christus im Mittelpunkt stand, sondern das Leben unserer Herrin Maria Magdalena.

Es gab beim Aufstieg zum Ettaler Mandl verschiedene Stationen, die darin bestanden, dass wir an bestimmten Stellen anhielten und Frau Sternvogel einen Text über Maria Magdalena vorlas, über den man dann auf dem Weg bis zur nächsten Station meditieren sollte.

Die Stationen dieses Maria-Magdalena-Meditationsweges folgten der Chronologie ihrer Biografie, wie sie Klüngelbein in »Maria Magdalena – die ultimative Wahrheit« beschrieben hatte: Geburt, Kindheit und Ausbildung zur Magierin und Tantra-Priesterin in Ägypten; Übersiedlung ins Heilige Land; Kennenlernen von Johannes dem Täufer und Jesus; Liaison mit Jesus und so weiter.

Die Texte, die Frau Sternvogel vorlas, waren stark esoterisch angehaucht und, soweit ich das auseinanderdröseln konnte, eine krude Mischung aus den Thesen Klüngelbeins, aus Zitaten und Textstellen aus den kanonischen und den apokryphen

Evangelien und aus persönlichen meditativen Ergüssen von Frau Sternvogel.

Es ging in den Meditationstexten um Weiblichkeit (»Maria Magdalena repräsentiert das weibliche Prinzip des Universums und erweckt die innere Frau in jedem von uns«), Göttlichkeit (»Maria Magdalena und Jesus sind die beiden Seiten der göttlichen Medaille«), Heiligkeit (»Maria Magdalena und Jesus haben die Heilige Hochzeit zelebriert, und Magdalenas Schoß war der Heilige Gral«), Körperlichkeit (»Maria Magdalena hat uns gezeigt, dass unser Körper der Tempel unserer Seele ist«), Spiritualität (»Maria Magdalena weist uns den Weg zu einer neuen Spiritualität«), Sexualität (»Maria Magdalena hat uns gelehrt, dass Sexualität die Eintrittspforte in ein höheres Bewusstsein ist«), Mysterien (»Maria Magdalena ist die Hüterin des weiblichen Mysterienweges«), Seelen (»Maria Magdalena und Jesus teilten sich eine gemeinsame Seele«), Liebe (»Maria Magdalena ist eine Ikone der Liebe – jeder Einzelne von uns wird unendlich geliebt von ihr«) und Sünde (»Maria Magdalena wurde als Prostituierte und als Sünderin verleugnet und diffamiert, doch wenn sie sich prostituierte, war sie eine göttliche Hure, und wenn sie sündigte, beging sie eine fromme Sünde«).

Allerdings hatte ich wenig Muße für die Maria-Magdalena-Meditation.

Genauso wenig Muße hatte ich leider auch für die grandiose Landschaft, die wundervolle Bergwelt und das tolle Alpenpanorama, das wir während unseres Aufstiegs erleben durften. Dem Gebirge-Fan Emil Bär hingegen ging sicherlich gerade einer ab unter seinen Frauenklamotten.

Ich konnte weder die Maria-Magdalena-Meditation noch das Naturerlebnis genießen, weil ich nun ganz auf einen möglichen Angriff der Neuen Tempelritter fokussiert war.

Wenn nicht jetzt, wann dann?

Wenn nicht jetzt, dann nie.

Und so hielt ich angespannt Ausschau nach bewaffneten Angreifern, und so erwartete ich hinter jeder neuen Wegkurve und hinter jeder neuen Felswand eine Attacke.

Doch meine Aufmerksamkeit ging in die komplett falsche Richtung.

Eines der Bibelzitate, die die Sternvogel in ihre Mediationen eingebaut hatte, lautete: *Du siehst den Splitter im Auge deines Bruders, aber den Balken in deinem Auge bemerkst du nicht.*

Das hätte mir eigentlich die Augen öffnen sollen.

Doch leider blieben sie geschlossen. Ich war mit Blindheit geschlagen.

Und deshalb suchte ich nach dem Splitter in der Ferne, statt den Balken in meiner unmittelbaren Nähe zu erkennen.

78 Bär klärt auf

»Mein Gott, ist das schön!«

Ich blieb stehen, holte meinen Flachmann vom Sigmund-Freud-Museum in Wien aus dem Büstenhalter, tat einen Zug, sagte: »Kinder, so mag ich Enzian am liebsten. In den Bergen. Auch einen Schluck?«

Käsi und Maja verzogen das Gesicht, als hätte ich ihnen Lebertran angeboten. Vielleicht grausten sie sich einfach auch nur davor, aus dem von mir angelutschten Flachmann zu trinken.

Maja hatte immer noch verheulte Augen.

Ich nahm sie mit Käsi in die Mitte, damit sie sich nicht von irgendwo runterstürzen konnte. Tauschte mit Käsi einen verstehenden Blick. Sie war zwar auf ihre Schwester sauer, weil sie von der falschen Fraktion kam, den romantischen Tussen, aber Schwester war Schwester, und Blut war dicker als Wasser, und vielleicht hatte die Käsi ja auch schon mal Liebeskummer gehabt.

Ich schwärmte: »Mit jedem Schritt aufwärts wird's schöner. Schauts: die Große Klammspitze ... der Laber ... die Notkarspitze ... der Brünstlkopf!«

Schwelgte weiter mit ausladender Geste: *»Du bist unsere Zuflucht für und für. Ehe denn die Berge wurden und die Erde* *und die Welt geschaffen, bist du, Gott, von Ewigkeit zu Ewigkeit.«*

»Ist das aus dem geheimen Evangelium der Maria Magdalena?«

Ich schüttelte den Kopf.

»Nein, die hatte mit Bergen nicht so viel am Hut. Das ist aus Psalm 90. Altes Testament. Früher glaubten die Leute, dass die Götter auf den Bergen wohnten. Darum stiegen sie nicht hinauf.«

»Gab's denn im Alten Testament keine Bergsteiger?«

»Nein, jedenfalls keine Rucksacktouristen. Nur Propheten und Gottesmänner durften rauf und den lieben Gott besuchen. Mose zum Beispiel. Oder Elia.«

»Aber heute glauben die Leut nimmer, dass ein Gott da droben auf dem Berg wohnt.«

»Nein, das kommt von der Aufklärung.«

»Wir sind auch aufgeklärt worden, von unserer Mama«, sagte Maja.

Käsi lachte: »War das peinlich. Aber sie hat nie was von Bergen und Gipfeln und Göttern gesagt.«

»Die Aufklärung war eine geistige Bewegung so ab 1700 … Da hat man der Vernunft mehr geglaubt als der Religion. Und die Vernunft sagt eben: Auf den Bergen sind keine Götter, und das haben sie bewiesen, indem sie hinaufgestiegen sind und nachgeschaut haben und keine gefunden haben. Keine Götter.«

»Und so ist wohl das Bergsteigen entstanden?«, fragte Käsi.

»Genau so«, sagte ich. »Aber wisst ihr, je höher man hinaufkommt, desto mehr kriegt man ein göttliches Gefühl … wie einen Rausch …«

»Einen Höhenrausch?«

»So ähnlich … nur schöner, spirituell … ›Näher, mein Gott, zu dir‹ … Unio mystica …«

Sie schauten mich an, als wäre ich übergeschnappt, ich hatte sie verloren.

Ich versuchte es noch mal: »Also … ungefähr so wie einen Orgasmus, versteht ihr?«

»Ah sooo, klar, warum hast denn das nicht gleich gesagt?«

Wir setzten unsere Tour fort, mit jedem Meter höher den Göttern näher, dem Höhepunkt näher, der Ewigkeit entgegen.

Keiner von uns dreien ahnte, wie nah wir der Ewigkeit innerhalb der nächsten Stunde kommen sollten.

79 Marlein und die drastischen Maßnahmen

Nach einer der Meditationen erklärte Frau Sternvogel, dass man nun eine kurze Rastpause einlegen würde.

Wir befanden uns auf einem kleinen Plateau, schon recht weit oben in der Gebirgswelt.

Ich setzte mich auf einen Felsblock und betrachtete die Szenerie.

Emil Bär ließ sich von seinen beiden jungen Damen umsorgen, als wären es seine Töchter.

Vielleicht waren sie es ja auch. Biologisch. Bei Emil wusste man nie.

Die anderen Mädels waren hauptsächlich damit beschäftigt, mit ihren Handykameras Bilder vom gigantischen Alpenpanorama aufzunehmen.

Ingo Groschen machte sich Notizen, wahrscheinlich für eine Reportage über die Schönheit der Berge.

Alles sehr idyllisch.

Doch dann sah ich etwas, das nicht ganz so idyllisch wirkte.

Einer vom Männer-Trio ging zu Frau Sternvogel und sprach sie an. Daraufhin gingen sie zu den beiden anderen Männern, die ein ganzes Stück entfernt standen, zwischen einer kleinen Baumgruppe.

Ich sah, dass es eine erregte Diskussion zwischen dem Trio und Frau Sternvogel gab. Frau Sternvogel gestikulierte wild und machte einen äußerst unglücklichen Eindruck.

Da stimmte irgendetwas nicht.

Ich erhob mich und ging auf die Vierer-Gruppe zu.

Als ich dort ankam, verstummte die Unterhaltung, und alle sahen mich fragend an.

»Entschuldigung, aber offenbar gibt es ein Problem. Ob ich vielleicht helfen kann?«

Der Blonde schüttelte den Kopf.

»Danke, aber es handelt sich um eine private Sache. Wir kommen schon zurecht.«

Ich blieb stehen.

Das verärgerte den Blonden.

»Ich sagte, es handelt sich um etwas Privates. Wenn Sie uns bitte wieder alleine lassen würden.«

Ich sah Frau Sternvogel an.

»Sind Sie sich sicher, dass Sie nicht doch meine Hilfe brauchen, Frau Sternvogel?«

Frau Sternvogel blickte mich aus großen, flehenden Bambi-Augen an. Der Blonde wurde jetzt richtig biestig.

»Ich habe mich wohl immer noch nicht deutlich genug ausgedrückt. Sie sollen verschwinden, Sie Idiot!«

Jetzt erst sah ich sie – die Knarre, die der Brünette in Richtung Frau Sternvogel gehalten hatte und mit der er jetzt auf mich zielte.

Ich schlug mir unwillkürlich gegen die Stirn.

»Mit dem Idioten haben Sie nicht so ganz unrecht. Ich bin wirklich ein Narr! Da warte ich die ganze Zeit, dass die Neuen Tempelritter hier auftauchen, dabei sind sie schon seit Beginn des Kongresses direkt vor meiner Nase. Mein Gott, wieso bin ich nicht schon viel eher darauf gekommen?«

Die drei Jungs guckten einander sichtlich irritiert an.

Schließlich fand der Rothaarige die Sprache wieder.

»Woher … woher wissen Sie …?«

»Von den Neuen Tempelrittern? Von Gerhard-Johann Klüngelbein. Ich habe für ihn gearbeitet. Ich bin Privatdetektiv, Philipp Marlein mein Name. Herr Klüngelbein hat mir von der Existenz dieses militanten kirchlichen Geheimbundes erzählt, und dass er von ihm bedroht worden sei. Komisch, ich hatte mir die Neuen Tempelritter immer anders vorgestellt, mit irgendeiner Uniform und mit Masken und so ’nem Scheiß, aber nicht wie drei Typen, die aussehen wie Bankangestellte vor ihrem ersten Arbeitstag. Wie habt ihr Jungs es geschafft, euch hier einzuschleusen? Ich denke, es haben nur handverlesene Klüngelbein-Jünger Karten für den Kongress bekommen?«

Der Rothaarige grinste.

»Wir haben drei echte männliche Klüngelbein-Fans, die Karten für den Kongress hatten, kurz nach ihrer Ankunft hier in Ettal abgefangen. Wir haben eine kleine Unterhaltung mit ihnen geführt und sie davon überzeugen können, dass sie uns ihre Karten und ihr Quartier überlassen und umgehend wieder abreisen. Und dass sie kein Wort irgendjemandem gegenüber verlieren über unsere kleine Unterhaltung.«

»Verstehe. Sie haben ihnen Gewalt angedroht. Und sie vielleicht ein bisschen gefoltert, um Ihren Worten Nachdruck zu verleihen.«

Der Blonde nickte anerkennend.

»Sie haben eine rasche Auffassungsgabe. Sie würden gut zu uns passen.«

Ich zog ein angewidertes Gesicht.

»Zu einer Bande von Verbrechern und Mördern? Nein danke! Aber was mich mal interessieren würde: Die Tempelritter sind ja offenbar ein Geheimbund der katholischen Kirche – und damit Diener Jesus Christi. Jesus hat Liebe und Frieden gepredigt, und Sie praktizieren Hass und Gewalt. Wie können Sie das denn miteinander vereinbaren?«

Bei unserer folgenden Unterhaltung antworteten mir der Blonde, der Brünette und der Rothaarige abwechselnd. Sie waren doch Drillinge – zumindest ideologisch.

»Das lässt sich sehr gut vereinbaren. Jesu Botschaft von Liebe und Frieden ist das höchste Gut der Menschheit. Und dieses Gut muss verteidigt werden, gegen das Böse, das Liebe und Frieden zerstören will. Und wir Neuen Tempelritter sind diese Verteidiger – die bereit sind, notfalls auch das Schwert einzusetzen.«

»Soso, Sie kämpfen also gegen das Böse! Und warum zum

Teufel setzen Sie dann das Schwert ein gegen einen kleinen harmlosen Professor und gegen ein paar friedfertige Frauen und Teenager?«

»Von wegen harmlos, von wegen friedfertig! Gerhard-Johann Klüngelbein versuchte mit seinen diffamierenden Veröffentlichungen, das Fundament des Christentums zu zerstören! Und seine Gefolgschaft hat dasselbe im Sinn! Sie haben doch selbst auf dem Kongress gehört, um was es diesen Leuten geht: Das Christentum soll ausgelöscht und durch eine neue, sehr fragwürdige Religion namens Magdalenentum ersetzt werden! Das wäre eine Katastrophe für die Welt, die Not, Leid, Elend und Verderben über die Menschheit bringen würde! Und deshalb muss die Ausbreitung dieses Magdalenentums mit allen Mitteln verhindert werden!«

»Und eines dieser Mittel war es, die Magdalenenbewegung im Allgäu gezielt zu diskreditieren und zu diffamieren, indem sie ihr Dinge angedichtet und angehängt haben, mit denen sie eigentlich gar nichts am Hut hat.«

»Stimmt. Wir haben beschlossen, diese Bewegung im Keim zu ersticken, bevor sie sich verbreitet und wächst und größer wird wie ein Krebsgeschwür. Wir haben eine Frau mit dem Decknamen Amazona eingeschleust, die den militanten Zweig der Gruppe in Sachen Gewalt radikalisieren sollte. Und wir haben einen Zuhälter mit seiner Nutte auf den romantischen Teil der Gruppe angesetzt, die sie in Verbindung mit Prostitution und Sex-Exzessen bringen sollten.«

»Brutale Gewalttaten zu initiieren und ein Puff-Mobil zu betreiben sind nicht gerade christliche Mittel.«

»Manchmal heiligt der Zweck die Mittel. Um das Christentum zu retten, ist jedes Mittel erlaubt. Außerdem hat diese Magdalenenbewegung durchaus eine Affinität zu Gewalt gegen Männer und zu offenherziger Sexualität. Wir wollten mit unserer Infiltrierung nichts weiter als den Menschen zeigen, dass das Magdalenentum eine Sekte des Bösen ist, ein Pfuhl der Gewalt und der Sünde, und dass wahrer Frieden und wahre Liebe nur durch das echte Christentum möglich sind.«

»Bei Gerhard-Johann Klüngelbein haben Sie sich nicht aufs Diffamieren und Infiltrieren beschränkt.«

»Klüngelbein war die Wurzel allen Übels. Ohne ihn, ohne sein Schandwerk über Maria Magdalena, wären diese jungen Mädchen und Frauen heute alle weiterhin in der katholischen Landjugend. Sein erstes Buch war schon schlimm genug, aber als er angekündigt hat, in seinem zweiten Buch ein verleumderisches Evangelium zu veröffentlichen, mussten wir handeln. Wir mussten unbedingt verhindern, dass dieses Schmähwerk erscheint, denn es hätte sehr viele Menschen irritiert und ihren Glauben sabotiert.«

»Also haben Sie ihm per Telefon eine Drohbotschaft zukommen lassen.«

»Ja. Um ihn von seinen bösen Taten abzuhalten.«

»Und Sie sind bei ihm eingebrochen und haben das Buch-Manuskript und das Pergament mit dem Ur-Evangelium sowie seinen Laptop geklaut.«

»Ja. Um diese satanischen Werke zu vernichten, bevor sie die Menschheit vergiften können.«

»Und Sie haben Klüngelbein ermordet, indem Sie ihm seinen Brieföffner in die Brust gerammt haben, um ihn ein für alle Mal als Bedrohung des Christentums aus dem Verkehr zu ziehen.«

»Nein.«

Jetzt war ich es, der irritiert war.

»Wie, nein?«

»Wir haben Herrn Klüngelbein nicht ermordet.«

»Kommen Sie, Sie haben alles andere auch zugegeben, da müssen Sie doch jetzt nicht plötzlich anfangen zu lügen.«

»Das ist nicht gelogen. Wir haben Klüngelbein zugegebenermaßen ein bisschen traktiert, um ihn zur Herausgabe des Tresorschlüssels zu animieren. Aber da sich schnell abzeichnete, dass Klüngelbein sich eher vierteilen lassen würde, als uns den Schlüssel auszuhändigen, haben wir den Tresor eben einfach aufgeschweißt. Wir haben ihm dann noch ein paar K.o.-Tropfen eingeflößt, damit er nicht gleich die Polizei rufen konnte, aber als wir sein Haus verließen, schlief er friedlich auf dem Wohnzimmersofa und hatte nicht mehr als eine Beule und ein paar Kratzer.«

Ich wusste nicht so recht, was ich von dieser Behauptung halten sollte, da sie meine Mord-Theorie komplett umwarf, aber ich musste sie einfach mal so stehen lassen.

»Okay, Sie haben jetzt Klüngelbeins Manuskripte, und die Polizei im Allgäu wird die gewaltsamen Überfälle auf Männer sowie die Wohnwagenprostitution der Maria-Magdalena-Schwesternschaft anlasten. Die Klüngelbein-Bewegung ist erledigt, der Kopf der Bewegung tot. Sie haben doch alles erreicht, was Sie wollten. Was wollen Sie denn jetzt noch hier?«

»Bedauerlicherweise ist die Lage keineswegs so unproblematisch, wie Sie sie darstellen. Unsere Maßnahmen haben offenkundig nicht ausgereicht, um die Magdalenentum-Pläne zu stoppen, wie wir ja beim heutigen Workshop gehört haben. Außerdem kennt Frau Sternvogel Teile des Manuskriptes und des angeblichen Ur-Evangeliums und hat sie ja bereits gestern bei ihrer Lesung weiterkommuniziert. Und morgen will dieser Schmierfink von der Presse das Ganze öffentlich machen. Die Lage ist also keineswegs unter Kontrolle, sondern vielmehr hochgradig dramatisch und bedrohlich. Es besteht akuter Handlungsbedarf, wir müssen zu drastischen Maßnahmen greifen.«

Frau Sternvogel wurde noch blasser, als sie es eh schon war, und mir wurde auch ganz schlecht bei diesen Worten.

»Und was sind das für drastische Maßnahmen?«

»Wir haben bisher versucht, ohne massive Gewalt auszukommen. Wir haben Klüngelbein nur beraubt, nicht getötet, und wir haben seine Anhängerinnen nur diffamiert, nicht getötet. Doch jetzt müssen wir konstatieren, dass diese sanften Mittel nicht ausreichen, um die Gefahr für das Christentum abzuwenden. Und deshalb müssen wir die gefährlichsten Gefolgsleute und Mitwisser des Klüngelbein-Gedankengutes eliminieren.«

Bei meiner nächsten Frage hatte ich einen riesigen Kloß im Hals.

»Wer soll das sein? Und was meinen Sie mit ›eliminieren‹?«

Der Rothaarige lachte zynisch.

»Also das sollte Ihnen doch beides klar sein, oder?«

Er sah Frau Sternvogel an.

»Gefährlich ist natürlich Frau Sternvogel, und ich würde sagen, dass sie gleich zusammen mit ihren Mädels bei dieser Bergwanderung einen kollektiven Absturz erleben wird – ein tragischer und bedauerlicher Unfall. Ich habe auch eine brillante Idee, wie das mit dem kollektiven Absturz funktionieren wird, und ich werde Ihnen die entsprechenden Instruktionen geben, Frau Sternvogel. Und falls Sie sich der Umsetzung dieser Instruktionen widersetzen sollten, werden es Ihre Damen mit einem viel qualvolleren Tod büßen, also würde ich Ihnen dringend zur Kooperation raten!«

Und dann sah er mich an.

»Und gefährlich sind natürlich Sie, Herr Marlein – und dieser Journalist. Für Sie beide werden wir uns ebenfalls etwas Schönes ausdenken. Vielleicht ebenfalls ein Absturz, nur an anderer Stelle, weiter oben auf dem Berg, wie es sich für echte Männer gebührt. Ein Klassiker: Amateurbergsteiger, die ihre Fähigkeiten überschätzen und ihren Größenwahn mit dem Tode bezahlen.«

Sie wollten mich also töten …

Einen Moment lang war ich versucht, meine Knarre rauszuholen, aber bis ich es geschafft hätte, hätte mich der Brünette, der noch immer seine Pistole auf mich gerichtet hatte, längst erschossen.

Also ließ ich es bleiben in der Hoffnung, eine Gelegenheit zu erhalten, in der ich unbemerkt an mein Schießeisen gelangen würde.

Wenn sich diese Gelegenheit nicht ergeben sollte, war mein Leben keinen Pfifferling mehr wert.

Und meine Chancen, aus dieser Nummer lebendig rauszukommen, sanken plötzlich noch rapide durch den Umstand, dass jetzt auch der Blonde und der Rothaarige Waffen in der Hand hielten.

80 Bär ergreift

Wir näherten uns dem Ettaler Mandl.

Ein kleiner Felsvorsprung, wirkte wie ein Naturaltar.

Ich war der Letzte. Maja und Käsi und die anderen waren vorausgeeilt. Philipp schien neue Freunde gefunden zu haben, er war mit dem Männer-Trio und Frau Sternvogel unterwegs.

Ich war neugierig, was nun Großes passieren würde.

Die Frauengruppe gruppierte sich um die Sternvogel. Die Mannsbilder blieben etwas in Entfernung.

Die Sternvogel hatte ein Seil mitgebracht, sagte: »Meine lieben Schwestern, wir wollen die Verbundenheit mit Maria Magdalena in der Natur erleben. In der Heiligkeit der Berge. Und unsere Verbundenheit. Wir verbinden uns alle durch ein langes Seil, und dann werden wir die Lieder der Maria Magdalena singen.«

Es war wie im Kindergarten.

Die Frauen knüpften sich mit einem langen Seil zusammen. Warum auch nicht, Bergsteiger seilen sich auch an und ab.

Dann nahmen sich alle an der Hand.

Sangen.

Ergreifend.

Mich ergriff ein Schreck: Die drei Typen, die ich nicht kannte, rannten auf einmal auf die Sternvogel-Gruppe zu, mit Pistolen in den Händen. Einer hatte Philipp Marlein bei sich, drückte ihm die Pistole in den Rücken.

Die Mädchen merkten es nicht, sie waren in ihren heiligen Gesängen hingeschmolzen.

»Schluss!«, schrie einer. »Stellt euch alle in einer Reihe auf. Hier!« Er deutete auf den Abgrund.

Mir schwante Fürchterliches.

Wollten sie sie abknallen, eine nach der anderen?

Sie postierten sich hinter den Frauen, die ganz still waren, anfingen zu zittern.

Einer von den Kerlen legte seine Hand an Sternvogels Schulter ... Nein, sie wollten sie nicht abknallen, sie wollten sie abstürzen lassen!

Ich riss mir das Tuch vom Kopf,
den langen Rock vom Leib,
rannte mit meinem Stock in der Hand auf die Kerle zu,
plärrte so laut ich konnte.
Sie erschraken, ließen ab von der Sternvogel.
Ich sah, wie einer seine Pistole auf mich richtete.
Hörte einen Schuss.
Sank hin.
Es tat nicht weh.
War ich schon im Himmel?
Schaute.
Sah: Der, der die Knarre auf mich gerichtet hatte, schoss – aber nicht auf mich.
Und er wurde beschossen.
Nicht vom Himmel.
Von Philipp Marlein.
Der Erzengel Philipp, der heilige.

81 Marlein und der tiefe Fall

Die Verwandlung des Emil Bär von einer Frau zu einem Mann innerhalb von Sekunden verblüffte die drei Tempelritter so sehr, dass sie mit offenen Mündern und Augen auf den rasenden geschlechtsumgewandelten Emil starrten – und für einen Moment unachtsam waren.

Diesen Moment nutzte ich. Es war genau die Gelegenheit, auf die ich gehofft hatte.

Ich schlug meinem Bewacher, dem Brünetten, mit voller Wucht auf den Arm, dass ihm seine Kanone aus der Hand und zu Boden fiel.

Dann warf ich mich mit einem Hechtsprung ebenfalls zu Boden, möglichst weit weg von ihm, rollte mich zu einem nahe gelegenen Felsblock, verschanzte mich dahinter, zog meine Pistole und eröffnete das Feuer auf die Tempelritter.

Mein Bewacher hatte seine Kanone sofort wieder aufgehoben, feuerte zurück.

Ich hatte ihn verfehlt, aber seine Kugel prallte auch am Felsen ab.

Und auch die des Blonden, der auf Emil angelegt hatte, dann aber auf mich umgeschwenkt war.

Und auch der Rothaarige nahm mich ins Visier.

Es entstand eine wilde Ballerei zwischen mir und dem Trio.

Sie hatten den Vorteil, dass sie aus drei Kanonen auf mich schießen konnten, ich hatte den Vorteil, dass ich eine gute Deckung hatte.

Ich feuerte wie wild auf die drei Tempelritter, wobei es mir gar nicht darum ging, sie zu treffen. Ich wollte nur, dass sich die aneinandergebundene Frauengruppe sowie Emil und Groschen in Sicherheit bringen konnten. Zum Glück standen die Templer ein ganzes Stück von den Frauen entfernt, sodass diese nicht in der Schusslinie waren, und ich sah, wie Frau Sternvogel versuchte, sich mit ihren vor Panik kreischenden Mädels vorsichtig immer weiter weg von den Tempelrittern und damit in Sicherheit zu bewegen.

Und dann hörte ich, wie der Brünette den anderen beiden zuschrie: »Lasst uns abhauen!«

Und der Rothaarige zurückschrie: »Okay, aber ich erledige noch was! Gebt mir Feuerschutz!«

Der Blonde und der Brünette sendeten Sperrfeuer in meine Richtung, dass ich mich erst mal hinter meinen Felsen zurückziehen musste, wenn ich nicht durchlöchert werden wollte.

Ich glitt zur anderen Seite des Felsblocks und erwiderte von dort das Feuer, sodass jetzt die beiden in Deckung gehen mussten.

Und dann sah ich, was das Sperrfeuer bewirken sollte und dass es zu spät war, es zu verhindern: Der Rothaarige war zur Frauen-Seilschaft gelaufen, die sich immer noch am Rande des Felsvorsprungs bewegte, steuerte auf Frau Sternvogel zu, und als er sie erreicht hatte, stieß er sie hart gegen die Schulter, damit sie über den Rand des Felsplateaus abstürzte – und alle anderen

Mädels, die mit ihr über das Seil verbunden waren, mit in die Tiefe riss.

Und ich musste mitansehen, wie Frau Sternvogel über den Felsrand stürzte und verschwand – doch in dem Moment, als der Tempelritter sie geschubst hatte, hatte sie den Knoten des um ihre Hüfte geschwungenen Seils gelöst, sodass nur sie hinabstürzte und alle anderen Mitglieder der Seilschaft stehen blieben.

Sofort schoss ich auf den Rothaarigen, um zu verhindern, dass er die nächste Frau schubste und damit doch noch alle hinabbeförderte.

Und es gelang: Meine Kugeln, die über seinen Kopf hinwegpfiffen – und zum Glück auch über die Köpfe der Mädchen –, zwangen ihn zum Rückzug.

Er rannte zu seinen beiden Templer-Kollegen und rief ihnen etwas zu.

Sie sandten noch einmal einen Kugelhagel in meine Richtung – und dann sausten sie, wie von Teufeln gehetzt, über den Trampelpfad, über den wir alle nach oben gekommen waren, zurück in Richtung Tal.

Ich schickte ihnen auch noch ein paar Kugeln hinterher, aber eigentlich nur, um sicherzustellen, dass sie nicht noch einmal auftauchten.

Dann verließ ich endgültig meinen Deckungsfelsen und versuchte, möglichst schnell die Lage zu sondieren.

Die Templer zu verfolgen war sinnlos, sie hatten schon zu viel Vorsprung und waren mir außerdem zahlenmäßig überlegen. Die nächste Schießerei würde ich vielleicht nicht überleben. Ich musste sie also entkommen lassen. Aber das war jetzt zweitrangig.

Emil und Ingo Groschen tauchten hinter Büschen auf, hinter denen sie sich versteckt hatten. Sie schienen unverletzt zu sein. Das war schon mal super. Groschen war mir egal, aber Emil war mein Freund. Und ein Held, denn nur sein spontaner Striptease hatte ermöglicht, dass wir das Blatt wenden konnten und mit dem Leben davongekommen waren.

Die Magdalena-Mädels saßen auf dem Plateau, ins Gras gesunken, wimmernd und geschockt, aber ebenfalls körperlich unversehrt.

Aber was war mit Frau Sternvogel passiert …?

Ich rannte zu den Mädels, blieb kurz stehen, warf ihnen ein »Ganz ruhig, es ist vorbei, ihr seid in Sicherheit« hin.

Dann blickte ich über den Felsrand nach unten.

Frau Sternvogel hatte es immerhin geschafft, sich mit ihren Mädels auf dem Felsvorsprung bis zu einem Bereich zu bewegen, bei dem sich nicht ein Hunderte Meter tiefer Abgrund jenseits der Kante befand, sondern ein weiteres Plateau, und auf das war sie gefallen.

Aber auch dieses Plateau war etwa zehn Meter weiter unten – und hatte einen steinernen Boden.

Und das war eindeutig zu tief und zu steinig, um einen Sturz darauf zu überleben.

82 Bär ölt

Als das Feuergefecht vorbei war und die drei Typen sich aus dem Staub gemacht hatten, rannte ich hoch zu den Mädels.

Sie waren traumatisiert, verstört, geschockt, aber sie lebten – Maja, Käsi und auch die anderen.

Ich wollte gerade mit der Notfallseelsorge beginnen, als ich einen Ruf hörte.

Es war Philipp.

Die Stimme kam von unter der Kante, über die ich die Sternvogel hatte stürzen sehen.

Ich schaute vorsichtig runter.

Philipp kniete über der Sternvogel, die auf dem Boden lag.

»Emil, komm. Schnell!«

Ich kletterte auf einem Umweg hinunter, zerkratzte mir die Knie, machte meine ausgeliehene Strumpfhose dabei hin, hielt mich an Latschenkiefern fest, landete bei Philipp und Sternvogel.

Erschrak.

Margitta Sternvogel lag bewegungslos, wie eine Puppe, die Gliedmaßen passten nicht mehr zusammen, käseweiß, Blut lief ihr aus Nase und Mund.

»Oh«, sagte ich, »das schaut nicht gut aus.«

Er sagte: »Schlecht schaut's aus!«

»Sauschlecht!«

Philipp kniete neben ihr, sagte: »Sie braucht dich!«

»Ich bin kein Sanitäter. Auch nicht Bergdoktor.«

Er ignorierte mein Gestammel. Sagte: »Sie will die Beichte. Und die Letzte Ölung.«

Philipp stand auf, packte mich und drückte mich nach unten, sodass ich neben ihr kniete.

Sie hustete Blut, stieß mühsam hervor: »Beichte. Letzte Ölung!«

Ich sagte, wieder hilflos: »Aber ich bin evangelisch!«

»Priester …«

»Evangelischer Geistlicher.«

»Ist egal … Beichte. Sterbesakrament!«

Es war ein Befehl.

Ihr Blick fokussierte sich auf mein Gesicht.

»Die Oma …?«

»Ich bin der Opa. Die Oma ist heimgefahren.«

»Priester …?«

Ich gab auf.

Ich nahm ihren Kopf in die Hand, spürte ihren kalten Schweiß, sie kam mir vor wie ein Kind.

»Im Namen des Vaters und des Sohnes und des Heiligen Geistes. Amen.«

Sie war zu schwach, sich zu bekreuzigen. Hauchte: »Amen.«

»Gott, der unser Herz erleuchtet, schenke dir wahre Erkenntnis deiner Sünden und seiner Barmherzigkeit.«

Sie hauchte: »Amen.«

Ich sagte: »Bekenne deine Sünden!«

Sie fing langsam, fast tonlos an zu reden: »Der Gerhard-Johann Klüngelbein … mein Geliebter … zumindest eine Zeit lang ... Ich habe ihn in Fürth besucht, vor ein paar Tagen, ich hatte einen Schlüssel zu seiner Wohnung ... Ich wollte eine Aussprache mit ihm ... weil er mir zwei Wochen zuvor mitgeteilt hatte, dass er nur noch eine Arbeitsbeziehung mit mir haben wolle ... aber keine Liebesbeziehung mehr ... dass er von nun an mit der Maja zusammen sei ... Wie ich zu ihm kam, da war gerade bei ihm eingebrochen worden ... Er war leicht verletzt, benommen ... Ich habe ihn versorgt, dann ist er wieder eingeschlafen ... Auf dem Tisch lag ein Brief ... ein Liebesbrief von Maja an ihn ... und ein angefangener von ihm an sie ... Der Brieföffner lag noch neben dem aufgeschlitzten Umschlag ... Als er wieder aufgewacht ist, hab ich ihn gefragt: Warum die Maja? ... Er hat mich angeschaut, gesagt: Die Maja ... so jung ... so schön ... so göttlich ... so sinnlich ... Seine Augen haben geleuchtet, so wie sie früher für mich geleuchtet haben ... Es war wie ein Stich mitten ins Herz ... dann sag ich: Und ich, was wird aus mir? ... Er schaut mich an, kalt, herzlos, er sagt: Geh ... geh ... die Maja ist mein Leben! ... Da bricht was in mir, ich sehe nur noch rot, hab ihn angeschrien: Die Maja ist dein Tod! ... Dann hab ich einen Filmriss ... Wie ich wieder zu mir gekommen bin, steckt der Brieföffner in seiner Brust ... Ich hab ihn umgebracht ...«

Sie schwieg erschöpft.

Ich: »Bereust du deine Sünde?«

Für einen Augenblick blitzte ein Funke Leben in ihren Augen auf.

»N... n...«

Sie schüttelte verneinend den Kopf.

Ich sagte: »Ich nehme das als ein Ja. Sonst kann ich dir keine Absolution erteilen.«

Es interessierte sie nicht. War mehr mein Problem. Die Augen fielen ihr zu.

Ich sagte: *»So spreche ich dich los von deinen Sünden«* – machte das Kreuz – *»im Namen des Vat...«*

Ich korrigierte mich gerade noch rechtzeitig: *»Im Namen der göttlichen Maria Magdalena und ihres göttlichen Bräutigams Jesus Christus!«*

Ein schwaches Echo von »Amen« kam aus ihrem Mund.

»Und nun die Letzte Ölung.«

Ich hatte nicht mehr viel Zeit. Sie fing an wegzusacken.

Ich holte meinen Flachmann aus dem Büstenhalter, befeuchtete meine Finger mit Ettaler Enzian, machte ein Kreuz auf ihre Stirn: *»Das göttliche Brautpaar sei dir gnädig im Gericht und bewahre dich zum ewigen Leben.«*

Sie atmete kaum mehr, ihre Lippen formten sich zu einem tonlosen: »Gerhard-Johann ...«

Ein paar Tropfen tröpfelte ich an ihre Lippen, die Flüssigkeit floss an den Mundwinkeln wieder heraus, sie schluckte nicht mehr.

Ich nahm selbst einen Schluck, legte meine Hand auf ihre schweißkalte Stirn, fing an: *»Gegrüßet seist du, Maria Magdalena, voll der Gnade ...«*

Als ich fertig war, schauten ihre totenstarren Augen in den Himmel.

Die Trennung der Liebenden ...

Ich schaute mich um, niemand da außer Philipp, der neben mir stand, küsste sie auf die kalte Stirn.

Meine Träne tropfte auf ihr Angesicht.

Ich erhob mich, nahm einen tiefen Schluck Enzian, sagte: »Pfüadi, du arme Sau!«

83 Marlein und die passenden Puzzleteile

Ungläubig hörte ich, was die sterbende Frau Sternvogel da von sich gab.

Da hatte ich die ganze Zeit, in der ich in Ettal war, darauf gewartet, dass die Mörder von Gerhard-Johann Klüngelbein endlich auftauchen würden.

Dabei hatte ich nicht nur die Tempelritter, die ich fälschlicherweise des Mordes verdächtigt hatte, sondern auch die wahre Mörderin die ganze Zeit direkt vor meiner Nase.

Ich hatte sogar mit ihr gesprochen, nach der Lesung. Und ich hatte mit ihr telefoniert, noch von Fürth aus.

Jetzt, im Nachhinein, passten alle Puzzleteile zusammen.

Man kann, wenn Sie so wollen, davon sprechen, dass ich eine große Anzahl von Verehrerinnen habe, hatte Klüngelbein gesagt.

Zwei dieser Verehrerinnen waren Frau Klüngelbein und Maja.

Und für eine der Damen habe ich mich auch – wie soll ich sagen – entschieden, hatte Klüngelbein gesagt.

Er hatte sich für die junge Maja entschieden – und gegen die ältere Frau Sternvogel, mit der er aber zuvor eine Beziehung hatte.

Der Kongress wurde von meinem Verlag organisiert, und geleitet wird er von Frau Sternvogel, einer engen Vertrauten, hatte Klüngelbein gesagt.

Frau Sternvogel wollte aber offenkundig mehr als nur eine enge Vertraute sein. Sie wollte seine Geliebte bleiben.

Oh Gerhard-Johann, wir beide sind das neue göttliche Paar, du bist mein Jesus, ich bin deine Maria Magdalena, und zusammen werden wir den Menschen das Magdalenentum als neue Religion schenken, hatte Maja in ihrem Brief geschrieben.

Das wollte Frau Sternvogel sein – die Maria Magdalena, die Braut des Jesus Klüngelbein. Aber er hatte ihr ein junges Ding vorgezogen, das überhaupt nicht die nötige Reife hatte für ein göttliches Paar.

Darüber, dass du dich jetzt für mich entschieden hast und mit Margitta Schluss gemacht hast, brauchst du dir keine Gedanken zu machen, Margitta hat das gut aufgenommen und verkraftet, das wird sich alles gut einrenken, wir kommen nach wie vor sehr gut aus miteinander, hatte Maja geschrieben.

Das hatte ich nicht verstanden, als ich es gelesen hatte.

Ich blickte auf das Namensschild, das immer noch an der Brust der toten Frau heftete, die vor mir auf dem Boden lag.

»Margitta Sternvogel«.

Jetzt verstand ich alles.

Sie hatte ihren Vornamen erwähnt, als sie den Kongress eröffnete, ich hatte ihr Namensschild gesehen, als ich mit ihr nach der Lesung gesprochen hatte, aber da hatte nichts geklingelt bei mir, ich hatte die Margitta aus dem Brief von Maja wieder vergessen und nicht mit der Margitta vor mir in Verbindung gebracht.

Wenn ich es getan hätte, wäre mir sicher klar geworden, dass die gute Margitta es eben *nicht* gut aufgenommen und verkraftet hatte, dass ihre große Liebe sie abserviert hatte.

Dass sich eben *nicht* alles gut eingerenkt hatte.

Dass sich Margitta Sternvogel stattdessen auf den Weg nach Fürth gemacht hatte, um Gerhard-Johann Klüngelbein zur Rede zu stellen – und ihn dann, rasend vor Eifersucht und enttäuschter Liebe, mit dem Brieföffner erstochen hatte.

Und als man Klüngelbein fand, sah es dann so aus, als wäre er Opfer eines Raubüberfalls geworden.

In Wirklichkeit hatten der Einbruch und der Diebstahl einerseits und das Erstechen andererseits nichts miteinander zu tun.

Darauf wären die ermittelnden Beamten um Kommissar Diesterweg niemals gekommen.

Wenn ich darauf gekommen wäre, wenn es bei mir geklingelt hätte, wenn ich die passenden Puzzleteile hätte zusammensetzen können, hätte ich Frau Margitta Sternvogel schon am Freitag als Mörderin überführen können, und es hätte den tödlichen Zwischenfall heute nie gegeben.

Dann wäre sie am Leben geblieben.

Um den Rest ihres Lebens wegen Mordes im Knast zu verbringen.

Aber ob das wirklich die bessere Variante gewesen wäre?

Ich griff nach meinem Handy und wählte die Nummer der Polizei, um einen bewaffneten Überfall mit einem Todesopfer in der Nähe des Ettaler Mandls zu melden.

84 Bär predigt

Hinabgestiegen in das Reich des Todes.

So war mir zumute, als wir vom Ettaler Mandl hinabtaumelten.

Aber ich musste mich zusammenreißen.

Ich hielt die heulenden Töchter meiner Nachbarin Bärbel um die Hüften.

Maja und Käsi.

Hinauf hatten sie mich gestützt.

Hinab stützte ich sie.

Dabei hätte ich selbst eine Stütze gebraucht.

Die anderen Mädchen trabten hinterher.

Mit Philipp Marlein.

Der gute Hirte.

Ein Schweigemarsch.

Das Kloster Ettal kam in Sichtweite.

Ich sagte: »Ich bring euch jetzt in eure Zimmer.«

Sie schluchzten.

»Schaut, dass ihr was esst und trinkt.«

»Ich hab keinen Hunger.« Sagte Maja.

Käsi: »Ich auch itta.«

Ich sagte: »Essen und Trinken hält Leib und Seel z'samm. Vom Hungern und Dursthaben ist noch nie was besser geworden. Also esst was, aber was G'scheits, nicht bloß Grünzeug und Kaugummi. Und vergesst den grünen Tee. Trinkts einen Benediktinertrunk. Oder besser noch einen Doppelbock. Das ist grüner als der grünste Tee. Natur pur. Gerste, Malz, Hopfen, Quellwasser. Reine Medizin!«

Sie ließen meine Predigt widerspruchslos über sich ergehen. Ihnen war wohl alles wurscht.

»Wir bleiben heut noch hier, ich brauch noch Erholung von dem ganzen Stress. Morgen früh geht's heim nach Bisel. Eure Mama wartet auf euch.«

»Die schimpft uns bloß recht!«

»Die macht uns richtig zur Sau.«

Ich sagte: »Schmarren, die ist vor Angst um euch halb gestorben. Außerdem hat sie mir am Telefon versprochen, dass sie nicht schimpft, keine Ohrfeigen verteilt oder Moralpredigten hält. Die ist einfach todfroh, wenn sie euch wiederhat.«

Wir marschierten im Hotel ein.

»Also pfüads euch, bis morgen. Und nicht vergessen: essen und trinken. Ihr könnt ja Roomservice nehmen. Geht auf meine Rechnung.«

Käsi, die große Kämpferin, sagte: »Aber ich fürcht mich allein im Zimmer.«

Maja nahm sie an der Hand, sagte: »Mir schlafet miteinand in meinem Zimmer.«

Käsi fing an zu weinen.

Schon wieder.

Ich sagte: »Alles wird gut.«

Schon wieder.

Ich schaute mich um. Sah Philipp, ging hin zu ihm, sagte: »Du, nach dem Gemetzel brauch ich noch Seelsorge.«

»Willst in die Kirche gehen?«

»In die Filiale von der Kirch, die tut's auch. Das ›Bräustüberl‹. Kommst mit?«

Philipp sagte: »Da müssen wir jetzt sowieso hin, da will die Polizei noch unsere Aussagen fürs Protokoll aufnehmen.«

Er schaute mich an, wie mich meine Mama immer angeschaut hatte, wenn sie sich für mich schämen musste, sagte: »Aber Emil, ist dir klar, wie du aussiehst? Wenn du so ins ›Bräustüberl‹ gehst, dann nehmen dich die Bullen gleich mit und du landest in der Psychiatrie.«

»Wieso?«

»Du steckst in einer zerrissenen Strumpfhose, hast eine Oma-Joppe an mit einem Mordsbusen drunter … der ziemlich verbeult ist … und bist verdreckt und verschwitzt wie die Sau.«

Er hatte recht. Legte nach: »Deine Selbstwahrnehmung hat auch einen Schuss abgekriegt!«

»Ach leck mich. Ich könnt jetzt schon tot sein in meiner Strumpfhose … wenn du nicht …«

Meine Stimme versagte. Kloß im Hals. Wasser in den Augen.

Philipp sagte: »Schon gut, jetzt gehen wir duschen, hauen uns Rasierwasser ins Gesicht und erscheinen dann wie aus dem Ei gepellt zum Verhör …«

»Im ›Bräustüberl‹ …«

»Genau da!«

85 Marlein und der fallende Groschen

Oben auf dem Berg hatten wir eine Stunde warten müssen, bis die ersten keuchenden Polizisten auftauchten.

Ich hatte ihnen eine Kurzversion des Tempelritter-Überfalls erzählt. Sie hatten mich angeschaut, als wäre ich nicht ganz dicht. Dann hatten sie mir erklärt, ich sollte mich, zusammen mit eventuellen anderen vernehmungsfähigen Zeugen, nach dem Abstieg im »Bräustüberl« des Hotels »Gralskloster« einfinden, dort würden sie das Protokoll aufnehmen.

Meine Frage, ob sie die Täter, drei Männer, vielleicht aufgegriffen und festgenommen hätten, beantworteten sie mit einem Kopfschütteln. Das Tempelritter-Trio war also entkommen und sicher schon über alle Berge. Aber alles andere hätte mich auch überrascht.

Die Leiche von Frau Sternvogel war mit einem Hubschrauber der Bergwacht abtransportiert worden.

Beim Abstieg hatte ich ein kurzes Gespräch mit Ingo Groschen geführt. Der Angriff hatte ihn durchaus nicht kaltgelassen, schließlich wäre auch er beinahe getötet worden. Doch er fand schnell wieder zu seiner alten Großmäuligkeit zurück. Ich sagte ihm, er könnte ruhig etwas dankbarer sein, denn immerhin hatten Emil und ich ihm das Leben gerettet, aber das schien er schon wieder vergessen zu haben. Meine Frage, ob er jetzt noch eine heiße Story mehr hätte, verneinte er; die einzig wirklich heiße Story sei das Magdalena-Evangelium, und die Schießerei auf dem Berg beweise nur eindrucksvoll, *wie* heiß die Story sei.

Jetzt saßen Emil und ich im »Bräustüberl«, geschniegelt und gebügelt.

Wir hatten die Mädels auf ihre Zimmer gebracht und beschlossen, noch eine Nacht dranzuhängen und erst am nächsten Morgen abzureisen; die Mädels waren heute allesamt nicht mehr reisefähig, mussten erst mal alles sacken lassen und eine Nacht drüber schlafen.

Die Protokollaufnahme hatten wir erledigt, wir beide waren die einzigen vernehmungsfähigen Zeugen gewesen; Groschen hätte auch dazugehört, hatte sich aber erfolgreich davor gedrückt. Wir hatten den protokollierenden Polizeibeamten die ganze Geschichte erzählt, mit Klüngelbein, den Tempelrittern, den Vorgängen im Allgäu. Daran hatten sie erst einmal eine Weile zu knabbern. Sie hatten sich von der Rezeption die Personalien aller Kongressteilnehmer geben lassen, hatten sich unsere Telefonnummern notiert und hatten uns erklärt, sie würden sich in den nächsten Tagen sicherlich erneut bei uns melden.

Jetzt endlich waren Emil und ich allein im »Bräustüberl« und konnten in Ruhe einen Beruhigungstrunk zu uns nehmen und über die Ereignisse reflektieren.

Es war wie immer: Emil trank Bier, ich Wasser.

Emil sagte: »Es ist irgendwie wie immer: Wir haben beide mit scheinbar unterschiedlichen Fällen zu tun. Und dann stellt sich heraus, dass die beiden Fälle zusammenhängen. Dass wir beide am selben Fall arbeiten.«

Ich nippte an meinem Mineralwasser.

»Stimmt. Ich hatte in Fürth mit Klüngelbein zu tun, du im Allgäu mit den Maria-Magdalena-Jüngerinnen, und wir wussten nicht, dass beide in enger Verbindung miteinander standen. Aber dieses Mal war der Zusammenhang besonders krass.«

»Wie meinst du das?«

»Wir hatten es beide mit Straftaten zu tun, und wir glaubten, die Täter zu kennen. Ich war mir sicher, dass Klüngelbein von den Tempelrittern ermordet wurde, und du warst dir sicher, dass die Gewalttaten und Sex-Orgien auf das Konto der Maria-Magdalena-Mädels gingen. Und was hat sich jetzt herausgestellt? Unsere Verdächtigen haben jeweils genau die andere Tat begangen!«

»Hmm … stimmt!«

»Die angeblichen Gewalttaten und Sex-Exzesse der Maria-Magdalena-Schwestern wurden größtenteils gar nicht von ihnen begangen, sondern von den Neuen Tempelrittern initiiert, inszeniert und fingiert, um die der Amtskirche schadende Maria-Magdalena-Bewegung in Misskredit und Verruf zu bringen.«

»So wie es die Kirche eben auch früher mit der echten Maria Magdalena gemacht hat.«

»Und der Mord an Klüngelbein wiederum wurde nicht von den Tempelrittern begangen – die hatten ihm nur die Manuskripte geklaut –, sondern von einer der Maria-Magdalena-Schwestern, aus verschmähter Liebe, weil Klüngelbein ihr eine Jüngere aus der Magdalena-Gruppe vorgezogen hatte.«

»Ja, das ist echt krass! Wir haben die Täter überführt – nur einer anderen Tat, als wir dachten. Die Sternvogel hat keine Sexorgien und Gewalttaten angezettelt, sondern Klüngelbein getötet, und die Tempelritter haben nicht Klüngelbein getötet, sondern Sexorgien und Gewalttaten der Magda-Mädels inszeniert.«

Emil schwieg kurz, dann fügte er hinzu: »Und was heißt das jetzt? Sind wir genial, oder hatten wir nur Dusel?«

Über diese verhängnisvolle Frage brüteten wir eine Weile.

Irgendwann kamen wir zu der stillschweigenden Übereinkunft, sie einfach unbeantwortet im Raum stehen zu lassen.

Statt einer Antwort sagte ich schließlich: »Wie geht's jetzt bei dir weiter?«

Bär setzt seinen Bierkrug ab, nachdem er einen kräftigen Schluck daraus genommen hatte.

»Ich werde meine drei männlichen Auftraggeber anrufen.«

»Was wirst du ihnen erzählen?«

»Was ich herausgefunden hab. Und dass der Spuk mit der Gewalt und dem Sex jetzt vorbei ist. Und dann werd ich meiner weiblichen Auftraggeberin ihre beiden Töchter wieder zurückbringen.«

»Da wird sie froh sein. Dass sie die beiden unversehrt zurückbekommt.«

»Und unverheiratet.«

»Unverheiratet?«

»Na ja, die Maja stand doch so sehr auf den Klüngelbein. Und er auf sie. Wenn der Klüngelbein nicht ermordet worden wäre, hätten die sicherlich hier in Ettal ihre Heilige Hochzeit geplant. Nur dass diese Heilige Hochzeit dann eben sicherlich in Ettal stattgefunden hätte und nicht wie damals bei Maria Magdalena und Jesus in Kana.«

Ich wollte gerade von meinem Wasser trinken – und verschluckte mich.

Ich hustete mir erst mal das Wasser heraus, das in der Luftröhre gelandet war, wo es nicht hingehörte.

Schuld an meinem kleinen Erstickungsanfall war eindeutig gewesen, dass Bär die Hochzeit von Kana erwähnt hatte.

Aber warum hatte mich das so aufgewühlt?

Weil die Hochzeit von Kana auch irgendwo gelandet war, wo sie nicht hingehörte.

Aber wo?

Wirre Gedanken sausten in meinem Hirn herum.

Und dann fiel plötzlich der Groschen – im wahrsten Sinne des Wortes!

Die ganze Zeit schon hatte mich etwas irritiert an dem, was Groschen nach der Lesung zu Frau Sternvogel gesagt hatte.

Und nun wusste ich endlich, was es gewesen war.

Ich stand sofort auf und sagte zum verblüfften Emil Bär: »Ich muss jetzt weg. Wir verabschieden uns dann morgen. Ich muss noch was Wichtiges erledigen.«

86 Bär verschwindet

Ich musste auch noch was Wichtiges erledigen.

Ich musste noch mal nach den beiden Mädchen schauen.

Ich wollte wissen, ob sie sich derfangt hatten oder aus dem Fenster gesprungen waren.

Ihr Zimmer lag zwar Parterre, aber trotzdem.

Ich ging hin, klopfte, trat auf »Herein!« hinein.

Es roch nach Doppelbock, Benediktinertrunk und Letzter Ölung. Eine Flasche Enzian stand auf dem Tisch, halb geleert, unter den Resten von abgenagter Schweinshaxe, Fettreste von Tellerfleisch, Leberkäs, Pommes, Sachertorte.

»Du hast schon recht g'habt, Bär, Essen und Trinken hält Leib und Seel z'samm!«

Sie kicherten.

Ich dachte an meinen Geldbeutel.

Teure Seelsorge!

Fragte: »Alles okay?«

»Nein, nix ist okay, aber es geht uns trotzdem besser.«

»Bloß ...«

»Bloß was?«

»Wenn wir morgen heimkommen und die Mama erfahrt alles ...«

»Ich hab euch doch gesagt, die wird nicht schimpfen.«

»Nein, aber wir haben Angst, dass sie sich so aufregt, dass sie einen Nervenzusammenbruch kriegt ...«

»Oder einen Herzinfarkt.«

Wir schwiegen.

Tranken.

»Respekt. Wie ihr an eure Mama denkt. Ihr habt recht: Man muss sie schützen vor zu viel Aufregung. Ihr braucht ihr ja nicht jeden Scheiß im Einzelnen erzählen, eher das große Bild ... Ein Kongress ... und wie ihr euch versöhnt habt und wieder versteht ... und von den interessanten Vorträgen ... und einer Bergwallfahrt ... und dass alles wieder gut ist.«

Sie hörten mit offenen Mündern zu.

»Aber das ist ja eigentlich gelogen ...«

»Es ist die halbe Wahrheit. Aber wird eure Mama glücklicher, wenn sie die ganze Wahrheit erfährt?«

»Stimmt ... hast recht.«

»Aber du, Bär, wirst du ihr alles erzählen? Vor allem von dem Gerti und mir?«

»Das ist euer Geheimnis. Eure Privatsache. Ich werd keine Einzelheiten ausplaudern … Aber dafür müsst ihr mir etwas sagen: Ich weiß von der Polizei in Kempten, dass die die letzte Zeit arbeitslos geworden sind, weil nichts mehr passiert ist. Immer weniger Überfälle, Vergewaltigungen – und die wo passiert sind, da sind immer die Mannsbilder verprügelt worden …«

Die beiden nickten schuldbewusst.

Käsi sagte: »Obwohl sich unsere Magdalenen-Schwesternschaft gespalten hatte – in einem waren wir uns einig: dass wir nicht tolerieren dürfen, dass Männer Mädchen und Flüchtlinge zusammenschlagen und ausrauben und missbrauchen. Da haben wir zusammengehalten.«

Maja sagte stolz: »Unsere Kampftruppe war besser wie die Polizei.«

Käsi ergänzte: »Wir haben ja auch eisern trainiert.«

Unvermittelt sagte ich: »Wie geht's denn weiter? Habt ihr eine Vorstellung, was ihr beruflich werden wollt?«

Käsi sagte: »Ich mach Abitur. Und dann eine Rucksackreise.«

Maja sagte: »Ich glaub, das mach ich auch …«

»Da wird aber eure Mama nicht so recht begeistert sein.«

»Nein … fürchten wir auch.«

»Ich hätt da eine bessere Idee …«

»Welche?«

»Das sag ich euch, wenn sie reif ist. Jetzt ist Feierabend. Für mich jedenfalls!«

Wir prosteten uns noch mal zu, und ich verschwand.

Ins Bett.

87 Marlein und die haarsträubende Gewissheit

An der Rezeption fragte ich nach der Zimmernummer von Herrn Ingo Groschen, da ich etwas Dringendes mit ihm bereden müsse.

Dann ging ich zu Zimmer Nummer 168 und klopfte.

Keine Reaktion.

Ingo Groschen war offenbar nicht da.

Ich holte mein Dietrich-Notfallset. Denn das war ja wohl eindeutig ein Notfall …

Nachdem ich das Schloss geknackt hatte, stand ich in Groschens Zimmer und sah mich um.

Hieß: Ich durchstöberte seine Sachen.

Ich beeilte mich, denn ich wusste nicht, wie viel Zeit ich hatte.

Aber ich wusste, wonach ich suchte.

Und tatsächlich fand ich es, auf seinem Tisch, inmitten eines Stapels von anderen Papieren.

Es war kein uraltes, vergilbtes Pergament, sondern ein hochmoderner Computerausdruck.

Ich hielt einen Moment lang die Luft an.

Hatte Ingo Groschen es also tatsächlich getan …?

Ich blätterte den zusammengehefteten Ausdruck durch.

Auf der letzten Seite blieb ich hängen und las die letzten Sätze:

Ich bin Maria Magdalena, die Gemahlin des Jesus von Nazareth, und ich habe diese Ereignisse aufgeschrieben, um Zeugnis über sie abzulegen, und wer dies liest, kann sicher sein, dass diese Ereignisse wahr sind, denn ich habe sie miterlebt. Es gäbe noch viele andere Dinge, die Jesus getan hat; aber wenn ich diese alle niederschreiben wollte, so würde, wie mir scheint, selbst die ganze Welt die Menge der geschriebenen Bücher nicht fassen können.

Ich blätterte nach vorn und fand auch einige Passagen, die Frau Sternvogel bei der Lesung am Vortag vorgetragen hatte.

Und dann blätterte ich noch weiter nach vorn und entdeckte folgenden Abschnitt:

Die Hochzeit von Jesus und mir fand in Kana in Galiläa statt, und es waren auch die anderen Jünger von Jesus eingeladen. Nun ging aber der Wein aus, und ich sagte zu Jesus: Wir haben keinen Wein mehr. Jesus sagte zu mir: Wieso sagst du mir das? Ich sprach zu ihm: Weil du als Bräutigam für die Bewirtung der Gäste verantwortlich bist. Und weil du als Sohn Gottes die Macht hast, für Wein zu sorgen, auch wenn wir keinen mehr haben. Jesus sagte: Meine Stunde ist noch nicht gekommen. Ich sagte zu ihm: Willst du unsere Gäste wirklich dürsten lassen? Soll unsere Hochzeit wirklich eine Trauerfeier werden? Darauf sprach Jesus zu mir: Maria Magdalena, du bist meine geliebte Braut, und die Hochzeit des göttlichen Paares soll ein Freudenfeuer in den Herzen aller Menschen entzünden – zuallererst in denen, die diesem Fest beiwohnen. Darauf sagte ich zu den Dienern: Was er euch sagt, das tut! Es waren aber für die Reinigung sechs steinerne Wasserkrüge dort aufgestellt. Jesus sprach zu den Dienern: Füllt die Wasserkrüge mit Wasser! Und sie füllten sie bis obenan. Und Jesus sprach zu den Dienern: Schöpft nun davon und bringt es dem Speisemeister. Und sie brachten es ihm. Und als der Speisemeister das Wasser gekostet hatte, rief er den Bräutigam Jesus zu sich und sagte: Warum hast du diesen besonders guten Wein bis jetzt zurückgehalten? Diesen Anfang seiner Zeichen machte Jesus bei unserer Hochzeit in Kana in Galiläa, und er machte es aus Liebe zu mir, und er offenbarte damit seine Herrlichkeit, und ich wusste, dass er mich liebte und dass er göttlich war.

Ich zuckte zusammen – weil mein unglaublicher und abstruser Verdacht damit plötzlich zur fiesen Wahrheit und zur haarsträubenden Gewissheit geworden war.

Und dann zuckte ich noch mal zusammen – weil sich die Tür öffnete und Ingo Groschen sein Zimmer betrat.

88 Bär träumt

Ich fiel ins Bett wie ein Stein.

Fing gerade an zu träumen.

Ein See.

Bergsee.

Am Ufer zwei Böcke.

Aus dem Wasser springt ein Fisch.
Im Hintergrund: Blasmusik.
Ich drückte auf mein Handy.
Die grüne Taste.
Brummte hinein: *»Ich möchte gern an Biersee …«*

Ah so. Die Interpretation meines Traums erleuchtete mein Hirn: Ich hatte wohl einen Doppelbock zu wenig getrunken.

Die Stimme am anderen Ende war in der Nähe von Panik: »Bär, ich hab in den Nachrichten von Bayern 5 gehört, da gibt's morgen in Ettal eine Pressekonferenz … Eine Katastrophe für die katholische Kirche soll das werden.«

Die Stimme gehörte dem Metzger.
Hochwürden Metzger.
Dem Personalchef vom Bistum Augsburg.

Ich sagte: »Lieber Bruder Metzger, die Pressekonferenz fällt aus. Das Weltende fällt auch aus. Wie so oft.«

»Wieso?«

»Ich habe sie verhindert!«

»Sind Sie besoffen? Schon wieder?«

»Ja, bin ich, aber ich hab sie trotzdem verhindert.«

»Wie?«

»Das erzähl ich Ihnen, wenn ich wieder nüchtern bin.«

»Und wann ist das?«

»Ein paar Tag kann's schon dauern. Wissen Sie, wie ein Musiker auf null Komma fünf Promille kommt?«

»Was soll der Schmarrn, was hat der Musiker damit zu tun? Und überhaupt, welcher Musiker?«

»Kleiner Scherz. Die Antwort ist: Ein Musiker kommt auf null Komma fünf Promille, wenn er drei Tag lang nix trinkt!«

»Ach Sie …«

»Jetzt schlafen S' ruhig. Nix passiert.«

»Aber wenn rauskommt, was hätt passieren können?«

»Wenn Sie Ihr Maul halten, kommt nix raus. Von mir jedenfalls nicht. Außer an Sie. Dafür zahlen S' mich ja auch … Also: Gut's Nächtle.«

Ich drückte die rote Taste.

Drehte mich auf die Seite.
Dämmerte wieder ein.
Schreckte auf.
Das Handy.
Schon wieder.
Tom Tommer.

»Hallo Dr. Bär, was ist da los in Ettal? Wir haben was gehört von einer Schießerei …«

»Fehlmeldung. Auf Deutsch: Fake News.«

»Also keine Schießerei?«

»Das erzähl ich Ihnen frühestens morgen in Kempten … in aller Ruhe!«

»Von wegen Ruhe. Bei uns war übers Wochenende der Teufel los. Schlägereien, Überfälle auf Frauen und Flüchtlinge … wie früher. Wir kommen mit den Einsätzen nicht nach, erst recht nicht mit der Papierarbeit … Ich versteh das nicht, die letzten Wochen war's so ruhig … Sogar der Innen-Hermann hat mich persönlich antelefoniert, heut am Sonntagabend …«

»Der Innenminister? Sie verkehren ja in höchsten Kreisen!«

»Bald werd ich aus dem Verkehr gezogen. Ich hab schon meinen Schreibtisch aufgeräumt, wenn ich gefeuert werd …«

»Vom Innenminister?«

»Ja. Ich hab ihm gesagt, wir sind unterbesetzt, und die Hälfte ist im Krankenstand wegen Heuschnupfen, und er hat gesagt: Da muss was passieren, da muss mehr Personal her, berittene Polizei, Hundestaffeln, Drohnen …«

»Lieber Tommer, da hätt ich eine bessere Idee, und die könnt Ihnen den Arsch retten.«

»Welche, sagen Sie sie mir, schnell!«

»Sie hatten doch die letzten Wochen das gegenteilige Problem: kaum mehr Überfalle, Gewalt und so weiter.«

»Und?«

»Und in dem Problem liegt die Lösung. Es gab eine andere Gruppe, die die Polizeiarbeit besser gemacht hat als die Polizei. Und die ist grad auf Betriebsausflug. Und wenn die Katz aus dem Haus ist, tanzen die Mäuse auf dem Tisch.«

»Was soll das, es geht nicht um Katzen und Mäuse, es geht um meinen –«

»Ja, genau um den! Diese schlagkräftige Gruppe gibt's immer noch. Sie brauchen Sie nur einzustellen … und der Käs ist g'essen.«

»Ich versteh das nicht.«

»Ich erklär es Ihnen morgen in Kempten, dann weiß ich auch die ultimative Wahrheit.«

»Und was soll ich dem Innen-Hermann sagen, wenn er morgen früh anruft?«

»Sagen Sie ihm, Sie haben die Lösung, aber die ist so geheim, dass Sie sie ihm nur in einem abhörsicheren Raum sagen können.«

»Und wenn er mir nicht glaubt?«

»Sagen Sie ihm nur, die Lösung wird nicht ganz billig. Aber sie löst den Personalmangel und die Quotenregelung bei der Kemptener Polizei auf einen Schlag. Er soll mal fünf Millionen Euro bereitstellen. Dann glaubt er Ihnen.«

»Ach Bär, Sie –«

»Bevor Sie mir Komplimente machen, gehen S' lieber ins Bett, dass Sie morgen fit sind.«

»Aber … wenn …«

»Tommer, alles wird gut!«

»Wirklich?«

»Dafür verwett ich meinen … Sie wissen schon was.«

Er lachte.

Ich schaltete mein Handy aus. Freute mich auf meinen nächsten Traum.

89 Marlein und die ultimative Wahrheit

Wenn Blicke töten könnten, wäre ich tot in der Ecke gelegen.

»Was machen Sie hier in meinem Zimmer, Herr Marlein?«

Ich zuckte mit den Schultern.

»Ich bin der Roomservice. Muss mir den Aufenthalt hier verdienen. Und nur Tellerwaschen reicht leider nicht, dafür ist der Laden zu teuer.«

Dem sonst so jovialen Ingo Groschen war dieses Mal nicht zum Spaßen zumute.

»Roomservice? Von wegen! Sie sind hier eingebrochen! Das ist eine Straftat, Marlein!«

Ich nickte.

»Sie haben vollkommen recht, Groschen. Und Straftat ist ein super Stichwort. Wir sollten nämlich mal klären, welche Rolle Sie eigentlich bei der Straftat ›Mord an Gerhard-Johann Klüngelbein‹ spielen.«

Ich zog meine Knarre und richtete sie auf ihn.

»Und mein kleiner Assistent hier wird mir dabei helfen, Sie zum Reden zu bringen – denn wenn Sie jetzt nicht mit der Wahrheit rausrücken, wird er kleine Löcher in Sie pusten. Nehmen wir doch Platz, da lässt es sich entspannter plaudern.«

Ich setzte mich auf den Stuhl am Tisch.

Groschen starrte ungläubig auf meine Artillerie, die ich auf ihn gerichtet ließ.

Doch er folgte meiner Aufforderung und sank auf die Bettkante.

»Erst Einbruch und jetzt auch noch Gewaltandrohung – da kommt ein schönes Register an Straftaten für Sie zusammen, Marlein.«

»Wer im Glashaus sitzt, sollte nicht mit Steinen werfen. Der Einzige von uns beiden, der eine Straftat begangen hat, sind Sie, Groschen!«

»Welche Straftat soll ich denn begangen haben? Es ist doch alles aufgeklärt, Marlein, Sie waren doch selbst dabei oben auf dem Berg! Für den Einbruch bei Klüngelbein und den Diebstahl der Manuskripte sowie für die Gewaltexzesse waren diese Neuen Tempelritter verantwortlich, und den Mord an Klüngelbein hat die Sternvogel gestanden. Was zum Teufel wollen Sie mir denn vorwerfen?«

»Ganz einfach: Fälschung. Und zwar Fälschung des Textes, der den Stein ins Rollen gebracht und alles Weitere – den Mord an Klüngelbein, den Diebstahl, die Vorfälle im Allgäu, den Mordversuch an den Kongressteilnehmern – erst ausgelöst hat.«

Ich wedelte mit dem Computerausdruck herum.

»Das hier habe ich auf Ihrem Schreibtisch gefunden. Es ist der gesamte Text des ominösen Maria-Magdalena-Ur-Evangeliums – und es ist kein altes Manuskript, sondern ein Computerausdruck. Also offenbar eine Abschrift des Textes. Da stellt sich doch die Frage: Woher haben Sie das, Groschen? Von Klüngelbein? Ganz sicher nicht, er hat diesen Text gehütet wie einen Schatz. Von den Tempelrittern? Ganz sicher auch nicht, die hüten diesen Text wie eine Ausgeburt des Teufels. Also kann die Antwort nur lauten: Das hier ist gar keine Abschrift des Textes, sondern es ist das Original. Das Ur-Evangelium, die Ur-Form des Johannes-Evangeliums, wurde nicht von Maria Magdalena geschrieben, sondern von einem gewissen Ingo Groschen. Sie, Groschen, haben das Maria-Magdalena-Ur-Evangelium eigenhändig gefälscht.«

Groschen blieb äußerlich ungerührt.

»Das ist aber eine große Anschuldigung, Marlein. Gibt es irgendeinen Anhaltspunkt dafür?«

»Ja, den Grund, warum ich mir überhaupt Zugang zu Ihrem Zimmer verschafft habe. Es war eine Erwähnung bei Ihrem Gespräch mit Frau Sternvogel nach der Lesung, deren Bedeutung mir erst jetzt in seiner Dimension bewusst geworden ist. Sie hatten dabei über die Erzählung von Maria Magdalena im Ur-Evangelium über ihre Hochzeit mit Jesus in Kana gesprochen – Frau Sternvogel hatte diesen Text aber gar nicht vorgelesen! Es war bisher nur eine vage These in Klüngelbeins erstem Buch. Folgerung: Sie, Groschen, kennen den gesamten Text. Da stellt sich dann die Frage: Woher? Ich dachte, ich schaue einfach mal in Ihrem Zimmer nach – und prompt finde ich hier das komplette Ur-Evangelium, inklusive der Erzählung der Hochzeit von Kana.«

Groschen lachte hämisch.

»Und darauf wollen Sie Ihre Anschuldigung gründen? Das soll wohl ein Witz sein, Marlein! Von einem Beweis sind Sie damit Lichtjahre entfernt. Ich würde einfach behaupten, dass mir Klüngelbein den Text doch gegeben hatte – kurz vor seiner Ermordung. Sie wussten es halt einfach nicht.«

Ich richtete meine Knarre, die ich zuletzt etwas lockerer in der Hand gehalten hatte, wieder direkt auf Groschen.

»Sie sind tatsächlich der Fälscher, nicht wahr?«

Groschen betrachtete seine Fingernägel, als würden wir gerade darüber diskutieren, ob sie wirklich akkurat geschnitten und gefeilt waren.

»Wie gesagt: Ich würde immer das Gegenteil behaupten, und niemand könnte mir beweisen, dass ich lüge. Also versuchen Sie erst gar nicht, diese These irgendwelchen Dritten auf die Nase zu binden. Aber solange das unter uns beiden bleibt und wenn es Ihr Selbstwertgefühl als Detektiv hebt: Ja, dieses Evangelium wurde nicht von Maria Magdalena geschrieben, sondern von mir.«

Ich spürte einen dicken Kloß im Hals, der mir das Sprechen schwer machte.

»Wie zum Teufel sind Sie nur auf die Idee gekommen, ein gefälschtes Evangelium zu produzieren?«

»Durch Klüngelbein selbst. Er hat ja im Prinzip in ›Maria Magdalena – die ultimative Wahrheit‹ eine Gebrauchsanleitung dazu gegeben: das Johannes-Evangelium unter der Prämisse lesen, es wäre von Maria Magdalena geschrieben worden und sie wäre der wahre Lieblingsjünger gewesen. Nichts anderes habe ich gemacht – nur dass ich mich nicht nur aufs Lesen beschränkt habe, ich habe es einfach mit dieser Hypothese umgeschrieben. Dazu noch ein paar Auszüge aus dem apokryphen Evangelium der Maria einbauen – fertig war das Ur-Evangelium!«

»Aber wie konnten Sie Klüngelbein davon überzeugen, dass es ein altes und echtes Evangelium war? Doch sicher nicht mit Ihrem Computerausdruck!«

»Nein, natürlich nicht. Ich kenne da jemanden, der auf so etwas spezialisiert ist, und habe diesen Jemand beauftragt, den

Text in die damalige Sprache übersetzen zu lassen und diese Übersetzung dann mit alten Schreibmaterialien auf altes Pergament zu transferieren, sodass es aussah, als wäre der Text zweitausend Jahre alt. Und ich habe mich natürlich nicht an Klüngelbein persönlich gewandt, sondern ich habe ihm den auf alt getrimmten Text über einen Antiquitätenhändler anbieten lassen, der ihm eine spektakuläre Geschichte von einem Zufallsfund in einem Tonkrug aus dem Heiligen Land erzählt hat.«

»Sie haben nicht irgendjemanden beauftragt, sondern einen Ganoven, der professionell fälscht. Und Sie haben Klüngelbein vorsätzlich anlügen und betrügen lassen.«

»Wenn Sie es so nennen wollen ... Klüngelbein war auf jeden Fall so scharf auf dieses Pergament und so begeistert davon, seine Theorie durch einen archäologischen Fund bestätigt zu sehen, dass er diese auf ziemlich wackligen Beinen stehende Geschichte trotzdem komplett und ohne mit der Wimper zu zucken geschluckt hat; er hat noch nicht einmal einen Sachverständigen angeheuert, um das Manuskript selbst auf Echtheit zu überprüfen, sondern hat das – natürlich ebenfalls gefälschte – Echtheitszertifikat, das ihm der Händler gegeben hat, unhinterfragt akzeptiert. Er wollte dieses Manuskript, und er hat es bekommen. Man könnte auch sagen, er wollte gern und bereitwillig betrogen werden.«

»Aber warum haben Sie ihn überhaupt betrogen? Warum dieser immense Aufwand? Warum ein ganzes Evangelium schreiben, warum es übersetzen lassen, warum es auf alt trimmen, warum eine Herkunftsgeschichte dazu erfinden, warum über einen Mittelsmann anbieten? Was wollten Sie damit erreichen? Einen Haufen Kohle von Klüngelbein kassieren?«

»Nein, darum ging es überhaupt nicht. Klüngelbein hat es zu einem Spottpreis bekommen – zumindest wenn es tatsächlich das von Maria Magdalena verfasste Ur-Evangelium gewesen wäre.«

»Warum dann?«

»Weil Klüngelbein durch den Erfolg seines ersten Buches die

Reputation und das Potenzial hatte, für einen globalen Skandal zu sorgen. Wenn Klüngelbein sein zweites Buch veröffentlicht und behauptet hätte, im Besitz des Ur-Evangeliums mit all seinen sensationellen Enthüllungen zu sein – wäre das die heißeste Story des Jahrhunderts, nein des Jahrtausends geworden! Und *ich* hätte diese Story exklusiv und als Erster gehabt! Und sie an jeden Fernsehsender, an jeden Radiosender, an jede Nachrichtenagentur, an jede Zeitung, an jede Zeitschrift und an jeden Internet-Infodienst auf diesem Planeten verkauft – eine Gelddruckmaschine wäre ein Dreck dagegen gewesen!«

Ich umklammerte meine Knarre so fest, dass das Weiß meiner Knöchel sichtbar wurde.

»Also alles nur für eine gute Story. Klüngelbein musste für eine Schlagzeile sterben. Und beinahe hätten noch viel mehr Menschen dafür sterben müssen. Die Tempelritter haben ihren Kreuzzug völlig umsonst geführt, denn es gibt keine Bedrohung des Christentums durch ein neu entdecktes Ur-Evangelium. Und alles, was passiert ist – der Einbruch bei Klüngelbein, der Mord an Klüngelbein, die Gewalttaten im Allgäu, das Vorgehen der Templer im Allgäu, in Fürth und hier in Ettal –, alles wurde einzig und allein von Ihnen ausgelöst, Groschen!«

»Das ist Quatsch, Marlein, und das wissen Sie auch. Der Mord an Klüngelbein war eine Beziehungstat aus Eifersucht, und die Vorgänge im Allgäu hat Klüngelbein bereits mit seinem ersten Buch ausgelöst. Das falsche Evangelium hatte damit rein gar nichts zu tun. Außerdem: Spielen Sie hier doch nicht den Moralapostel, Marlein. Sie selbst leben von Verbrechen und Vergehen – wenn es keine gäbe, wären Sie als Privatdetektiv arbeitslos. Und ich lebe eben von Storys. Daran ist nichts Unrechtes.«

»Aber ich inszeniere keine Verbrechen und Vergehen, nur um etwas zu haben, das ich aufklären kann. Es gab gar keine Maria-Magdalena-Ur-Evangelium-Story. Sie haben Dinge gefälscht und erfunden, um eine Story daraus zu machen. Das war keine Geschichte, sondern nur ein einziger großer Fake. Sie sind kein Berichterstatter, sondern einfach nur ein mieser Schwindler.«

»Ach hören Sie doch auf, Marlein. Die Hälfte dessen, was Sie heutzutage in irgendwelchen Medien sehen, hören oder lesen, sind Fake News. Regierungen und Präsidenten werden mit Hilfe von Fake News gestürzt oder installiert. Die Menschen wollen Schlagzeilen, Skandale und Sensationen, sie sind geil danach, unersättlich, die Nachfrage ist riesig, und wenn es keine natürlichen Skandale gibt, dann muss man sie eben erfinden. Die ganze Welt ist ein einziger großer Fake geworden. Und tun Sie nicht so, als wären Sie da nicht dabei, Marlein. Sie sind selbst nichts anderes als der Fake eines hartgesottenen Schnüfflers. Schauen Sie sich doch mal an, wie Sie dasitzen, mit Ihrem Schießeisen in der Hand, mit dem Sie dauernd vor mir herumfuchteln. Wollen Sie mich etwa damit abknallen? Nein, wollen Sie nicht, Sie wollen mich nur einschüchtern. Sie sind auch nur ein mieser kleiner Täuscher. Sie sind nur ein weiterer Fake in dieser Geschichte voller Fakes.«

So frustrierend es war: Mit der Knarre hatte er recht. Es machte keinen Sinn, sie gegen Groschen zu verwenden. Ich ließ sie sinken.

Groschen interpretierte das sofort als Zeichen seines Triumphes und meiner Kapitulation.

»Und jetzt verschwinden Sie aus meinem Zimmer, Marlein, oder ich rufe die Bullen und zeige Sie an wegen Einbruchs. Das ist ein Delikt, das man Ihnen zweifelsfrei wird nachweisen können. Und legen Sie den Computerausdruck wieder dahin, wo Sie ihn weggenommen haben. Und hüten Sie sich, mir irgendetwas anhängen zu wollen. Sollten Sie es versuchen, werde ich Sie mit Verleumdungsklagen nur so überschütten, und wenn Sie nicht direkt in den Knast wandern, werden Sie zumindest wirtschaftlich ruiniert sein.«

Ich legte den Ausdruck zurück auf den Schreibtisch, steckte meine Knarre ein und ging zur Tür.

Bevor ich sie öffnete, wandte ich mich noch einmal zu Groschen um.

»Falls Sie auch nur eine Zeile oder einen Satz über den Fund eines von Maria Magdalena geschriebenen Ur-Evangeliums raushauen sollten, werde ich vor jedes verfügbare Mikrofon treten und klarstellen, dass dieses Ur-Evangelium nicht echt ist. Dann wird man genauer nachfragen und nachforschen, und dann wird sehr schnell herauskommen, dass es sich um eine billige Fälschung handelt. Und wenn Ihr fälschender Jemand und Ihr lügender Zwischenhändler dann unter dem Druck der Bullen auspacken, dass Sie der Drahtzieher hinter dieser ganzen Fälschungsgeschichte sind, werden Sie vor Gericht kommen, und wenn Sie nicht direkt in den Knast wandern, werden Sie zumindest als Journalist ruiniert sein.«

Groschen fiel die Kinnlade runter, und zum ersten Mal sah ich ihn verdammt dumm aus der Wäsche schauen.

Ich verließ das Zimmer und knallte die Tür hinter mir zu.

Ich ging den Gang im Hotel »Gralskloster« entlang.

Nicht als Sieger, sondern als Verlierer, nicht triumphierend, sondern gebeutelt und geschlagen, nicht als strahlender Super-Detektiv, sondern als ein billiger Abklatsch davon – aber zumindest als ein Mann, der inmitten einer Welt voller Lug und Betrug versuchte, seinen Job so gut wie möglich zu machen.

Und dieser Job bestand darin, Fakes und Lügen zu entlarven und die Wahrheit zu suchen.

Die ultimative Wahrheit.

So wie Gerhard-Johann Klüngelbein die ultimative Wahrheit über Maria Magdalena gesucht hatte.

Und wer weiß – auch wenn sich der angebliche Beweis leider als Flop erwiesen hatte: Vielleicht hatte er sie ja tatsächlich gefunden?

90 Bär packt es

Früh am Montagmorgen machten wir uns auf den Heimweg.

Käsi und Maja hockten schon in meinem alten Golf.

Etwas übernächtigt.

Verkatert.

Verkatert ist besser als verzweifelt.
Zwei Mädchen kamen auf mich zu.
Gitte und Gal.
Sie umarmten mich, busselten mich ab.
»He … was soll das?«
»Danke, Dr. Bär. Danke!«
»Für was?«
»Für alles!«
Ich war gerührt. Sagte: »Jetzt fahrts aber heim! Schnell!«
Sie rannten zurück zu ihren Freundinnen.
Ich stand noch mit Philipp Marlein am Parkplatz vor dem Hotel.
Rauchte eine.
Er rauchte keine.
Er hatte mir von dem falschen Evangelium und dem fälschenden Journalisten erzählt.
Die Pressekonferenz fiel heute also tatsächlich aus. War mir da gar nicht so sicher gewesen. Hatte es zu Metzger nur gesagt, um ihn zu beruhigen.
Damit war dann eigentlich alles gesagt zwischen Philipp und mir.
Außer der Verabschiedung.
»So«, sagte ich.
Ich bin kein Abschieds-Freak.
Er auch nicht.
»Ja«, sagte er.
Ich fragte: »Was wird jetzt weiter passieren mit unseren Fällen?«
»Nichts.«
»Wie – nichts?«
Jetzt sprudelte es aber nur so heraus aus Philipp: »Nichts wird passieren. Was sollte auch passieren? Es ist alles erledigt. Der Mord an Klüngelbein ist durch das Geständnis der Sternvogel aufgeklärt, die Täterin ist selbst tot. Der Diebstahl der Manuskripte und der Mord an Frau Sternvogel wurden von den Tempelrittern begangen, und man wird pro forma ein

bisschen ermitteln, aber es wird nichts dabei rauskommen, weil die Tempelritter wie Phantome sind, ohne Namen, Adressen und Identitäten, und weil sie außerdem viel zu mächtige Fürsprecher haben. Die Magdalenenbewegung im Allgäu wird sich auflösen, denn die beiden Führungspersönlichkeiten, Klüngelbein und Sternvogel, sind tot, und die anderen Mädels sind traumatisiert von den Ereignissen hier in Ettal. Und die Tempelritter werden in unseren Fällen nichts mehr unternehmen, denn sie haben ihre Ziele erreicht: Die Manuskripte von Klüngelbein sind in ihrem Besitz, Ingo Groschen wird keine Sensationsstory über ein von Maria Magdalena geschriebenes Ur-Evangelium bringen, weil sonst herauskommt, dass es von ihm selbst gefälscht wurde, und das Magdalenentum ist zerschlagen, bevor es überhaupt gestartet ist. Das Christentum ist vorläufig vor dem Untergang gerettet, und die Neuen Tempelritter können sich erst einmal ausruhen, bis die nächste Bedrohung kommt.«

Ich sagte: »Eigentlich waren es nicht die Tempelritter, sondern wir beide, die die katholische Kirche mal wieder vor dem Untergang gerettet haben.«

»Und wären fast wieder selber dabei draufgegangen.«

»Außer meiner Gage werde ich wohl nix kriegen.«

Philipp sagte: »Ich krieg gar nix von der Kirche.«

»Ich könnt dich ja mal beim Papst vorschlagen. Vielleicht gibt's da so was wie eine Ehrenmitgliedschaft. Wie so eine Art Professor h. c., honoris causa. Das wär doch was für dich: Kardinal h. c. Philipp Marlein.«

Er lachte, sagte: »Dann laufen mir auch noch meine letzten Klienten weg.«

Wir schwiegen.

Ich sagte: »Ja, dann werd ich es mal packen. Meinen Damentransport zurückbringen. Ihre Mutter wird sich freuen.«

»Ja, weil sie überlebt haben.«

»Nicht nur das. Sie haben eine neue Zukunft!«

»Wo? Wie?«

»Bei der Polizei Kempten.«

Ich klärte Philipp in ein paar Sätzen auf. Schloss: »Und du? Was hast du vor?«

»Mich erholen. Damit ich wieder fit bin.«

»Für was?«

»Für den nächsten Coup.«

»Welchen?«

»Den mit dir. Ich hab das so im Gefühl, dass dies nicht unsere letzte gemeinsame Sache war.«

»Ja, da kannst recht haben. Die katholische Kirche wird in spätestens zwei Jahren wieder vor dem Abgrund stehen.«

»Und wir werden sie wieder retten.«

Wir verabschiedeten uns mit einem Handschlag.

Ich klemmte mich hinters Steuer, drehte den Zündschlüssel, mein Golf versetzte Ettal in eine Wolke von Dieselqualm.

Philipp blieb stehen, winkte mir zu.

Ich ihm zurück.

Mit jedem Abenteuer wurde unsere Männerfreundschaft leidenschaftlicher.

Auch ich hatte ein unheimliches Gefühl im Bauch und einen Gedanken im Kopf: Das hier war nicht unser letztes gemeinsames Abenteuer …

Nachwort

Spekulative Legenden über Jesus Christus – beziehungsweise über Geheimbünde, die auf diesen Legenden basieren – sind gern gewählte Stoffe für Thriller, und unsere Duett-Krimiserie, in der die Detektive Emil Bär und Philipp Marlein gemeinsam ermitteln, steht in dieser Tradition.

Im ersten Band, »Schwarze Madonna«, geht es um Jesu Mutter Maria und um die Frage, ob Gott eine Frau ist, im zweiten Band, »Heiliger Bastard«, geht es um Jesu Vater Josef und um die Frage, wer der wahre Vater Jesu war – und nun, im vorliegenden dritten Band »Fromme Sünde«, geht es also um Maria Magdalena und die Frage, ob sie Jesu Geliebte war.

Wie die ersten beiden Bände der Serie ist auch »Fromme Sünde« eine Mischung aus Fiktion, Information und Spekulation.

Fiktiv sind natürlich die handelnden Charaktere, die kriminellen Geschehnisse und die Geheimbünde der Neuen Tempelritter und der Maria-Magdalena-Schwestern.

Hoffentlich informativ, aber auf jeden Fall authentisch sind die Beschreibungen der Orte des Romans: der real existierenden Kirchen mitsamt ihren Kunstwerken. (Das Cover dieses Buches zeigt die berühmte »behaart-nackte« Altarskulptur von Tilman Riemenschneider in St. Maria Magdalena in Münnerstadt.) Auch das Vorwort und die Kapitel des Teils »Die Quellen über Maria Magdalena« aus dem fiktiven Werk von Gerhard-Johann Klüngelbein enthalten ausschließlich wahre und nachprüfbare Fakten, wie z.B. die darin beschriebenen apokryphen Evangelien und die daraus verwendeten Zitate.

Die Kapitel des Teils »Die Wahrheit über Maria Magdalena« beinhalten hingegen Spekulationen und Interpretationen, die allerdings allesamt nicht aus der Luft gegriffen sind, sondern über die es reichlich theologische und populärwissenschaftliche Literatur gibt und für die teils sehr hanebüchene und unglaubwürdige, teils aber auch sehr plausible und einleuchtende Argumente und Indizien gefunden wurden. Und dass Maria Magdalena im Leben Jesu und der Ur-Kirche eine herausragende Rolle spielte – die später nicht adäquat abgebildet wurde –, darüber sind sich mittlerweile fast alle christlichen Theologen einig.

Wir haben auch in diesem Krimi versucht, die Grenzen zwischen Glaube, Blasphemie und Wahrheit auszuloten. Wir hoffen, dass Sie unser Mix aus Fiktion, Information und Spekulation gut unterhalten hat, und würden uns sehr freuen, wenn Sie uns auf unseren spannenden Reisen zu den Wurzeln des Christentums auch bei den nächsten Bär-Marlein-Abenteuern wieder begleiteten.

Xaver Maria Gwaltinger und Josef Rauch

GWALTINGER/RAUCH
Schwarze Madonna
KRIMINALROMAN
emons:

Xaver Maria Gwaltinger/Josef Rauch
HEILIGER BASTARD
Broschur, 416 Seiten
ISBN 978-3-95451-959-0

»Ein Krimi mit einem ganz eigenen Charme, den man so in Deutschland kein zweites Mal findet.« MarktSpiegel Magazin

Xaver Maria Gwaltinger
KRUZIFIX
Broschur, 208 Seiten
ISBN 978-3-95451-150-1

»Spannung mit dickem Ende.« Das schöne Allgäu

»Auch für Nordlichter ein wirkliches Lesevergnügen.« ekz

Xaver Maria Gwaltinger
HIMMELHERRGOTTSAKRAMENT
Broschur, 240 Seiten
ISBN 978-3-7408-0180-9

»Besonders zu empfehlen.« Bayern im Buch